GOBOOKS
& SITAK
GROUP©

GOBOOKS
& SITAK
GROUP©

朧月書版

朧月書版

시야 Siya —— 著
契約皇后的女兒 3
엄마가 계약결혼 했다
MOTHER'S
CONTRACT MARRIAGE
Páragraph

目錄

CONTENTS

CHAPTER. 13

乘船出海的父親
遭冬日風暴吹走Ⅱ

那一刻，他的指尖從茶杯的邊緣滑落。哈亞凝視著露迪婭，掩飾內心的動搖。以多種社交手腕武裝起來的皇后，臉上看不出任何情緒。

來自北方印露家族的索內希哈亞學遍了世界上的所有知識和智慧，卻不擅實戰。這就是連千古智慧也不及親身一試來得真切吧——哈亞嘆了一口氣。

「您說龍是指……」

哈亞再次提問後，露迪婭泰然自若地拿起茶杯，回答道：「就是阿爾泰爾斯。」

「！」

這次，他再也無法藏起動搖，目光左右游移。印露家族特有的冰冷雙眼混亂地四處游移，反射出許多顏色。

露迪婭輕聲笑了。

「你為何驚訝成這樣呢？真是讓人意外。」

看到對方表現出從容的態度，像在調侃自己，哈亞也馬上取回了冷靜。

「如果您好奇，直接詢問本人會更恰當，因為我也不想冒著生命危險。」

聽到如此簡短的回答，露迪婭瞇起眼一笑。

「那你可以回答我其他問題吧？」

「這要看您問什麼問題了。」

哈亞的態度依舊恭敬，露迪婭接著開口：「我想了解關於魔法師的事。」

這句話讓哈亞的表情再次產生動搖。他這次真的不知道該如何回答。

露迪婭慢悠悠地品著茶。在她品茶時，哈亞心急如焚。

『該怎麼辦？』

如果回答得太模稜兩可，馬上就會被抓住馬腳。事到如今，就算說「什麼魔法師？我不太明白您的意思」這類的話也沒用，她剛才提出關於龍的問題，是為了引出這個問題。

眼前這位年輕皇后的微笑突然讓他感到一絲寒意。而露迪婭悠然地觀察著他的情緒波動。

露迪婭原本的智慧是比不上印露公爵家族，但她經歷了未來，擁有許多未來的發展資訊。畢竟最了解塔卡爾家的不就是巴拉特家嗎？

因此，她真正好奇的並非關於龍的事。當她死去時，印露公爵家為了安撫憤怒的皇帝，派來的使者正是眼前的索內希哈亞。

過了一會兒，索內希哈亞說：「您想了解魔法師什麼呢？請您告訴我。」

他慢慢抬起眼，直望著露迪婭。那雙瞳孔閃耀著金色與藍色的光芒。

「只要是我能回答的，我會毫無保留地告訴您。」

哈亞的回答讓露迪婭的身體不停發顫，她努力繃緊身體。

『終於。』

終於可以了解有關魔法師的事了。

自從得知莉莉卡是魔法師後，這個念頭總是、無論何時何地，一直在露迪婭的腦袋裡打轉。

如果莉莉卡逆轉了時間，那她支付了什麼代價呢？

我的女兒會不會有事？在這倒轉的人生中，她不會被迫做出不合理的事吧？將來，命運會不會要求她代替我付出代價？

湖面的冰層破裂時，會發出比想像中還要響亮的聲音。

那道聲音類似於雷鳴。

露迪婭現在就彷彿站在那片還以為很堅固的冰湖上，聽到了那個聲音。

有人說，那是因為冰層堅硬而發出的聲音。

也有人說，即使如此，冰裂開就意味著危險將至。

她也可以問阿爾泰爾斯，但她不願意。如果沒有比較對象，露迪婭無法得知他是否在說謊。她不是不信任他，但也不能無條件地相信、依賴他，因為他也不可能知道一切。因此，她至少需要再找到一個了解魔法師的人。

起初露迪婭請哈亞來，是想獲得一個適當的棋子，但得知莉莉卡是魔法師後，她的想法就改變了。

她為了召他前來費盡心思，而當雷澤爾特帶來「心之女王」時，她心想：這是個好機會！

據說「心之女王」是一件能封印龍之力的神器，所以印露公爵家一定知道，也會感興趣才對。

露迪婭這樣心想。

想起這些，她露出了苦笑。

『我在酷刑室和監獄也聽到了不少事。』

露迪婭被捕是許久以後的事，因為莉莉卡替她隱瞞了內情。

當她被拖進關押重罪犯的地下監獄時，已經有不少滿身是傷的叛亂高層在裡頭了。

他們在恐懼和憎恨中掙扎，不停說出關於塔卡爾的所有事情。反正都快死了，既然叛亂已經失敗，也沒有必要保留任何資訊。當然，其中也有不少關於巴拉特的謠言。

酷刑不是一對一進行的。一群人聚在一起，光是看到其他人受到拷問，就會害怕到不停發抖，坦承一切。

在那裡，她也聽到了許多事。露迪婭被拔了一片指甲後痛苦地流下眼淚，立刻說出了她知道的一切。

那時候，她把不曾思考過的事和自己聽命於巴拉特時得到的資訊結合起來，得到了許多線索。

像是……

『如果雷澤爾特小姐持有的神器是真品的話！』

又或是……

『如果菲約爾德還活著，事情不會是這種結局！』

這類的感嘆。

當時她太害怕了，渾身顫抖，滿臉眼淚鼻涕，所以她以為自己不會記得那些事，不過，在恐懼的情緒中聽到的事比想像得鮮明深刻許多。

漫長的沉默讓哈亞疑惑地望來。露迪婭「啊」了一聲並露出微笑。

「我稍微整理了一下思緒。」露迪婭慢慢挑選問題，然後發問：「魔法師可以改變命運嗎？」

露迪婭的問題出乎意料地正中紅心，哈亞倒抽了口氣後回道：

「這取決於魔法師的力量。」

「魔法師的力量？」

「不是所有魔法師都擁有相同的能力。最強大的魔法師可以摧毀島嶼並使其沉沒，也可以從水中升起島嶼，最弱的魔法師則能在冬天讓花朵盛開——其中有這種差異。」

「那種能力也絕對不弱啊。」

即使是花朵，也是不折不扣的生物。這意味著魔法師可以隨意調整生物的時間。

露迪婭的話讓哈亞點了點頭。

「是的，但是差異確實存在。」

「那魔法師為了施法，會付出什麼代價？」

「他們會付出自己的力量。」

「力量嗎？」

哈亞的表情放鬆下來，靠上椅背。學者在談論熟知的事物時，態度都十分輕鬆，當然也能侃侃而談。

「魔法師的力量就像泉水，他們的血液就是泉源。只要他們還活著，血液會流動，就能不斷產生力量。此外還有一個容器，這個容器可以儲存泉源產生的力量，所以容器的大小就是衡量魔法師的標準。」

「原來如此。」

如果要使用大型魔法，應該會消耗相當多的力量。因此容器原本只有池塘大小的人，無法使出需要湖泊大小之力量的魔法吧。

「也有可以讓死人復活的魔法嗎？」

「據說有，但那不是我們所想的『復活魔法』。復活的人會呆滯地流著口水，幾天後再次死去。」

「那麼……」

露迪婭的話到嘴邊又止住。因為如果問出「逆轉時間的魔法」太直接了。

『還是我必須坦承一切，尋求合作？但這件事連阿爾泰爾斯都還不知情。』

露迪婭在奇妙的地方上很講究順序，她覺得不管怎麼樣，都應該先告知丈夫。

於是，露迪婭決定詢問另一個問題。

「那麼，可以改變命運的最大型魔法不是讓死人復活的魔法嘍？」

「對，可以改變命運的最大型魔法是……」哈亞打量似的望著露迪婭說：「逆轉時間的魔法。」

露迪婭手中的茶杯非常細微地晃了一下。

「竟然能逆轉時間，真令人感興趣。」

「對吧？據說至今沒有魔法師使用過這種魔法，不過畢竟逆轉了時間，也許連本人都忘記了吧。」

哈亞微笑著說完，露迪婭也對他笑著說：「也許吧。」

雙方都在估算對方手中的牌，但還沒有決定是否要攤牌。

手裡握著牌的他們衡量著誰的牌面更好。彼此的賭注都太大，在確定能獲勝前，兩人都不願意攤牌。

這就是他們的心思。

露迪婭放下茶杯，說道：「既然提到了魔法師，我也想談談之前在信中提到的神器。」

暫時休戰吧。

哈亞聽到這番話後點了點頭，彷彿也放下了手上的牌。

「請讓我看看。」

這場微妙的心理戰似乎會持續下去。

莉莉卡面帶緊張地行屈膝禮，哈亞也向她回禮。

這種緊張感和格倫德琳夫人授課時完全不同。那時是因為不安而焦慮緊張，現在則是因為期待和興奮而感到緊張。

「我們坐下吧？」

哈亞提議後，莉莉卡和他一同坐到書房的桌子旁。

哈亞說：「皇后殿下授意將一切交由我處理。我可以接受問題，但在我不曉得您不了解什麼的情況下，就算您提問了，那些問題也很難有幫助。」

莉莉卡聞言點了點頭。

「因此，我打算先從我認為是初級的內容開始教起。如果您有什麼疑問，隨時可以問我。其他問題也可以。」

「好的，老師。」

莉莉卡恭敬地回答後，哈亞勾起微笑。

「不過，我知道的只有知識，所以關於音樂演奏或繪畫之類的技能，您還是找其他老師比較好。」

「好的，我知道了。」

「那我們從簡單的開始吧？」
哈亞說著「從簡單的開始」的笑容莫名讓人有種不好的預感，不過莉莉卡點了點頭。
授課時間很長。
非常長。
當哈亞道別並離開時，莉莉卡已經疲憊無力地趴在書桌上了。
「您還好嗎？」
「內容太多了……」
是因為之前沒有另外學習的關係嗎？
哈亞老師的初級授課科目很廣泛，包括歷史、天文、地理、醫學、數學、藝術——
「我要學這麼多知識嗎？」
她剛才忍不住這麼問，哈亞就點了點頭。
「初級的學問就是廣泛而淺薄。慢慢進入中高級，內容會越來越深入，所以範圍會縮小。」
哈亞張開雙手，然後慢慢縮小闔攏。雙眼笑著的精靈先生像北風一樣無情。
布琳笑著問：「那試著請老師減少一點內容如何？」
「嗯，不過滿有趣的。」莉莉卡托著下巴說，「我先試試看，如果不行，到時候再請老師調整。」
「好的。您上課辛苦了，所以現在是點心時間。」
「哇～」
莉莉卡立刻舉起雙手歡呼，來到起居室。
在充分動腦後品嘗甜食是最愉快的事。緊張感彷彿在舌尖上融化了。
這是一個適合喝熱茶的季節。她喝著熱騰騰的紅茶，將一塊甜甜的蛋糕放進嘴裡，感覺疲憊逐漸消散。

她喝光了茶，倒在沙發上說「我休息一下」，之後搖搖晃晃地站起身。
「您要去讀書嗎？」
她走向書房時，布琳問道。
「嗯，我覺得不複習一下今天學的東西會忘記。」
「好的。」
莉莉卡重新坐回書桌前，今天學習的內容還放在桌上。她努力動筆，整理剛學過的內容，連布琳調整了從窗戶照進來的光線，又在壁爐裡添了新柴火都不曉得。
「妳再這樣下去會變笨喔！」
聽到那個帶著笑意的聲音，莉莉卡抬起頭來，看到阿提爾站在那裡。
莉莉卡反駁道：「我明明在讀書，怎麼會變笨？」
「只顧著讀書就會變笨。」
這個邏輯很奇怪，卻意外地讓人覺得有道理。
「我們出去吧。」
「啊，但是——」
阿提爾看到莉莉卡依依不捨地看著還沒整理完的紙張，建議道：「明天再做不就好了？」
之後他拉起莉莉卡的手，在她還沒回過神前，帶她來到起居室的窗前。
「啊！」
莉莉卡驚嘆了一聲。
「下雪了呢！」
「對，雖然不是第一場雪，但今年的第一場雪有點無趣吧？下雪就應該像這樣才對。」

大片雪花接連落下。雪似乎已經下了好一陣子，積了不少雪。

阿提爾笑著表示他要讓莉莉卡成為第一個踩積雪的人。

「我們去踩雪吧。」

「好！」

看到雪，莉莉卡也忍不住興奮起來。

布琳幫她換了衣服。她戴上細軟又漂亮的彩色羊毛編織手套，圍上圍巾，並穿上塗了蜂蠟的靴子。

阿提爾和莉莉卡要好地走向花園。他們踏上無人踩踏過的新雪，發出愉悅的聲音。他們一步一步小心地留下腳印時，雪開始越下越大。當雪堆積到半個小腿高時，他們開始用力捏雪球，堆砌雪人。

堆雪人比預想中還花時間。當兩個雪人完成時，天已經黑了。

他們的臉頰被凍得發紅，呵呵笑著走回宮殿。

等著兩人的布琳和布蘭在雪花融化前，迅速幫他們拍掉了雪，也在踏上地毯前換下了靴子。

即使戴著手套，他們的雙手仍被凍得通紅。他們在壁爐前暖手時，晚餐準備好了，熱騰騰的蔬菜湯讓全身都暖了起來。

「我今年一定要找到雪之寶石。」

莉莉卡嘟囔著鑽進被窩，布琳露出微笑。

「是，您今年一定能找到的。」

莉莉卡躺進暖烘烘的被窩，睡意很快襲來，沉入了夢鄉。

她作了一個夢。

她知道這是夢。

她總是夢到這片沙漠，但今天沒有在空中翱翔的龍，也不是在半夜。

『哇。』

正午的太陽照在沙漠上也非常壯觀，沙丘彷彿在跳舞，與湛藍天空形成的對比美得有些詭異。

遠處似乎有什麼東西在閃爍。

『那是什麼呢？』

她明明沒走幾步，轉眼間就接近那個地方了。那是一個綠洲，周圍植被豐富，水看起來十分冰涼且清澈。

陰涼處聚集著幾頂帳篷。白色的外觀，但裡面裝飾得相當華麗。這是與以往完全不同的夢，讓她感到新奇。

「妳瘋了嗎！」

這時，一道很大的聲音傳來。莉莉卡嚇了一跳，但馬上受到好奇心驅使，朝聲音的方向走去。附近的陰涼處有一群人。

在那之中，有一對年輕男女在爭吵。

男子大吼：「妳這是在幹什麼？」

女子看起來很冷靜。不，她反倒一臉不悅地看著生氣的男子。

「我只是想保護我們而已。」

「妳是想把我們囚禁起來吧！」

「對，那又怎樣？我們的孩子能受到保護，孩子能得到保護啊。」

女子的聲音也越來越激動。她的話讓男子露出悲慘的表情。

「要從什麼手中保護我們？到底要保護我們什麼？塔卡爾。」

莉莉卡倒抽一口氣。

那個男人剛剛看著那個女人說了什麼……？

「我們無法保證這裡是安全的。我們人太少了。無論是什麼，我都會保護大家。不管對手是誰，或是要對抗什麼。印露，你不是也很清楚嗎？」

此時，莉莉卡感覺自己完全醒了。不對，她明明在夢中，還能清醒過來嗎？

這到底是什麼夢？

是因為今天學了歷史才作這種夢嗎？

『印露和塔卡爾。』

那麼，這些人中有桑達爾或沃爾夫嗎？巴拉特也在嗎？

她環顧周圍的人。所有人看起來都很困惑，但她無法分辨出誰是誰。

塔卡爾說：「無論是樹海、沙漠，還是海洋的另一端，都沒人能過來。」

「同時，也沒有人能離開吧。」印露回答道。

「沒關係，只要安全就好。印露，我們不知道，也沒想到那個島會那樣毀掉，我們不知道啊。」

印露的表情扭曲。他看著塔卡爾，表情極其悲傷、憤怒又痛苦。

「我們的孩子不能使用魔法了。因為我們為了逃離那座島，以捨棄魔法作為代價，所以……」

塔卡爾冷冷地說：「如果你比我弱，就閉上嘴。」

莉莉卡呆愣地看著這一幕，這時有人在她耳邊低語：「但是，弱者也有弱者的計謀。」

「！」

她驚訝地轉過頭的那一刻，從夢中醒來。莉莉卡僵在原地。

驚醒時，有人在黑暗中俯視著她。莉莉卡的心臟跳得又快又用力，就快跳出胸膛了。

她一眨也不眨地凝視著對方——是阿爾泰爾斯。

他面無表情地俯視著莉莉卡。

『為什麼……？』

她不確定自己是在夢中還是醒來了，而且阿爾泰爾斯的表情……與以前見過的表情相似。如同古老的雕像，所有感情都被風化磨損。

她很害怕。

莉莉卡感覺到自己的呼吸變得很急促，同時鼓起所有勇氣。

「父、父親大人……？」

阿爾泰爾斯的表情有了微妙的變化。他皺起眉，不知道是不是在生氣，但總比面無表情好多了。

莉莉卡再次呼喚他。

「父親大人。」

阿爾泰爾斯抬頭望向上方，輕輕嘆了口氣。

不再緊張後，手指這才開始顫抖。莉莉卡緊抓著床單並慢慢坐起身，不讓他看到自己顫抖的手。

阿爾泰爾斯沉坐到床邊，莉莉卡縮了縮身子。

他露出苦笑：「抱歉，嚇到妳了。」

不會，沒關係。莉莉卡本能地想脫口說出這種話，但她忍住了。

她感受著依舊快速的心跳，小聲地說：「我真的嚇到了。」

阿爾泰爾斯伸出手，莉莉卡的肩膀顫了一下。阿爾泰爾斯將手放在她頭上，輕輕摸了摸。

「……」

比起第一次，他的大手更加溫柔且自然地摸著她的頭。

頸部和肩膀逐漸放鬆下來，莉莉卡輕吐出一口氣。但他的手仍然沒有停下來。

「哈亞的課程有趣嗎？」

莉莉卡在黑暗中小聲地回答「有趣」。

「要學的內容非常多，但有很多有趣的故事。」

「是嗎？」

他的大手仍舊溫柔地撫著她的頭，很溫暖。

「看來我也不能輸。」

「什麼？」

「我也正式教妳一些魔法吧？」

正式？那之前教的都不算正式嗎？

她慌張地望來，阿爾泰爾斯笑了。撫摸著的手一直放在她的頭上。

再這樣下去，自己的頭髮會不會被摸光？

「妳是我的女兒啊，我可不能輸。」

「那、那個，那個是……」

莉莉卡不知道該怎麼回答，心裡慌張地想著「哇啊哇啊！我該怎麼辦？」。

她感覺得到臉漸漸發燙。幸好房間很暗，莉莉卡鬆了口氣，但阿爾泰爾斯的眼睛能清楚看見她通紅的表情。

他覺得很有趣，又輕聲笑起，讓莉莉卡鼓起臉頰。

她想要抗議，又無從抗議。

「莉莉卡。」阿爾泰爾斯叫了她一聲，停了一會兒後繼續說：「妳作了奇怪的夢對吧？」

「！」

她驚訝到自然瞪大了眼。

「您怎麼——」

「不要作夢。」

「什麼？」

她不由自主地脫口回答。

阿爾泰爾斯說：「如果不想作夢，妳可以不作夢。不要作夢，妳是魔法師，所以妳不想作夢就不會作夢。」

「但是，做得到那種事嗎？」

「可以的，只要妳想。」

看到阿爾泰爾斯堅定地這麼說，莉莉卡再也無話可說。

「……好的。」

她小聲回答後，阿爾泰爾斯又喚了她一聲。

「莉莉卡，妳還小。」

她沒有說自己已經十歲了。而阿爾泰爾斯用低沉而堅定的聲音說：「而我是大人。」

「是、是的……？」

她不明白這是什麼意思，語尾的語調上揚。

「所以妳不用幫我也不要緊，我自己的事情，我自己會處理，明白了嗎？」

「好的。」

雖然很困惑，莉莉卡還是點了點頭。阿爾泰爾斯這才收回手。

「很好。」

他站起身來。

「啊，最後還有一件事。」

「是。」

「不能向我之外的人學習魔法。」

「其他人都不知道我是魔法師啊。」

「魔法少女也是會使用魔法的。懂了嗎？」

「我知道了。」

莉莉卡點點頭。

聽到她的回答後，阿爾泰爾斯露出微笑，「妳繼續睡吧。」

阿爾泰爾斯說完就消失了，但莉莉卡睡不著。她靠在床頭枕上，思考著夢境。

『為什麼我會作這種夢呢？』

還有，父親大人為什麼要說那些話？

想著想著，莉莉卡的眼皮又閉上了。

『感覺夢境和父親大人的話有點關聯。』

但父親大人不想告訴我，那得當作什麼都不知道。

莉莉卡這麼想著，再次沉入夢鄉。

為了獲得神器尖牙的考驗，迪亞蕾最近正在接受特訓，使她與莉莉卡見面的時間大幅減少了。

即使見到面，迪亞蕾也全身上下都纏著繃帶，讓莉莉卡很擔憂。迪亞蕾感受到莉莉卡的擔憂後表示：「這點小傷很快就會好的。」

一連下了幾天的雪停下後，久違進宮的迪亞蕾雙眼放光地說：「我也想上哈亞老師的課。」

「啊，可以這樣嗎？」

莉莉卡回頭看向布琳，布琳點了點頭。

「迪亞蕾小姐是皇女殿下的談心朋友，可以一起上課。」

「原來如此。」

迪亞蕾清了清喉嚨，抬起下巴說：「畢竟我是皇女殿下唯一的談心朋友。」

「呵呵，那好啊！」

莉莉卡愉快地同意了。哈亞也毫不在意地繼續上課。

問題在於迪亞蕾。

一開始她精神抖擻，雙眼晶亮，但眼中的光芒漸漸消失。

莉莉卡偶然瞥見她很認真地在寫東西，瞥了一眼，迪亞蕾在石板的角落塗鴉。

『啊，她畫了一隻小狗嗎？真可愛。』

但在課堂上可以畫小狗嗎？

進入休息時間時，迪亞蕾用雙手摀著臉，在點心前面大喊：「對不起！我上不下去了！」

布琳和拉烏布不禁對視，咬住嘴唇，努力不笑出聲。

身為皇女的莉莉卡則笑了出來。

「沒關係，老師教的內容很多吧？」

「我本來就很敬佩皇女殿下，現在更敬佩了。不過，點心真的好好吃。」

迪亞蕾吃完整條紮實的巧克力磅蛋糕後，帶著幸福的表情向莉莉卡道別。

「不過我聽過印露家的人授課這個事實還是存在的。」

迪亞蕾說著「以後得去炫耀一番」，帶著爽快的表情離開了。

「迪亞蕾小姐回去了嗎？」

當哈亞問起，莉莉卡點了點頭。

「是的，她說有事……」

「哈哈。」

由於哈亞笑了，莉莉卡不禁開始替迪亞蕾辯解。

「迪亞蕾是見習騎士，所以應該有許多事情要忙。」

「是的，畢竟沃爾夫家出了很多傑出的戰士。」

哈亞點了點頭，莉莉卡忍不住睜大雙眼說：「對，沒錯。迪亞蕾雖然只比我大兩歲，但她非常強，我覺得她非常了不起。」

「就像『珍珠的騎士大人』一樣呢。」

莉莉卡疑惑了一秒，之後臉頰瞬間發燙。

「你、你看過那本書嗎？」

「當然。只要是曾經出版過的書，印露公爵家都有收藏。嗯……」哈亞彎腰輕聲說道，「我敢斷言，我們擁有的書和資料遠比皇宮圖書館還多。」

莉莉卡瞪大了眼睛。

「那真是太驚人了。」

「因為在戶外沒什麼事可做，而且冬天很長，講故事就成了最大的樂趣。」

哈亞自豪地補充說：「最古老的故事和最古老的歌曲，印露家都記得。」

『啊，那麼……』

莉莉卡想起了她的夢。她能把夢的故事告訴老師嗎？

但不能直接詢問，因為夢中出現了「印露」。她還不太了解哈亞，儘管知道他擁有豐富的知識，能教授很多東西，可是只靠這些無法完全了解一個人……

『說不定我還會再作那個夢。』

慢慢收集更多的故事片段吧！等自己更了解哈亞後，再問問看。

『嗯，老師可能也不知道。』

畢竟那似乎是非常古老的故事。

哈亞說：「如果皇女有機會造訪印露公爵家，隨時都會為您開放圖書館。」

「如果受到邀請，我一定會去的。」

莉莉卡露出滿臉笑容。哈亞也對她笑著，再度開始上課。

冬天是適合學習的季節。放在火爐上的茶壺冒著熱氣，暖和了整個房間。在冬天如此浪費水是非常奢侈的事情，但太陽宮裡有供水管道，所以做得到。

天氣日益變冷。布琳擔心地說，這可能會是創下紀錄的寒流。晚上睡覺時，會稍微打開水龍頭，雖然會浪費水，但為了防止結冰，這也是逼不得已。

天氣冷到只要走到戶外，積雪就會在腳下碎裂，觸感像沙子一樣。

由於都窩在室內，能讀書的時間變多了。騎馬出去的阿提爾回來後，打了個寒顫說：

「我騎馬的時候，中途停下了好幾次。」

「為什麼？」

「馬的氣息凝結成冰，把鼻子堵住了。」

莉莉卡驚訝地張大了嘴，阿提爾則嘆了口氣。

「看來有一段時間不能騎馬了。」

「是啊，馬很可憐耶。」

「哎呀，不讓牠們奔跑也一樣很可憐。等天氣稍微暖和一些，我們再出去。妳也帶晨星一起來吧。」

聽到阿提爾的話，莉莉卡點了點頭。

偶爾去皇帝辦公室幫忙時，拉特看起來很可憐。他穿了許多層衣服，懷裡抱著熱水袋，全身發抖地工作。

相比之下，坦恩只多穿了一層厚厚的羊毛斗篷，裡面穿著毛衣，不怎麼覺得冷。

只有一次，坦恩咂嘴後對拉特說：「喂，辦公室很暖和吧？」

說完，他得到了一個充滿殺氣的眼神。

坦恩立刻夾起尾巴，改口說：「不對，每個人的感受應該都不同……」

拉特磨著牙說：「我，感覺，正受到生命威脅。」

「嗯，對不起。」坦恩尷尬地道歉。

拉特瞪了坦恩一眼，然後將視線轉向文件。他開始嘀咕，聽起來像是「真討厭冷天，冬天去死吧。啊，我好想回南方，還是辭職算了？差不多該辭掉首相的職位了吧？唉，真的是……」，一連串可怕的咒罵和抱怨。

『看來他真的忍得很辛苦。』

派伊也非常難受。阿提爾召他入宮的那天，他的眼裡完全沒有光芒。他活潑的性格不知去了哪裡，頂著冰冷無情的表情說：「殿下，天氣那麼冷，您不會是為了無趣的小事而叫我來吧？」並且絕不離開壁爐前。

同時，他穿了好幾件外套，阿提爾勸他脫掉也沒有用，派伊反而說：「著火了會暖和一點……」

這番話讓所有人都嚇了一跳。最後阿提爾搖搖頭說：「不，在天氣變暖和之前，你都不要過來了。」

莉莉卡幫拉特拿來新的熱水袋。她讓拉特抱著更暖的熱水袋後，拉特向她感謝：

「皇女殿下，謝謝您。」

「別這麼說。今年特別冷，你一定很辛苦。」

拉特抱著熱呼呼的暖手袋，表情更加柔和。

「是啊，這九年來都沒遇過這樣的寒流，我因此多了好多工作。」

「是嗎？」

「是的，因為雪一直不融，有許多村莊被隔絕於世。就算想送糧食過去，這種天氣也沒有人願意坐雪橇長途跋涉，各地的領主都非常煩惱。」

「說得也是。」

莉莉卡點了點頭。冬天是個行動不便的季節，也容易策劃叛亂。當然，應該沒有瘋子會在這時發動戰爭。

這是在各方面都複雜難解的季節。

魔法課程也如阿爾泰爾斯所說，更加正式了。

「神器的力量並非無限，通常都有使用次數的限制。」

阿爾泰爾斯的話讓莉莉卡瞪大了眼。

「我還以為是永久的。」

「妳使用魔法的時候會消耗力量吧？」
「是的。」
「那麼使用神器時，會不會消耗力量？」
「應該會吧……？」
「所以像魔擊槍這樣的神器，會用魔晶石或曝曬在太陽光下來補充力量。」
「啊！」
「妳製作神器時會注入龐大的力量，所以可以使用非常久，但如果可以，還是能補充能量的神器更好。」
「是，那當然了。」
「還有，魔法與寶石也有相容性，但金是可以和大多數魔法完全融合的優質材料，所以要以金為主……」
比如說，橄欖石與太陽相關，海藍寶與水有關，水晶則與淨化有關，有些魔法與特定寶石有很好的相容性，魔法也會決定要使用多少寶石。
「當妳擺出魔法陣時，寶石有碎裂過嗎？」
「什麼？到目前為止還沒有發生過。」
「嗯，那麼我們先試試這個如何？知道極限是很重要的。」
莉莉卡聽到這個要破壞寶石的大膽想法，瞪大了眼睛。
阿爾泰爾斯覺得莉莉卡驚訝的表情很有趣，接著抬起頭來，莉莉卡也疑惑地往同一個方向望去。
即使在這種寒冷的天氣，兩人還是在花園裡上課。雖然不知道阿爾泰爾斯是怎麼做到的，但他能一直用力量讓周圍保持非常溫暖，所以沒有問題。只有他們學習的地方總有一個雪融化而成的圓圈。
在黑暗中，飄蕩著柔和的花香。
莉莉卡瞪大了眼睛，感到有些焦慮，不自覺地望向阿爾泰爾斯。目光交會。

他的藍眼睛愉悅地笑著。

「該怎麼處理礙事者呢？」

莉莉卡不知所措地望向黑暗中，又看向父親。

「那個，嗯，所以說……」

『如果有人靠近怎麼辦？』

她感到不安，不自覺地不停瞥向另一邊。

這裡是只有皇室成員才能進入的花園。如果有人闖進來，可能會惹禍上身。

『怎麼辦呢？怎麼辦呢？』

現在在上魔法課，她不能隨便離開，但無視這個情況又讓她感到擔憂。

為什麼會在這種深夜突然來訪？是不是發生了什麼事？

阿爾泰爾斯仔細打量著女兒的表情，開口問道：「聽說妳曾經闖入巴拉特的地下監獄？」

「什、什麼？」

她驚訝地提高了聲音。她與阿提爾一起去帶菲約爾德出來的事是祕密啊。

阿爾泰爾斯豎起食指，放在嘴唇前：「我沒有告訴妳媽媽。」

聞言，莉莉卡放鬆下來，輕輕點了點頭。

「我很想怪妳做了荒謬至極的事，但結果不算太壞。不過……」阿爾泰爾斯問道，「契約結束後，妳打算怎麼辦？」

如果不再是皇女，她打算如何與巴拉特相處？

莉莉卡似乎從未考慮過這個問題，疑惑地說：

「呃，我們還能繼續做朋友吧？我覺得即使我不是皇族，菲約爾德也願意一直當我的朋友。」

「妳打算和他保持連繫？」

「是的，嗯……當然，如果他是因為我是皇女才與我來往的，以後我們就不會再連繫了，但不是這樣的，我們之間累積起來的回憶不會消失啊。」

「原來如此。你們的緣分切不斷嗎？」

「沒錯。」

阿爾泰爾斯聽到這個開朗又堅定的回答後笑了，這個回答讓他非常滿意。

「去吧，繼續讓他在那裡也不是辦法。我最討厭巴拉特隨便進入我的城堡，但是他還保有一點禮貌，我就放過他。」

「謝、謝謝您！」

莉莉卡道謝後迅速拿起外套。她深深戴上帽子，蓋住耳朵，圍上圍巾後披上斗篷。一踏出被融雪圍成的圓圈，寒意立刻襲來，但因為身體十分暖和，她還能忍受。

她踏著紮實的雪跑著。

『父親大人說他保有禮貌，所以應該是在入口等我。』

莉莉卡氣喘吁吁地跑著。越接近，花香就越濃。

她上氣不接下氣地到達入口時，菲約爾德正靠著一棵樹站著。

「菲約！」莉莉卡瞪大雙眼，「你的衣服是怎麼回事？」

她驚慌地摘下自己的圍巾走近。天氣這麼冷，菲約爾德卻只穿著一件薄薄的襯衫和褲子，十分單薄。

他微笑著轉過頭來，臉頰泛紅。

「知更鳥皇女殿下。」

「你會感冒的，不，你會凍死的。天啊！你還光著腳！」

她正要幫他圍上圍巾，菲約爾德卻抓住了她的雙手。

「我不要緊的。」

「才怪！」

她大喊一聲，讓菲約爾德輕輕笑了起來。

他低聲道：「真的沒事，莉莉。這種寒冷反而讓我感到很愉悅。」

他的聲音聽起來既興奮又甜美。莉莉卡靜靜地注視著他，他的眼眶發紅且溼潤，又看向他握著自己的手，明明戴著厚厚的羊毛手套，卻仍能感受到熱度。

她的表情因不安而扭曲。

「菲約，你又發燒了嗎？你沒事嗎？該怎麼辦——」

「我沒事，因為很久沒見到您了，所以我想來看看您。今天我沒忍住。您剛才和陛下在一起嗎？」

「嗯，陛下讓我來找你。」

「我很擔心他會像那時候一樣趕我走。」

「那時候？」

菲約爾德沒有回答，反倒拉下莉莉卡為他圍上的圍巾，重新圍到她的脖子上。

「紅色的圍巾真的很適合您。」

「畢竟我是知更鳥皇女殿下啊。」

莉莉卡這麼回答，卻感到有些悶悶不樂。

「菲約，我能幫你什麼嗎？你總會像這樣發燒。我畢竟是魔法少女，也許能幫到你。天氣明明那麼冷，發燒時待在寒冷的地方會更惡化。」

「這不是發燒。」

莉莉卡頓了一下，菲約爾德溫柔地說：「所以您不用擔心。」
「我怎麼可能不擔心！真的沒什麼我可以幫忙的嗎？」
聞言，菲約爾德的眼睛稍微睜大。
「幫忙？莉莉想幫我？您還想為我做什麼？您已經給我太多了，多到讓我害怕。」
他低聲細語，讓莉莉卡退縮地說：「啊，嗯……是這樣嗎……？」
「莉莉，我的皇女殿下。」
花香濃郁，雖然不知道是什麼花，但肯定非常華麗。
即使四周漆黑，唯獨菲約爾德所在之處十分明亮，他的銀色頭髮在月光下閃爍。
「我是來請求您諒解的。」
「……諒解？」
莉莉卡有些恍惚，遲鈍地回答。菲約爾德笑了。
「是的，我想請求您的諒解。」
他的聲音甜蜜而迷人，彷彿纏繞在耳朵深處，莉莉卡的心跳加快，周圍的香氣濃郁。
身體彷彿逐漸失去力氣，搖搖晃晃，雙腿發軟，像時鐘一樣翻倒，瞬間下上顛倒過來。
她的身體深陷在雪中。
冬夜天空占滿了視野，之後很快就被菲約爾德遮擋住。
他的金紅色眼睛近在咫尺。
甚至能感受到他的皮膚熱度。他身體散發的甜蜜香氣盈滿肺腑，似乎連她呼出的氣息也帶著香氣。
「我們可能不能經常見面。不，是見面的次數會減少。但我還是想偷偷來見您，可以嗎？」
莉莉卡不太懂他的意思，她眨了眨眼，努力聚焦。

「不能經常見面嗎？」

「是的，因為我有事要做，但您不介意我像這樣來看您吧？」

請您回答……

請您回答「好」。

莉莉卡的嘴唇微張，意識恍惚。

她很樂意。

只要是他的期望，任何事情她都願意答應。

——真的嗎？

有人在她耳邊低語。

突然一陣強風吹來，樹上的雪整塊掉下來。大部分都落在菲約爾德身上，但也有一些濺到她身上。

「啊，好冰！」

她突然回過神。

「奇怪？」

『我躺在地上。』

菲約爾德正俯瞰著她，她甚至不知道自己是何時倒下的，記憶模糊不清。

莉莉卡的腹部用力。

「菲約！」

她用力大喊，抓住他的肩膀並推開他，然後站起來。

菲約爾德露出吃驚的表情。莉莉卡用手拍了拍他的臉頰，隔著厚厚的手套只發出輕微的拍打聲。

「清醒一點！」

但她的聲音很尖銳。菲約爾德驚訝地瞪圓雙眼，安靜地跪坐起來，莉莉卡也一屁股坐下。

「菲約爾德・巴拉特。」

「是，是的。」

他的頭上積著雪。

莉莉卡說道：「雖然不能經常見到菲約很遺憾，但沒關係，你也可以來見我。」

「我明白了。」

菲約爾德回答完後，莉莉卡站起來為他拂去頭上的雪。

「我沒事了。」

菲約爾德道謝後站起來時，又突然有雪球掉到他頭上。

「啊！」

莉莉卡驚嚇地跳起來。到底是從哪裡來的雪？

她四處張望，但周圍沒有人。

菲約爾德說：「是皇帝陛下。」

「啊？」

菲約爾德一邊苦笑一邊拍掉頭上和肩膀上的雪。

「大概是要我冷靜一點吧。我很抱歉，皇女殿下。」

菲約爾德伸出手，想幫莉莉卡拍拍她身上滿是雪的衣服，但又放了下來，看來現在最好別碰她。

「感謝您答應我任性的要求。」

他說完後，行了屈膝禮。他的屈膝禮依然十分完美。

「不客氣。」

莉莉卡也調皮地對他行了屈膝禮。當她抬起頭時，眼前已空無一人。

「唉。」

她嘆了一口氣，純白的氣息出現又消失，寒意侵透她的身體。

『回去吧。』

她輕拍掉衣服上的雪，走回阿爾泰爾斯身邊。他的臉色非常難看。

莉莉卡彷彿被定住了，僵在原地。她無法進入雪融化的地方，呆呆地站在外面。

「先進來吧。」

她輕輕邁出一步，靴子的鞋跟撞擊石地，發出堅硬的聲響。只聽到這個聲音，就讓她感受到自己正在走進溫暖的世界。

阿爾泰爾斯用自己的力量創造出來的溫暖空間。

她開始覺得臉頰和手有點搔癢。莉莉卡乖乖地站著，沒有亂動。

阿爾泰爾斯站起身，伸出手。這次她沒有退縮。

他摘掉她的帽子，拿下圍巾，也把斗篷的緞帶解開，扔到石凳上。厚重的布料落下時，散發出甜美的香氣。

『啊。』

好像連頭髮都沾染到了香氣。

阿爾泰爾斯用雙手抓住莉莉卡的臉頰。不是捏，他牢牢地抓住了。

「妳到底為什麼呆呆站著？巴拉特那個不成熟的臭小——咳，那個人連自己的力量都控制不住了，妳又為什麼要接受他？」

莉莉卡面帶困惑地看著他。而阿爾泰爾斯注視著她的藍綠色眼睛。

她雖然有點像她媽媽，但這種時候非常呆。

雖然覺得她就是個孩子，不過有時候她的孩子氣讓人感到無奈，畢竟她就是個孩子。

「妳沒有感覺到巴拉特使用力量嗎？」

「什麼……」

「那我的力量呢？」

她想要搖頭，但因為臉頰被抓住，只好用話語回答。

「我不知道。」

她的聲音不由自主地變小。阿爾泰爾斯瞇起眼睛。

擁有一定能力的魔法師也會對其他人的力量很敏感，但莉莉卡特別遲鈍。也許她的遲鈍是強者的特質，因為她自身的力量很強，所以感覺不到其他力量。

對，因為我的女兒是個天才。

阿爾泰爾斯帶著初為人父者常有的想法，並說道：「我教妳的話，妳就會懂了吧。」

他想在印露對莉莉卡造成麻煩的干擾前，盡可能教會她更多東西，這使他的教學意欲更強烈了。

阿爾泰爾斯攤開手掌，裹住女兒的臉，原本冰冷的臉頰變得溫熱柔軟。

「那我們坐下來，重新開始吧。」

「好的……」莉莉卡小聲答道。

從那天起，阿爾泰爾斯的課程難度驟然提升。

CHAPTER. 14
為了您的幸福

阿爾泰爾斯確認旁邊的位置沒人後站了起來。他摸了摸床墊，還殘留著一些溫度，空氣中也殘留著茉莉花的香味。他慢慢地起身，披上長袍。

這幾天，他妻子的床位總是空著。起初阿爾泰爾斯以為她是去洗手間，但不是。她回到床上時身體已經完全冷卻，還在發抖，那時必定會有野獸的氣味。

這讓阿爾泰爾斯感到不快，不斷想起坦恩·沃爾夫。

最後，今天他忍不住跟了上去。要追蹤她的蹤跡不難，出乎意料的是，她的目的地是圖書館。

阿爾泰爾斯從打開的圖書館門縫走進去。圖書館內一片黑暗，為了防止書籍受損，被設計為不透光的房間。

因此，阿爾泰爾斯輕鬆找到了露迪婭。不點燈就什麼都看不見，所以他只需朝光亮的地方走去。

露迪婭坐在梯子的高處，金色頭髮在燈光下依舊閃耀著光芒。

光芒沿著光滑的木梯表面，描出輪廓，從梯子的踏板間隙中可以看到一雙白皙的腳。她穿著睡衣，稍微抬頭吐出了一口白氣。

阿爾泰爾斯皺了皺眉，看到她披著一件毛皮大衣後，倒抽一口氣。

『也對，如果在冬天聞到野獸的氣味，應該是毛皮吧。』

他變成人類後，拋下理智了嗎？他如此心想，但同時也有些生氣。

阿爾泰爾斯發出腳步聲走上前。露迪婭驚訝地轉過頭，和阿爾泰爾斯對上目光。

「阿爾泰爾斯？」

「那的確是我的名字。」

阿爾泰爾斯回答後，撿起掉在梯子底下的拖鞋，套到她腳上。她的腳尖紅透了。

「真不明白妳為什麼要在這寒冷的夜裡到處跑。」

「嗯，有很多原因……」露迪婭大聲地闔上書，「我需要查點東西。」

「那就白天來查。半夜在這裡凍死了也不會有人知道，不然叫個侍女——」

阿爾泰爾斯頓時停住，猙獰一笑：「看來妳不只是想看書查資料而已。」

他向露迪婭伸出手。

露迪婭剛握住他的手，想從梯子上站起來時，被猛力一拉。

「啊！」她驚叫一聲，瞬間掉進阿爾泰爾斯的懷裡，拖鞋也掉到了地上。

阿爾泰爾斯抱著她轉身開口，見到哈亞臉色凝重地站在門口。

「索內希哈亞・印露，三更半夜的，你和我可愛的妻子在這裡見面做什麼呢？」

露迪婭先開口：「蒂拉只是在回答我的問題。」

「什麼問題？」

「您先放我下來，我就告訴您好嗎？」

「我不想讓妳赤腳踩在隆冬中的大理石上。所以是什麼問題？」

露迪婭靜靜地看著阿爾泰爾斯，在這時閃躲或撒謊是愚蠢至極的行為。

她坦白地說：「關於魔法的問題。」

阿爾泰爾斯眉頭一皺。

「這樣的話，妳應該問我——」話還沒說完，他又低沉地說：「妳認為我可能會說謊，所以去問印露嗎？」

「我只是覺得從多種角度了解更好罷了。」

「哈！」

阿爾泰爾斯努力想平息內心的怒火，但這讓他覺得兩人至今共度的所有時光彷彿一文不值。

我們之間只有這點信任嗎？我們的關係就這麼脆弱嗎？

我說過的所有話和誓言都被輕易拋棄了嗎？

「陛下。」

「雪精靈，在我把你五馬分屍之前閉上嘴。」

索內希哈亞倒抽一口氣。他沒想到龍的怒意會像這樣爆發。

「阿爾泰爾斯，我們兩個談談。」

「為什麼？」

「因為我有話想單獨跟您說。」

阿爾泰爾斯想嘲諷「這是在擔心你們兩人說的話對不上嗎？」，但他忍住了這股衝動。

「滾開。」

他說的話雖然粗魯，但哈亞覺得這樣就夠了。他鞠躬後離開。

阿爾泰爾斯揮了揮手，厚重的圖書館門無聲地關上了。

「說吧。」

「如果我真的完全不信任您對魔法的理解，就不會讓莉莉卡學習魔法，也不會讓她簽下那樣的契約。」

聽到露迪婭的話，阿爾泰爾斯的怒氣稍微平息了。她說的是事實。

任誰都能看出露迪婭在這世界上最珍惜的人是莉莉卡。這是一個明顯的弱點，但她愛女心切，無法不表現出來。所以莉莉卡隱藏自己是魔法師的事情時，她不是非常生氣嗎？

但是她沒有阻止或監視阿爾泰爾斯教導莉莉卡魔法。

「確實是這樣。」

阿爾泰爾斯這麼說完，坐到梯子的踏板上。他的腿撐著，讓露迪婭能擺出更輕鬆的姿勢。

「關於魔法，我想要盡可能收集所有資訊，因為我的女兒是個魔法師。」

這也很合情合理，並非無法理解。

「那為什麼妳要刻意隱瞞我呢？」

這是他唯一無法理解的。

露迪婭的臉頰微紅，第一次避開了目光。阿爾泰爾斯伸手梳起她的頭髮。

「為什麼？露迪婭。」

他的聲音像在唱歌般甜美，纏繞上來。

露迪婭說：「如果您不笑我，我就告訴您。」

「我不笑。」

露迪婭仍別開目光，開始說起：「您和莉莉經常談論魔法吧？我只能在旁邊聽，因為我不太懂……」

露迪婭稍微轉動目光看來。

「我是想了解魔法，讓您感到驚訝。」

那一刻，阿爾泰爾斯不得不咬緊牙關，忍住笑意。他彎下身子，把臉埋進露迪婭的肩窩。

露迪婭嘟囔道：「您不是說不會笑嗎？」

「我沒笑。」他的聲音明顯帶著笑意，「我只是覺得我的妻子很可愛。」

露迪婭心底慶幸圖書館很冷，讓她發燙的臉頰迅速冷卻下來。臉紅看起來也像是因為寒冷吧。

她說：「既然都被發現了，我有件事很好奇，您願意告訴我嗎？」

「什麼問題都行。」

「您這樣回答，感覺很敷衍耶。」

阿爾泰爾斯拉開身體，離開她的肩窩，望著露迪婭。

「我很認真。」

「那好吧。」露迪婭直看著阿爾泰爾斯，「請告訴我關於您的事。」

「妳開始對我感興趣了？」

「我想知道我所知道的事情有多少是對的。」

在巴拉特聽到的事，不可能全是真的。因為她回來後，已經改變了太多事件，未來變得更加難以預測。

要在權力鬥爭中勝出，就需要盡可能擁有正確的資訊。

阿爾泰爾斯瞇起眼。

「妳明明出身平凡，但就妳知道的情報，看起來不像平凡人，關於我的事也是如此。」

「懷有祕密的女人更有魅力，不是嗎？所以您要不要說？還是……」

「我說了會告訴妳任何事，我就會說，但不要在這裡。皇后可不能失去腳指頭。」

阿爾泰爾斯微微一笑。

「妳的身體都凍僵了，讓人準備洗澡水吧。」

「我以為您會說要一起泡澡。」

「我沒有興趣在浴池裡繼續折磨即使被我折磨一整晚，還是在凌晨跑出去了解魔法的妻子。」

阿爾泰爾斯咧嘴一笑。

「當然，如果妳邀我一起洗，我隨時都很樂意。」

露迪婭用指尖對他潑了一些水，「算了吧。」

露迪婭穿著亞麻連身裙，泡在浴池裡，潔白的連身裙在水中輕輕搖曳。

房裡有水道，可以取得許多冷水，但要加熱水就必須在壁爐中點火。龍用力量迅速加熱水後，她被催著進入浴池。一進入溫暖的水中，她的腳尖和手指開始發麻。
浴室裡的空氣很溫暖，壁爐的火光照亮了浴室。
阿爾泰爾斯坐在光滑的浴池邊緣。
「那您現在願意跟我說了嗎？」
露迪婭問道，他點了點頭，「這故事很簡單，能在水變涼之前說完。」
阿爾泰爾斯的目光直望著壁爐的火光，而露迪婭抱膝坐著。
浴池裡的熱水發出晃蕩的聲響。她開口詢問，讓他更容易開口。
「那個愛過您的人，將您變成人類的人……」
阿爾泰爾斯的視線望來。
露迪婭問：「那個人是現在塔卡爾的祖先，對嗎？」
阿爾泰爾斯點了點頭，他看起來像想笑，但失敗了。他用沉重的聲音說：
「她說她是因為愛我，所以才會——但現在我明白了。」阿爾泰爾斯露出苦笑，「那時她其實是恨我。」
「恨您？」
出乎意料的話讓露迪婭回問，阿爾泰爾斯點了點頭。
「我現在才發現真相是很沒出息，但那時我並不知道。」
阿爾泰爾斯開始講述：
我本來是沒有感情的生物。剛獲得感情時，很難理解擁有多年情感的人類。當島嶼崩毀，我們剛到這裡時，這裡還不適合人居住，和我一起逃來這裡的許多魔法師都死去了。
比起樹海，沙漠更好一些。在沙漠中，我可以飛行或噴火，也更容易發現敵人。
但沙漠裡什麼都沒有，無法生活。

我們淨化了空氣和水，推倒樹木，開墾樹海地區。

就在那時，塔卡爾想到了一個主意。

——創造人類。

「等一下。」露迪婭舉起手喊停，「您說是塔卡爾創造了人類？不是您嗎？」

阿爾泰爾斯點了點頭。

「龍沒有創造的力量，只有魔法師有創造之力，而且是擁有強大力量的魔法師，塔卡爾正是那樣的魔法師。」

「原來如此……」

露迪婭說了句「我能想像到那幅畫面」，點點頭。

「請繼續。」

總之，人類無法維持魔法師的血脈。逃離崩毀的島嶼時，我們得知了那個條件——失去魔法。

因此，從島上逃出來的那些人中最強大的塔卡爾表示想把樹海的生物變成人類，與我們混血。這樣後代就不會是純血人類，無法使用魔法。

就會失去魔法。

但為了在這個荒蕪的世界生存下去，後代還是需要力量，所以要讓這些生物強大的力量隨著血脈遺傳下去。

有些人感到震驚，有些人表示贊同。但如果不這樣做，只能等著滅亡。

第一個混血的是巴拉特。他深深迷戀著塔卡爾，願意聽從她的任何要求。雖然選擇樹海中那朵吞噬魔法師的花朵的品味有點低劣，但選擇強大的花很有他的風格。

塔卡爾以巴拉特的肉、血和骨頭為基礎，把花變成了人類。不只創造了一個人，而是十幾個。

這就是巴拉特家族的起源。成功之後，人類開始逐一創建自己的家族。

然後塔卡爾對我低語——

我愛你，阿爾泰爾斯，我想和你創建一個家族。

「我拒絕了。」

阿爾泰爾斯的藍眼因為憤怒而發亮，帶著幽藍，如閃電般的光芒，瞳孔染上猶如燃燒烈焰的紅色。

「我來到這裡是為了守護你們，所以我不可能和任何人在一起。」

聽到他僵硬的聲音，露迪婭可以想像到這位冷硬的龍族如何低聲勸說塔卡爾。

「所以她就把您變成人類了嗎？」

「對，她把我變成了人類。」

她取走了我大量的血肉與骨頭，同時不停低語著她愛我、愛我。

「如果不是印露，我那時早就死了，因為塔卡爾想要的是我的心臟、大腦和脊椎。」

「那您、您現在怎麼還活著？」

「她沒有全部帶走。她只拿走了我的心臟，從其他部分取走骨頭和肉。印露很擅長治癒魔法，所以我才得以存活。」

龍本是不死的火焰生物。

牠們無法感受到任何痛苦，可以完全抵抗寒冷、炎熱和飢餓，是冷靜理性地吐出火焰的冷漠存在。

這樣的存在變成了擁有脆弱肉身的人類，僅是嚥下炙熱的空氣就感到痛苦。

然而剛變成人類，就經歷了不停被劍切割肉身的痛苦……

露迪婭嚥下一口唾沫，這些詳細的內容是在巴拉特家也無法得知的。

「您沒有想過要復仇嗎？」

「當時我甚至沒有這樣的念頭。況且，能讓我恢復原狀的魔法師只有塔卡爾。」

等她清醒了，就會把我恢復原狀。

露迪婭輕笑一聲，「但她不會那麼做吧。」

「沒錯。」

塔卡爾的行為讓其他魔法師大為震驚，感到害怕。

獲得情感的龍如果報復他們怎麼辦？如果攻擊他們怎麼辦？是否應該奪走他的強大力量？必須將他殺死吧？

這時，塔卡爾說話了。

不能那麼做，因為是我愛著他，所以犯了錯。

因為愛他，我想讓他留在身邊，甚至不擇手段。

「然後印露讓我逃到了沙漠。之後的事，我就不太清楚了。」

露迪婭感覺到他有意將後續發展敷衍過去，但她問出好奇的事：「她想怎麼把您留在身邊？」

「用魔法操控我的思想。」

露迪婭瞬間愣住，望著阿爾泰爾斯。看到她的表情，他露出苦笑。

「是個驚人的愛情故事吧？」

「根本不是。」

露迪婭想到了莉莉，然後看向面前的人，「這根本不是什麼愛情故事。」

露迪婭皺起眉。

「所以我才說，我覺得她其實是恨我，怨恨不願意接受她的愛的我吧？」

他說出如今才得知的愛情基本認知後，露迪婭仔細思索一番，說：

「我反而覺得，塔卡爾是怕您。」

「怕我？」

「是的。因為就算失去了魔法的力量，您仍舊是個足以造成威脅的存在。」

露迪婭看著阿爾泰爾斯的臉，輕聲笑了。

「不曾感受過他人威脅的人可能不懂吧。」

「那為什麼她讓我保留力量呢？為什麼要讓我成為不朽的存在？」

「但您現在一旦受傷就會死吧。畢竟您是人類，可能會餓死或受傷身亡，她還拿走您的一部分創造了後代，不是嗎？她想讓自己的孩子與眾不同，所以需要龍的力量。」

換作是露迪婭，也願意為了莉莉卡做任何事。

然而……

「『因為愛』真是個萬用的藉口呢。是否真的愛過不重要，任何行為都因此變得正當。」

甚至於明明不是愛，也會被誤認為是愛。

「我也曾經想這麼做，也曾這麼做過。」

「妳嗎？」

「是的。」露迪婭微微一笑，「我對莉莉那樣做了。」

阿爾泰爾斯靜靜地望著她，隨後伸出手。

「水應該已經涼了。」

露迪婭抓住他的手，開玩笑地猛力一拉，但阿爾泰爾斯紋絲不動，反倒是露迪婭突然被拉了起來。

「想起來的話，就得好好站起來吧？」

阿爾泰爾斯這麼說，露迪婭不悅地看著他。

「我要起來了。」

阿爾泰爾斯的目光落在露迪婭身上，溼透的亞麻裙貼在她身上。他悄悄轉過身，背對她坐下。

露迪婭站在原地，注視著他的背影，努力地脫下溼透的衣服。

啪噠！

溼透的亞麻裙落在地板上，發出聲響。露迪婭的白皙雙臂環上他的脖子。

她在他耳邊低語：「脫下衣服，我的身體都涼了。您真的不進來嗎？」

阿爾泰爾斯抓住她的手臂，轉過身低聲道：「如果妳邀請我，我非常樂意。」

吻上她之前，阿爾泰爾斯輕呼一聲，補充了一句：「還有，告訴我妳不會告訴莉莉。」

露迪婭大笑出聲，努力保持嚴肅地回答：

「我不會告訴她的。」

冬夜漫長，清晨來得特別晚。

「該起床了，皇女殿下。」布琳拉開窗簾說。

蒼白的冬日陽光照進來，莉莉卡懶洋洋地坐起來。

「嗯……」

「您今天要去辦公室。」

「啊！」

聽到這句話，莉莉卡瞬間清醒，迅速下床開始準備。

雖然不像以前那麼頻繁，但定期去辦公室工作仍是莉莉卡的樂趣之一。

她吃完早餐後走進辦公室，阿爾泰爾斯和拉特已經像往常一樣開始工作了。
他們到底是什麼時候起床的啊？
「什麼，小鬼來了嗎？」
阿提爾從後面用文件打了一下莉莉卡的頭。
「阿提爾今天也來了嗎？」
「對。」
阿提爾咧嘴一笑，然後用同情的目光看了一眼穿著厚重衣服的拉特，交出文件。
拉特瞥了一眼文件後說：「之後不管發生什麼，都不關我的事喔。」
「嗯，這不是什麼壞事啊！」
「怎麼了嗎？」莉莉卡好奇地問。
阿提爾回答道：
「皇后殿下因為今年冬天有寒流，要在貧民區辦救助活動。我打算和約翰．威爾一起負責。」
「啊。」
「別想要跟來。」
「才不會呢。」莉莉卡嘆了口氣，「哈亞交代的作業太多了……」
阿提爾咧嘴一笑。
「覺得很煩就跟我說，我幫妳把鱈魚扔到那傢伙床上。」
「魚嗎？」
「對。」
為什麼要這麼做？

看著一臉困惑的妹妹，阿提爾咂嘴一聲。

「我還得把欺負家教的三個階段傳授給妳啊，妳這樣不行。」

拉特苦笑著說：「請別那麼做。想到被殿下趕走的家教，我的眼淚都快掉下來了。」

「唉，都是一些沒有毅力的傢伙。」

阿提爾爽快地說完，偷偷瞄了阿爾泰爾斯的臉色。

「怎麼了？」阿爾泰爾斯撐著下巴問。

「就是……」阿提爾走過去，小聲對阿爾泰爾斯說了些什麼。

莉莉卡開心地看著這一幕。

阿提爾現在也與父親相當親近了。

阿提爾說完，阿爾泰爾斯咂嘴一聲，「我懂你的想法，但不要一直和貴族為敵。」

「好的，我也打算請莉莉卡和皇后殿下協助。」

「那倒是不錯。」阿爾泰爾斯點點頭，揮揮手示意他離開。

聽到自己的名字，莉莉卡的耳朵豎起來。

「怎麼了？需要我的幫助嗎？」

「嗯，等一下我給妳看幾個人，妳用直覺回答我。」

「啊，我知道了。」

莉莉卡認真地點了點頭。

阿提爾笑了笑，揉亂莉莉卡的頭髮後離開了辦公室。

莉莉卡整理著自己的頭髮，走向阿爾泰爾斯，查看他需要什麼。

紙張堆放得很整齊，墨水也很充足。

「您需要什麼嗎？」
「需要。」
「需要什麼呢？」
莉莉卡的眼睛閃閃發光，讓阿爾泰爾斯忍不住笑了出來。
「去拿點點心來吧！」
莉莉卡說：「我這就去。」步伐輕快地離開辦公室。
「哇，好冷。」
一走進走廊，她就感受到寒風刺骨。莉莉卡對拉烏布感到歉疚。
「拉烏布也可以進來暖一下身體喔。」
「我不要緊。」
拉烏布回答後，莉莉卡說了句「但是……」，接著面露遺憾地邁步向前。
「我要去拿點點心。」
「今天也是嗎？」
「今天也是。」
莉莉卡笑著走向廚房。在這種天氣下要是等廚師做好點心，擺得美美的後由侍者送來，點心應該完全冷掉了。不過，如果由皇女殿下將點心隨意盛盤、快步端來的話，依舊會是熱騰騰的。
有了皇帝的命令，廚房也無法抵抗皇女的要求。於是莉莉卡今天也拿著點心籃，像小山羊一樣蹦蹦跳跳地回到辦公室。
今天的點心是加了培根和高麗菜的湯配上麵包，比起點心，這更像是一頓簡便的餐點。冬天只吃早晚兩餐很常見，但為了撐過中間的時間，點心會變得更豐盛。

莉莉卡的份則是灑了砂糖的炸麵包，配上茶。

「熱湯真是太棒了。」拉特感激地道謝：「能喝到這樣的熱湯都是多虧了皇女殿下。」

莉莉卡搖了搖頭，酥脆的炸麵包出奇地美味。

她吃著點心，跟進出辦公室的人打招呼，並在父親摸了摸她的頭後，回到了自己的房間。

——啪嚓！

「！！」

莉莉卡連哀號都叫不出聲，顫了一下後癱倒在桌上。桌上放著碎成粉末的橄欖石。

「好可惜……」

比起魔法失敗，昂貴的寶石碎裂更有害精神健康。

她嘆了口氣，顫著手拿起下一顆寶石。莉莉卡拍掉碎裂的橄欖石，把新的橄欖石放在畫有魔法陣的紙上。

『這次一定要成功！』

莉莉卡拿著擺錘，集中精神，魔法陣開始微微發光，逐漸發亮的魔法陣浮現於空中。

光芒變小後滲透到寶石中，不停打轉，最後消失。

「成功了！」

莉莉卡高聲歡呼。這是她第一次在如此複雜的魔法陣中注入最大的力量。

『就這樣一點一點地進步吧。』

看著自己首個成功的作品，她不自覺地笑了。莉莉卡嘿嘿笑了笑，捲起袖子。

『就這樣趁勝追擊！』

然而，接下來的兩顆寶石接連碎裂，只有最後一個成功。雖然莉莉卡有些沮喪，但幸好又成功了一個。

她將成功的寶石小心地放進珠寶盒中。當她走出書房時，迪亞蕾正坐在那裡。

「迪亞蕾？妳什麼時候來的？」

「我剛來不久。」

「來了就跟我說一聲嘛。」

「您剛才在房裡看起來很專心，所以我不想打擾您。」

「妳怎麼來了？」

莉莉卡問道，迪亞蕾露出調皮的笑容。

「我帶了雪橇來！」

「哦？」

「您之前說過沒有滑過雪橇吧？所以我帶了兩個雪橇來，我們一起去後山滑雪橇吧。」

「真的嗎？」

「是，當然是真的。」

聽到迪亞蕾的話，莉莉卡的表情頓時明亮起來。

在布琳的幫助下，她立刻全副武裝，和迪亞蕾走出了房間。

迪亞蕾帶來的雪橇是手工做的，精心打磨的木頭描繪出漂亮的曲線，旁邊漆上了相當華麗的顏色。

「好帥喔。這真的是迪亞蕾做的嗎？」

「是的，不過，其他兄弟也有幫一點忙就是了。」

「謝謝妳，迪亞蕾。」

她們一邊聊天一邊爬上山坡。途中，迪亞蕾還幫忙提了莉莉卡的雪橇。

在貧民區，下雪時頂多就是打雪仗，所以莉莉卡從未聽說或見過讓人坐的雪橇，而非由馬拉著的。

所以，她按照迪亞蕾的話坐上雪橇，不停左右傾斜身體——

「——！」

「哇——」的驚呼聲持續了一整路。她在山坡下翻滾，陷入雪地裡。

「皇女殿下！」

拉烏布立刻跑過來，把她從雪堆中拉出來。

莉莉卡睜大眼睛大喊：「超級好玩！」

之後她不斷爬上坡、往下滑，爬上坡再往下滑，最後她的雙腿都在顫抖，爬不上山坡了。

拉烏布在半路上把雪橇和莉莉卡扛起，送到山坡上，但莉莉卡搖搖頭。

「我覺得不應該借助拉烏布的力量來玩。」

最後直到她一步也走不動，滑雪橇遊戲才結束。莉莉卡筋疲力盡地躺在雪地裡喘著氣，但迪亞蕾看起來很輕鬆，滿臉擔心地問：

「皇女殿下，您還好嗎？您是不是太勉強自己了？」

「迪、迪亞蕾，妳怎麼、還這麼……咳咳！」

「哎呀，我在這種天氣也能跑幾十圈呢，這點程度連熱身都不算。」

「真厲害。」

「這在沃爾夫家不是什麼特別厲害的事。」

「嗯，但我覺得妳很了不起，迪亞蕾，妳真帥。」

莉莉卡的話讓迪亞蕾紅了臉頰，她笑著說：「皇女殿下也真是的。」

「來，趁身體還沒冷卻，我們回去洗澡吃晚餐吧。」
布琳這麼說完，莉莉卡點了點頭。但她完全爬不起來，最後對拉烏布伸出手。
拉烏布笑著抱起莉莉卡，走回宮殿。
拉烏布漸漸能自然地露出笑容了，這讓莉莉卡非常自豪。
兩人洗淨塵埃後，吃了一頓豐盛的晚餐。她們吃了好幾份熱騰騰的雞肉派，還有塗有融化奶油的麵包與茄汁焗豆。加了馬鈴薯泥和蛋的沙拉也很美味。
直到兩人都吃得心滿意足，迪亞蕾笑著說：「非常謝謝款待。」就告辭了。
莉莉卡累到不小心睡著了。
冬天就這樣忙碌地流逝。
每當莉莉卡去看望媽媽，她總能坐在最溫暖的地方。媽媽最近似乎也很忙。
但下午茶時間總是很愉快。露迪婭目光溫暖地看著莉莉卡吃著糕點，問道：
「莉莉，妳真的沒事嗎？」
「什麼？」
「我是說陛下。妳一直叫他父親大人啊，還有那個契約，妳不覺得辛苦嗎？」
「我真的沒事。」
媽媽已經問過這個問題好幾次了。應該是覺得要當面問出口，莉莉卡才會坦承「很辛苦，想放棄」的內心話，
但當面談過後，露迪婭知道是她白擔心了。
「我一開始有點不習慣，但這是工作……可是我沒有不喜歡！我沒有勉強自己工作，嗯……」
莉莉卡問露迪婭：「媽媽，您不喜歡叫陛下『親愛的』嗎？」
「什麼？」

面對莉莉卡的攻擊，露迪婭有些手足無措。

「這個嘛，嗯～我沒有特別這樣想過……畢竟這是工作……」

「對吧？我也這麼覺得。」

莉莉卡笑著回答。露迪婭凝視著這樣的莉莉卡，不由自主地開口：

「即使是工作，如果一直這麼說，情緒會堆積在心裡……我擔心妳以後會因此感到難過……」

「當然，也許有一天會感到難過，但是再過久一點——」

莉莉卡將手放在胸前。最近每天都過得十分開心，雖然發生過害怕和難過的事，但幸福像小小的雪花一樣不斷積累，蓋過所有的不愉快。

「以後回想起來，這些記憶肯定能讓我微笑。所以，比起擔憂將來的悲傷，不如享受當下的幸福。」

莉莉卡的眼睛閃閃發光，羞澀地搔了搔臉頰。

「雖然這個想法很單純。」

「我們家莉莉。」

露迪婭緊緊抱住莉莉卡，飄蕩著花香。

雖然阿爾泰爾斯和阿提爾、菲約爾德偶爾也會叫她「莉莉」，但那和媽媽的「莉莉」完全不同。不論聽多少次，那聲「莉莉」都會變成閃閃發光的雪花，積累在心中。

「如果沒有莉莉，媽媽真的不知該怎麼活下去。我們家莉莉真的很聰明。」

莉莉卡雖然害羞，但不打算否認。她已經準備好正面接受這些讚美了。

莉莉卡說：

「媽媽也不要太勉強自己。嗯，如果太辛苦就解除契約……雖然要付很多違約金，但是不管要去哪裡生活，應該都不會有問題。」莉莉卡低喃：「因為我是魔法師啊，總能活下去的。」

露迪婭思索著莉莉卡的話，輕聲笑了。

「我不想讓莉莉做那些事。保護莉莉、保護我們母女是媽媽的責任，莉莉光是願意留在這樣的媽媽身邊就是最大的幫助了。謝謝妳，莉莉卡。」

露迪婭輕輕親了一下莉莉卡的臉頰，她就滿臉通紅。

『這世上沒有比我媽媽更美麗的人了。』

莉莉卡心中充滿了驕傲，而露迪婭撫摸著莉莉卡，陷入沉思。

如果一直這麼說，情緒會堆積在心裡。

這句話是對莉莉卡說的嗎？不，這肯定是對自己說的。

她會不斷關心莉莉卡的狀況，可能是自己的內心有所動搖。看著阿爾泰爾斯和莉莉卡像父女一樣坐在一起談笑，她感到幸福的同時也不安到發抖。

偶爾在阿提爾和莉莉卡聚在一起，連阿爾泰爾斯都在的家庭聚會上。

『會有股想逃跑的衝動。』

帶著莉莉卡逃跑，不對，要把莉莉卡留在這裡。

偶爾會有股連她自己也不清楚的不安和衝動湧上心頭，內心深處紛亂不已。這時，她都會立刻努力將思緒轉移到別的地方。

不必害怕，契約結束後，這段關係就結束了。

妳心知肚明，莉莉卡也很清楚。在那之前，妳不需要擔心會被拋棄，或是遭到他背叛。

沒事的，露迪婭。

她這樣壓抑衝動並抬起頭時，一定會與阿爾泰爾斯對上目光。

他的目光彷彿能洞悉一切。

那個目光短暫地定在她身上，在孩子們感到疑惑前迅速移開，但露迪婭覺得他肯定看透了她的心。

不可以逃跑。

彷彿是在警告她……

「莉莉卡。」

懷中的莉莉卡抬起頭來。露迪婭情不自禁地笑了，同時也嘆了口氣。

「愛是什麼呢？」

「嗯，就是在一起時會覺得非常快樂又幸福吧？」

莉莉卡直望著媽媽。

以前她很害怕看向媽媽的臉，因為媽媽看到自己總會生氣，皺起眉頭，所以她無法直視媽媽的眼睛。

即使她想要直視媽媽，眼淚也會馬上流下來，再次低下頭。儘管她多次努力露出笑容，但回應她的只有冷淡的話語和難看的表情，所以她漸漸失去了勇氣。

回想起那時，她不由自主地縮起肩膀。

但現在莉莉卡知道，媽媽只要看到她，臉上就會綻放出明亮的笑容。看到媽媽高興地對自己張開雙臂就給了莉莉卡力量，能撲進媽媽的懷裡。

她感到很幸福。

「還有，希望對方也能感到快樂和幸福。」

即使很疲憊、很痛苦，但一想到對方笑著的樣子，就露出笑容。

這難道不是愛嗎？

看著莉莉卡用小小的腦袋認真回答，露迪婭點了點頭。

「對，就是這樣。」

露迪婭輕撫著女兒的臉頰，然後再次緊緊抱住她又放開。

想看到對方的笑容。這個答案雖然簡單，卻十分確切。

當莉莉卡嘿嘿笑起，露迪婭也跟著笑了。莉莉卡緊握著露迪婭的手說：

「就像現在這樣。」

「什麼？」

「我看著媽媽笑時，媽媽也看著我笑了吧？」

「是啊。」

「這就是愛。」

聽到莉莉卡的話，露迪婭笑了，莉莉卡也回以微笑。

「莉莉說得對。」

露迪婭點點頭，抱著溫暖的莉莉卡，下定決心。

『好，跟他說吧。』

將自己的故事告訴阿爾泰爾斯吧，看看他會露出什麼表情，或許會因此得到答案。

不管得到什麼答案，她都不會逃避。

因為我有莉莉。

「我世界上最可愛的莉莉，我愛妳。」

「我也愛您。」

莉莉卡回答後，緊緊地抱住媽媽。

露迪婭一直想著「要跟他說，要跟他說」。儘管已經做了決定，但要開口說出來並不容易。

這是個藏在她心底深處的故事，而且涉及到她自己的惡行。

我原本是巴拉特的間諜。

曾經想要除掉你。

甚至把女兒賣了。

這些話她怎麼樣也說不出口。畢竟那些事都不會發生了，也不曾存在過。

她只要當作沒發生過，隨便編造一些謊言就好——她曾這麼想過無數次。

但那樣得到的答案應該無法令人滿意。

我想要得到答案。

又不想得到答案。

在兩種心情之間徘徊躊躇時，雪開始融化，白天變長了。

莉莉卡從花園的積雪裡找到了剛綻放的雪花蓮，帶了幾朵回來。那些潔白的花朵非常美麗。

雨水管道中傳出雪融化後流下的聲音，從樹上滴落的融雪水嘩啦啦地落到地上。

到了既不適合滑雪橇，也不適合搭馬車的季節，露迪婭還是無法說出心中的話，也注意到莉莉卡一臉擔憂。

儘管她試圖瞞住女兒，笑著裝作若無其事，但敏銳的女兒馬上想討她開心，提高聲音說著話，不斷帶來春天的禮物。

露迪婭深吸了一口氣，知道自己必須振作起來。

『即使會被輕蔑也沒辦法。』

明明那麼害怕被人厭惡，自己是怎麼對待莉莉卡的？又是怎麼對待那麼多人的？

然而現在，她卻厚顏無恥地說：「我是做過那些事，但是就當作沒發生過吧，請不要恨我——因為我害怕受人厭惡。」

其他人也許不知道，但她自己心知肚明。

『或許厚顏無恥是我的優點之一。』

她知道自己仍然不是好人。她偏執，她的愛也只給予莉莉卡，也有碎裂尖銳的部分。

她絕不想說自己是個好人。

『確實如此。』

自己承認後，她反而覺得輕鬆多了。

看來她是想在阿爾泰爾斯的眼裡當個好人。

露迪婭苦笑著，將莉莉卡帶來的水仙花插入花瓶。純白的水仙花只有花瓣前端帶著黃色，散發出甜美的春天氣息。

將水仙花放在壁爐架上，露迪婭下定了決心。

『今天一定要告訴他。』

「我有話要跟您說。」

聽到露迪婭的話，阿爾泰爾斯一邊脫下騎馬外套一邊回應：「現在嗎？還是……」

「這不是能在晚餐時間談的話題。」

阿爾泰爾斯笑了笑，「那就算廚師會有意見，還是請他少上一點菜吧。」
露迪婭看向侍從，機靈的侍從迅速離開。廚師得重新準備菜肴，一定會抱頭苦惱，但這就是宮裡必須做的事。
不久後，廚師費盡苦心，重新準備好的晚餐送了上來。露迪婭本想在用餐時坦白，但始終不順利。
調味過的羔羊肉、烤得很完美的蔬菜以及獨特醬料，這些平時都會仔細品嘗的料理完全嘗不出味道。
最終，她食之無味地吃完晚餐，嘆了口氣。
「妳究竟想說什麼？」
阿爾泰爾斯平靜地問道。露迪婭斜靠在沙發上，阿爾泰爾斯則從櫃子裡拿出蒸餾酒問道。
「要來一杯嗎？」
「不了，不過您應該喝一杯。因為等我說完，您可能會想解除契約。」
阿爾泰爾斯猶豫了一下，轉過身看著露迪婭。面無表情，以冰冷的眼神看著她。
「說來聽聽。」他的語氣嚴肅。
露迪婭猶豫到最後，開口說：「您之前說過想了解我吧？」
「對。」
「我想跟您談那件事。」
「我不知道突然聽到這件事是不是明智的選擇。」
阿爾泰爾斯把威士忌倒在冰塊上，琥珀色的液體緩緩流過冰塊。
露迪婭說她不喝，但他還是準備了兩杯。當他把酒杯放到眼前，露迪婭笑了。
「我曾經有酒癮。」
「如果是關於妳在貧民區的事，我非常了解。」
露迪婭呵呵笑了笑。

「我現在要說的不僅僅是那些事，所以……」

露迪婭雙手握住酒杯，刺激的威士忌香氣傳來。她想喝，但沒有動作。

她曾因為想要忘記、逃避而喝酒，但現實中充滿了不能忘記，也不能逃避的事情。

露迪婭講述了時間倒流的事，也說了前世的事情，以及她曾是巴拉特的間諜，策劃叛亂——

一開口，話就像大水潰堤一般不斷湧出。她沒有勇氣直視阿爾泰爾斯。

即使顫抖，露迪婭還是繼續講述。

「我之前讓莉莉卡和根巴爾伯爵結婚。」

那位伯爵是貴族派的重要勢力之一。

「我明知道他兒子都已經結婚了。」

露迪婭揚起嘴角，阿爾泰爾斯則瞇起了眼。

「妳讓她嫁給了伯爵。」

「對，我讓她嫁給能當我祖父的伯爵，成為他的後妻，她比他的孫女還年幼。但她是伯爵夫人啊，這是正式的婚姻。莉莉卡．凡斯成了伯爵夫人，有比這更大的成功嗎？」

她拉高聲音後又低沉下來。

「我當時曾這麼想。」

冰塊融化，輕輕轉動杯子，冰塊就撞上杯壁，發出聲音，冰塊像霧氣一般融入威士忌中。

「然後我和巴拉特一起起兵，發動了叛亂。那時我見到了您。」

露迪婭終於抬起頭，看著阿爾泰爾斯。她也不曉得自己現在是什麼表情。

「無人能敵，您像踩死螞蟻一般，讓人們和一切被火焰焚燒、粉碎，您只是在空中隨手一揮，人類就像煙火一樣爆炸——」

露迪婭笑了，她自己也覺得這笑聲十分愉快，甚至有些怪異。

「我逃跑了，那當然。我去找莉莉卡，而莉莉卡什麼都沒說就把我藏了起來，幫助我逃跑。」

接著莉莉卡被抓了，伯爵夫人這個盾牌毫無用處。

露迪婭得知莉莉卡被抓時十分焦急，又感到害怕。她會不會告訴別人她逃到哪裡了？因此，她沒有逃到莉莉卡告訴她的藏身處，在首都徘徊。

聽說叛亂者即將站上絞刑臺，露迪婭雖然害怕，還是去了廣場。

莉莉卡站在絞刑臺前，使露迪婭無法移開視線。

莉莉卡走上階梯後，兩人的目光確實交會了。在眾人大喊著要莉莉卡的性命時，莉莉卡看著她。

露迪婭突然感到害怕。

——那裡有叛徒！

她害怕莉莉卡會這樣大喊並指著她，無法移開視線。

她應該是看錯了。明明這麼多人，她怎麼可能認出我來。這是錯覺啊，露迪婭。

然而，目光交會許久。露迪婭意識到這不是錯覺，莉莉卡真的在看她。

那一刻，她對我微笑。

莉莉卡在目光交會後，笑了。

為什麼？

她為什麼笑？

露迪婭被這股無法理解的衝擊貫穿。她別過頭轉身，當宣告死刑已執行的歡呼聲響起時，露迪婭推開大喊的人群，逃離了廣場。

止不住淚水，她哭了又哭，甚至不明白自己為什麼會流淚。

逃跑的欲望不再像以前一樣迫切，最終她被守衛抓住，被帶到監獄，即使受到拷問，即使被帶上火刑臺，她都在想——

我不要。

我不要。

我不想死。

我不想這麼愚蠢地死去。

當火刑臺的火焰點燃，乾柴噼啪作響，煙霧飄起時，露迪婭看到了這一生的走馬燈。無論在何處，都有莉莉卡的身影。

啊，原來如此。

女兒愛著她，她一直被愛著。她曾以為理所當然的事情，根本不是理所當然。

她一直想要得到別人的認可，想向世人宣告自己的優秀，想讓全世界都跪在她的腳下——她想要被愛。

莉莉卡愛著她。

她曾以為子女只是從她身邊奪走事物的存在，認為孩子應該發揮用處的心被粉碎了。

淚水被火焰吞噬，在煙霧中喊得聲嘶力竭。

她曾以為一切會就此結束。

露迪婭放下酒杯，她終究一滴也沒有喝。

「這就是我的故事，所以我並不是您想的那麼聰明或了不起的女人。」露迪婭平靜地說道。

房間內只能聽到木柴在壁爐裡燃燒的聲音。

沉默過後，阿爾泰爾斯開口：「所以妳是說我贏了？」

「！」

露迪婭猛然抬起頭。阿爾泰爾斯放下杯子，一屁股坐到她旁邊，把她面前的威士忌換成薑汁汽水。

「所以是我贏了，掃蕩了叛亂軍，而妳就在那其中？」

「是……啊……？」

他剛才真的聽我說了我的故事嗎？不，但我確實輸了沒錯。

我確實曾在敗軍之中。

「聽妳這麼說，看來是我贏了，但我不認為勝者有權利嘲笑敗者。」

「但是……」

「而且妳從貧民區爬到巴拉特勢力的核心，我覺得這是值得自豪的事，無論從哪方面來看。」

很多人認為不是貴族就不是人。從這之中沒有放棄，還爬上來是很了不起的事。

如果不頑強、不心狠手辣是無法生存下來的。

「但是，我對莉莉卡……」

「這不是該由我評斷的事，而是莉莉卡，而且……」

阿爾泰爾斯望進露迪婭的眼睛。

「妳說莉莉卡看到妳後笑了，那不就是莉莉卡的回答嗎？我認為那是她作為魔法師的最後願望。」

露迪婭茫然地看著阿爾泰爾斯，腦海中浮現當時烙印在眼底，莉莉卡的微笑。

為什麼？

她為什麼笑？

為什麼她在那種場合看到自己，能對她露出笑容？

她一直在思考，想起了莉莉卡以前說過的話：

『愛就是和對方在一起時覺得非常快樂又幸福。』

希望你幸福。

想看到對方的笑臉。

『**如果我看著媽媽笑……**』

如果我對妳微笑，我果然……

「希望妳也對著我笑……嗚！」

最後的話說不出口，露迪婭用雙手摀住了臉。阿爾泰爾斯摟過她顫抖的肩膀，露迪婭就在他的懷裡哭了起來。

她哭了又哭。

莉莉卡只是想看到她的笑容。她不該逃跑，應該對她露出笑容的。

露迪婭厭惡起愚蠢至極的自己，她抓著阿爾泰爾斯的衣服，嚎啕大哭。

眼淚止不住地流，即使擔心眼睛會哭到融化也停不下來。

哭累了之後，她開始發愣。

壁爐裡傳來柴火燒盡的聲音，自己粗重的呼吸聲傳至耳裡。慢慢地，她感受到抱住她的那雙手的溫暖。

阿爾泰爾斯的懷抱很可靠，她事後才覺得，自己如此崩潰大哭很丟人。

看她稍微冷靜下來後，阿爾泰爾斯遞給她一條手帕。露迪婭用手帕擦了擦臉。

「呼——」她吐出長長的一口氣，抬起頭來，「謝謝。」

「別客氣。」

阿爾泰爾斯微微一笑。那目光讓她覺得很害羞，但又無法移開目光。

『原來如此。』

她還以為會受到指責，但是沒有，讓她鬆了一口氣。

她知道無論自己所做的事情是不是走錯路，都應該受到責難，因為她也在內心責備自己。

但她仍希望得到安慰。

當她將保管在內心最深處的黑暗完全說出口後，世界似乎變了樣。愛上某個人感覺不再那麼困難，她覺得自己也能用完全不同的方式去愛莉莉卡。

阿爾泰爾斯沒有責備她，她因此笑了出來。

世界都變了。

「妳為什麼笑？」

「沒什麼，我是想到這就是勝者的威嚴嗎——就忍不住笑了。」露迪婭笑著說。

阿爾泰爾斯倒抽了一口氣，該說是少了殺氣嗎？還是少了一層隔閡？

她的印象變得有些透明，本來像冬日的陽光一樣蒼白銳利，現在卻像春天的陽光，即使同樣有些灰暗也完全不同。

阿爾泰爾斯說不出話，著魔般地望著她。

露迪婭離開他的懷抱，側身靠著沙發椅背坐著，與阿爾泰爾斯正面相對。

「所以我絕不想輸給巴拉特，這一次的人生，我不允許任何人傷害莉莉卡。」

露迪婭想看到巴拉特垮臺。

儘管如此痛哭流涕，也只讓她的眼眶微紅，並未損及她的美麗。

露迪婭問道：「您不也是一樣嗎？」

「對。」

阿爾泰爾斯點了點頭。只要讓阿提爾活著，將帝國傳給他，這一切就結束了。

他是這麼想的，但現在有太多事改變，已經不是那麼「簡單」的事了。

阿爾泰爾斯想起他的女兒。

『那不是愛！』

到頭來，魔法師說的話是對的。

莉莉卡醒來時有些困惑。

布琳笑著說：「昨天陛下和皇后殿下來過。」

「嗯，他們突然在凌晨時過來……」

他們緊緊抱住她，甚至讓她感到難受。媽媽一再說著「我愛妳」、「對不起妳」、「會讓妳幸福」，父親則默默地安慰她，用力按著莉莉卡的頭到發疼，然後就離開了……

「他們身上有酒味。」

「天啊。」

布琳摀著嘴笑了，莉莉卡也不禁笑了起來。

她還以為父親喝醉後緊緊抱著自己，用鬍子用力蹭著自己臉頰的情節只存在於童話中。

雖然沒有蹭臉頰，但他緊緊擁抱她，鼓勵似的拍了拍她的肩膀，然後突然說了一句「做得好」，之後與媽媽一起離開了。

他們肩並肩走著的樣子十分賞心悅目。

「還有，布琳。」

「是。」

「媽媽變得更美了吧？」

「是嗎？」

「嗯，不知為什麼，感覺她一夜之間變得更美了。她越來越漂亮，如果真的變成精靈，消失在森林裡該怎麼辦？」

看到莉莉卡嘆氣，布琳忍不住笑了。

「即使皇后殿下消失，她也會帶您一起走的，所以您不用擔心。」

「是嗎？」

聽到她謹慎地回問，布琳果斷地回答「肯定會的」。

莉莉卡回答：「那太好了。」嘿嘿笑著。

即使會帶來泥濘，春天也讓人心情愉悅。風不會再刺痛耳朵，吹來的是溫柔的風。雖然泥地黏黏的，但只要將靴子穿牢，玩起來也很有趣。莉莉卡玩著玩著滑了一跤，把衣服弄得都是泥巴才作罷。

阿提爾雖然也很忙，但總是會抽空陪伴莉莉卡。他時常匿名租下城鎮裡的屋子，召集一些人，讓莉莉卡看看那些人。

「怎麼樣？有感覺不好的人嗎？」

「呃，那個人，還有那個人。啊，那個人也是。」

阿提爾說了幾句粗話。那是像莉莉卡這種在貧民區長大的孩子才知道的粗話，他肯定是跟擦鞋大叔學來的。

「謝了，我以後再報答妳。」

阿提爾撩起莉莉卡的瀏海，親了一下後迅速和其他人離開了。

每次阿提爾帶人來讓莉莉卡看，直覺不好的人越來越少。

「今天怎麼樣？」

莉莉卡打扮成女僕，環顧進來的人一輪後豎起大拇指。

「沒有任何讓我感覺不好的人。」

「太好了！」

阿提爾緊握起拳頭，大喊著「終於！」，滿臉笑容。

「我的眼光現在也不錯了。嗯，妳喜歡哪一個？」

「嗯，通常這些人來到這樣華麗的宅邸都會非常拘謹吧？或者反而大呼小叫、虛張聲勢，但那個髮型……」

莉莉卡在側頭部劃了一條線。

「啊，妳是說杰斯嗎？」

那個剃掉側邊頭髮的男孩令人印象深刻，他還揹著一把像切肉時會用到的長方型大刀。

「對，他看起來很冷靜。」

莉莉卡遞來裝著餅乾的盤子，他小心地吃了一塊，接著把整個盤子都拿走。仔細一看，他認真地吃著餅乾，整盤都被他一個人吃光了。

「沒錯，那小子很有膽量。」

咧嘴笑著的阿提爾揉亂莉莉卡的頭髮。

「那就選他吧，我也很喜歡他。」

莉莉卡心想他要讓杰斯做什麼時。

「啊，莉莉卡，從今天起，杰斯就是我的談心朋友了。」

莉莉卡驚訝地瞪大了眼睛看著杰斯，他在黑龍室裡不曉得會有多突兀。

他的頭上深深戴著報童帽，穿著寬鬆的吊帶褲和靴子……

『他身上穿的夾克肯定是阿提爾買的。』

只有夾克特別突兀就可以明顯看出這一點。

杰斯也驚訝地看著莉莉卡。他似乎有點為難，用惱怒的眼神看著阿提爾。

「那時的那個——真有眼光。長得這麼漂亮，讓人無法忘記啊。」
莉莉卡聽到他濃厚的南方口音，瞪大了眼睛。
那一刻，阿提爾瞇起眼，抓起杰斯的衣領。
「你敢盯上我妹妹，我會殺了你。」
杰斯聞言輕聲笑了笑。
阿提爾搖了搖他，「回答呢？」
「知道了啦。」
阿提爾這才放開杰斯。
杰斯脫下帽子，彎腰鞠躬，「我是杰斯。」
他的鞠躬動作非常僵硬，像在痙攣一般，似乎死也不願意對別人行禮，或是不習慣。
莉莉卡差點笑出聲，咬著臉頰內側說：
「我是莉莉卡．納拉．塔卡爾。我是想跟你說，如果你這麼不想行禮，不用行禮也沒關係，但是……」
「不是，我是不習慣，畢竟妳是貧民區的公主殿下。」
「哦？」
杰斯重新戴上帽子，咧嘴一笑。
「討厭您的話，我就不會低頭了。不值得低頭的時候，我死也不會這麼做。」
「那你還是多學學吧，看起來非常不情願喔。」
莉莉卡終於笑著這麼說，杰斯聳聳肩，拉下帽檐。
「嗯，約翰說過要學，但我沒什麼興趣。」
阿提爾在旁邊輕笑起來。派伊露出苦笑，布蘭也嘆了一口氣。察覺到氣氛的莉莉卡挺起胸膛說：

「但既然你會成為阿提爾的談心朋友，該遵守的規定就應該遵守。阿提爾會擅自跑出去，所以我希望有人能抓住他。」

「等等，妳說擅自跑出去是什麼意思？」

阿提爾皺著眉頭問道，莉莉卡回答：「就是字面上的意思。」

布蘭和派伊頓時露出喝下涼爽飲料的痛快表情。

杰斯咧嘴一笑。

「我不太適合待在這裡，感覺非常悶，不太喘得過氣，我還是去工作吧。」

杰斯瞥了阿提爾一眼，然後俯身對莉莉卡小聲地說：

「我知道妳不喜歡他把我當成談心朋友。」

聽似低聲細語，聲音卻清晰可聞，明顯是故意讓大家聽到的。阿提爾嘟囔了一句「真是的」。

「看來得在他說出更奇怪的話之前把他趕走，夠了，走吧。」

杰斯只是輕輕拉起帽檐致意，然後跟著阿提爾走了出去。因為他一個人出去不曉得會在哪裡遇到什麼事，阿提爾才會帶他離開吧。

阿提爾走後，莉莉卡轉向布蘭和派伊。

「這不會有事吧？」

「應該會有很多人說話吧。」

布蘭再次嘆了口氣，而派伊皺起眉。

「我知道您在想什麼，但應該會引起極大的反感，這將取決於未來殿下選擇什麼樣的談心朋友。」

「派伊，你可以接受嗎？」莉莉卡小心地問道。

派伊是桑德爾侯爵家族的直系成員，如果他的待遇和貧民區出身的男孩一樣會生氣吧？

派伊微微一笑。

「畢竟我的命是撿來的。其實把皇女殿下綁架到馬車上時，我應該已經被處死了。」

「啊，是這樣嗎？但人心是會改變的。」

「或許有人會改變，但我不會，而且您治好了菲莉，我不該有所怨言。至於那個杰斯，我看他的能力是不錯，只要改改說話的方式就好了，但他死也不改。」派伊的眼神變得銳利，「總之，他是有實力的。」

「是嗎？」

「是的，他甚至能和沃爾夫打一場呢。」

「那麼厲害……」

「所以殿下才喜歡他吧。」

莉莉卡聽派伊說完，點了點頭。如果是看重實力，應該不會有事吧。她這麼心想。

與菲約爾德的會面地點定在祕密花園。他們在門廊上品茶，看著下著春雨的花園。

「我不懂殿下在想什麼。」

「什麼？」

「別讓無賴成為談心朋友不是更好嗎？桑德爾侯爵雖然因為前陣子的事件而保持沉默，但聽到自家兒子和一個來歷不明的人成為平等的談心朋友，心情應該很糟。」

「啊……」

仔細想想，雖然派伊本人可以接受，但是不代表這件事沒問題。

「原來如此，確實有可能是這樣。」

不論對錯，或許有人會感到不快。

「嗯，但陛下應該也很清楚這件事，或許有方法解決吧？」

「如果陛下有方法就好了，但大多數的解決方法都是他的力量。」

菲約爾德的話讓莉莉卡緊抿著嘴。她不是不想說話，只是不知道該說什麼。其實是因為她對政治不太了解。

菲約爾德也察覺到這點，微微一笑，轉移了話題。

「新來的蒂拉和課程怎麼樣？還是一樣嗎？」

「嗯，作業量非常多。真的很多……我最近也在學習認識各種新的神器。」

「您是說魔法少女嗎？」

「對，但是非常難……而且，嗯……」莉莉卡支支吾吾地說：「在那次戰鬥中，我沒幫上什麼忙吧。如果以後我還是幫不上忙該怎麼辦？可是我覺得傷害或殺害別人很困難，內心這麼脆弱能戰鬥嗎……」

菲約爾德無聲地放下茶杯。他的動作輕柔，彷彿茶杯和茶托之間鋪了一塊柔軟的布。

「皇女殿下。」

「嗯。」

「不是只有殺人或傷人能獲勝。若是想贏，總會有方法。但重要的是用什麼方式、什麼心態獲勝。」

莉莉卡專心聽著巴拉特小公爵說話。

「即使是面對不死之身，也有取勝的方法。」

「真的嗎？」

「把他們推進深淵，將洞口封起來就行了。」

「說、說得也是……」

「讓對方無法戰鬥的方法，不是只有暴力，這種方式應該更適合皇女殿下。但如何定義勝利是個人的問題，所以請您繼續思考這件事。」

「嗯……」

「有人認為斬首就算勝利，也有人說使對方臣服或和解才是勝利。勝利有著各自的方式和道路。」

莉莉卡點點頭後，菲約爾德笑了。

「雖然皇女殿下已經踏上勝利之路了，我沒有資格再多說。」

「我嗎？」

她疑惑地反問，但菲約爾德只是微笑著，沒有回答。

這是要她自己去找出答案嗎？莉莉卡感到困惑，而菲約爾德悄聲問道：

「話說那個談心朋友杰斯。」

「嗯。」

「他看起來怎麼樣？」

「嗯，他看起來相當粗魯，實際上應該也是，但他的說話方式真的很特別。不過他對我很親切，可能是他對弱者很溫柔吧？感覺是個好人。」

菲約爾德低吟一聲，瞇起雙眼。

他的聲音不知不覺間變得冷酷低沉。

「您不要跟他太過親近比較好吧？最好讓其他人清楚知道他是阿提爾殿下的人。」

因為他出身貧民區，人們可能會認為他是皇后或皇女安排的人——聽菲約爾德這麼說，莉莉卡疑惑地說：「是這樣嗎？」

「是的。」

菲約爾德說得很堅定，因此莉莉卡順從地點了點頭。

阿提爾之前看到杰斯向莉莉卡問候就立刻抓住杰斯的衣領，荒謬地威脅「如果你敢盯上我妹妹，我會殺了你」，因此莉莉卡不打算刻意主動靠近他。

菲約爾德聽完後說：「看來殿下也不是沒有思考過。」他的心情很快就好轉了。

菲約爾德也分享了一些自己的事，但感覺好像沒有提及重要的事情。

不過，莉莉卡完全能理解。因為她自己也有許多祕密，像是契約皇女、真正的魔法師之類的事情。

目送菲約爾德離開後，莉莉卡回到宮中，馬上就是哈亞上課的時間了。

『最近時間好像過得非常快。』

莉莉卡望著融化的雪。雖然在她不知道的地方發生了幾件她不知道的事情，但那不是她該擔心的。

『我得快點長大。』

長大後，她應該就能與阿提爾一起遊歷貧民區，也能與迪亞蕾一起去旅行。

只要再過一個冬天，她就來到荳蔻年華了。不是十一歲或十二歲，而是十三歲。

據說，過去到了十三歲會被視為成年人，因此，特別是古老的權族，即使待遇不一定與成年人相同，也有很多時候都會遵循古老的傳統。到那時，她能做的事情應該會比現在多上許多。

期待讓莉莉卡的腳步輕快許多。

起初，她對令人震懾的課程內容感到不知所措，但現在已經習慣了哈亞的課程。

春天來臨時，很多人想來問候哈亞，堆起了許多信件。不僅是信件，也有很多人派使者來好幾次，邀請哈亞到家裡做客。而哈亞說「我只是來教導皇女殿下的」，有禮貌但堅定地拒絕了所有邀請。

莉莉卡問哈亞：「但是老師，你這樣果斷拒絕不會被人討厭嗎？」

「堅決拒絕比含糊其辭地拒絕來得好。而且，若是會因此討厭我的人，本就不值得建立關係。」

「但是你也可以更溫和地拒絕，不是嗎？」

「我已經清楚地說明了拒絕的理由。」

「即使如此，對方可能會受傷……」

「為什麼呢？我只是說我是來教導皇女殿下的，不參與其他事務。對於那些自行揣測的人，我沒義務負責。」

哈亞用能模糊反射出一切的雙眼看著莉莉卡。

「擔憂過多也會消磨自己。放下雜念是更好的選擇。」

「我會牢記在心的。」

這段時間以來，莉莉卡覺得哈亞像位神官。仔細一想，他們與世隔絕生活，也和修道士相似。

提及此事，哈亞微微一笑。

「或許在努力堅守誓言這件事上很相似吧。」

「誓言嗎？」

「就是指對什麼事發誓，並努力遵守那個誓言。」

莉莉卡的眼睛開始閃閃發光，這種古老故事總是讓她感到興奮。

「你是說與龍之間的約定嗎？」

莉莉卡一問，哈亞驚訝地回問道：「您知道嗎？」

「嗯，我只知道人類與龍之間有約定——但那真的存在嗎？」

「是，真的存在。從印露家出現之時就有了這份約定。」

「！」

莉莉卡不自覺地將椅子拉近了一些，坐得更靠近桌子。哈亞用袖子遮住嘴角，輕聲笑了。

「您很感興趣嗎？」

「是的，我非常感興趣。」

「聽說那是一個解除詛咒的誓言。」

「詛咒？」

「是的。」

「那是什麼詛咒呢？」

「您覺得是什麼詛咒？」

莉莉卡聞言瞪大雙眼，抱起雙臂。她不是認為哈亞在開玩笑，而是在努力尋找答案。

「嗯，我想想……詛咒……嗯……是陷入沉睡嗎？」

「不是。」

「那是變成其他樣子嗎？」

哈亞稍微頓了一下，然後點點頭。莉莉卡清清喉嚨。

「看童話故事書的話，詛咒通常都是這樣的，例如變成白天鵝啊，嗯，或者陷入沉睡——之類的。」

莉莉卡自信滿滿的語氣讓哈亞再次點頭。

「那些確實是很經典的故事。」

雖然不是那麼純真的故事，但結果與童話相似，或許人的想法本來就不會差太多。

突然，莉莉卡好奇地問：「那龍還活著嗎？以不同的形態？」

「根據故事的話，還活著。」

「那應該很辛苦吧。牠變成了什麼模樣？果然是白天鵝？還是青蛙？嗯，變成青蛙的龍太過分了，但就是因為很過分才會說是詛咒吧。不過，印露是怎麼解開這個詛咒的呢？」

「這個嘛——」

哈亞無意間準備回答時閉上了嘴巴。莉莉卡歪著頭，而哈亞望著她。

「很抱歉，這是祕密。」

「啊！居然停在這裡！」

莉莉卡像在抗議古老的故事斷在很遺憾的地方，來回晃著腳。她點了點頭。

「這對印露家來說一定是重要的故事，這也沒辦法啊。」

「是的。」

沒錯，確實是重要的故事——我差點就說出口了。雖然故事內容和真正面對人時完全不同。

讓我不自覺地透露出一些族裡的祕密，甚至差點脫口說出關鍵這點，十分令人害怕。

即使我已經很警惕露迪婭，卻還是被她套出祕密了，那這位皇女殿下該怎麼說呢？

『她是在不經意間讓我坦白的嗎？』

就算是沉默修行百年的智者，在她面前也會忍不住用手指寫字，說出祕密吧。

不帶有惡意、敵意、策略或陰謀，卻能讓對方透漏最深層的祕密。

『難道說？』

哈亞直盯著莉莉卡，問道：「能讓我看看您持有的神器嗎？」

「那是很重要的東西，不能隨便給別人看。」

「您說的是。」

「而且，我聽說印露家擁有許多危險的神器。」

「是的，我們擁有的一些神器如果釋放到世上會很危險，必須讓它們沉睡於眼下。我們也有一份需要回收的神器清單，而且最重要的是——」

他頓了一下。

話到了嘴邊，哈亞改口：「我們在尋找可以改變命運的東西。」

我們在尋找真正的魔法師。

這句話，他確信不久前才說過。

但他不想觸怒龍。畢竟，保命是家族首領的命令。

『看來皇后殿下確實掌握著某些關鍵……』

莉莉卡聽到後，瞪大了眼睛。

「真的有這樣的神器嗎？」

莉莉卡的腦海中浮現之前看到的巨大天球儀，是畫出星星運行動線的天球儀。

命運的流動就是那樣嗎？

「但是，怎麼知道命運改變了呢？」

哈亞露出意味深長的笑容說：「天曉得。」

莉莉卡感覺到無法再進一步了解，因此點了點頭。

光是她現在聽到的事，應該就是其他人完全不曉得的印露家族的祕密。

印露微笑地說：「不知為何，我在皇女殿下面前變得很多話，看來我的修行還不夠。」

「嗯，這就代表你有這麼多話想說吧？我會保密的，所以你可以盡情說出口，有時候只是坦承心聲，也能讓心情舒暢一些。」

聽到小皇女殿下認真的話，哈亞輕聲笑了：「我會牢牢記住您的建議的。」

哈亞沉思片刻後對莉莉卡說：「對了，皇女殿下，我夏天時會離開。」

「夏天嗎？」

「是的，我已經向皇后殿下告知過這件事，但還沒告知您。天氣變暖後，我預計回印露公爵家，等秋天來臨時再回來。」

「我可以問原因嗎？」

對於莉莉卡的問題，哈亞帶著非常寂寞的笑容回答：「因為我無法忍受寒冷。」

「——你們覺得這句話是什麼意思？」

莉莉卡看著布琳和拉烏布說。她不管怎麼想都無法理解哈亞最後說的話。

「他說夏天要去冷的地方，但為什麼又說無法忍受寒冷呢？如果怕冷，嗯——就應該像派伊一樣，到了冬天就去南方……或是待在溫暖的地方吧？」

然而，哈亞之所以要在夏天前往極北地區，竟然是因為無法忍受寒冷。

「可能是說不能忍受極北的寒冷吧？」

聽到布琳的想法，莉莉卡抬起頭。

「印露家那位的故鄉應該是極北，所以他對寒冷的標準可能也是根據故鄉決定的吧。他忍受不了極北的寒冷，所以只在夏天上去。」

「啊！」

莉莉卡一拍椅子扶手。

「布琳，妳好聰明！原來如此。我因為沒有特定的故鄉，所以沒想到這一點……」

「呵呵，皇女殿下的故鄉就是首都。如果您到其他領地，也許會想念首都的。」

「是這樣嗎？」

「是的，當然。」

「那索爾家呢？」

「索爾家不是貴族，沒有自己的領地，所以和皇女殿下您一樣，首都就是故鄉。」

聽完這番話，莉莉卡的視線轉向拉烏布，布琳也望向他。

拉烏布呆站在原地一會兒後，眨了眨眼。

「黑森林，非常美麗。」

他的嘴角微微上揚，那是看似微笑的表情。只聽這句話，就知道拉烏布非常珍惜那片森林。

「原來如此，希望以後能一起去看看。」

拉烏布沒有回答，輕輕低下頭。莉莉卡笑了笑，靠到椅背上。

「但說到怕冷，派伊也是，拉特也那樣裹了好幾層……老師也很辛苦吧。」

「也許不是所有印露家的人都這樣。如果真是如此，他們整族都會向南遷移才對。」

「只有老師不同嗎？」

「如果有這樣的人存在。」

布琳指向拉烏布。以前他可能會因此畏縮，但現在的拉烏布沒有任何反應，成長到表現明顯非常穩定了。布琳用指著拉烏布的手畫了半圓形，然後指向完全相反的方向。

「那也會有相反的人存在。」

「啊，因為血液變淡了嗎？」

「是的。」
莉莉卡嘆了口氣，她果然還不太習慣這種感覺。
或許是因為她不是權族，不太了解吧。
「相反的人應該也很難過。」
不同於他人這一點是相同的，而且印露的領地位置本身就很特殊……
布琳以毫不在乎的語氣說：
「不過，能在南方找到工作、來回移動還是很幸運，這樣對我們也非常有利。如果對方有那種理由，我也可以理解。」
這番話吹散了所有感傷。莉莉卡不具備這種冷靜的態度，所以她很慶幸有布琳在身邊。
莉莉卡又發現了一個好處。
「而且夏天時不用上課，真讓人期待。」
「是啊，夏天就像孩子一樣，盡情玩耍吧。」
布琳放心多了。她見到莉莉卡整個冬天都在學習，曾煩惱過再這樣下去，也許必須向皇后殿下提出建言，但既然能在夏天休息，她非常歡迎。
『哎呀，我竟然因為她認真讀書而擔心。』
和最近因為阿提爾的談心朋友而不得不吃胃藥的布蘭相比，這邊簡直是天堂。
多虧可愛的主人，布琳非常幸福。

「哇——！」

不由自主地感嘆出聲。

身旁的迪亞蕾也一起發出驚嘆聲。

「哇啊！」

「太驚人了，這就是大海啊！」

帶著鹹鹹氣味的藍色地平線無邊無際地擴展開來。建於海邊的木屋被塗得五顏六色，在夏日陽光下十分鮮明。

「皇女殿下，快點！」

迪亞蕾急不可耐地拉著莉莉卡的手。莉莉卡一邊抓住帽子，一邊笑著與迪亞蕾一起跑到海灘。

「海浪！」

「哇！」

海浪不停拍上潔白的沙灘。迪亞蕾跟著退去的波浪奔跑，接著又反過來迅速逃跑，躲避浪花。

「真是神奇！」

迪亞蕾興奮難耐地大喊，莉莉卡也不斷點頭。

雖然搭馬車來這裡花了很久的時間，但這幅景致值得他們這麼做。

位於西部的美麗海岸上，那些珊瑚島各有其主，其中有幾座島是屬於皇帝的領土。皇帝夫婦為了享受兩人世界而前往其他島嶼，將皇領中最大的島嶼讓給莉莉卡和阿提爾。

「迪亞蕾，妳看那邊，海裡有馬車耶！」

「哦？真的耶。」

布琳笑著告訴驚訝的兩人，那是更衣馬車（Bathing machine）。

「馬車兩端各有一扇門，要走進其中一扇門更換泳裝，然後馬伕會將馬車拉到深水處，人們就從那裡進入水中。」

「直接走進去不行嗎？」

迪亞蕾咧嘴一笑。

「聽說這一開始是為了裸泳而設計的。因為無法裸體從海灘上下水，所以要迅速下水，藏起身體。」

「啊！」

「但現在是用來替換泳裝，不用上岸也能休息，簡易又方便的空間。」

「原來如此。那我們也要搭馬車嗎？」

「不，我們要去的島上沒有馬車，因為只有我們，也不需要擔心別人的目光。」

「這樣啊。」

有點可惜，停在海中各處的馬車是一道奇特的風景。

一行人花了一點時間從海岸乘船來到島嶼。最終到達的島嶼非常安靜且美麗，純白的沙灘和清澈的海水，滿是玻璃窗的宅邸洋溢著異國情調。

侍從們也穿著輕便的衣服，布琳說，碼頭每天會有兩班船來往。

在遙遠的海岸另一邊，那些純白分散的是珊瑚島。莉莉卡回想起哈亞教過的地理知識，熱心地解釋。

「聽說是那些島嶼阻擋了巨大的海浪，所以西側島嶼的海浪很平靜。」

迪亞蕾聽到這些解釋，露出有些遺憾的表情，她也想看看像房子一樣高的浪潮，之後搖了搖頭。

她們將行李放到別墅裡，別墅內有很多以藤蔓編織的家具，莉莉卡和迪亞蕾選擇了相連的房間。

息。

阿提爾帶著杰斯和派伊一起來，也使用相連的房間。杰斯在來的路上一直受暈船所苦，聽說現在躺在床上休息。

莉莉卡和迪亞蕾一到達就換上服裝，穿上了及膝褲和船員風格的上衣。布琳說會晒傷，最好穿長袖，但露迪婭說「她還小，時間也不長，穿短袖也無妨吧？」支持莉莉卡，因此她們得以穿上短袖。

迪亞蕾的裝扮也和莉莉卡相似，兩人對視後開朗地笑著，一起跑向海灘。

站在海邊，莉莉卡遞給迪亞蕾一條項鍊。

「這是什麼？」

「這是神器，能讓妳在水中也能看清周遭，也有助於呼吸……但是一定會喝到水……」

那是六角形的海藍寶石，泛著清澈的水光，其中嵌入了魔法。

「只要咬住它就會啟動。」

「哇，謝謝皇女殿下。」

迪亞蕾迅速將項鍊戴到脖子上。莉莉卡也戴了一條，其他項鍊她交給了布蘭，之後也會分給阿提爾一行人。

「我們下水吧！」

「走吧！」

迪亞蕾毫不猶豫地跳進海裡。看到迪亞蕾那麼做，莉莉卡也鼓起勇氣，進入大海。

「好冷！啊，好鹹！」

「聽說海水就是鹽水，真的好鹹！呸呸。」

「哇、哇，天哪！哇——」

驚嘆不已。大海太奇妙了。

「啊，不過好涼快，很舒服耶。對了，您會游泳嗎？」

「只會迪亞蕾上次教過我的……」

「海中游泳又是另一種感覺，但總會有辦法的吧。」

迪亞蕾說得爽快，將項鍊含在嘴裡，潛入海中又浮上來。

「皇女殿下！您一定要下去看看！魚兒非常美！」

「！」

莉莉卡也迅速將項鍊含在嘴裡，把頭伸進水中。太陽光照在海底的白沙上，閃耀生輝。

「！」

游來游去的魚兒體型嬌小，帶著五彩繽紛的顏色。

從那時起，會不會游泳不再重要，莉莉卡和迪亞蕾忙著一次又一次地潛入海中。

水域深的地方生長著許多珊瑚礁。迪亞蕾熟練地游到那邊，而莉莉卡因為腳踩不到底，害怕得不敢過去，不過那邊的魚量更多。

迪亞蕾勸道只要抓著彼此，一起進去就好了，但兩人都被人一把抓住。

「兩位都沒聽見嗎？」拉烏布帶著嘆息說道。

莉莉卡和迪亞蕾都驚訝地抬起頭。

「是拉烏布？」

「怎麼會？我沒有感覺到你過來啊。」

「因為兩位玩得太專心了。布琳從剛才一直在叫妳們。」拉烏布露出苦笑，「妳們玩一陣子了，請休息一下。」

海灘上已搭好了一頂帳篷。三人走向海岸，吸了水的衣服越來越重。

布琳皺著眉頭說：「兩位連帽子都沒戴。」

「但是戴著帽子沒辦法下水吧。」

莉莉卡辯解道，布琳嘆了口氣。

莉莉卡說：「布琳，妳也下水吧，嗯？」

「我討厭黏黏的海水，更喜歡在這邊看。」

「唉。」

莉莉卡失望地坐在帳篷的陰涼處，不停喝著飲料。

「我餓了……」

「因為兩位玩了好一陣子，叫妳們也沒聽到。」

布琳打開點心籃，端出了起司烤到融化的三明治、煎得恰到好處的香腸、炸薯條和炸雞，以及冰涼的檸檬水等許多食物。她們吃吃喝喝一陣子後，身體完全放鬆下來。

「不能吃完東西就馬上下水喔。」

「嗯。」

莉莉卡和迪亞蕾一起在海灘上散步，撿拾被海浪沖上來的貝殼和珊瑚碎片也很有趣。

阿提爾帶著派伊和杰斯來到海灘，看到莉莉卡就笑了出來。

「妳全身都是鹽啊。」

他伸手幫莉莉卡拂去臉上和手臂上的鹽粒。

「怎麼樣？喜歡海嗎？」

阿提爾說得像這片大海是自己的東西，如此問道。莉莉卡不停點頭，講述著自己看到了什麼樣的魚，以及她在海中多會游泳。

阿提爾點點頭，「如果去更深的地方，還可以看到海龜、小鯊魚，甚至是大魟魚。」

「！」

莉莉卡一聽，既害怕又好奇。

「感覺很可怕，但是好好奇，不過還是很害怕。」

阿提爾笑了，「以後妳想去，我再帶妳去。我也收下了這份禮物，現在應該能輕鬆地去欣賞。」

他輕輕彈了一下項鍊，而派伊低下頭。

「謝謝您，皇女殿下。每次都收到您的禮物。」

「哎呦，這沒什麼~」

「對了，杰斯的暈船好一點了嗎？」

「別吃那個藥。雖然好了，但味道太難吃了。」

莉莉卡點點頭，表示慶幸。

隨著人數增加，海邊變得更有趣了。他們玩起阿提爾帶來的球，還在海裡比賽跑。

洗澡時，頭髮硬得驚人，不停掉出沙子，莉莉卡明白布琳為什麼會說「我討厭黏黏的海水」了。

剛吃過晚餐，莉莉卡睏得直打瞌睡，傍晚就睡著了。

「皇女殿下、皇女殿下。」

有人搖醒莉莉卡。她覺得全身沉重，不想起床。

「嗯……」

她翻了個身，迪亞蕾說了聲「哎呀」，把她扶起來。

布琳叫人起床絕對不會這麼粗魯。

「啊，嗯……怎麼了……？」

「唉，這樣不行，我揹您吧。」

「嗯……？」

被迪亞蕾揹在背上，莉莉卡打著瞌睡。迪亞蕾搖了搖她說：

「您稍微睜開眼睛看看。」

「嗯……」

莉莉卡微微睜開眼睛，眨了眨——

「喔！」

她在迪亞蕾的背上驚訝地挺起身。不知何時，她們來到了海邊。

莉莉卡大聲驚呼：「海、海在發光！」

「非常美吧？很壯觀對吧？」迪亞蕾以開朗的聲音道。

每當海浪拍打，海面就會閃爍星星點點的光，宛如星星落入海中。

「哇、哇，迪亞蕾，放我下來。」

「好的。」

迪亞蕾小心翼翼地將莉莉卡放下。雖然她們穿著睡衣打赤腳，但島上沒有人，因此無所謂。

她小心翼翼地將腳踩進閃耀的海水中。浪花湧上，照亮她的腳踝周圍，然後又退去，美到她差點流淚。

「太壯觀了……」

世上竟有這麼美麗又壯觀的景色。

「媽媽和爸爸也有看到嗎？」

「當然。」

迪亞蕾十分肯定地回答，讓莉莉卡笑了。

『菲約也知道這種景象嗎？真希望他能一起看。』

「今天能看到就夠了。布琳說海風中也有鹽分，會黏黏的。」

「要回去了嗎？」

「明天再來看就好啦。」

因為必須馬上看到而出門，有看到就感到滿足了。這很有迪亞蕾的風格，十分乾脆。

「我揹您吧，因為您打赤腳。」

迪亞蕾輕輕地將她揹起來，走到鋪設的道路。

「迪亞蕾是怎麼知道的？」

「阿提爾殿下告訴我的。他說皇女殿下睡著了，明天再一起下來看，但我聽到這種事，怎麼忍得住。我從窗戶看了一眼，立刻就把皇女殿下帶來了。」

「嗯，那明天我得裝作很驚訝。」

聽到莉莉卡的話，迪亞蕾笑了。

在海邊的生活放縱得驚人。很晚起床，吃過早餐就去探索島嶼，然後午睡。午睡後，他們到海灘上盡情玩耍，晚餐後會欣賞夕陽，再次開始玩耍或看書，晚上去海邊欣賞美景。

一開始夜游讓莉莉卡感到很害怕，但大家一起下水後，她也鼓起勇氣。

手一揮，夜海就閃閃發亮，十分美麗。

他們也鼓起勇氣，一起游到深海。莉莉卡看到了海龜，之後整天都在談論海龜。

有時，她會整天和迪亞蕾一起躺在潔白的床上閒聊。

『真的太幸福了。』

莉莉卡嘆了口氣，慢慢地走在花園裡。她難得獨自一人散步。

這個島上有一處水泉會湧出淡水，周圍被裝飾得像噴泉一樣美麗。

她看到杰斯坐在那附近。

「啊，杰斯。」

杰斯站起來，向她鞠躬。

「你在做什麼？」

「我在看夕陽。」

杰斯指向海岸線。由於是西邊的島嶼，落日景色極為壯觀。

「跟杰斯的頭髮顏色很像呢。」

「噗——」

莉莉卡聽到奇怪的聲音而轉頭看去，杰斯本來忍著笑，與莉莉卡對上目光就忍不住笑了出來。

「啊，真讓人難為情。」

「但真的很像啊，是很漂亮的髮色。」

莉莉卡堅持自己的看法，杰斯則點了點頭。

「謝謝，這是我出生以後第一次被人讚美頭髮。」

他微微一笑，兩人看著顏色逐漸改變的天空。藍色、橘紅色、鮮豔的紅色與金黃色，接著是紫色與粉色交織，最終藍天從東往西變暗，星星開始一顆接一顆亮起，天空澈底暗下來。

遠處傳來海浪的聲音。

「皇女殿下。」

「嗯？」

「您不覺得辛苦嗎？」

莉莉卡轉頭看去，杰斯凝視著她說：「說話方式和思維都不同。雖然我是皇太子殿下的談心朋友，不該說這種話，但在這裡過活感覺沒有很美好。」

他的臉色認真，目光直盯著莉莉卡，彷彿不想錯過她臉上的任何變化。

「嗯，這個嘛，是不容易，但也沒有那麼難。而且我與我愛的人們在一起，那才是最重要的。」

杰斯似乎放鬆了一些，露出笑容，「那就好。」

莉莉卡「啊」一聲後笑了。

「是約翰叔叔吧？他總是很會操心。」

「就是啊。」

「嗯？」

杰斯站起身，「妳真的不記得了啊，雖然我知道妳總是喊著大叔、大叔，也只看著老大。」

「哦？我們見過面嗎？」

「天啊。」杰斯笑了，「真是的，我說到這份上了妳還不記得，那我也沒辦法了。」

「嗯……」

莉莉卡抱起雙臂。事實上，那時她根本沒有餘力關心周遭，她滿腦子只想著必須養活兩個人，忙於工作。

看著莉莉卡苦惱低吟，杰斯提議送她回去別墅。

「給我多一點提示吧。」

「……」

「真的不給我嗎？」

一路上她不斷提問，但杰斯緊緊閉著嘴，什麼也沒說。

最終莉莉卡放棄了。

『記得就記得，不記得就算了，沒什麼。』

越是想想起這件事，越想不起來。她回到房間後，和迪亞蕾一起出去吃晚餐。

「咦？阿提爾呢？難道他還在游泳？」

聽到莉莉卡的問題，派伊輕輕搖了搖頭。

「他說必須親自去買一些東西，所以坐傍晚的船出海了。」

「真的？到底要買什麼？」

「不清楚。」

派伊再次嘆了口氣，杰斯則一臉不敢置信。

「什麼嘛，竟然不帶我一起去？他到底在想什麼？」

若要把身為談心朋友兼護衛的自己丟下，那自己為何要跟到這裡來？

派伊撐著下巴。

「你都經歷過了，還不明白嗎？」

「唉，煩死了！」

杰斯煩躁地抓亂頭髮，嘆了口氣，發誓下次絕不再從他身上移開目光。

晚餐後，迪亞蕾對拉烏布說：

「那個，你最近不會一直覺得手癢嗎？要不要來比一場？」

拉烏布凝視著迪亞蕾，她不滿地說：

「我想挑戰尖牙，但家主總是說不行。我覺得如果能打中他一次，應該就能挑戰了。」

難得身邊沒有礙事的人，迪亞蕾直看著拉烏布。拉烏布仍然沒回答，所有人都以深感興趣的目光等著他回應。

拉烏布看向莉莉卡，莉莉卡笑了。

「隨你的意去做吧。」

迪亞蕾毫不猶豫地說：「唉，別把皇女殿下當藉口逃避了。」

拉烏布站起來，「好啊。」

「好耶！」迪亞蕾立刻從座位上跳起來，「我去換衣服，海灘上見！」

一切馬上準備就緒。迪亞蕾為了交手換上輕便的衣物，開始在海灘上做準備運動，不停轉動手臂。

兩把練習用的木劍插在沙地上，這棟別墅裡似乎什麼都不缺。

杰斯和派伊站在一起，一臉興致勃勃。而布琳拿著一盞紫色燈籠，站在莉莉卡身邊。

那是索爾家的神器，燈籠的真正用處至今仍是一個謎。

今晚，布琳的頭飾是紫水晶，在月光下，施過魔法的紫水晶比鑽石更璀璨耀眼，帶著強烈的紫色彩虹光芒。

莉莉卡悄聲問布琳：「但用木劍沒問題嗎？他們兩個的力道，木劍可能會被打斷。」

「因為他們不控制自己的力道對打，就會失去理智。」

布琳的回答讓莉莉卡恍然大悟，點點頭。

「先打斷木劍的人就輸了。」

「是場冷靜的比試。」

「至少第一回合是。」

莉莉卡點點頭。布琳彈起一枚硬幣，硬幣在兩人之間落地成為信號，兩人衝向對方。

『咦？』

莉莉卡突然感覺到了動靜，看向花園。

「布琳，我離開一下。」

聽到莉莉卡的話，布琳眼神一凝，隨即點了點頭，「我知道了。」

莉莉卡悄悄離開，朝別墅走去。在異國風情的花園正中央，菲約爾德站在盛開著白色花朵的樹下。

「菲約！」

她開心地跑過去，一個月不見的菲約爾德露出微笑。

「你是怎麼來到這裡的？不，我知道，不要回答我。」

菲約爾德被莉莉卡的話逗得呵呵笑著。

「周圍都是水，所以我費了一番功夫，花了不少時間。」

「那你可以不用來的。」

聽到莉莉卡的話，菲約爾德微微垂下肩膀。

莉莉卡緊握住他的手。

「但我很高興你來了。菲約，你知道這裡的海會發光嗎？要不要帶你去看？不，我們去看看吧。」

菲約爾德笑了，「好的，我很樂意。」

「啊，對了，等一下，我去屋裡拿燈，因為通往對面海灘的路很暗。」

莉莉卡立刻跑向別墅。

菲約爾德看著她離去時，頸下感覺到一把冰冷的刀刃。

「你是誰？」

菲約爾德微微回過頭。光聽那獨特的口音就能辨認出是誰。

「沒聽說過不能攻擊手無寸鐵的人嗎？」

「其他人會在意這種事，但我可不會。」

「不，這不是禮儀的問題。」

菲約爾德舉起手。

「！」

那一刻，有東西彈開刀刃，接著傳來劃破空氣的聲音，杰斯向後退了幾步。

——啪！

隨著細微的聲響，石地上被刻下一道痕跡。

「這代表沒有武器也敢到處走動的人有其能耐。」

杰斯手中的刀轉了一圈。他反手握住刀，露出一絲笑容。

「現在我懂了。」

「啊！杰斯！等一下！」

拿燈走來的莉莉卡大喊道。她加快腳步。

「別過來。」

杰斯舉起手，莉莉卡立刻停下腳步，但仍繼續說道：「他是我認識的人。」

「他的臉閃著光芒，像從海裡爬上來的魔物。」

莉莉卡一瞬間還在思考該怎麼回應時，杰斯說：「我從以前就覺得，皇女殿下非常不在意自己的安全。」

菲約爾德瞇起眼。

「從以前」這句話讓他感到不悅。他知道這個男孩來自貧民區，和他的知更鳥皇女殿下一樣，他們以前就認識了嗎？

「那有用嗎？」

「不，我有好好注意……」

「只有注意嗎？」

杰斯笑了一下，一蹬地面。莉莉卡「啊！」了一聲，身體往前傾但又停下腳步。

她想大喊阻止他們，但如果大喊，下面的人肯定都會聽到，如果所有人都跑過來就麻煩了。莉莉卡不停跺腳。

「等一下，你們兩個都住手。」

菲約爾德沒有使用武器，用佩戴在腰間當裝飾的銀鍊來應對。那是掛在腰帶上的裝飾品，雖然很細，但與杰斯的刀相碰時，發出了沉重的聲音。

銀鍊纏住了刀。

杰斯轉動手腕。按理說，細銀鍊應該能這樣輕鬆扯斷，此時卻扯不斷，對方肯定耍了什麼花招。

兩人陷入僵持，眼神交錯。菲約爾德感到煩躁，這個人是皇太子的談心朋友，不能殺了他，也不應該讓他受到重傷。他本想一招讓對方失去意識，但對方出奇地有能力。

閃過一記踢擊，菲約爾德鬆開銀鍊並往後跳。拉開距離，打算在下一秒衝過去——

「我說了住手！」

莉莉卡突然介入其中。

「？」

「！」

兩人在千鈞一髮之際停下攻擊。莉莉卡站在他們中間，毅然說道：「太危險了，你們在幹什麼？」

聽到這句話，兩人頓時一臉傻眼，同時開口：

「這是我想對您說的話！」

「妳在做什麼啊！」

「竟然跑進我們之間，您瘋了嗎？您可能會受重傷啊！」

「剛才不是還說會保護自己嗎？我到底聽到了什麼？真是無言。」

兩人同時不停說道時，莉莉卡和菲約爾德忽然一齊看向怒氣沖沖的杰斯。

杰斯咂嘴一聲，「對不起，我說話太過分了。」

「喔，不是，杰斯……你很會說標準語耶？」

「我會依據禮儀轉換。如果我用方言，即使沒禮貌也沒人會說什麼。」

他像被發現了祕密一般笑著，但眼中沒有笑意。他熟練地切換回南部方言，然後又迅速變成標準語。

「總之，這是怎麼回事？」

他再度說完，莉莉卡瞇起眼，顯然完全不打算聽他發牢騷。

「那在我喊停時，你們都停下來就好了吧？好了，這位是我的朋友菲約爾德·巴拉特，這位是阿提爾殿下的談心朋友，杰斯。」

杰斯嘆了口氣，將刀轉了一圈後插回背後。

「沒心情打了，隨便你們吧。」

他嘆了口氣，離開現場。莉莉卡也嘆了口氣。

『這理由真有杰斯的風格，他連標準語都說得很流利，嚇我一跳。』

是生氣就會說標準語嗎？莉莉卡歪著頭，看向菲約爾德。

不能對客人失禮。

「對不起，菲約爾德。」

「不，我才該道歉。突然有人出現在這種封閉的空間裡，確實會讓人感到受威脅。」

「封閉？」

「島嶼不容易進出，所以是封閉空間。」他露出一個奇怪的表情，嘆了口氣，「居然因為這樣就生氣，看來我也還需要學習。」

「什麼？杰斯說了什麼嗎？」

「沒什麼。」

菲約爾德笑了。

「那我們去看看吧？您說大海會發光是嗎？」

「啊，嗯，來這邊！」

莉莉卡迅速拉起他的手往前走，而菲約爾德俯視著拿燈邁步的她。其實，他今天不能這樣來見她，像這樣來見她是不被允許的。

但是，他忍不住來見她。

他明白皇后為什麼會說「要小心」了。雖然不知道她是怎麼知道的，但菲約爾德同時感覺到自己逐漸無法脫離這迷宮。

無論如何，他是巴拉特。菲約爾德看著莉莉卡。

如果他們沒有約定好。

如果她沒有拉住自己。

應該用魔擊槍開一槍結束這一切才對，因此他想要親眼確認，確認自己活著的理由以及為何想活下去。

「怎麼樣？非常漂亮吧？」

她站在閃閃發光的波浪前，露出燦爛的笑容。海風拂動她蓬鬆的裙襬，手中的玻璃提燈發出溫和的光芒。閃著藍光的波浪拍打聲不絕於耳。

「是的，非常漂亮。」

他刺眼似地瞇起眼，感覺非常舒暢。在泥濘不堪的沼澤中找到的光芒，總是如此耀眼。

「美極了。」

聽到菲約爾德的話，莉莉卡一臉得意。

「對吧？很美吧？我很想和你一起看，能一起來我很高興。」

莉莉卡和菲約爾並肩在海灘上走著，留下腳印。菲約爾德接過提燈。

他們聊著在島上發生的種種，包括遇見海龜的經歷，莉莉卡用雙手畫出一個大圓型，非常興奮地用高亢的聲音說：

「那隻海龜有這麼大！」

每當莉莉卡的話語在他心中迴響，就像被成千上萬的光粒包圍。像雪花，但溫暖地沉積在心底。

這樣就夠了。

可以再去戰鬥了。

「莉莉。」

「嗯？」

「我就不說再見了，因為我想再來見您。」

莉莉卡露出遺憾的表情，但看到菲約爾德的表情，她似乎明白了什麼，點了點頭。

莉莉卡輕聲說：「好吧。那我轉過身去，只是暫時道別而已。」

莉莉卡轉過身，菲約爾德注視著她的小小背影好一會兒。

他不想說再見，因為一說再見，感覺就再也無法見面了。但看著她轉過身的背影，他的心好痛。

如果她能回頭看向我，然後道別就好了。

他帶著矛盾的心情看著她的背影，無法離開。

莉莉卡彷彿知道他還沒離去，對身後說了句話。

「在首都見吧。」

不是告別，而是約定再見面的承諾。

菲約爾德十分驚訝，莉莉卡為何總是能說出他想聽的話？他緊握拳頭，吐出鯁在喉頭的一口氣，回答道：

「好，首都見。」

他們會再見面，能再次見到她。不對，為了再見到她，他下定決心要動用所有手段，為此他最好盡早行動。

不久後，莉莉卡回頭望去，海浪拍打的海灘上只剩下她一個人。

『有點寂寞嗎？』

但菲約爾德看起來比自己更孤單。

『不過我們還會再見面的。』

這時，另一邊吵雜起來。莉莉卡猜想也許是迪亞蕾和拉烏布的戰鬥分出勝負了，加快了步伐。

對練以拉烏布的勝利告終。

拉烏布在莉莉卡面前低下頭：「很抱歉。」

「哎呀，拉烏布閣下不必道歉，那是很公正的對決。皇女殿下，我才要向您道歉。」

迪亞蕾搖了搖頭，她的上手臂骨折，纏著夾板，眼睛也有一圈青紫。

「只是這樣就該謝天謝地了。」

「你們到底是怎麼打的？」

「嘿嘿。」

迪亞蕾笑著，拉烏布的頭更低了。

「拉烏布，你不用道歉，迪亞蕾都這麼說了。沒關係，塗上皇室特製的藥膏很快就會好的。」

「對對對。」迪亞蕾附和道，然後瞪大雙眼說，「我終於明白了，我最不足的是手腳的長度。再過兩年，應該就差不多了吧。」

「這是長度的問題嗎？」

「長度很重要的。」

聽到迪亞蕾堅定地說，莉莉卡莫名能理解，點了點頭。

第二天，阿提爾回來後聽說迪亞蕾和拉烏布比試了一場，感到非常遺憾。

「啊，偏偏是我不在的時候。你們不打算再打一場嗎？」

「我這樣沒辦法打。」

迪亞蕾對他搖了搖纏著三角巾的手臂，阿提爾遺憾地說：「說得也是。」

莉莉卡問：「您去買了什麼東西？」

「今晚可以期待一下，最後一天得華麗地劃上句點。」

阿提爾的話讓莉莉卡等不及夜晚的到來，加上在島上度過的時光就要結束了，令她感到驚訝。

到了深夜，所有人聚集到海灘上，阿提爾舉起一根棒子，說著「鏘鏘！」。

「這是魔晶彈。」

「魔晶彈？」

「對，是經過特殊加工的魔晶石。你們看，這樣的話——」

他向空中舉起，用力拉了一下後面的繩子。

咻——！

光彈拖著尾巴朝天空飛去，然後爆炸，看起來像菊花花瓣一口氣散開。

「哇——！！」

自然而然地發出驚嘆聲。阿提爾將棒子發給所有人，時而輪流，時而一起猛拉繩子。

大小不一的煙火在夜空中燦爛閃耀，化為灰燼消失。

「怎麼樣？很壯觀吧？」

「是，非常壯觀！」

看到莉莉卡臉頰紅潤，眼中滿是煙火的光彩這麼說，阿提爾笑了。莉莉卡緊緊抱住他。

「一直以來都很謝謝你，阿提爾。我真的不會忘記這個夏天，無論是煙火、帶我去深海還是晚上的大海，如果沒有阿提爾，我應該都沒機會體驗到。」

「沒什麼，作為哥哥，這點小事是應該的。」

「沒有什麼是應該的。」莉莉卡從他懷裡抬起頭來說。

阿提爾咧嘴一笑，也緊抱住她。

莉莉卡在他懷裡仰望著天空，閃耀的煙火接連打上天空，她再次發出驚嘆聲。

露迪婭和阿爾泰爾斯在空中守護著這群孩子。

「他們真的看不見我們嗎？」

「對。」

露迪婭被阿爾泰爾斯單手輕鬆抱著，欣賞著炸開來的煙火。

這是她第一次如此近距離地觀看。以魔法製成的光沒有熱度，所以即使擦過，也只會發亮後消失。

「不覺得這個角度有點好笑嗎？」
「哪裡好笑？」
露迪婭笑著看著阿爾泰爾斯。
「因為人去世後，不是會指向上方嗎？還說爸爸媽媽在空中看著我們。我覺得現在就是那種角度。」
「所以我們是扮演在天上守護他們的父母嗎？」
「就是那種感覺。」
露迪婭這麼說著，俯瞰下方，看到莉莉卡正不停與阿提爾說話。
阿爾泰爾斯說：「我有個疑問。」
「什麼？」
「妳見過我殺人對吧？」
「對。」
那無疑是單方面的殺戮。不是像人類殺螞蟻，人類殺螞蟻時會仔細看著再用力踩下去，或者拿水來之類的。相較之下，更像是她氣得掃落化妝臺的時候。化妝臺上的物品都隨著喀鏘聲響散落一地，她喘著粗氣離開，也不曉得那些化妝品是否都碎掉了。因為不久後，侍女們就來清理慘況，重新整理化妝臺，放上新的化妝品。
就是那種感覺。
「即使這樣，妳還是想向我提出契約婚姻。」
「我反而是因為那樣才這麼想的。」
阿爾泰爾斯聽到露迪婭的話，露出疑惑的表情，隨後輕輕一笑。
「因為我不是人類。」
「對，因為您不是人類。雖然可怕也令人害怕，但對您來說，那契約條件不算糟吧？」

「沒錯。」
「所以我覺得這是可行的。」
「那我之前也有結婚嗎？」
露迪婭輕笑一聲，「是的。您真的突然帶來一個人說要結婚，跟現在很像，不同的地方……」
露迪婭露出意味深長的微笑。
「大概就是那時候發生過懷孕風波吧？」
「什麼？等等，那是……」
「對，皇帝陛下的孩子突然就出生了，很讓人吃驚吧。」
阿爾泰爾斯傻眼至極，他抗議似的說：「這不可能。」
「是的，因為您雖然是人類，但也是龍，我知道，所以我才把它加進契約條款裡啊。」
「……是這樣啊。」阿爾泰爾斯嘆了口氣。
露迪婭看著綻放的煙火說：「我覺得，度假的時候不應該談這個話題。」
「明天就結束了。」
「那我們明天再談吧。」
阿爾泰爾斯凝視著露迪婭，她有些困惑地問：「怎麼了？」
「我覺得妳最近越來越美了。」
露迪婭的藍色眼睛圓瞪，隨即微微仰頭笑了起來。
阿爾泰爾斯嚥下想要咬上顯露出來的白皙頸項的衝動。
『今天已經決定要輕鬆度過了，忍著吧。』
畢竟是假期的最後一天，得讓她好好放鬆啊。

這時，孩子們大聲吵鬧，為了施放最後一次，拿著一個巨大的魔晶彈過來。

聲音清楚地迴響在夏夜中，傳來阿提爾大聲說著「看著吧！」的聲音。

——砰！

一個巨大的光彈射上天空，飛越阿爾泰爾斯和露迪婭，升得更高。高高飛起的光彈瞬間縮成一個小點，然後綻放出明亮到刺眼的光芒。

這種大小，在其他島也能看見。綻放的煙火再度連續變成小煙火，點綴夜空。

在落下的光粉中，夏夜慢慢地接近尾聲。

菲約爾德朝破舊的小屋射出魔晶彈。

菲約爾德持有的魔晶彈不是為了玩樂而製作的，而是經過加工，能產生高熱的魔晶石。

在他找到位於巴拉特領地角落的破舊小屋時，一切都已經結束了，菲約爾德只找到門衛、白骨以及實驗記錄。

現在，這一切都被火焰吞噬。

乾燥的木屋很快就被魔晶彈的火力點燃。從窗戶竄出的火舌延燒到茅草屋頂。菲約爾德站著看小屋燃燒，這個位於巴拉特領地一隅的小屋於今天正式遭到燒毀。

如果巴拉特公爵知道他做了這種事，會說什麼呢？

『她大概不會說什麼吧。』

他回想著文件的內容，露出苦笑。畢竟公爵是掠食者，而自己是她手心中的老鼠。

『但反過來想，這意味著我還有機會。』

逃跑很容易，然而，他不會選擇那麼簡單的方法。

因為他曾向莉莉卡承諾，不會讓自己支離破碎。

燃燒的小屋屋頂上頭，一個小煙火伴隨著「咻——」的聲音升起。他看向天空，那是與莉莉卡仰望過的同一片夜空。

阿爾泰爾斯粗略地看過整理好的文件。

「一群瘋子。」

他笑著說，而露迪婭的眼睛瞇起。

「那時候非常有這種可能。」

「如果我不是龍的話。」

「如果您不是龍的話。」

露迪婭這麼說著，慵懶地靠上單人椅。

「沃爾夫家和大部分的皇領都位於北方，所以如果南方發生叛亂，為了快速調遣軍隊，經過巴拉特領是最快的路線。反之，經過西邊的艾芬圖斯領也不錯，但無論如何，穿越保持中立的領地感覺也不對勁。」

「我沒想到桑達爾會背叛。」

「他是為了女兒。」

「就算家族毀滅也無所謂？」

「因為他不知道您是龍。」

阿爾泰爾斯皺起眉。

露迪婭說：「但現在情況相當複雜，我們不清楚巴拉特會怎麼做。西邊在這次度假時表現得很和善。」

「暫時單純觀望最好。」

「還有請給他們一點好處，讓他們願意效忠。」

「什麼意思？」

「畢竟人們會效忠是因為有所得啊。保護自己的領地是貴族的責任，就算皇帝要他們出兵，他們可不會輕易派出花金錢和時間培養的騎士團。」

阿爾泰爾斯凝視著露迪婭。她直視他的眼睛說：

「我知道您喜歡只用力量解決問題，您也有那樣的力量，但稍微放鬆一點也無妨吧？」

「放鬆就會被咬一口。」

「不會的。實際上試過後，您應該會發現這並不壞。您很強，統治上也沒有破綻，如果能稍微拉近關係，我想會有更多人樂意向您效忠。」露迪婭勾起微笑，「高層必須做的，不就是讓下屬愉快地效忠自己嗎？既然要選一個效忠的對象，那肯定要選有地位、有身分、有能力、有外貌……還能溝通的人。」

誰不會選擇這樣的人呢？

阿爾泰爾斯嘆了口氣。

「我會考慮的。」

「謝謝您，陛下。」

露迪婭再次露出笑容。

雖然不會放過巴拉特，但情況跟露迪婭所知的已經有太多不同之處，讓她無法預測會如何轉變。

『更重要的是那起叛亂。』
阿爾泰爾斯想起了巴拉特公爵。想到巴拉特公爵，總是會聯想到初代巴拉特。
那個為塔卡爾痴狂的巴拉特。
所以阿爾泰爾斯才曾經認為，巴拉特不可能發動叛亂。
『但她竟然叛變了。』
他本以為對方不會做出那種端不上檯面的舉動。
『暫時必須密切關注他們才行。』
根據露迪婭提供的叛亂時機，他們還有時間。最短的時間是……
『這兩三年，表面上應該還會是和平的。』
阿爾泰爾斯燒毀了那些文件。

CHAPTER. 15
荳蔻年華

迪亞蕾・沃爾夫姍姍來遲，走進大廳。大廳裡都是孩子，裝飾是依照莉莉卡的喜好，樸素又可愛，特別是使用鮮花和果實的裝飾格外引人注目。

迪亞蕾調整呼吸，她那雙綠色的眼睛迅速掃過在場的孩子們。她身上不再是見習騎士的裝束，而是正式的騎士團制服。

不久前，她成為神器尖牙的使用者，摘掉了見習騎士的標籤。雖然身形纖細，但多虧了尖牙，她展現出驚人的爆發性能量。她一戴上尖牙就跑去向莉莉卡炫耀，對拉烏布則一臉得意，「哼」地仰起下巴。

雖然拉烏布不以為意，一如既往地面無表情，但布琳後來告訴莉莉卡，他悄悄扳回了被迪亞蕾弄彎的鐵欄杆。

總之，「不屈的迪亞蕾」得到了尖牙，人們都在背後說她會變得更加自大，但迪亞蕾和以前沒兩樣。因為她不曾忍氣吞聲，現在也一樣。

不論是強大還是脆弱，她始終如一的態度受到好評，能力也得到了認可。曾偷偷嫌棄莉莉卡皇女選擇「迪亞蕾・沃爾夫」當談心朋友的人們，現在也認為皇女有眼光。

那尖牙是毒牙還是獠牙呢？

雖然也有人這麼說，但現在的迪亞蕾能對這些話一笑置之。無論是毒牙還是獠牙，都是她的武器，她知道自己那柔軟如蛇的動作也是一種優雅，因為她的皇女殿下不只一次佩服地這麼說過。

只掛在右耳上的長耳環發出冷冽的光。

神器尖牙。

孩子們對上那雙深綠色眼睛，別開了目光。

迪亞蕾微微一笑，很快就找到了自己的談心朋友。因為她身旁圍繞著一群孩子，十分顯眼。

一頭棕色長髮披散，眼角帶著溫柔，藍綠色眼睛點綴著如牛奶般透明的肌膚。

和她們初次見面時相比，她長高了許多。儘管如此，莉莉卡仍急切地說自己得快點長大。布琳曾擔心是因為莉莉卡小時候太過辛苦，所以長不大。

『但是嬌小的皇女殿下非常可愛，這樣不是也很好嗎？』

肯定不只她一個人這麼想。

迪亞蕾看到聚集在此的面孔就了解了情況，尖牙讓她的嗅覺更敏銳，甚至能從細微的汗味中得知情緒。

有好幾個男孩雙眼放光。

迪亞蕾嗤笑一聲，快步向皇女殿下走去。皇女殿下注意到她後笑了。

「迪亞蕾，妳來了？」

「是的，您的迪亞蕾來了，我是來綁架您的。」

她拉住戴著蕾絲手套的手，將莉莉卡從孩子之間拉出來。面對周圍不甘的眼神，迪亞蕾咧嘴一笑。

「祝您十三歲生日快樂，皇女殿下，請和我跳支舞。」

今天正是莉莉卡的十三歲生日。莉莉卡莫名噘著嘴說：「妳來晚了，迪亞蕾。今天可是我的生日。」

「對不起，但我一打倒魔獸就馬上過來了，請您原諒我。」

迪亞蕾以撒嬌的語氣說完，莉莉卡立刻忍不住笑了出來。

「當然可以。」

「就知道皇女殿下會這麼說。」

莉莉卡笑出聲來，兩人熟練地走進舞池。

迪亞蕾笑得很燦爛，神器尖牙的象徵——比一般狼牙還長又尖銳的犬齒映入眼簾，莉莉卡總是覺得那非常可愛。

即使中途有人進入舞池，兩人都沒有撞到任何人。當主角出現，跳舞的孩子們都會迅速讓開。

迪亞蕾興奮地說：「大家應該都羨慕得要死，嘻嘻，氣死吧。」

「迪亞蕾。」

莉莉卡斥責地喚了一聲，但眼中帶著笑意。

她知道迪亞蕾很強，但當她去對付那些時常出沒的魔獸時，莉莉卡還是會感到擔憂。

自從莉莉卡和迪亞蕾擊敗第一個出現在首都的魔獸後，首都附近就經常出現魔獸。這時，首都郊外的警衛隊會依據情況發射信號煙火。

紅色、橘色、黃色。

依據危險等級發射煙火後，騎士團會迅速派遣騎士。

迪亞蕾是主要戰力，因此經常接到派遣請求。今天她原本也會早早到達，卻因為突如其來的信號煙火遲到了。

莉莉卡嘆了口氣後說：「但幸好妳平安無事。」

「那當然，我這麼強呢。」

迪亞蕾這樣說著，靈巧地帶領莉莉卡轉圈。眾多孩子都以羨慕的目光看著跳舞的兩人。

皇后殿下穿的每一件衣服，以及她讓皇女殿下穿的每一件都引領了流行。

這次莉莉卡皇女殿下會穿什麼衣服出場呢？

人們私下議論著這件事，莉莉卡皇女創立的「覆盆子同盟」也變得聲名遠播，人們都想方設法地想加入。

無論是誰，都知道那是集結了權力核心的群體。

起初，大家都以為「覆盆子同盟」的創辦者當然是皇太子，但莉莉卡皇女的名字突然冒了出來。不僅如此，祕密花園也變得聞名遐邇，各種傳聞滿天飛，像是內部有以各種黃金和寶石製成的華麗建築，展示著無數神器，所有同盟成員都可以使用等荒謬的傳言。

『這些背後的傳聞都是虛構的吧……』

因為要練習複雜的魔法，莉莉卡每天都必須製造出大量神器。這不是只使用簡單圖形的魔法陣，而是要將使用多句咒語的魔法陣刻進寶石裡，並刻入好幾層。這樣製造出來的神器都被堆放在皇室的倉庫中。

輕便的神器會作為禮物到處發放，由於只會給予值得信賴的人，幾乎都是覆盆子同盟的成員，因此才會出現那樣的傳聞。

哈亞一到初夏就回去領地，初秋時再回到了首都。

度過閃閃發亮的夏日假期，莉莉卡得以喘口氣。此外，偶爾也會放假，哈亞除了教導她之外，似乎還有其他事。

尤其是他與媽媽長談之後，最久曾休息一週。

「皇女殿下！」

迪亞蕾大喊一聲，迅速轉圈。莉莉卡之所以沒有踩錯步伐，只是因為迪亞蕾輕輕將她抱起，轉圈後才放下來。腳沒有碰到地面，也就無從踩錯。

莉莉卡驚訝地看著迪亞蕾，這時，迪亞蕾鼓起臉頰。

「跟我跳舞的時候請專心一點，您心不在焉的話，我會不高興的。」

「啊，對不起。」

確實，在兩人獨舞的時候分心很失禮，莉莉卡點了點頭。

迪亞蕾輕笑著說：「那麼，您舉辦第一場派對時請邀請我。」

「那當然！」莉莉卡斬釘截鐵地回答。

迪亞蕾非常開心地笑了，莉莉卡心想，她的犬齒果然很可愛。

一滿十三歲，進入青少年階段，就會被賦予更多權力。像桑達爾這樣的權族，在會議中甚至擁有發言權，也有不少老權族依此為準，賦予權力。例如塔卡爾家，一成為青少年就可以自行主辦聚會。

雖然至今也能舉辦小型聚會，但那些聚會是熟人之間的聚會，與其說是社交聚會，更像朋友聚會，可供聚會的場地也極為有限，但十三歲開始就不同了。可以開設沙龍、寄出不記名的邀請函，無論是太陽宮還是天空宮，任何地方都可以租借。

當然，由於露迪婭目前是皇宮中地位最高的女性，所以租借場地時需要得到露迪婭的許可。但她不可能拒絕莉莉卡的請求，因此這意味著莉莉卡可以在任何地方舉辦派對。

過完生日後，第一次舉辦的派對稱為出道派對，依照慣例，會像十三歲生日派對一樣，要親手布置。

當然，通常邀請的對象大多都是同齡人。從十三歲到成年前一兩年——這段時間內舉辦的大小派對，被稱為「小社交界」。

莉莉卡說：「但是還要再過一陣子才會舉辦，妳介意嗎？」

「當然不介意，十年我也願意等。」

迪亞蕾笑著結束舞蹈，拉著莉莉卡走出舞池，然後說：「那我們可以吃東西嗎？我非常餓。」

「當然可以。」

莉莉卡非常清楚迪亞蕾的喜好，於是帶她到擺放著食物——特別以肉類為主——的地方。

那纖瘦的身材怎麼能裝下那麼多食物？

她感嘆時，同樣的感嘆聲傳來。

「看來沃爾夫騎士團的伙食費比其他地方多出十倍肯定不是假的。」

莉莉卡驚訝地轉過頭，「阿提爾！」

「參見殿下。」

迪亞蕾一手拿著盤子，優雅地向阿提爾敬禮。阿提爾解開斗篷的繩子，將斗篷交給旁邊的杰斯，勾起笑容。

杰斯的髮型和服裝還是沒變，但材質看起來很高級，斜掛著的武士刀是他的標誌。

莉莉卡也向他打招呼後，杰斯低頭致意。

莉莉卡問：「你是從哪裡進來的？今天不是不能來嗎？」

十三歲的生日派對要由本人獨力完成，家人不參與是慣例。

阿提爾毫不避諱地說：「因為不行，我就偷偷進來了。」

「不行這樣啊。」

「哪裡不行了？我只是想參加我妹妹的生日派對啊。」

阿提爾聳聳肩，彎腰親了一下莉莉卡的臉頰後說：「生日快樂。」

他接著說：

「但妳怎麼一直沒長高？感覺隨著日子過去，我的腰彎得更低了。」

「我長高了。」莉莉卡瞪大眼睛，抬起腳跟，「我很快就會長到這麼高的。」

「嗯～是嗎？」阿提爾不以為然地回答。

阿提爾今年十七歲，長得更高，散發出青年感。恢復了力量的塔卡爾十分悠然自得，從容不迫——隨心所欲。

他似乎依舊會和杰斯一起走訪後巷，聽說貧民區的治安大為改善，還出現了他們打倒惡質奴隸商的新聞。

杰斯也證明了自己的能力，儘管他獲得了認可，但是據拉特所說，這反而讓人們對他更反感。

雖然阿提爾也多了幾個像派伊這樣的貴族談心朋友，不過布琳後來告訴莉莉卡，這兩個派系間似乎存在著奇妙的氛圍。

阿提爾和莉莉卡簡短交談時，周圍的目光逐漸聚集到這邊。

「殿下？」

「看來阿提爾殿下來了。」

「他什麼時候到的？」

「我們必須過去打招呼吧？」

「他今天不能來這裡吧？」

當私語聲開始傳到這邊來，阿提爾露出厭惡的表情，抓住莉莉卡的手腕。

「我們跳舞吧。」

「啊！啊，好的。」

莉莉卡跟上去並向迪亞蕾揮揮手，迪亞蕾也揮手回應。

阿提爾迅速走進舞池，說道：「我們要走到那邊去，明白了嗎？」

「什麼？」

「另一邊有個陽臺吧？我們走到那裡時，我就逃跑。」

「啊……」

兩人不停轉圈，開始橫跨過舞池。阿提爾四處張望後說：

「真是沒有一個正常人。妳要小心啊，不要被奇怪的人迷惑了。」

「奇怪的人？」

阿提爾抓著她的手用力握緊，藍眼中火花四濺。

「妳已經十三歲了啊。到處都是會說各種花言巧語靠近妳的男孩——例如妳好美、好清純、就像樹之精靈、可愛如松鼠、甜似糖果精靈之類的。」

莉莉卡微張著嘴。

阿提爾嚴肅地說：「如果有人這樣說，妳一定要告訴我，明白了嗎？」

莉莉卡的眼珠四處游移，小聲地說：

「我想不會有人那麼說的，更何況那些形容詞……」

莉莉卡正要說很令人難為情，阿提爾卻先跳了起來。

「不是我這麼想的！我是說會有人這麼說！明白了嗎？」

莉莉卡睜大眼睛，努力忍住笑意。

「是，我知道了，謝謝您。」

「總之，別讓我擔心。」阿提爾繼續嘟囔道：「除非妳能穿遮住腳踝的長禮服了，不，那時候也不行。」

莉莉卡不太清楚是什麼不行，但還是乖乖點了點頭。或許在穿上遮住腳踝的禮服前，她就會離開皇宮了。

不停躲過人群，到達對角線盡頭時，阿提爾走出舞池說：「我走了。」

「待會兒見。」

「好。」

阿提爾咧嘴一笑，迅速消失在陽臺上。緊接著，杰斯快步走了過來。

「您送的那一籃甜點很好吃。」

「啊，是嗎？太好了。我不確定你喜不喜歡甜食，所以放了很多種點心。」

「那是皇女殿下親自準備的，所以非常受歡迎。那些沒吃到的人都在抱怨呢……」

杰斯難得說了那麼多話，莉莉卡立刻就抓住了重點。

「我可以再送給你嗎？」

「再麻煩您了。」

杰斯勾起笑容，莉莉卡也被他的表情逗笑了。

杰斯直望著她的臉，然後嘆了口氣。

「阿提爾非常擔心您，擔心到心臟都要跳出來了。」

隨後他抬起頭，皺著眉說：「唉，真麻煩。」然後匆匆離開。

他忘了問候，這很像杰斯的作風。莉莉卡環顧四周，表情猶如錯過獵物的孩子們望著阿提爾和杰斯離開的陽臺。他們不管怎麼說都不能跳過陽臺欄杆追上去，畢竟那裡不是出入口，但這是跟落單的皇女殿下搭話的好機會。

莉莉卡對走近而來的人們露出曖昧的微笑，卻有人從身後向她打招呼。

「您好，皇女殿下。」

「咦？派伊也來了嗎？」

「我是剛才追著殿下來的，我現在對自己作為皇太子談心朋友的立場感到非常懷疑。」他望向陽臺，「看起來他完全不打算走正門呢，明明今天不能來這裡。」

他抱著雙臂，臉上卻帶著笑容，讓莉莉卡心裡鬆了口氣。

「可愛的妹妹生日，他非來不可，我們也拿他沒辦法啊，只能讓心腹們頂罪了。」

「啊，對了，布蘭呢？」

「他應該追上去了，一如往常。」派伊微笑著低語道，「基於我跟您的關係，我想利用這個權力告訴您菲莉來了，如果您能向她打招呼，她會很高興的。」

莉莉卡輕聲笑著，點了點頭。

「我知道了。」

「謝謝您，皇女殿下。」

派伊誇張地行了一禮，然後跑到陽臺。

『我看看，菲莉小姐在哪裡……』

在莉莉卡環顧會場時，其他孩子都靠了過來，無法放過獨處的皇女殿下。

今天她是派對的主人，大家可以自由地與她交談。莉莉卡不知不覺間被簇擁其中，聽孩子們自我介紹並攀談。要一一應付太過疲憊，所以莉莉卡決定從正面突破。

「有人見到菲莉．桑達爾小姐嗎？」

孩子們閉上嘴，看著彼此。接著，莉莉卡就帶著一群孩子，找到了站在角落的菲莉。

「菲莉小姐。」

「莉莉卡皇女殿下！」

菲莉驚訝地抬起頭，急忙鞠躬行禮。

「我們聊聊好嗎？」

站在莉莉卡周圍的孩子們目光變得銳利，但菲莉沒有察覺到。

一被認為是不合格者，就永遠是不合格者。任何人看到菲莉的瞳孔，都知道她是不合格者，因此菲莉常被社交界排斥。願意和她跳舞或交談的，只有同是桑達爾家的人。

桑達爾家族的人有時看到她的眼睛也會別開目光，菲莉努力想理解那股恐懼，但總是遭到拒絕，漸漸使她只敢低著頭。

待在房裡不見任何人是很痛苦，但真的走出家門後，感受到大家投來的厭惡目光也很難受，因此待在家裡看書遠比外出舒服多了，她一遍又一遍地閱讀《珍珠之歌》系列。讀完她無法親自經歷的冒險故事和勇敢故事後，她會重新獲得出席派對的勇氣。

這樣的菲莉不可能錯過莉莉卡的生日派對。即使距離遙遠，她也想見到莉莉卡。不過，主角出乎意料地主動來攀談，她自然看不到周圍。

「是，當然可以。」菲莉臉頰泛紅，雙眼發光地說。

莉莉卡擺脫人群，與菲莉獨處。現在看來，這對兄妹非常相似，不論是米色的頭髮還是金色的眼睛。

「謝謝妳來。」

「沒那回事！我當然要來！」

菲莉搖了搖頭。

「妳有沒有哪裡不舒服？」

「沒有，多虧了您，我已經完全康復了。」

菲莉笑了。光看她的衣著打扮，就可以得知桑達爾侯爵多疼愛這位從死亡關頭救回來的獨生女。

「我非常想邀請您到我們的領地，不，哪怕不是領地，首都的家也行。啊！今年有遊行，如果您有機會來到桑達爾領，請一定要讓我陪伴您。」

菲莉鼓起所有的勇氣。

『遊行？』

莉莉卡雖然感到困惑，但沒有表現出來，點了點頭。

「我知道了。」

菲莉的表情變得更明亮了。莉莉卡說屆時會去找她後，起身離開。

時節仍是初春，太陽很早就西落，派對隨之結束。最後一位客人問候完離開後，莉莉卡嘆了口氣。

這時，布琳和拉烏布走了過來。

布琳微笑著說：「皇女殿下，您辛苦了。」

「布琳，我真的、真的深深地感受到有妳在身邊有多好了。」

莉莉卡一邊說一邊抱住了布琳。如今，她已經長大到可以將頭靠在布琳的胸膛，而非裙襬了。

拉烏布開口：「阿提爾殿下的談心朋友竟擅自帶刀前來。」

看來杰斯背上的劍令他感到不悅。持有武器的人接近莉莉卡，他卻遠在一旁，對他來說無疑是巨大的壓力。

「那倒也是。」

莉莉卡也同意這一點，點了點頭。她的派對是不允許攜帶武器的。

「今天是例外，下次我會在拉烏布的身邊，所以應該沒問題，而且我有護身符。」

莉莉卡拍了一下放著擺錘的口袋。

侍從們前來，開始整理大廳。布琳說：

「您要馬上去見皇后殿下嗎？她應該在等您。」

「嗯，我們走吧。」

莉莉卡腳步輕快地走出大廳。由於生日派對在天空宮舉行，與太陽宮有一段距離。莉莉卡的生日是在初春——融雪的月分，外頭還很涼。

她也可以騎著晨星前往，但今天天氣暖和，她決定步行。布琳幫她披上了一條三角披肩，披肩的色彩鮮豔，圖案華麗，非常適合春天的天氣。

莉莉卡只踩著花園中的石頭前行。當她想跨到較遠的石頭上時，會看向拉烏布。抓住拉烏布的手一躍，即使距離遙遠，也能輕鬆跳到石頭上。

裝飾著藍寶石的白色鞋子在春日陽光下燦爛閃耀。

「你們聽我說，我的名單越來越長了。」

「什麼名單？」

「迷戀我媽媽的人的名單。」

聽到莉莉卡的話，布琳睜大了眼睛，拉烏布則輕聲笑了，那是低沉而愉悅的笑聲。

莉莉卡開心地看著如今能自然勾起笑容的拉烏布，說：

「我大概感覺得到。一個陌生男人用那種朦朧的眼神看著我說『啊，原來是莉莉卡皇女殿下』時，百分之百就是喜歡媽媽。」

「皇女殿下。」布琳雖在責備，但語氣中帶著笑意。

莉莉卡接著說：「之後他們會說『這個禮物與皇女殿下的眼睛非常相襯』，然後送我禮物。」

她的眼睛和媽媽很像。莉莉卡戲劇化地捧著臉頰，嘆了口氣。

「直接送給媽媽就好了啊，大家都沒有勇氣。」

「是啊，沒有勇士敢與龍對抗，真是可惜。」

布琳也誇張地附和莉莉卡的話。她們主僕的默契非常好。

拉烏布瞥了莉莉卡一眼。

皇后的美貌是公認的，但在他眼裡，他的主公也同樣美麗。雖然與皇后殿下在一起時會被對方的光芒遮蓋住，沒那麼顯眼，但一旦注意到莉莉卡，就無法從她可愛的模樣移開目光。

滿花園的玫瑰固然美麗，但追隨香氣深入森林後，在溪谷發現遍地銀鈴花的喜悅會完全不同。

他雖然死也不會把這種話說出口，但拉烏布希望莉莉卡能更有自信。

阿提爾不會毫無來由地緊迫盯人，驅趕圍繞著她的蒼蠅，但拉烏布不知道該如何告訴她這件事。

也許是感覺到拉烏布的目光，莉莉卡轉頭看向他：「怎麼了？有什麼事嗎？」

「沒事。」

拉烏布垂下視線說完後，莉莉卡雖感到疑惑，但沒有繼續追問。

「莉莉，派對怎麼樣？順利結束了嗎？沒有無禮的人吧？」

一進入銀龍室，露迪婭就站起身詢問。

她穿著她新設計的茶會禮服（Tea gown），這款禮服不用穿緊身胸衣就能穿脫。這種能穿去與朋友喝下午茶或咖啡的舒適服裝，很快就成了流行，腰部中間用帶子綁起是其亮點。

「是，順利結束了。」

莉莉卡簡短回答後，露迪婭說：「跟我仔細說說。」拉著莉莉卡來到壁爐前。

壁爐前並排放著兩把搖椅，莉莉卡坐到搖椅上，用椅子上事先暖好的毯子裹住身體。

坐在扶手磨得光滑的搖椅上，她用力地來回搖晃。露迪婭坐在她對面。

「嗯，親自辦一次後，我明白了媽媽說的話，不論是食物的動線安排還是舞蹈的順序……不過，派對上沒有發生衝突。」

布琳在旁補充說明：「評價非常好，客人也非常多。據說收回了所有不記名的邀請函。」

露迪婭聽著莉莉卡講述與誰跳了舞、食物的品質等細節，不停點頭。

莉莉卡最後補充說：「啊，還有，阿提爾也來了一下。」

「阿提爾？」露迪婭皺起眉笑了笑，「阿提爾就是這樣，沒辦法。」

「是啊，沒辦法。我以為他會待一陣子，結果他不停繞圈，橫越過舞池後逃走了。」

露迪婭呵呵輕笑，「很像阿提爾會做的事。」

這顯示出勢力日漸增長的皇太子有多關心妹妹。

儘管仍有說她是貧民區孩子之類的閒言閒語，但是在戶籍上，莉莉卡是皇室唯一的皇女。如果只有皇帝寵愛莉莉卡，阿提爾一登上皇位，身為養女的皇女可能會被當成麻煩，然而，連皇太子都很疼愛自己的繼妹，這事實越明確，莉莉卡的地位就越穩固。隨著地位穩固，也收到了提親。

當然，這些提議並不明顯，諸如「我兒子是怎樣的，皇女殿下要不要與他見面？」或是「當談心朋友或朋友都可以」之類的。

『結婚啊。』

露迪婭吞下一聲低吟。她心裡是很想跟莉莉卡說哪裡都別去，永遠和媽媽一起生活吧，但當然不能這麼做。

考慮到過去的事情，露迪婭在選擇莉莉卡的丈夫這件事上十分謹慎，也已經有幾位候選人了，也許是時候該跟莉莉卡提提看了。

『可以隨口問看看做個朋友如何，不要給她壓力……』

介紹時，要均衡安排男女比例。

「媽媽？」

露迪婭露出嚴肅的神情時，莉莉卡擔心地喚了媽媽一聲。露迪婭抬起頭，露出微笑。

「沒事，我在想莉莉的出道派對該怎麼辦呢。」

莉莉卡輕笑出聲。

「那不是需要那麼認真思考的事啦。」

「哎呀，只要是關於莉莉的事，都要認真思考啊。」

刻意以嚴肅的表情開玩笑的媽媽容貌璨爛奪目。莉莉卡再次明白為什麼眾多男士會流露出迷戀的表情了。

『媽媽果然變得更美了。』

莉莉卡第一次這麼說時，有些人還表示懷疑，但後來都點頭同意了。

露迪婭拿起放在身旁的刺繡架。

「我在考慮舉辦刺繡聚會，大家一邊做手工一邊聊天的聚會。雖然茶會也很有趣，但刺繡聚會也很有趣吧？」

「您要繡什麼呢？」

「要拿去拍賣的東西。」

「拍賣？」

「對，繡好之後，無論是手帕還是什麼，我都會主持拍賣會，拍賣所得全部捐給孤兒院。」

「那是個好主意。」

「對吧？」

露迪婭輕聲笑著。這不是一個閒聊的聚會——其實露迪婭認為閒聊的聚會本身也很棒——最重要的是給人為社會做出貢獻的感覺。

「所以我現在正在練習，畢竟完全不會可不行。」

「您做得非常好喔。」

「還差得遠呢。」

「但您的刺繡會拍出最高價的。」

「真的嗎？」

「是的，因為父親大人會出價。」

露迪婭聽到後笑了，「那就是我的目的。」

要不要重金購買妻子的作品？與其直接要求他捐款，不如用這種更具玩心的方式讓丈夫慷慨解囊。

莉莉卡在壁爐前的搖椅上悠閒地來回搖晃，一邊看著媽媽刺繡，一邊聊著許多事。

已經春天了，所以哈亞離開首都的時間也逐漸接近。只要再忍耐一下，她就自由了。天氣很好，看著媽媽刺繡也十分愉快。

霸占媽媽輕柔的聲音也是一種樂趣，莉莉卡不知不覺間在搖椅上睡著了。

不久後因為突然的噪音驚醒。

「……？」

似乎能聽到外面有人在爭吵。儘管已經過了很久，但尖銳的聲音和怒吼聲還是會讓她馬上感到緊張。

她不由自主地睜開了眼睛。

『咦……？』

不知何時，她回到了臥室。看來是拉烏布把睡著的她抱回來了。

隨著爭吵聲，外面的燈光接連亮起。莉莉卡也看到了手持提燈，走進房裡的布琳。

「您醒了嗎？」

「嗯，怎麼了？」

莉莉卡揉著眼睛問道，布琳露出了苦笑。

「有勇者挑戰那條龍了。」

「嗯？」

莉莉卡一臉睡意惺忪，呆滯地反問後，布琳清楚地解釋：「剛才有個男子在詠詩，歌頌皇后殿下。」

「！」

莉莉卡瞬間清醒。

「什麼？」

布琳將手指放在臉頰上，歪著頭：「那首詩還不錯喔。」

「……他還活著嗎？」

「這個嘛，剛剛好像被衛兵抓了，他還大喊著『這是藝術迫害，我的愛意無法抑止』之類的。」

「呃啊啊……」

莉莉卡用手遮住雙眼。

「好了，明天事情會變得更複雜，所以您早點休息吧。」

「明天？會發生什麼事？」

「嗯，八卦雜誌不會放過這件事的。」

「啊。」

莉莉卡嘆了口氣，躺到床上，布琳替她蓋上被子。

「布琳。」

「是，皇女殿下。」

「能稍微打開窗戶嗎？」

「風還很冷喔。」

「嗯，但我想呼吸一下新鮮空氣。」

「好的。」

布琳估量了一下，點點頭。皇女殿下睡著後，再來關上就好了吧。

布琳打開窗戶，只留一條小縫。冷冽清新的空氣流進室內，帶著泥土和春天的氣味。

第十三個春天肯定也十分耀眼。

莉莉卡躺在暖和的被窩中，再度沉沉睡去。

翌日，阿提爾將一疊報紙放到莉莉卡面前。

「妳看看這個。」

「啊、啊！這真的很驚人。」

『深夜在皇宮唱詩的無賴男！』

『藝術迫害！詩人們結盟！』

『皇后的美是人民的驕傲，應允許歌頌』

『毫無限度的深夜愛情詩，究竟是否正確？』

『侵入有罪，愛情無罪』

看到標題，不知該笑還是該生氣，但昨晚的騷動無疑已經鬧大了。

阿提爾抱怨道：「讓這些傢伙自由一點就囂張起來了……」

「但也有支持我們的文章喔。」

「那只是他們在做份內的工作。」

阿提爾這麼說著，看向報紙。

「大家都非常興奮呢。」

莉莉卡笑著看過報導，看到印刷精美的媽媽畫像，她嘆了口氣。

「但沒有一幅畫像媽媽。」

「是嗎？這幅畫有點像吧？」

「連媽媽十分之一的神韻都沒有表現出來。」

「……這樣啊。」阿提爾冷淡地回應後抱起雙臂，「妳覺得事情會怎麼發展？」

「這個嘛，應該不會殺了他吧？」

「天曉得，如果是我的話——」阿提爾咧嘴一笑，「對於聽話的人，我會給予獎勵。」

「嗯？」

「先讓他非常丟臉，然後跟他說如果他聽話——也許能獲得一點獎賞。」

阿提爾的話讓莉莉卡「啊」了一聲，點了點頭。

「這樣的話，媽媽應該會妥善處理的。」

「對吧？」

阿提爾回以一笑，莉莉卡也點頭，翻開下一頁。

『啊。』

一篇關於菲約爾德的報導映入眼簾。

『巴拉特小公爵熱戀傳聞』

『巴拉特即將訂婚?!』

『菲約爾德也很受歡迎啊，但這邊的插圖果然也不怎麼樣——咦？』

報紙突然被拉高，莉莉卡的視線也往上移。

阿提爾指著一則報導說：「看到了嗎？菲約爾德·巴拉特就是這樣的人，就是個混帳風流浪子。」

莉莉卡忍住笑意，假裝認真地點了點頭。

「是啊。每次看到他換對象的熱戀傳聞最讓人驚訝了。」她瞥了阿提爾一眼，「這麼說來，阿提爾從未有過這樣的報導——」

「停。我不想讓妹妹干涉我的戀愛。」

「那也得先戀愛吧。」

「妳這是什麼意思？」

阿提爾伸手捏住莉莉卡的臉頰後，莉莉卡笑了。話雖這麼說，阿提爾也經常成為人們討論的話題。

帥氣的外表、高大的身材，還是帝國唯一的皇太子，他的身分甚至為他桀驁不馴的性格增添了魅力。

他將與誰訂婚是社交界的一大話題，簡而言之，現在社交界中，受歡迎的未婚男性就是菲約爾德·巴拉特和阿提爾・薩烏・塔卡爾，就算說他們兩人輾壓其他人也不為過。

看到阿提爾將報紙揉成一團扔進垃圾桶，莉莉卡問道：

「話說阿提爾，你知道遊行是什麼嗎？」

「妳不知道？」

「對。」

那一刻，阿提爾一時無言，嘆了口氣。

「這是非常理所當然的事，所以我沒跟妳提過。大概每十年會舉辦一次，當年分最後的數字為零時，就會舉辦建國遊行。」

「聽起來非常壯觀呢。」

「非常壯觀。皇室成員會接連坐著無蓬馬車繞行首都，之後會巡迴地方領地。」

「真的嗎？」

「沒錯，因此有很多人遇刺身亡。」

阿提爾聲音沉悶地說完，莉莉卡十分傻眼。

「遇刺？」

「對，皇室內鬥。因為外出時是最脆弱的時候，何況要經過哪個領地的路線都是隨機抽籤決定的。」

「這代表……不是大家一起走嗎？」

「不是，所以會到各地。皇室成員會適時分批巡視，說好聽一點就是『能親眼看看並熟悉地方領地，與當地勢力建立緊密的關係』。」

「副作用是遭到暗殺嗎？」

「對，但妳為什麼會問起遊行？」

「啊，是因為菲莉說如果經過他們的領地，希望我去拜訪，我說我知道了。還在想那是什麼意思，原來是這麼一回事啊。」

「是啊，會經過許多貴族派的領地。」阿提爾露出不悅的表情，「雖然我不認為那些家族會笨到當眾行刺，但還是小心為妙。」

「我知道了。」

莉莉卡點頭後，阿提爾聳聳肩，「總之，一早起來就有一場大騷動啊。我走了。」

「啊，哇！好。」

因為阿提爾又用力按了一下她的頭，莉莉卡不由得發出驚叫。

阿提爾笑著離開房間後，莉莉卡從垃圾桶裡撿起皺巴巴的報紙道：

「事情會變得怎樣呢？」

布琳笑著回答：「您擔心的事不會發生的，大家都知道最近皇帝陛下變溫和了。」

當然，那不是陛下本人變了，而是受到慈祥的皇后勸阻，但的確是變溫和了。

「但正如阿提爾殿下所說，遊行很讓人擔憂。」

「因為貴族派系？」

「對，還有一些不喜歡阿提爾殿下談心朋友的勢力。」

也有家族認為即使有能力，選擇來路不明的人當談心朋友也很荒謬，忽略了長期效忠的家族。也有人覺得或許是皇太子年輕氣盛，與一些奇怪的人混在一起，那應該誠心地提醒他嗎？

「問題是，並不是所有人都懷有惡意。」

聽到布琳的話，莉莉卡點頭同意。哈亞也說過這種話。

判斷對錯很困難，沒有其中一方永遠都是對的。

「真難呢。」

「但我認為您都判斷得很精準。」

分辨敵友，判斷誰該親近、誰該疏遠。

布琳笑著說出這句話，莉莉卡靠上椅背笑了。

「是啊，這就是絕對強者的從容吧。」

有著絕不會失敗的自信，所以能把局面推向極端，審視對手。

「可以這麼說。」

布琳看到莉莉卡盯著皺巴巴的報紙看，道：「要我拿份新報紙來嗎？有沒有您喜歡的插畫？」

「不用了，沒有，沒關係。」

莉莉卡將報紙揉成一團，扔進垃圾桶。

莉莉卡注視著長得與自己一樣高的花朵。烏巴帶來的種子真的花了很長一段時間培養。

她和烏朗一起照顧它，但很久都沒有發芽。煩惱到最後，她去詢問哈亞，他建議試著打破種子的表面。最後烏朗用了絕招，輕輕敲破種子的表面，新芽這才冒了出來。

即使如此，它還是花了兩三年的時間才長到這麼高。

莉莉卡曾問烏巴：「這種花原本就要花那麼多時間嗎？」

烏巴也尷尬地回答：「我們去的時候，它幾乎枯萎了，所以我們也不知道它這麼花時間。」

「也是。」

烏巴果然也無法得知這種植物能長到多大。

總之，如今結成的花苞逐漸變大，就像雞蛋一樣。

莉莉卡非常期待即將綻放的花朵，經常檢查花苞。這種花生長緩慢，但因此更加令人放入真心疼愛。

花園小屋現在散發著燦爛的光芒。雖然沒有一開始建好時的香氣，但每年重複打磨和上油，如今就像老家具一樣光亮。內部一如既往的清爽，地板閃閃發光，也可以赤腳走進去。

莉莉卡現在能熟練地操作火爐了。

在這微涼的春天天氣裡，她把水壺放在火爐上，等待水開的時候，聽到敲門聲。

「請進。」

莉莉卡應聲後，門被靜靜推開，菲約爾德走了進來。

「您好，皇女殿下。」

「嗨，菲約。」莉莉卡回答道：「我正要泡茶，菲約也要喝吧？」

「好的，我來。」

菲約爾德將帶來的禮物放在餐桌上，直走來廚房。他熟練地代替莉莉卡從櫥櫃中取出茶葉和茶具。

莉莉卡目不轉睛地看著他的動作。

經過嚴格的訓練，現在莉莉卡可以感受到菲約爾德身上散發出來的氣息，能清楚得知他一直在呼喚她，或是能感覺到他在哪裡等過去感受很模糊的事。不是每次都能察覺到，但當他使用空間移動的力量，她都能感受到那股波動。

那是一種與阿爾泰爾斯相似但不同的波動。

銀色的頭髮柔順地垂下，金紅色的眼睛依然細膩閃耀，長相完美無瑕。他從小就很出色，但隨著年齡增長，變得更加出色⋯⋯有時候，她會忍不住發出嘆息似的讚嘆。

菲約爾德瞥了莉莉卡一眼，不動聲色地問：「對了，您生日派對時的第一支舞是和誰跳的？」
「嗯？」
「您說要和迪亞蕾一起跳，但那天有煙火升空，所以她遲到了吧？我想您應該無法和她一起跳。」
菲約爾德的聲音變得低沉。
「您是跟誰跳的呢？」
「啊，我是和卡爾坦跳的。」
「卡爾坦・奧拉希爾？」
「對。」
「只有外表能看……」
「什麼？」
「是像詐騙犯的傢伙吧。」
「看起來不像啊。」
「如果看得出來就不是詐騙犯了。」
莉莉卡看著菲約爾德，忍不住笑了。
不管是菲約爾德還是阿提爾，他們有時都會這樣殘酷地評論她見過的男性。即使是出於關心也讓她感到有趣；即使是出於嫉妒也令她覺得開心。
雖然不知道他們是不是故意這麼說的，但這兩個男人都天生惹人注目。
莉莉卡開朗地調侃菲約爾德說：
「如果菲約來了，我會和你跳第一支舞的。」莉莉卡戳了戳他的胸膛：「你知道吧？但菲約絕對不會來參加我的派對。」

「那是我的錯。」

「是菲約的錯啊。」莉莉卡這麼說著，雙手扠腰。

自從菲約爾德在那個冬夜來訪後，就如他所說，從來不曾在任何正式場合接近莉莉卡，也不會參加同一場派對。

他確實斷絕了與皇室的連繫，專心管理巴拉特家。他與莉莉卡皇女親近的消息一度讓貴族們議論紛紛，但那些流言也漸漸消失了。

他確實很像巴拉特家的人，澈底算計過的親和與溫柔態度很快就獲得了人氣。之前巴拉特公爵激進的行動舉措曾讓保守派貴族保持沉默，如今他們也開始積極與菲約爾德來往。

不僅是下一任巴拉特公爵，還有傳言說他擁有塔卡爾的權能，更有完美的外表，有這些條件想不受歡迎都難。

「你看過今天的報紙了嗎？」

「是，看了，那真是蠢到了極點，我都臉紅了。」

菲約爾德拿起沸騰的水壺熱茶具，開始泡茶。

「那種小事，皇后殿下輕鬆就能解決吧。」

他說別擔心，莉莉卡點了點頭。不管是阿提爾還是媽媽，他們都很擅長將事情引導至有利的方向。

這是她所沒有的天賦，所以她非常羨慕。

「啊，對了，菲約，你要訂婚了嗎？」

菲約爾德瞬間不自覺地抬起視線看向莉莉卡。他放下杯子時發出銳利的聲音，使他自己也大吃一驚。

「小心點，那很燙耶，你沒事吧？」

莉莉卡走過來，菲約爾德點了點頭。

「我沒事，但您說訂婚嗎？」

他的聲音不由自主地拉高。

「嗯，媽媽的畫像正後面有你的畫像，旁邊就有那篇文章喔。」

莉莉卡笑著假裝翻動報紙，菲約爾德這才發現她是在逗他。不，要逗他也不應該拿這件事來開玩笑。

他不自覺地板起臉，刻意用開玩笑的語氣說：「那不是真的。怎麼每次被看到我跟別人說話就會變成談戀愛呢？」

「因為菲約非常受歡迎啊。對吧？」

莉莉卡的回答讓菲約爾德淡淡地笑了笑，巧妙地轉移話題。

「跟皇太子殿下相比，我沒有那麼受歡迎。」

「嗯，阿提爾好像對這件事不太高興。」

「哈哈，話雖這麼說，他還是會回應對方。」

「是嗎？」

「是的。」

菲約爾德點點頭。

雖然跟阿提爾攀談時，阿提爾的表情和態度都非常不耐煩，但他會認真面對對方。這莫名有種受到特殊待遇的感覺，很受歡迎。

「原來如此，難怪大家都在私下說喜歡阿提爾，我還在疑惑這是為什麼呢。」

菲約爾德把剛煮好的茶倒進新的茶壺裡，然後為莉莉卡倒了杯茶。

火爐附近很溫暖，他也漸漸習慣了站在那裡品茶——這從巴拉特的角度來看是很無禮的行為。

喝下半杯茶後，莉莉卡問：「那是什麼？」

「是您的生日禮物。」

「晚了一天呢。」

「真的很抱歉。我很想凌晨就過來，但實在無法脫身。」菲約爾德苦笑。

莉莉卡端著茶杯，抬頭看著他問：「你很疲憊嗎？」

「這……」

菲約爾德思索著該如何向莉莉卡解釋這種感受。

無論他去哪裡，最後都像在自找死路。有時，實在無法逃脫的絕望感會悄然湧上。

其實死亡真的不算什麼，真的。死亡沒什麼大不了。

像這樣活著才是個問題。

「就像被困在迷霧中一樣。」

「迷霧？」

「是的，我會覺得，或許有手會不知從何處伸來，把我拉進迷霧深處。」

莉莉卡的表情嚴肅起來。

「如果就像你比喻的那樣，那就把所有迷霧吹散，或是即使有手伸過來，也別讓它抓到你，這兩個念頭很重要。但是要把迷霧全部吹散還很困難，所以我們把重點放在逃跑上吧。」

「逃跑？」

菲約爾德頂著「我這一生從未聽過這個詞」的表情看著莉莉卡，而莉莉卡點了點頭。

「對，逃跑。只有活著，才有未來，然後才能尋求幫助。」

「……」

「要獨自逃離那隻手很難吧？但如果人變多，對方就不容易只抓走一個人。我會緊握著你的手，而阿提爾會握著我的手，就像這樣。」

莉莉卡伸出一隻手，握住菲約爾德的手。茶杯的溫度溫暖了她的手指，感覺很熱。

聽到莉莉卡的話，菲約爾德長長地吐出一口氣。莉莉卡望向他的臉，燦爛一笑。

「我也和你一起在那片迷霧中。」

「你最近一直沒睡好吧？」

「被您看出來了？」

「嗯，快去休息吧。」

「但禮物——」

「我們晚點再一起打開吧。」

「好的。」

「快去睡覺吧。」

「但是我久違地來見您。」

「可是你頂著這樣的臉色說話，我也不會開心。你就去睡一會兒吧。」

菲約爾德露出苦笑，被她推進了臥室。

他非常熟悉這間寢室，他已經很長一段時間無法在家裡好好睡覺了。

如果借助酒精或藥物的力量也許能睡著，但一旦出手碰了那些東西，事態會更加嚴重。看到雷澤爾特即使吃下一堆藥物仍受到失眠所苦，他更加篤定這一點。

他坐在床上，回想起最近的那頓晚餐。

巴拉特家的晚餐時間十分有格調，而且精緻。銀製餐具在蠟燭光下閃閃發光，華麗的瓷器和水晶杯光芒熠熠，桌子中央擺放著一件玻璃工藝品，一根一根手工製作的蕾絲鑲在亞麻桌布上，優雅地垂落——

『完全嘗不到味道。』

食物和昂貴的葡萄酒明明都一樣出色，但舌頭就是感受不到滋味。感受不到美味這種感覺。他知道那是什麼滋味，也知道它們很出色，但就是完全不覺得「美味」。

感覺就像是依序等待遭到宰殺的動物，吃著最後一餐。

還有，巴拉特公爵說了什麼？

「聽說你安撫了溫和派的貴族們。做得好，菲約爾德，你的努力讓我很高興。」

她微笑著這樣說，菲約爾德卻無法立刻回答。

——你所做的一切，到頭來都只會壯大巴拉特和我而已。

彷彿聽到有人這樣低語。

菲約爾德用雙手抹了一把臉，這時敲門聲響起。

「請進。」

莉莉卡推門進來，手裡拿著毯子。

菲約爾德站起來接過毯子，莉莉卡說：「今天還很冷，你可能需要多蓋一些，我用喜歡的香味薰過了。」

「謝謝您。」

莉莉卡看著他，點了點頭，「晚安，等一下我會來叫你。」

「好的。」

莉莉卡走出臥室。

小屋的門很薄，莉莉卡走動的聲音，甚至是移動杯子的聲音都能聽見。

菲約爾德攤開毯子，有莉莉卡身上的香氣。他嘆了口氣。

最近他似乎總是在嘆氣，他無力地癱倒到床上。

睡覺意味著展現出毫無防備的狀態。在那個家中，他不能曝露出任何弱點。一旦弱點暴露，就會受到攻擊，所以他不能毫無防備，因此總是睡不好，缺乏睡眠。但在莉莉卡的領域裡不會遭受攻擊，即使展現出脆弱的部分，還能一起談笑。

緊張逐漸緩解。

他感覺到自己的表情放鬆。

外面，莉莉卡走動的聲音仍在持續。

聽著那些聲音，菲約爾德就這樣睡著了。

巴拉特公爵看著報告，不解地歪頭。她身旁站著一名管家，自她年幼時起就是她的親信侍女。

「真奇怪。」

「您是指什麼呢？」

「為什麼菲約爾德會讓雷澤爾特活著呢？」

「您希望他殺掉她嗎？」

「不是我希望，而是應該那麼做。因為這樣代表他放任雷澤爾特隨意行動……」巴拉特公爵露出一抹微笑，

「菲約爾德肯定也知道才對啊。」

管家仔細思索巴拉特公爵的話後說：「我可以說說我的看法嗎？」

「說來聽聽。」

「或許小公爵正在尋找不必殺人的方法吧？」

「他會那麼蠢嗎？我不認為我把菲約爾德教得那麼笨。」

管家說：「畢竟他還年輕。」

「我十五歲就完全學會了。」巴拉特公爵嘆了口氣，「是因為那孩子嗎？最近似乎也偶爾會見面……」

巴拉特公爵沉思片刻，隨即微笑道：

「今年有遊行對吧？得多給雷澤爾特一點自由了。叫雷澤爾特來。」

「遵命，主人。」

管家悄然離開辦公室，上樓敲了敲雷澤爾特的房門，但沒有回應。她走進房間，聽到裡面有人在喃喃自語。

雷澤爾特被玩偶包圍著，坐在地上與玩偶玩耍。

「啊呀，啊呀，好痛！請原諒我。沒關係，這一切都是為了你，我是想讓你變得更帥氣。乖，要做個乖孩子，不然就把你燒掉。痛、痛，好痛苦，請救救我！噓、噓，這樣我會縫上你的嘴喔。」

雷澤爾特一邊用兩種聲音說著這番話，一邊縫補著玩偶。

周圍散落著被撕裂的玩偶。

「雷澤爾特小姐。」

管家在背後大聲呼喚，雷澤爾特轉過頭來。

「公爵找您。」

「真的嗎？」

雷澤爾特笑容燦爛地站起身，輕拍了拍將許多玩偶縫製在一起的作品，擺放在椅子上。

「乖，真乖。再堅持一下，快完成了。」

她對玩偶輕聲細語，然後轉身。

管家低下頭，帶她來到辦公室。

管家打開辦公室的門後，雷澤爾特走了進去。她一如既往地帶著燦爛的笑容，行了屈膝禮。

「您找我嗎，媽媽？」

「我把留在首都的實驗室所有權交給妳，在巡視領地時去找皇女的麻煩。」

「……找她麻煩嗎？」

「對。」

然後公爵揮了揮手，示意她離開。

雷澤爾特倒退著走出辦公室。辦公室門關上後，雷澤爾特站在門前對管家說：

「給我留在首都的實驗室文件。」

「遵命。」

「這次如果成功了，媽媽會稱讚我是個好孩子嗎？」

管家瞬間對她感到惋惜。不是對她，而是對她的才能感到惋惜。

即使同樣是巴拉特家族，菲約爾德和她的培養方法相似卻不同，又或許是性格使然。

管家坦白回答道：「不會。」

「是嗎？」

「是的，但能證明妳的用處很重要。」

「對，沒錯。」雷澤爾特微微一笑，「因為我不想死。」

她停頓了一下，然後繼續說：「把文件和很多甜食一起拿來。」

「遵命。」

雷澤爾特對關上的門行了個禮，然後回到自己的房間。

她一屁股坐到正在動手術的玩偶旁邊。

「沒事的，只要完成就不會痛了。」她撫摸著玩偶，輕聲說道。

當她坐著東想西想時，侍從們將甜食和文件拿到她的房間。

一個人吃不完的食物堆滿了盤子。雷澤爾特瞥了一眼文件封套，坐在桌前大口吃下蛋糕。甜蜜的滋味在口中融化，感覺連不快的情緒也消失了。除了甜味帶來的快感，所有事物都變得模糊。

雷澤爾特吃著蛋糕，一塊接一塊。第一盤，第二盤，令人不敢相信她的小小身軀能容納這麼多。

接下來是餅乾。她將五顏六色的糖霜餅乾放進嘴裡，不，是裝進肚子裡。

心情好多了。

她吃到再也吃不下去，如果有人按她的肚子，她就會吐出來。但雷澤爾特非常清楚嘔吐不是那麼容易的事，她花了一點時間，把那些食物全部吐出來。

她帶著泛紅的雙眼回來，打開文件袋。

『去找莉莉卡麻煩，這是媽媽的指示。』

對塔卡爾的猛烈憎恨湧上腦袋。如果沒有他們，她就不必受到這種痛苦和折磨了才對。

她希望他們都去死。要如何才能殺死他們呢？

如果可以，她希望菲約爾德也一起消失。

雷澤爾特懷著這樣的想法，陷入苦惱。

到午茶時間時，莉莉卡敲了敲門。雖然她總說會來叫醒菲約爾德，但奇妙的是她一敲門，菲約爾德總會立刻打開門走出來。

一切都整理得十分整齊，毫無睡過的痕跡。

「你真的有睡覺嗎？」

「我睡得很好。」

這種問答總是一再上演。莉莉卡仔細觀察著菲約爾德，然後點了點頭。

「你怎麼每次都能這樣起床？要熟睡到最後一刻啊。」

「在睡眠最淺的時候醒來是最清爽的。」

「能做到這件事真神奇。」

莉莉卡輕搖搖頭。

兩人準備好放在烤箱裡保溫的餅乾和果醬、牛奶和茶，將它們放在餐桌上。

莉莉卡在吃點心之前，先一臉興奮地打開了禮物。

「哇啊。」

莉莉卡小聲地發出驚嘆，一雙可愛的鞋子出現在面前。

這不是普通皮革製成的鞋子，而是用布料製作的。平坦的鞋底是用麻布緊密編織而成，腳跟處繫有一條長長的絲絨緞帶。

菲約爾德說：「這是我游泳時穿的鞋子，現在好像能在上街時穿。絲絨緞帶是要綁在腳踝上的。」

「好漂亮。謝謝你，菲約爾德。」

菲約爾德挑選的物品和媽媽挑的很相似，不論是衣服、鞋子還是配件，一定會引領流行。

這條緞帶很可愛，穿著短裙的時候配上這雙鞋，肯定完美無缺。

「要試穿看看嗎？」

「好啊。」

莉莉卡坐在椅子上彎腰脫下鞋子，菲約爾德拿著鞋盒，跪了下來。

「！」

莉莉卡驚訝地看著他。菲約爾德不以為意地為她脫下鞋子，穿上新鞋，然後將她的腳放在大腿上，用長長的絲絨緞帶繞上她的腳踝。將緞帶微微收緊，繞到後面後綁上蝴蝶結，接著一樣為另一隻腳脫鞋、穿鞋。

莉莉卡一直盯著鞋子看，之後抬頭望向菲約爾德。

她第一次從這個角度看菲約爾德。菲約爾德通常比她高，所以很少有機會由上往下看他。

不是看著坐在椅子上的他，而是正面跪著的他。

首先映入眼簾的是長長的銀色睫毛，纖細豐盈的銀色頭髮摸起來應該非常順滑，十分整齊。這個角度正好適合舉起手觸碰，但莉莉卡忍住了。

菲約爾德稍微用力用緞帶綁緊腳踝，使莉莉卡有種奇妙的感覺。

「感覺如何？」菲約爾德問道。

「哦？嗯？」

她不自覺慌張地反問後，菲約爾德笑了。

「緞帶的緊度。我會綁得太緊嗎？」

「不會。」

莉莉卡點了點頭。

菲約爾德微微一笑，抬起頭來，「那您站起來看看。」

「嗯。」

莉莉卡把腳從菲約爾德的腿上放下來，踩在地上走來走去。鞋子既輕盈又透氣。

「尺寸也剛好，太漂亮了。謝謝你，菲約。」

「太好了。」

莉莉卡快步走向掛在一旁的全身鏡，映照出自己的樣子。鞋子既獨特又漂亮，最重要的是非常舒適。她時而轉動腳踝，時而用單腳腳尖輕點地面，滿意地轉過身來。

菲約爾德看到她的表情也十分滿足。

「夏天穿皮鞋太熱了，這種鞋子肯定會流行起來，還有這個蝴蝶結也太漂亮了。」

「我就覺得這很適合莉莉。」

聽到這句話，莉莉卡嘿嘿笑著坐上椅子。

「那我們吃點心吧。」

「好的。」

片刻間，倒茶和倒牛奶，以及將餅乾放入盤子的聲音響起。

莉莉卡喝著奶茶問：「菲約也知道巡視領地的遊行嗎？」

「知道。」

「也會經過巴拉特的領地嗎？」

菲約爾德露出苦笑，「我不希望莉莉經過巴拉特。」

「但我很好奇菲約的領地是什麼樣子，如果在那裡動手刺殺太明顯了吧？而且大家都會繃緊神經。」

「這個嘛，我也不完全了解巴拉特的實力。其實我也想阻止您參加巡視遊行……」

「那是不可能的。」

「是不可能的吧。」菲約爾德嘆了口氣，隨即轉換語氣，輕鬆地說：「十年前的遊行什麼事也沒發生，所以這次的遊行應該也會順利結束。」

「等等，你說十年前的巡視遊行沒事，那之前的呢？」

「大多數的巡視遊行都發生過大大小小的意外。畢竟是長途旅行，連馬車輪子脫落也算意外。」

「這倒是。但要進行長途旅行的話，能放著首都不管這麼久嗎？」
菲約爾德歪了歪頭：
「皇帝陛下不會去巡迴領地，只會繞行首都一圈。出去巡視領地的是子女們。」
「哦？那如果孩子年紀太小，或是沒有孩子呢？」
「那只會繞行首都一圈。」
「原來如此。」
菲約爾德看著莉莉卡，如果莉莉卡不是今年剛好十三歲，她可以不參加巡視遊行，但時機實在太不巧了。
時機太糟了。
『應該更積極一些才對。』
看來得澈底吞下巴拉特。如果莉莉卡因此出了什麼事，他絕對無法原諒自己。
『得用粗暴的方法掌控內部了。』
他思索了一會兒後對莉莉卡說：
「莉莉，我可以借用『七鐘』嗎？」
「嗯，可以。」她回答後又問：「但為什麼呢？」
那份信任讓菲約爾德感到愉悅，他笑著說：「我必須去一個地方看看。」
「小心別讓鐘聲響起。七鐘雖強，但不是萬能的。」
撞見巴拉特公爵時，一口氣就粉碎了三個鐘。那時她不曉得有多害怕。
「我會記住的。」
簡單的茶點時間結束後，莉莉卡從屋裡拿出七鐘。菲約爾德小心翼翼地接過。
僅憑他找到的資料還不夠，他打算澈底搜查巴拉特公爵的辦公室。

莉莉卡在門口目送菲約爾德離開。

菲約爾德道別：「下次再見。」

莉莉卡回答：「嗯，路上小心。」

聞言，他注視著莉莉卡笑了。

「我會的。」

打完招呼後，他的身影突然消失無蹤。

莉莉卡看著他消失，嘆了口氣。

『我也想創造魔法。』

她也想創造出可以瞬間移動的魔法，卻做不到。說實話，她害怕使用那種魔法。那種魔法會從這邊完全消失，在另一邊出現，但意識到「自己有一瞬間會在這個世界上完全消失」，她就完全無法使用魔法。

她會消失到哪裡？又會從哪裡再次跳躍出現？

能再出現嗎？不會永遠消失不見嗎？

一開始思考這些，她就對施展那種魔法感到恐懼，因此放棄了。自從阿爾泰爾斯嚇唬她說，如果帶著這種懷疑施展魔法，她真的可能會消失之後更是如此。

菲約爾德離開後，在附近等候的拉烏布開門進來。接著布琳也走進來，說：

「皇女殿下，皇后殿下找您。」

「媽媽找我？現在嗎？」

「是的。」

莉莉卡點了點頭，心想可能是到了茶點時間而叫她過去，幸好她只吃了一塊餅乾。

布琳說：「她似乎是想跟您討論您的首場派對。」

露迪婭笑盈盈地迎接莉莉卡，眼尖地注意到了莉莉卡的新鞋。

「這雙鞋子我沒看過呢。」

「這是我今天收到的禮物。」

「是誰送的？」

「那個，嗯……」

「我明白了。」

露迪婭沒有多問，點了點頭。

家人都知道莉莉卡有時會偷偷見菲約爾德。畢竟阿爾泰爾斯知道這件事，露迪婭不可能不曉得阿爾泰爾斯知道的事，而同為覆盆子同盟的阿提爾也知道。

摘覆盆子時，阿提爾說過臉皮真厚這句話好幾次——因為菲約爾德會出現。

「很漂亮的鞋子，應該會流行起來。」

莉莉卡輕輕一笑。

「很適合春夏穿呢，我再請人做一雙夏季穿的吧。」

「好的，媽媽。」

露迪婭看到莉莉卡的新鞋，燃起了幹勁。巴拉特就是巴拉特，很有品味，但露迪婭不打算把莉莉卡交出去，她心中已有邀請來參加派對的來賓名單——也就是莉莉卡的丈夫候選人名單。

露迪婭讓莉莉卡坐在她旁邊，莉莉卡緊挨著媽媽坐下後說：

「媽媽，我今天早上看到了報紙。」

「天啊，呵呵。妳很擔心嗎？完全不用擔心喔。」

「您打算怎麼做呢？」

「妳看明天的報紙就知道了。」

露迪婭眨了眨眼，讓女兒坐到身邊，攤開一幅插圖。

莉莉卡驚嘆出聲。

「太美了。」

「對吧？這是以異國植物裝飾的派對概念，上面也會掛上這種藤蔓植物，會在溫室舉行。」

「但媽媽，我應該要親自動手才對……」

「當然要妳親自來，但妳也可以跟媽媽討論要辦什麼樣的派對吧？不是嗎？」

『是這樣嗎？』

雖然有些疑惑，莉莉卡還是專心看著媽媽翻到下一頁。接下來是樸素的農場風格茶會。

「這個看起來很像小屋耶。」

「是從那裡得到的靈感。這種簡樸感會帶來新鮮感，大家會為之瘋狂。只要在花園裡建一個小亭子就好了。」

接下來是——」

接著有好幾張不同的派對概念。莉莉卡認真地看著，然後說：

「我想在湖邊舉辦派對，但是要辦在晚上。」

「晚上？但莉莉，晚上的話，應該有蟲子會被燈光吸引過來，尤其湖邊有很多蟲子。」

莉莉卡笑了笑：「正是因為這樣，我有能驅蟲的花環啊。」

這是她在不知情的情況下製造出來的神器之一。

聽到這番話，露迪婭瞪大眼後笑了。

「這主意非常好，會是一個只有妳能辦的派對。」

「啊，當然，我也會為媽媽做無數個花環的。」

「好啊，媽媽能享受女兒是魔法師的好處了。對了，關於派對的邀請名單……」露迪婭從容不迫地翻到最後一頁，「媽媽試著擬了一份。妳覺得如何？」

莉莉卡拿起名單仔細查看，名單上有她認識的人，也有不認識的人，特別是男孩子。她會和女孩交流，而男孩幾乎只是稍微見過面而已。

『因為媽媽說過，派對的性別比例也很重要。』

「好的，沒問題。」

她爽快地回答後，露迪婭點了點頭，「還有，妳最好對參加者有些了解，所以……」

莉莉卡大概認識那些女孩，但露迪婭還是一一介紹了所有人，還不忘補充一些讓人抱有好感的小故事。

莉莉卡聽完後點了點頭。

「名單中有很多人呢。謝謝媽媽，連名單都幫我準備好了。我還以為要過好一陣子才會舉辦派對呢，畢竟生日派對才剛結束不久，結果現在就要舉辦了。」

「媽媽希望妳去巡視遊行之前，先記得大家的長相。」

「啊，原來如此。」

莉莉卡這時才明白，第一次見面與在派對中熟悉對方是兩碼子事。她決定在巡視遊行開始前，選在哈亞離開後的初夏，適合舉辦戶外派對的天氣舉辦派對。

莉莉卡很喜歡哈亞。

這位雪精靈族的成員特殊技能是聽到問題後無所不知，都能回答出來。他也非常了解花園。當烏巴帶來的種子無法發芽時，是他建議將種子劈開的。

他還告訴她，長髮是為了保暖，而他的名字沒有任何特殊含義。

為了與印露產生緊密的連結，他們不會賦予名字意義。

他透露了他們比一般人更長壽，而且非常怕熱的事，甚至分享了最古老的歌曲和故事，那都是用古語寫成的。

那是一首以「艾爾希（光存在）」這句話開始的歌曲，因此莉莉卡更聚精會神地聽著。哈亞後來解釋，這是創世的歌。

她也聽過令人毛骨悚然的恐怖故事，晚上會因此睡不著，偷偷去找阿提爾，阿提爾則會嘆息道：「妳又聽他說恐怖故事了？」即使如此，阿提爾也從未趕她走，這是他的優點。

但是當莉莉卡想分享她聽到了什麼恐怖故事時，他會搖搖頭說：「不用了。」

「阿提爾不喜歡恐怖故事嗎？」

「現實中已經有太多恐怖的事了，為什麼還需要聽恐怖故事？」

「嗯……」

莉莉卡同意這番話，但該怎麼說，這與現實中的恐怖完全不同，她不知道該如何形容。

在那些恐怖故事中，肯定會夾帶著與神器相關的內容。哈亞私下告訴她，印露家中有一個地方專門收集這些可怕的神器。

「您要舉辦首場派對吧？我很想參加，但……」

「畢竟是夏天，沒關係的，下次舉行派對再來參加吧。」

聽到莉莉卡的回答，哈亞笑著點了點頭。
「好的，我明白了。如果您冬天舉辦派對，請務必邀請我。我從來沒有參加過，很期待呢。」
「怎麼可能，蒂拉經常收到邀請吧？現在不也經常收到嗎？偶爾出去走走，轉換心情也不錯啊。」
哈亞聞言，輕笑說：
「去了也只會聽到一堆沒用的問題，一定會是場無聊的派對，那何必去呢？而且我不喜歡人多熱鬧的場合。」
「嗯……」
莉莉卡覺得這句話有道理。大家對哈亞的疑問都一樣，她收到的問題也大同小異。
她一定要舉辦一個寧靜的派對，邀請哈亞來，可以的話，在自然景觀美麗的地方舉辦最好。
到時會是冬天，那蓋個雪屋，在裡頭舉辦吧？
哈亞再度溫和地將話題帶回課堂上。
「但您不覺得神奇嗎？三百多年來，語言竟然發生了這麼極端的變化。」
莉莉卡聞言，心裡感到疑惑。
三百年的確很漫長，但足以讓一種被稱為「古語」的語言變成完全不同的語言嗎？
「原因在於古語會用來施展魔法。」
「！」
意想不到的理由讓莉莉卡瞪大了眼睛。確實，施法時是使用古語。
「古語被稱為最初的語言，據說是神創世時使用的語言。關於這點有很多種說法，但語言畢竟是能洞察人心的窗口。」哈亞按上自己的嘴唇：「話語源於思想，思想則源於心靈。所以，我們可以透過話語窺見一個人的心靈，了解其內在的想法。無論是虛假還是誠實的話，一旦說出口，就會擁有力量。」
哈亞在石板上寫字。

『**艾爾希。**』

莉莉卡頓時倒抽一口氣。哈亞繼續說明：

「因此，真正最初的話語擁有驚人的力量。源於心靈，心靈則是思想，思想再化為話語。魔法以話語為基礎並不奇怪，精煉話語的文字也一樣。所以，受到不再使用魔法的誓言影響，語言是第一個被改變的。」

哈亞勾起微笑。

「所以我們的語言變得和古語完全不同。不過我們還保留著以文字記錄的古語，這可以說是人類的貪婪吧。」

莉莉卡感覺痛快許多，彷彿一個大疑問──「為什麼施魔法時必須使用古語？古語這麼難」的問題得到了答案。

她說：「蒂拉，您對魔法也很了解吧？」

「是的，但不如魔法少女那麼了解。」

莉莉卡輕輕一笑。有時，她會懷疑哈亞是不是知道所有一切。

索內希哈亞已經發現到她真的是魔法師了吧？

當然，她沒有明顯表現出來，哈亞也沒有提及過，但從言行中可以感覺到這一點。

莉莉卡有時覺得，哈亞不是因為魔法少女的神器而說這些故事，而是因為她就是個魔法師。

「如果您有機會來到風雪城，我想讓您看看『星之流動』。」

「『星之流動』？」

「是的，那是一個巨大的神器。我很好奇魔法少女會如何看待它。」

「真是個美麗的名字。那個神器長什麼樣子？我可以問問它是什麼神器嗎？」

「那就等您來風雪城看看吧。啊，還有，關於您剛才說要在湖邊舉辦的派對……」

「是的。」

「在湖面上舉辦會更加華麗吧？」

「！」

莉莉卡「啊！」了一聲，眨了眨眼。

哈亞看到她的表情後勾起微笑，「幸好您很喜歡這個主意。」

「是的，聽起來非常棒。不，這個主意很棒。」

忽然間，腦中湧上冒出許多點子。如果告訴媽媽，她應該會很驚訝。

哈亞直接將莉莉卡眼前的書翻到下一頁。

「那我們翻到下一頁吧。」

為派對感到興奮的莉莉卡趕忙繃緊表情，開始專注於課本。

比以往還早一點結束莉莉卡的課程後，哈亞走向自己的房間。他一進門就停下腳步，阿爾泰爾斯出乎意料地坐在裡頭。

「參見陛下。」

哈亞恭敬地問候道，阿爾泰爾斯揮了揮手。

「好了。」

阿爾泰爾斯傲慢地交疊雙腿，坐在起居室正中央的安樂椅上。

哈亞有時只是想像到龍體內的火焰就感到難受，對怕火的他們來說，龍是天敵。

「這次去風雪城時，帶屠龍者名單回來。」

哈亞僵在原地，凝視著他。

阿爾泰爾斯迂迴地說：「我想過了。以前的事情太痛苦，我連回想都不願意，但最近和露迪婭聊天時，我意識到了。」

他既強大且不會死。

而塔卡爾是因為保護後代的本能而失去理智的人。

「他們不可能沒有做出能控制我的東西。」

不只塔卡爾，其他害怕她的人們也會傾注全力，製造神器。

他們肯定製作了能殺死、控制或消滅龍的神器。

「『心之女王』是從本島帶來的，那就算了，但不可能沒有其他的。印露……你有一份清單對吧？」

哈亞慢慢點頭。

「是，但我沒有所有神器，有些已經遺失了，還有……」

「我知道，我只要確認是什麼東西就夠了，不會隨便因為憤怒而燒死你們，你大可放心。」

哈亞聽到這番話，直看著阿爾泰爾斯。關於是否能信任龍，印露家中流傳著許多故事。

龍的誓言。

但巧妙的誓言也多的是。比如說，嘴上說不燒死你，卻將你撕裂殺害；說要留你活命，卻讓你生不如死；說會為你工作，卻不停作惡，還會借他人之手，間接殺人——這是兩碼子事。

龍絕不會違背誓言，所以可說是會巧妙地扭曲誓言的存在。

最可怕的是，他們會冷靜理性地這麼做。

龍不會為了金錢或權力而行動。人類會為了金錢或權力行動，是因為他們認為那會帶來快樂，但龍本來就感覺不到快樂或愉悅。

他們沒有滿足感。

他們只是為了維持秩序而做了那些事情。

但如果龍有了情感呢？

無法預測。

『然而——』

哈亞也注意到最近阿爾泰爾斯變了，也產生了一種微妙的信任，相信阿爾泰爾斯拿到名單後不會飛到風雪城——抓住那些人，將神器全部收集起來。

前提是印露家族對他沒有反抗之心。

而且印露家要怎麼反抗他？

悠久的誓言和詛咒在他的血脈中流淌。但即使如此，哈亞還是覺得有點不夠。

「好的，但我有一個請求。」

「是什麼？」

「我可以把關於屠龍者——我們這次對話的內容告訴皇后殿下嗎？」

至少要得到一個保障。

阿爾泰爾斯注視著他。只正面承受龍的目光也很難受，但哈亞還是撐住了。

「即使是雪精靈……」

他的聲音慢悠悠地拉長，讓哈亞感到背脊發涼。

「也會對黃金感興趣嗎？」

聽到「黃金」這個詞，哈亞立刻聯想到皇后，那金色耀眼的頭髮一浮現腦海，他就大聲否認。

「不是的！」

這誤會真的不是事實，真的不是，哈亞不想被燒死，所以立刻全力否認。

阿爾泰爾斯仍用毫不懷疑的目光看著他，露出寫著「激烈的否認反而更可疑」的表情。

哈亞感到非常委屈。

「真的不是，陛下。」

「……」

「真的不是。話說，我的理想型反倒是莉莉卡皇女殿下——不，不好意思，我說錯話了。」

哈亞迅速收回這句話。他竟然如此慌亂，這些年讀的書都讀到哪裡去了？

阿爾泰爾斯的眼睛瞇得更細了，哈亞解釋起這番失言：

「我是說，皇后殿下非常美麗，有點超出我的接受範圍。莉莉卡皇女殿下只是我的學生，是因為我身邊沒有能比較的對象。就是，嗯，就是我喜歡像拉烏布大人那樣安靜的人……」

越說越覺得自己陷入了無底泥沼，哈亞第一次感到自己的臉漲紅。

現在他甚至不怕火了，只想像雪花一樣融化消失。難道他還得補充說「但我不是喜歡男人」這類的話嗎？

阿爾泰爾斯直視著他，咂嘴一聲。

哈亞顫了一下。

『通常都是這樣的。』

通常知道他是龍的人們大多都會是這種反應，也常常因此害怕而無法好好思考。

再次想想，露迪婭仍是個特例。

而他非常喜歡這個特例。否則，他無法學到現在所學的這些事。

阿爾泰爾斯忽然想到，如果再繼續欺負哈亞，這個雪精靈可能會融化消失，於是他站起來。

「就這麼辦吧。」

留下這句話就消失了。

哈亞呆愣地看著空中，搖搖晃晃地跌坐在旁邊的椅子上。他茫然地望著虛空，長吐出一口氣。

還活著。

『他說「就這麼辦吧」的意思是……』

應該是允許他告訴皇后殿下吧，或者是陛下會親自告知。

哈亞突然非常想回風雪城，他想念起那裡的家人了。感受著在這裡經歷的所有情感起伏，那就像被巨浪捲走一般，但同時也讓他切身感受到自己還活著，所以也為風雪城的族人感到遺憾。

他們得盡快解開詛咒，離開那寒冷的極北地區，自由自在地活著。

哈亞不敢再回想自己剛才的失言，只是回想起當時的狀況，他就覺得難為情。如果家主看到了，應該會喝斥他並咂一下嘴。

哈亞將十指交握，放在肚子上。

『從我有太多雜念這點來看，我的修行還不夠啊，家主大人。』

第二天，莉莉卡一起床就去看報紙。報紙上刊載了父母親密的模樣。

文章標題是：

『無禮可以忍受，但劣詩不能。』

內容全在批評前一晚被捕詩人吟誦的詩，將其批得體無完膚，還刊登了一首父親寫的詩——

「！」

父親竟然會寫詩？而且寫得非常棒。

莉莉卡被這首詩奪走了目光，布琳告訴她：

「以前陛下曾送過許多花束和詩，當時還傳出了浪漫的傳聞呢。我聽說他現在偶爾還會寫詩送皇后殿下。」

「是、是嗎？」

莉莉卡斷斷續續地讀完了報導，摘要如下：

『不能讓沒有實力證明的人歌頌皇后殿下。只有經過皇室特別審查、挑選出來的人才有這種權利。』

「哇——」莉莉卡讚嘆道，「簡單來說，只有皇室賦予資格的人才能寫詩發表吧。」

「沒錯，當然，審查會由皇室進行。」

「媽媽果然了不起。」

莉莉卡輕搖搖頭。再加上那位詩人吟誦的情詩受到如此嚴厲的批評，他的心想必也被撕碎了。

看他特地跑到皇宮來這樣做，應該是個非常喜歡受到關注的人。

『這就是阿提爾說的意思啊。』

莉莉卡闔上報紙。總之，這件事似乎圓滿解決了，太好了。

雖然在得出結論前，父親和媽媽之間應該討論過許多事，但這樣的結果已經很好了。

莉莉卡心滿意足地吃完早餐，下午和媽媽討論派對的事宜。

她說想製作許多艘小帆船，放到湖面上。

「因為是晚上，在帆船上點亮燈光，飄蕩在湖面上應該會非常漂亮。」

「用花或提燈不就好了嗎？」

「比起花，我更喜歡船。」

「好，那就這麼辦吧，因為這是妳的派對。」

她們討論並調整許多事項。

之後，莉莉卡開始僱人，準備派對。

在湖邊的碼頭旁建造一個大木筏，作為派對的場地。準備派對用的玻璃提燈、小帆船、食物和休息區等各種事宜的期間，時間飛快地流逝。

莉莉卡正式寄出邀請函，所有受邀者都回覆說會出席。

畢竟這是由皇室成員舉辦的派對，在舉辦過無數派對的社交界中，這種派對自然有其地位。

收到皇女舉辦的派對邀請就是天大的榮耀，光憑這一點，在社交界的地位就會提升。那些原本打算在同一天舉辦派對的小社交界人士，應該都在煩惱是否要取消自己的派對。

所幸莉莉卡的派對是私人邀請的，不是公開的，大家都放下心來，同時也羨慕不已，各自準備著派對。

當天傍晚，夕陽西下時，正式開始準備派對。

一般來說，派對會在深夜開始，一直到凌晨十二點以後，但半社交界的派對通常會在午夜時分結束，所以只能提早開始。

最早到達的是迪亞蕾。她因為是莉莉卡的談心朋友，所以早早來幫忙莉莉卡完成最後的準備。

「皇女殿下，您看。」

迪亞蕾笑著展示自己的鞋子，與莉莉卡的設計一模一樣。

看到這雙用絲綢緞帶綁住腳踝的平底鞋，莉莉卡笑了。迪亞蕾穿著五分短褲，兩人並排站著，穿著設計獨特的鞋子，一眼看去就像一對。

迪亞蕾對此非常滿意，幸好她搭配了這雙只有顏色不同，但設計相同的鞋子。

派對會場是將三個「口」字形的大木筏排成一列相連而成。要在各個木筏之間移動，需要走過連接橋。

中間的木筏最大，是跳舞交談的區域。右邊的木筏是女性休息室，用輕柔的亞麻布簾稍微遮蔽，左邊則設有休息區，而樂隊會在船上演奏音樂。這是一個輕鬆的立食派對，侍從們會端著托盤來回走動。

岸上設有帳篷，放著要送到派對會場的食物和酒。

中間的木筏鋪滿了平整的木板，四周設有好幾根欄杆和柱子。每根柱子上都掛著驅蟲的花環，柱子之間用繩子綁起，繩子上掛著發光的石頭。

小小的發光帆船悠閒地橫飄過湖面，涼爽的微風輕拂。湖中央的小島上也點亮許多燈火，映在水面上的光景美不勝收。

第二個到達的是菲莉．桑達爾。收到邀請函的她滿臉期待，比邀請函上寫的時間還早到。

隨後，賓客們陸續抵達，與莉莉卡打招呼。

馬車行駛到湖畔前，侍從們迅速打開車門。孩子們盡力把短裙往下拉，稍微抬起頭，把華麗的斗篷和外套一一交給侍從，以大人的禮儀向今日的主角莉莉卡皇女殿下問好，也不忘迅速打量彼此的衣著和飾品。

輕柔的樂隊演奏告知晚宴舞會正式開始。

原本舉辦晚宴舞會的預算即使是高等貴族也難以承擔，十分昂貴，但今晚的晚宴舞會尤其特別。光看頭頂上掛滿的發光石頭和臨時搭建的平臺就無法估算究竟花了多少錢。

侍從一一喊出來賓的名字，引導他們與莉莉卡問好。舞池在轉眼間充滿了人，馬車排成長隊，看著家族的徽紋察言觀色。

當人差不多都到齊時，莉莉卡一揮手，樂隊開始演奏第一首曲子。

第一支舞是由迪亞蕾與莉莉卡共舞。

『幸好有調整過性別比例。』

看著成雙成對跳舞的孩子們，莉莉卡鬆了一口氣。第一支舞結束後，立刻再度進入社交時間。想跳舞的孩子們繼續跳舞，不想跳的則站著，三五成群地聊天。莉莉卡當然在這些人群中穿梭，與每個人都聊上幾句，其中包括了卡爾坦．奧拉希爾。見到他，莉莉卡就想起菲約爾德說過的話，忍不住笑了。

卡爾坦看到莉莉卡的笑容，恭敬地邀請她跳舞，莉莉卡也欣然答應了。

舞曲從緩慢變得越來越輕快，接著是波卡舞和里爾舞。

每首舞曲之間都一定有休息時間，大家會在這段時間閒聊。

男孩們有禮貌且堅持不懈地與皇女殿下交談，有時也有人邀請她一起去散散步。莉莉卡欣然接受，與他們一起在湖邊散步。

他們的態度得體有禮，讓莉莉卡真切地感受到自己是一位「貴族千金」。

當然，下一支舞開始時，迪亞蕾肯定會瞪大眼睛來找她，把她帶回舞池。

亞麻布簾輕輕飄動，裡頭的女性休息室傳出歡快的笑聲，隨著湖畔微風傳遍周遭。女孩們坐在沙發上閒聊，同時整理自己的髮型和衣著。

莉莉卡注意到菲莉遭到疏遠，便走過去與她攀談。大家都在看著這一幕，如果是爵位低的人與菲莉說話，肯定會被嘲笑，並遭受同樣的待遇。

然而，無論對方是誰，莉莉卡的身分與階級無可撼動，孩子們也自然而然和菲莉變得友好起來。

當閃閃發光的小帆船漂到湖面上，派對來到最高潮，逐漸進入尾聲，剩下最後一支舞。

正當大家漸漸感到疲憊時，不該出現的人出現了，侍從和護衛們驚慌地鞠躬。

莉莉卡看到這一幕時，管家走近今天的派對主角莉莉卡，向她低語。

她驚訝地睜大了眼睛，迅速走向入口，優雅地低下頭。

「參見陛下。」

孩子們像凍結了一樣站著，直到莉莉卡行禮，他們才如夢初醒般慌忙行禮。

阿爾泰爾斯說：「既然我來了，照慣例應該和主辦者跳一支舞吧？」

「什麼？好的。」

阿爾泰爾斯看向樂隊，樂隊立刻開始演奏華爾滋舞曲。

莉莉卡在內心哀號，但表面上鎮定地握住阿爾泰爾斯的手。腳步開始隨著樂曲滑動時，阿爾泰爾斯說：

「妳應該要笑啊。」

「啊！父親大人，您怎麼會來？您不是不能來這裡嗎？」

「不是妳拜託我來參加妳第一場派對的嗎？」

「什麼時候？」

「三年前吧？」

看到阿爾泰爾斯歪著頭，莉莉卡張了張嘴，忍不住笑了。

親眼見到皇帝陛下，孩子們一時不知所措，但很快就恢復了。他們馬上牽著自己的舞伴，走進舞池。

舞曲結束後，阿爾泰爾斯本想一把抱起莉莉卡，但他忍住了。在這裡把她當成小孩，事後肯定會被露迪婭罵。

而且莉莉卡很有派對主人的風範，對他很有禮貌，他也不應該破壞她的這個形象。

孩子們不時瞄向這邊，察言觀色並迫切地看著莉莉卡。皇帝在這裡是身分最高，無法認識的人。

陛下親自來到這裡，親眼見到了陛下——只是這樣，回去應該就能一直到處炫耀。但如果可以獲得引薦，那就更好了。而在場能為雙方引薦的人，只有莉莉卡皇女殿下。

『皇女殿下！』

他們內心的渴望在眼神中熊熊燃燒。

莉莉卡強烈地感受到了有些刺人的目光。她猶豫了一下，想到一個想介紹的人。

莉莉卡輕聲說：「父親大人，如果您不介意，我想介紹迪亞蕾給您。」

阿爾泰爾斯點了點頭，莉莉卡便轉身呼喚迪亞蕾。她為兩人做了介紹。

「這位是我的談心朋友，迪亞蕾．沃爾夫，父親大人。」

「我是迪亞蕾．沃爾夫。」

迪亞蕾將手放在胸前行禮。阿爾泰爾斯上下打量她一下，然後微笑著說：

「很高興能認識我女兒的朋友。」

「這是我的榮幸。」迪亞蕾抬起頭來。

阿爾泰爾斯看了她一眼，然後將目光移向其他孩子。

在一般的社交場合，當他抬起頭時，大家都會迅速別開視線，假裝不認識，但也許還是個孩子，所有人仍注視著他。

『這樣啊，聚在這裡的這些孩子就是莉莉的丈夫候選人嗎？』

他聽過露迪婭說過這件事，便抱著審視的心態一一看過每個孩子，而對上視線的孩子們都慌張地低下頭。

阿爾泰爾斯對莉莉卡說：「妳今天和誰跳過舞？」

「第一支舞是和迪亞蕾跳的，因為我是主辦者，所以和大家都跳了舞。」

「是嗎？沒有特別和誰一起去散步嗎？」

「有是有……」

莉莉卡察覺到不尋常的氣息，看著阿爾泰爾斯。

『不，怎麼可能，父親大人又不是阿提爾。』

莉莉卡拂去擔憂，問道：「要向您介紹嗎？」

「好，當然，我很樂意。」

阿爾泰爾斯露出如鯊魚般的笑容。

曾與莉莉卡散步的三個男孩半是期待，半是害怕地被叫了出來。聽莉莉卡介紹完，阿爾泰爾斯就帶著這些男孩消失了，說要進行特別面談。

迪亞蕾直到最後都沒有放下肉，說：「不要緊吧？」

「應該不要緊吧？」

莉莉卡回頭看著迪亞蕾說完，迪亞蕾點點頭說：「也對，陛下應該不會殺了他們。」

「迪亞蕾。」

莉莉卡笑了。

不久後，父親帶著一臉慘白的男孩們回來，輕拍他們的肩膀。

「好了，聽說還剩最後一支舞？」

「啊，是的。」

「那妳享受到最後一刻吧。」

阿爾泰爾斯彎下腰親了一下莉莉卡的臉頰，就這樣離開了。

莉莉卡有些茫然地目送他。

按理說，這次派對的等級被提升到了無以復加的高度，但莉莉卡不知道該如何形容這種感覺。

她帶著困惑向樂隊招招手，示意開始演奏最後一曲。

這是一首不斷更換舞伴的複雜舞曲。雖然有些人跳錯了，但總體來說表現得很出色。舞曲結束後，孩子們興奮地不停聊天。

『皇帝陛下親臨了派對！』

大家都想快點回去，告訴家人這件事，但他們忍著這股衝動，有禮貌地待到最後，在莉莉卡的目送下離開。

所有人都搭上馬車離開後，莉莉卡直接一屁股坐到椅子上，安靜下來的湖邊吹來一陣風，十分涼爽。

「您辛苦了。」留下來的迪亞蕾笑著說。

莉莉卡伸展四肢，打了個哈欠。

「啊，大家真的好厲害，怎麼能辦這種派對那麼多次呢？特別是媽媽，真的好了不起。」

皇后露迪婭舉辦的派對不僅華麗，而且極具趣味，大受好評。

「我辦不到。」

莉莉卡哭喪著臉時，迪亞蕾環顧四周，說：

「但是，以第一場派對來說已經很出色了喔。畢竟萬事起頭難嘛。」

「是嗎？」

「是的。而且，即使有孩子對今天的派對有所不滿，見到陛下後，那些不滿應該也都消失了吧。」

「對了！」莉莉卡猛地坐起身，「父親大人突然過來，嚇了我一跳。照理來說，他不是不能來嗎？不，他就這樣跳完舞就走了……而且，他到底跟那些孩子說了什麼？」

「大概是『好好對待我女兒』之類的話吧。」

聽到迪亞蕾的話，莉莉卡呆愣地看著談心朋友，試圖勾起笑但失敗了。

「真的嗎？」

「當然。」

「不對，那樣的話，那些孩子非常可憐耶。他們明明沒有那個意思，卻莫名挨了一頓罵。不對，他們不會真的被罵了吧？」

「如果沒有那個意思，就不會邀您一起到湖邊散步了。」

聞言，莉莉卡看著她「喔喔！」地驚呼。

迪亞蕾瞇起眼睛。

「您明白了嗎，皇女殿下？您很受歡迎喔。您明明是只屬於我的皇女殿下，要是被沒用的傢伙搶走怎麼辦？」

聽到迪亞蕾的感嘆，莉莉卡這才笑了出來。

阿爾泰爾斯出現在莉莉卡首場派對上的消息，轉眼間在社交界傳開了。

大家對這件事議論紛紛，但露迪婭生氣極了。

「不是，您為什麼會去那裡！」

「聽說莉莉卡的丈夫候選人在那裡啊，我得親自看過才行。」

「有什麼好看的啊？等等，所以您訓斥了那些孩子的傳聞是真的嗎？」

「我可沒說什麼過分的話。」

阿爾泰爾斯沒有用直白的話來施壓，而是靠氣氛和手中的力量。

露迪婭感覺自己就要昏倒了。

「如果那些孩子都因為這樣被嚇跑了該怎麼辦？」

「若會因為這樣就逃跑，他們肯定不適合當莉莉卡的丈夫。」

「不是，真是的，您這個人……」

露迪婭傻眼至極。

「您聽我說，反正我們幾年後就會離婚，這不是您需要擔心的事。」

「妳以為離婚之後，就會從我的族譜上除名嗎？」

「什麼？」

「我問妳是不是以為會從我的族譜上除名。總之，既然被寫進皇室的族譜了，就不會將妳們除名。」

「您、您說什麼？」

「怎麼？妳以為族譜是可以隨便加上去又隨便除名的嗎？也許有人會這麼隨便，但我不會。」

露迪婭最後無奈地坐在旁邊的椅子上，舉起雙手。

「天哪，那麼契約呢？您也和莉莉卡簽了契約，不是嗎？」

「是啊，契約是她要扮演皇女，但這和記入族譜是兩回事。」

「什麼？」

「契約結束後，即使她不再努力扮演皇女，也不會從族譜中除名。契約裡應該沒寫到這一點。」

「我們當然會那麼想……！」

露迪婭再也說不出話來。簡而言之，即使他們離婚，露迪婭帶走莉莉卡，她仍然是皇女。

老實說，無論莉莉卡是否有確實扮演皇女都毫無影響。即使她做得很糟，只要記入族譜，她就是皇女。

阿爾泰爾斯平靜地說：

「所以，尋找丈夫的標準不能太低。」

「……他們的水準不差，他們是我精挑細選的人，沒有異性問題，性格穩重，也沒有其他心思……」

「總之，我不能以此讓步。」

露迪婭再次無奈地乾笑，靠在椅子扶手上。

「隨您的意吧。而且您明知道成人不能去小社交界……」

阿爾泰爾斯笑了笑，「這沒什麼不好吧？」

「嗯，確實沒什麼不好。」

這樣一來，莉莉卡舉辦的第一場派對讓大家留下了無比深刻的印象。

「但獨力舉辦派對也會是個很好的經驗。」

「所以我最後才出現啊。」

「嗯，是沒錯。」

即使未來出了什麼問題，被逐出社交界，也可以藉由舉辦多場成功的派對，不屈不撓地爬上來。

社交就是這樣。

露迪婭也是這樣一步步走上來的。因此，無論是派對還是人性，她都瞭若指掌。

在這方面，對自己沒有清楚的認知或許就是人類的有趣之處，正視自己需要很大的努力。

就像走上死刑臺一樣。

露迪婭深深吐出一口氣，平靜下來後說道：

「對了，關於印露家的神器。您之前說過有能殺死龍的神器吧？」

「也不一定是為了屠龍。」

「總之如果印露家沒有全部回收，這些神器果然是流入了巴拉特家族嗎？」

「可能性很高。」

露迪婭想起了巴拉特家。他們對塔卡爾充滿了執著和仇恨。

露迪婭曾與巴拉特公爵見過一兩次面，說實話，那時支配她的情感是恐懼。

『他們應該不知道阿爾泰爾斯是龍，而且那些神器是他們長期以來收集的，也是為了對抗塔卡爾的權能吧。』

「可是為什麼他們沒有使用這些神器呢？」

「什麼？」

「就是那些神器。既然您出現了，為什麼他們沒有使用？」

她原本以為對方因為對手是龍而心死投降了，但他們明明有能對付他的武器，讓她感到困惑。

難道是他們來不及用這些神器就被抓住了嗎？

『不是沒有神器，就是神器無法使用，或是不想使用……？』

露迪婭梳起頭髮，同時說道：

「總之，巴拉特公爵的想法真是難以捉摸。雖然我原本就這麼認為了……」

她允許莉莉卡和菲約爾德來往，不是沒有原因的。她需要更多資訊。

「這次巡視遊行時要多注意，還要更加小心地挑選人員……聽說首都的實驗室有些發現？」

約翰．威爾和阿提爾合作，澈底摧毀了一個人口販賣組織，發現了一個可怕的實驗室。

雖然他們認定這分明與巴拉特公爵家有關，但問題在於缺乏證據。阿提爾因首都中存在著這種實驗室的事實大受衝擊，威爾也同樣震驚，之後，露迪婭也正式開始在貧民區的救援工作，逐漸改變了那裡的面貌。

這不是一件容易的事，但有約翰．威爾的協助，這項工作變得相對順利。

「沒有，實驗記錄上也看不出與巴拉特公爵有關聯。雖然沒有確切的證據，但大概可以猜出他們在做什麼。」

「他們在做什麼？」

「他們想變成能打敗龍的生物吧。」

「……」

沉默了一會兒，露迪婭說：「這種事太像奇幻故事了吧？」

「在妳面前的我可是龍喔。」

「……也是。」

露迪婭想起了菲約爾德顯現的權能。確實，這可能也是某種成果。

巴拉特家擁有比塔卡爾更強大的能力。

露迪婭打算用盡手段，澈底挖掘情報。如果可以，還要獲得那些神器……

阿爾泰爾斯看到露迪婭直盯著他，面露疑惑。

「怎麼了？」

「……不要受傷。」

「妳在說我嗎？」

「這誰也說不準吧。上次在貧民區的時候也一樣，有可能發生十分危險的狀況。」

阿爾泰爾斯站起身，走到露迪婭身邊，撫摸她散落的頭髮後輕吻了一下，低聲說道：

「我才希望妳多保重身體，畢竟妳是脆弱的人類。」

「您也一樣。」

想到他的動作是在示愛，露迪婭就臉頰發燙。即使兩人已經做到了最後一步，這些接觸有時比親密的床笫之歡更讓她動心。

「哈亞似乎也喜歡妳。」

他低聲說完，露迪婭輕笑了笑。

「隨他去吧。」露迪婭挑釁地抬起藍色眼睛看著他，「反正我被契約束縛著，所以眼裡只能看著您，耳裡只能聽到您。」

「要是這麼說的這張嘴能說出『愛我』就好了。」

「想聽的話，要不要試著再多寫幾首情詩？」

阿爾泰爾斯用手指輕撫她的肩膀，笑了笑。

「寫了妳就會說嗎？」

「這取決於詩的好壞。」

「我會努力的。」

他放開了手，原本被溫熱大手觸碰到的地方感受到冷空氣。她壓下難以名狀的失落感道：

「總之，不要再嚇唬莉莉卡的丈夫候選人了。」

阿爾泰爾斯聞言點了點頭。

「這我也會努力的。」

七月舉行的建國節通常規模較小，除了每十年一次的建國節。

『建立國家有什麼好炫耀的？』

聽從祖先這句不知道是自大還是謙遜的話，簡單舉辦建國節是塔卡爾家的慣例。

然而，建國節畢竟是建國節。

悄無聲息地度過也很令人過意不去，所以子孫決定每十年盛大舉辦一次。由於持續時間長，人民對於節日的期待值很高，皇室花費的規模也非同一般。最重要的是，這是首都居民努力一點，都能見到皇族的日子。

街上自然從建國節的前幾天就熱鬧起來。

畫著龍的旗幟在每條街上飄揚，販售著龍玩偶和以龍眼為印象打造的寶石。

有個奇妙的迷信說這些物品是驅邪的護身符，只會在建國節期間販售，因此效果顯著。

「真是熱鬧啊。」

杰斯喃喃自語道。連貧民區也一片歡騰，就像陽光照進來了一樣。

杰斯的髮型無論在哪裡都很顯眼，但貧民區是他的地盤，所以沒人敢因為他的髮型來找麻煩。

儘管如此。

「我一定是瘋了。」杰斯低聲說道。

旁邊深深戴著兜帽的孩子笑著說：「你沒瘋。」

「不～我瘋了。」杰斯幫那個孩子戴緊兜帽，說：「要是殿下知道我帶皇女殿下來這裡，他會殺了我的。」

「不會的，不會的。我會保護你。」莉莉卡用爽朗的聲音說。

「這是哪裡出了差錯呢？」

杰斯的嘆息讓莉莉卡搖了搖頭。

「不，不是杰斯的錯，是最近不知道究竟在貧民區裡搞什麼的阿提爾的錯。」

建國節臨近，大家都忙得不可開交，但阿提爾經常逃跑，讓布蘭咬牙切齒地說著：

「要是讓我抓到殿下，他就完蛋了！」

莉莉卡曾多次見到他這樣四處尋找阿提爾。

當然，即使抓到了，也不能像布蘭心想的一樣打斷他的腿，但問題是一直抓不到他。

最後，「魔法少女莉莉卡」決定出面解決這個問題。

她邀請阿提爾一起吃早餐，然而，阿提爾也完全無視了這個邀請。莉莉卡困惑不解，開始感到擔心。不對，其實只有一半是擔心，另一半是好勝心。

因此，她留下紙條給布琳和拉烏布，外出尋找阿提爾，之後在途中遇到了杰斯，便緊緊跟著他到處走。

其實杰斯曾試圖甩掉她。

但無論他走得再快，她都能跟上；他跑走，她也追上來；他走進小巷，她也跟上來。最後終於甩開她後，他躲起來，偷偷觀察莉莉卡會怎麼做。

不過莉莉卡不僅不打算回去，還在小巷裡到處走，大喊著「杰斯！你在哪裡？」。杰斯見狀，知道自己不可能逃跑了。況且，她似乎拋下了猶如巨狼的護衛，獨自在這裡走動，使他擔心得無法轉身離開。

「我認輸了，認輸了。」

最終，杰斯找來一件破舊的斗篷，替莉莉卡戴上兜帽後，帶她去找阿提爾。

莉莉卡輕笑著說：「阿提爾到底在做什麼？」

「去看看就知道了。」

莉莉卡雖感疑惑，還是跟著杰斯走。杰斯拉過莉莉卡的肩膀，她驚訝地看著他。

「即使我認輸了，這裡還是很危險，跟緊我。」

「嗯。」

莉莉卡一邊走一邊環顧四周。

到處張望就像個鄉巴佬，因此在貧民區的街道上這麼做，正適合被扒手盯上，但——

『跟著杰斯應該沒事吧？哇，這裡真的變了好多。』

曾經充滿汙穢物的街道變乾淨了，破爛的房屋也得到了修繕。雖然有玻璃窗的房子很少見，但木製防護窗都牢牢固定著，牆壁似乎也重新粉刷過，這邊是一片雪白，另一邊則還是老舊的模樣。

「真是了不起……變了好多。」

「即使這樣，生活還是很艱難，但應該不算太糟吧。」

聽到杰斯冷靜的回答，莉莉卡笑了笑。只要不算太糟就好了吧？至少那些讓人厭惡的汙水坑不見了。隨著杰斯的帶領，莉莉卡逐漸聽到嘈雜的聲音。

杰斯停下腳步，把手指放在嘴邊示意莉莉卡安靜，然後指向一邊。

莉莉卡疑惑地將頭探出巷弄。

「！」

原本是大型私人賭場的地方，現在變成了一間截然不同的方正建築，前面有一個小庭院。貧民區的孩子們聚集在庭院裡，努力地做著什麼，而指揮他們的正是阿提爾。

「來，我們一起打倒那隻怪物吧！」

「好，我們也要像勇敢的塔卡爾一樣！」

還在想孩子們在做什麼，原來是在排練建國節期間經常上演的建國節戲劇。這齣戲主要是演繹出第一位國王的冒險和功績，其中最受歡迎的是塔卡爾擊敗魔獸的故事。

阿提爾用手示意，在後面等著的孩子們就抬出一個用紙做成的巨大人偶。他們用棍子操縱人偶，它不僅很巨大，外表也非常華麗。

這是傳說中塔卡爾擊敗的「樹海之王」。

孩子們太投入在戲劇中，莉莉卡不想從小巷走出去打擾他們。

「啊！」

「不，是因為我，塔卡爾才……！」

劇情進入高潮。塔卡爾抵禦敵人的攻擊，保護了巴拉特但失去了右眼，接著很快就擊敗了魔獸。

「嗚嗚，都是因為我，你失去了眼睛……」

「從現在開始，希望你成為我的右眼。」

「喔喔，塔卡爾，不用擔心，我會成為你的眼睛。」

「塔卡爾萬歲！」

「擊敗怪物的塔卡爾萬歲！」

孩子們高呼萬歲，假裝撒著紙花，故事結束。

莉莉卡覺得時機正好，拍著手走出了巷子。

「真是太棒了！」莉莉卡掀起兜帽，笑著說。

阿提爾看到她後紅了臉，接著馬上皺起眉頭。

「喂！妳在這裡做什麼？」

他大步走過來，抓住站在旁邊的杰斯衣領。

「你到底在做什麼？莉莉卡怎麼會在這裡？」

「這不是我的錯。」

「什麼不是你的錯？」

「皇女殿下，您說過會保護我的。」

「嗯，我覺得他不會殺你的。阿提爾，如果你再欺負杰斯，我就告訴所有人喔。」

「妳啊，妳真的是……」

阿提爾咬牙切齒地放開杰斯。他瞪了一眼莉莉卡，然後抓住她的手，迅速走進巷子。

「啊？老師？」

「老師，您要做什麼？」

「來來，孩子們！快點過來這邊～這裡有東西可以吃。」

杰斯熟練地把孩子們聚到一邊。

「老師？」

莉莉卡驚訝地睜大眼睛，但阿提爾把她推到牆邊，手撐著牆。

「喂。」

「是。」

「妳要是告訴別人，我不會放過妳。」

「我不會說的。」

莉莉卡平靜地說完，阿提爾一臉複雜地看著她。

莉莉卡笑著說：「我只是覺得你很厲害。」

阿提爾聞言後看了看天，長嘆了一口氣，深深彎下腰。

「你在教他們演戲嗎？這可不是件容易的事啊。」

「……」

阿提爾抬起頭來，看到莉莉卡沒有嘲笑或想干涉的意思，心情放鬆下來。他梳起頭髮說：

「是不容易，不過已經做得很好了。」

「是，你製作的那些道具讓我很驚訝，是你親手做的吧？」

「沒錯。」

「我看孩子們叫你老師……」

「難道我要在這裡讓他們叫我殿下嗎？」

「果然如此，那請把我介紹為妹妹吧。」

「不行。」

「啊？為什麼？」

「妳的長相還滿有名的，魔法少女莉莉卡。」

「怎麼可能！那幅插畫跟我一點也不像！」

莉莉卡紅著臉，氣呼呼地向前走一步，讓阿提爾噴笑出來。他溫柔地摸了摸莉莉卡的頭。

「但這裡還是很危險。雖然治安有所改善，還是有極限，約翰並沒有完全掌控這裡——」

說著說著，他勾起單邊嘴角一笑。

「看吧。」

「？」

莉莉卡疑惑地轉過頭，阿提爾就緊緊抓住她的頭。

「不是妳。」

他重新幫莉莉卡戴上兜帽，拉著她的手走出巷子。轉過幾個彎後，莉莉卡看見幾個明顯不懷好意的男人笑嘻嘻地走過來。

「杰斯！」

「什麼事？」

正在發零食給孩子們的杰斯抬起頭。

「有些奇怪的傢伙來了。莉莉，妳帶著孩子們進屋。孩子們，她是第一次來這裡，帶她進去。」

「好的，老師。」

孩子們跑進那棟方正的建築物，有幾個年紀稍長的孩子過來拉住莉莉卡的手。雖然手髒兮兮的，但莉莉卡並不在意。進屋後，孩子們都貼在窗戶上。

杰斯回頭一看，皺起眉頭，示意他們關上門並從背後抽出一把刀。

孩子們假裝乖乖地關上木門窗，留下一條縫隙。

「請坐這邊。」

「姊姊，您和哥哥是什麼關係啊？」

「妳是誰？」

被充滿好奇的閃亮目光圍繞著，莉莉卡笑著脫下兜帽。孩子們都睜大了眼睛，張大嘴巴。

「哇……」

「哇……」

莉莉卡一時間嚇得僵在原地，心想「難道他們真的認得出我是誰？」。

臉紅的女孩說：「姊姊，妳真漂亮。」

「對啊。」

「妳和老師在交往嗎？」

「你們是戀人嗎？」

「老師的戀人？」

原本貼在窗邊的孩子們湧過來。莉莉卡笑著說：「不，我們不是戀人啦，我是老師的妹妹。」

「真的嗎？」

莉莉卡點點頭，「真的。我們不像嗎？」

「不像！」

「不，有點像吧？」

「那妳是杰斯的戀人嗎？」

莉莉卡拚命忍著笑，非常好奇杰斯聽到這句話會露出什麼表情。

「不，不是啦。」

「哎呀。」

「杰斯真是沒用，對吧？」

「杰斯得更努力才行。」

這些孩子確實就像貧民區裡的孩子，比同齡人成熟許多，一邊這樣說著一邊搖頭。

這時，外面傳來大喊聲和粗俗的話。

「哎呀，要是平時我就跟著罵了，但現在有客人在，得讓他們閉嘴才行。」

杰斯的聲音傳來，接著是利刃碰撞的聲音。驚訝的莉莉卡猛地站起來，孩子們則出聲安撫她。

「沒事的。」

「對，老師和杰斯哥哥會贏的。」

「因為他們超厲害的！」

「是啊。」

「這種事經常發生嗎？」

聽莉莉卡這麼問，孩子們互相看了看，之後點點頭。

「他們兩個的地盤不會收保護費，也取消了賭場，還在這裡建了學校，所以很多人不喜歡他們。」

「沒錯。」

「他們還想放火燒掉這裡，但老師及時阻止了他們。」

「對，非常帥氣。」

片刻後，開始傳來像豬被宰殺的慘叫聲。

站在窗邊觀戰的男孩說：「不是我們的人。哇，流了好多血。」

慘叫聲平息下來，戰鬥似乎結束了，傳來幾道聲音。

「你們這些混蛋，給我記住！」

「哎呀，會讓人記住的都不是好東西。」

不久後，學校的門打開，杰斯說：「孩子們，現在可以出來了。」

孩子們大叫著衝向杰斯，而杰斯一臉不耐煩地推開他們，有的孩子笑著再次撲向杰斯，有的則跑到外面。接著，跑到院子裡的孩子們開始模仿杰斯打鬥的場面。

阿提爾走進來。

「你還好嗎？」

聽到莉莉卡這樣問，阿提爾點點頭。

「沒什麼大不了的。」

「你最近就是為了這些事，不參加建國節的準備工作嗎？」

「嗯。」

「為什麼不告訴大家呢？」

「不要。如果大家知道我在背後做這些事會怎麼想？」

「嗯～大家會覺得阿提爾以後會是個好皇帝吧？」

「也一定會有人想要摧毀這裡。」

「會嗎？」

「不，肯定會有。」

阿提爾一臉疲憊地拉過一把椅子，坐在莉莉卡面前。

「皇帝的心思不能被看穿，否則會成為弱點。」

「……真辛苦呢。」

聽到莉莉卡垂頭喪氣地這麼說，阿提爾輕聲笑了笑。

「如果作為皇帝平等地關心大眾是沒問題，救助貧民是很美好的目標，但現在完全是我私下的個人行為。」

阿提爾看著一臉擔憂的莉莉卡。她就是這個貧民區的女孩啊。

最初，他對貧民區毫無想法，甚至認為首都裡居然有這種地方，想乾脆全部摧毀。

但是，他想起了莉莉卡，那個努力老實生活的貧民區女孩。

想到這裡的孩子們也和莉莉卡一樣，他就無法像丟棄垃圾一樣摧毀這個地方。

「我只是覺得這些孩子們心裡似乎沒有希望，所以和他們一起做些有趣的事，僅止如此。」

「所以你讓他們排練建國節的戲劇？」

「對啊，這樣在街上演出，應該能賺到一些錢吧？」

「會的，一定會的。」莉莉卡點點頭。

「這樣就夠了。我也做不了什麼大事。」

就像莉莉卡曾經為他做的一樣，和孩子們一起笑、一起高興、一起吃苦，阿提爾能為他們做的只有這些。

他作為皇太子只能澈底解決掉這裡的不良組織，很難用外部力量根除與貧民區內部人士有所勾結的組織。

問題在於比起警衛，近在身邊的流氓更讓人害怕。

「阿提爾。」

「怎麼了？」

「我現在對你感到非常驕傲。」

莉莉卡這麼說完，阿提爾愣愣地看著她，之後忍不住笑意，揉亂她的頭髮。

「妳這傢伙，什麼話都敢說。」

「真的啦。我很慶幸你是我哥哥。」

阿提爾聞言，掩飾害羞似的說「別拍馬屁了」，但莉莉卡還是繼續稱讚他。

這時，杰斯開門走進來。

「我把孩子們都送回去了，兩位在做什麼？」

「阿提爾在欺負我。」

聽莉莉卡這麼說，阿提爾放開手說：「現在妳看到了，可以了吧？快回去。」

「我不要。」莉莉卡抬起頭，「既然都來了，我也想去見大叔。」

擦鞋大叔不可能沒參與這件事。莉莉卡想更了解詳細情況。

「妳就不能直接回去嗎？」

「不要。」莉莉卡做出賭氣的表情，「而且我比阿提爾還早認識大叔呢。他明明是我的大叔，為什麼阿提爾會——」

「唉，好好好。」

阿提爾點了點頭，他知道強行把她送回去也沒有用。

鎖好門後，三個人一起離開。走了一會兒，看到一直以來總會在同個時間站在同個位置的擦鞋大叔。

莉莉卡立刻跑過去說：「可以幫我擦鞋嗎？」

約翰稍微抬起帽檐，對她眨眼。

「當然可以，我會把小姐的鞋子擦得更亮。」

「請幫我把它們全部擦乾淨。」

「那麼，脫下鞋子會比較輕鬆，請往這邊走。」

阿提爾和杰斯表情僵硬地看著莉莉卡的舉動，約翰則滿臉笑容地帶莉莉卡往內走。

一走進破舊的房子裡，約翰就向莉莉卡伸出手。

「我想抱妳，但等一下，現在我的手上都是鞋油，太髒了。」

「如果是我自己洗衣服的話，我也想說沒關係，但衣服會被女僕拿去洗，所以我會等你的。」

約翰大笑著脫下帽子，去洗了手。他洗完手後抱起莉莉卡轉了一圈，把她放下來時開心地笑著。

「妳現在變重了不少，莉莉卡也長大了呢。」

「對吧？我長大了很多吧！」

莉莉卡同時瞪著阿提爾，阿提爾則不屑地回應：「哪裡長大了，還像個小橡實呢。」

約翰笑著讓她坐下，然後蹲在莉莉卡面前說：「來，把鞋子脫掉。」

「什麼？沒關係的。」

「不行，工作還是要做的，小姐。」

最後莉莉卡的鞋子被搶走了。她穿著絲綢襪坐在高腳椅上，晃著雙腳說：「大叔，我看到了阿提爾設立的學校。」

「啊，那個學校不是殿下設立的，是皇后殿下設立的。她買下了私人賭場，逮捕相關人士後建了學校。」

「啊啊。」

也對，如果是擔任老師的阿提爾設立了學校，是有點奇怪。

「那麼，大家都認為阿提爾是皇宮僱用的人嗎？」

「有一部分的人這麼認為。」

約翰回答後，坐在矮凳上開始用刷子清理莉莉卡的鞋子。

由於要外出，她穿來的這雙鞋不是薄羊皮製成的，而是厚實的牛皮鞋。她盡量打扮得很簡樸，但昂貴的布料還是十分顯眼，難怪杰斯會讓她披上破舊的斗篷。

莉莉卡看著約翰工作，問道：「即使如此，還是會有人來找麻煩嗎？」

約翰抬頭看向杰斯和阿提爾，像在詢問「這是什麼意思？」。

杰斯不以為意地揮揮手說：「今天黑狗的手下來過，應該是看不慣學校裡的孩子們聚在一起吧。」

「他們明明禁止自己地盤裡的孩子靠近學校。」

阿提爾咂嘴一聲，約翰點了點頭。

「但是人人都看得到孩子在那裡玩耍，別人就會心想他們過得那麼好，我也想去。如果這種想法在人們之間傳開來，對組織來說應該非常頭痛。」

他們不希望人們萌生希望。

阿提爾抱著雙臂，咂嘴一聲。

「他們要混吃等死，我還能睜一隻眼閉一隻眼，但詐騙賭博不行，也不能把孩子拐走賣掉，更不允許他們把孩子扔到角鬥場，打鬥到死為止。」

雖然還有很多話想說，但莉莉卡在這裡，阿提爾有所克制。

莉莉卡瞪大眼睛問：「這麼嚴重嗎？」

「就是這麼嚴重。」約翰回答後接著說：「問題是那些人不僅僅是在做骯髒的事，他們也會替上面的人做見不得人的事。」

「……」莉莉卡咬著嘴唇，嘆了口氣說：「這樣啊。」

「這個世界充滿了利用弱者的壞蛋。」

杰斯簡單地總結了情況。

莉莉卡想起剛才在學校見到的那些孩子開朗的臉龐。

他們有監護人，認為「老師和杰斯會守護、疼愛我們」，臉上充滿了信任和快樂。

她能感受到阿提爾對孩子們灌注了多少愛。她相信冬天時，阿提爾也和孩子們一起玩過自己與父母、阿提爾玩過的比手畫腳，以及其他多種遊戲。

莉莉卡思索了一下，對阿提爾說：「阿提爾，告訴父親怎麼樣？」

「妳有把我的話聽進去嗎？」

「不，我不是說公開告訴他。你們可以一起去釣魚……父親或許知道在這種情況下該怎麼做吧。」

「……釣魚？」

「對。」

有時候阿爾泰爾斯會只帶阿提爾去釣魚。剛開始阿提爾動作僵硬、緊張兮兮地跟去了，但去了第二次、第三次後，他的表情逐漸放鬆下來。

雖然不知道他們在那時聊了什麼，但阿提爾只說：「只是在釣魚。」

不過每次釣魚回來，都能感受到他們之間的氣氛稍微緩和了一些。

根據媽媽的說法，不善言辭的人們很適合一起去釣魚。

「吵吵鬧鬧只會把魚嚇跑，不是嗎？」

聽到這番話，莉莉卡推測這一定是媽媽向父親推薦的活動。

想到那兩人並肩放下釣竿，呆愣地坐在河邊不說話的畫面，莉莉卡就笑了出來。她忍住笑意，清了清喉嚨，裝出認真的表情。

「這個問題也非常嚴重吧？雖然我知道阿提爾可以自己解決，但還是可以向父親請教一下意見，不是嗎？」

阿提爾陷入沉思，之後嘆了口氣，說：「但是最近他非常忙啊，改天吧。」

聽到阿提爾這麼說，莉莉卡點了點頭。這樣就夠了。

阿提爾呆望著莉莉卡。

若是以前，他應該聽不進這種話，當然不可能告訴叔叔這件事。即使說了，肯定也只會得到「你自己看著辦吧」或是「消除掉弱點」這類的回答。他會如此預想，因此連想告訴叔叔的想法都不會有才對，但現在，或許可以跟他說吧？

他覺得，當他告訴叔叔自己遇到的問題時，不再會遭到無視或是攻擊弱點，而是會得到幫助。

『都是多虧了嬸嬸。』

叔叔會有這樣的改變，是因為嬸嬸，但他也莫名覺得是莉莉卡的功勞。

這時，門被打開來，一個擦鞋的男孩一臉急迫地衝進來。

「發生什麼事了？」

「孩子們在回家的路上遭到襲擊了！」

「！」

杰斯和阿提爾立刻站起來，莉莉卡也嚇得倒抽了一口氣。

「誰？發生了什麼事？」

「不知道。聽說是黑狗幫的人在路上襲擊了他們，科林一個人攔住他們，其他孩子都逃跑了……」

阿提爾說：「快帶我去。」

「我也要去。」莉莉卡從椅子上跳下來說。

「妳還不明白現在的情況嗎？為什麼要跟過來？」

阿提爾的聲音變得尖銳，但莉莉卡搖了搖頭。

「如果傷得很重就會需要我。除了我，還有誰會治療嗎？」

「該死！」

阿提爾罵了一句粗話，而杰斯面色僵硬地說：「也許不需要治療。」

如果死了，就不需要治療。

阿提爾停下動作，莉莉卡則咬著嘴唇。

「我知道。但只要還沒有斷氣就需要我。」

阿提爾說：「我和杰斯先去看看情況，妳等等再來。明白了嗎？」

他不給莉莉卡回答的時間，就推著男孩跑了出去。

約翰跳起來說：「我們先換衣服吧。那套衣服太顯眼了。」

莉莉卡點了點頭。

當她換上破舊的襯衫和褲子，把長髮都塞進帽子裡時，另一個孩子跑過來，急著尋找醫生。

約翰和莉莉卡一起出門時對她低語：「不能完全治好他，妳知道吧？」

莉莉卡回頭看著他，點了點頭。

「讓他度過危機，之後讓他自然復原就好，那樣就好，否則會變得很麻煩。」

「我知道了。」

聽到莉莉卡的回答，約翰拍了拍她的肩膀。

在男孩的引導下，他們來到一間房子，杰斯和阿提爾一臉嚴肅地站在裡頭。

莉莉卡有一種似曾相識的感覺。

她回想起那天，媽媽受重傷那天的事。那時的地點也是在貧民區。

莉莉卡對兩人露出充滿自信的微笑。

「請交給我吧。」

阿提爾點了點頭。

他拉開一邊簾子，有個臉色蒼白的孩子躺在裡頭，是她剛才見過的孩子。也許是剛受傷，雖然有撕裂傷和出血，但沒有腫脹或瘀血。他是比較年長的孩子，一想到他是想保護其他孩子而受傷，莉莉卡就感到心疼。

莉莉卡坐在他旁邊，雙手握拳，不讓擺錘被人看見。

阿提爾拉下窗簾，而她緊閉眼睛，集中精神。

『不能完全治好他，但哈亞說過，若是內出血也很危險，頭和肚子都可能有內出血。』

莉莉卡緩緩操控魔力，探查身體內部。她還不熟練，但之前做的練習值得了，她隱約感覺到了內出血。

她開口：「狄瓦斯塔萊德拉瓦（內部完整的圓）。」

魔力滲透，莉莉卡感覺到體內積蓄的血液消失，出血也停止了。

『還是再檢查一下吧，以防萬一。』

她注入魔力，檢查重要的骨頭是否有異常，幸運的是似乎一切都正常。

『手臂骨折了，雖然很心疼，但是就別管這個傷吧。』

不再感受到生命流失，莉莉卡鬆了一口氣，從位置上站起來。

「結束了嗎？」

「對。」

莉莉卡的話剛說完，躺著的科林就睜開了眼睛。

「唔……這裡是……啊，老師……」

頭部的積血消失後，他馬上恢復了意識。

「科林，你清醒了嗎？沒事吧？」

阿提爾一走過去，科林就抱怨著全身上下都很痛。莉莉卡輕輕拉上簾子，這才傳來哭聲。

杰斯靠在牆邊對莉莉卡說：「辛苦您了。」

「不，我一點也不辛苦。」

「幸好有皇女殿下在，否則那些看不見的傷都可能會致命。」

「嗯……」莉莉卡想緩解沉重的氣氛，仰起頭說：「幸好你有帶我來，對吧？」

杰斯認真地點了點頭。

阿提爾拉開簾子走出來，表情十分難看。

「這些混蛋居然攻擊小孩？我不會就這樣放過他們。」

約翰抱起雙臂，「如果攻擊黑狗幫，很可能會引發全面戰爭。難道我們要召集小孩們嗎？」

「那要我就這樣退讓嗎？不可能。」

「如果在這時引發抗爭，建國節就泡湯了。不過，就這樣掩蓋起來的確也很糟糕。」

莉莉卡思考了一會兒後舉起手，三個人看向莉莉卡。

「讓少數精銳衝過去，說要來找做這種壞事的人，教訓他們一頓怎麼樣？」

「不行。」

「不行啊。」

「當然不行。」

三人同時說不行，讓莉莉卡感到困惑。

「為什麼?我覺得那是個好主意啊。」

阿提爾說：「因為我覺得妳會把自己算進少數精銳裡。」

莉莉卡皺了皺眉。

「才沒有，我也覺得我不適合。而且，嗯，我有自己的想法。我有很合適的人選。」

阿提爾歪過頭，而杰斯說：「不會是要請皇帝陛下來吧？」

「那當然！」

莉莉卡咧嘴一笑。

阿提爾露出吃壞肚子的表情，迪亞蕾滿臉笑容，而菲約爾德對莉莉卡說：「您打扮成這樣還是很可愛。」

約翰帶著不知道該怎麼看待這種組合的表情。

巴拉特小公爵怎麼會出現在這裡？

菲約爾德・巴拉特聽完整件事後點了點頭。

「遇到這種人，把他找出來並教訓一頓是對的。」

「對吧？」

「是的。」

菲約爾德溫柔地笑著，他的外貌在這種地方也像璀璨的星星。

所以說……

『大家很可能會認出巴拉特小公爵。』

如果巴拉特公爵家參與指示這種見不得人的事，肯定會讓對方非常混亂。當然，巴拉特公爵家應該不會親自出手，而是利用下屬，但無論是親自動手還是指示他人，這個消息肯定會傳到他們耳中。

『莉莉卡長大了呢。』

約翰讚嘆道，然後不敢置信地看著巴拉特小公爵。

『他也不可能不知道這個事實。』

似乎察覺到了約翰的目光，巴拉特小公爵看過來。

約翰再次望著之前曾經見過的他，那副美貌就算再看一次也讓人毛骨悚然。

不像人類。

這樣的他，只會在莉莉卡面前變柔和，太明顯了，甚至讓人懷疑他是真心的還是在騙人。

阿提爾說：

「我可以理解妳叫迪亞蕾來，但這傢伙呢？」

他像指著髒東西一樣伸手指向菲約爾德，莉莉卡立刻折起他的手指。

「不可以用手指指人。」

聽到這就像「垃圾得扔到垃圾桶裡」這種等級的叮嚀，阿提爾張大了嘴。

菲約爾德勾起微笑。

「沒關係，我也有我需要的東西。」

莉莉卡一臉疑惑地看著菲約爾德，阿提爾的表情也變了。

「你需要什麼？」

「您說您解決了好幾個首都的人口販賣組織，對吧？我想要那時候您得到的資料。」

莉莉卡皺起眉，而阿提爾笑了笑，「那好說。」

如果是交易，反倒比較簡單。當然，如果這兩人不隸屬「覆盆子同盟」，他們應該不會在交換資料的同時做這種事就是了。雖然是同盟，但他們之間還是有隔閡，不能隨意幫忙彼此。

這樣剛好。

「而且，我也很在意黑狗幫的事。」阿提爾用輕鬆的語氣說完並點頭。

迪亞蕾看了看他們兩個，咧嘴笑起。

「事情都解決了嗎？那個，我們來賭一賭誰殺的人多吧？」

「迪亞蕾！」

莉莉卡不自覺地高聲一喊，迪亞蕾縮起肩膀。她看著自己談心朋友的臉色，並抱起雙臂。

「那麼，嗯，那就不殺，讓他們無法戰鬥怎麼樣？」

「嗯，如果有危險的話，當然是沒辦法——」

「他們是普通人，不會有危險的。」

迪亞蕾咧嘴笑著，露出她的犬齒。

「但是，真的只要不殺人就沒問題嗎？只要不殺人？」

聽到迪亞蕾的話，莉莉卡點了點頭。

「嗯，只要還活著就好。因為還活著就很了不起了。」

「知道了。那我們來賭誰打斷的膝蓋最多！」

迪亞蕾舉起一隻手高呼。菲約爾德則歪了歪頭，十指交扣後向前伸展。

「不如打關節吧。」

「要讓他們失去戰鬥能力，不是得廢掉他們的腿嗎？」

阿提爾對菲約爾德的話提出異議，但菲約爾德只是笑著。

杰斯說：「這些傢伙無所畏懼。他們攻擊了我們這邊的孩子，可能是在現場設下了陷阱，但不知道是什麼，不能因為是普通人就認為他們都很弱。」

杰斯指著迪亞蕾說完，迪亞蕾直盯著杰斯，瞇起眼睛。

「你說你打敗了沃爾夫家的騎士是嗎？」

「沒錯。」

「但沃爾夫家的人不是所有人都一樣。」

「權族以外的人不都一樣嗎？」

「那就試試看吧。」迪亞蕾咳了一聲，挺起胸膛，「還有，你也要好好看著我。」

「……」

杰斯一臉不悅地看了迪亞蕾一眼，別開視線，約翰則抱起雙臂。

「大家都換套衣服，臉也遮一下吧，現在太明顯了，畢竟都是知名人士。」

聽到這番話，大家看了看彼此，然後點點頭。

不久後，換上了相似襯衫和褲子的一行人互相看著對方。

莉莉卡說：

「怎麼看都像是同個組織的人呢。」

「就是同一個組織啊，是覆盆子團！」

迪亞蕾哈哈大笑，之後大家各自拿了頭套或面具。

莉莉卡開口：「大家都有帶護身符吧？」

「是的。」

「當然。」

「我帶了。」

「我沒有耶。」杰斯理直氣壯地說。

莉莉卡「啊」了一聲看向他。對了，杰斯是最近才加入的成員，還沒為他製作護身符。

「這樣啊，那我先給你我的護身符。」

莉莉卡要從懷裡拿出用金幣製成的護身符時，菲約爾德將自己的護身符遞給杰斯。

杰斯疑惑地收下護身符，之後菲約爾德從莉莉卡手中接過她的。

「這樣就可以了。」

「等等，哪裡可以了！喂，把那個交出來，跟我換。」

阿提爾將自己的護身符交給菲約爾德，但菲約爾德笑著拒絕了。

「不要。」

「什麼？杰斯你這笨蛋，你幹嘛把那個給他？」

「不是，護身符不是都一樣嗎？您是什麼意思啊？」

「我最喜歡皇女殿下親手為我做的護身符了！」

迪亞蕾以一句話梳理好情況後，莉莉卡嘆了口氣說：

「大家都要小心，阿提爾也要小心喔。」

「好的，我們出發了。」

迪亞蕾用力揮手到最後，腳步輕快地跟上一行人。

莉莉卡一直擔心地踮著腳尖，目送逐漸遠去的隊伍到最後。

「沒事的吧？」

「這個組合應該能應對絕大部分的情況。」約翰低聲說道。

莉莉卡看到一行人完全消失後，收回手，看向約翰。

「不過，大叔。」

「嗯？」

「到引發全面戰爭為止，還有多少時間？」

聽莉莉卡這麼說，約翰睜大了眼睛，然後苦笑。

「我都忘記莉莉卡是這裡的孩子了。」

「我是這裡的孩子。」

聽到莉莉卡的回答，約翰微微笑了。

通常來自貧民區的人，只要在社會上獲得體面的地位，就會隱藏自己的出身。他們會完全藏起自己弱小又不堪的過去，表現得好像只有現在的自己才是真正的自己。

但莉莉卡沒有。她為自己那個弱小且骯髒的過去，還有現在的自己都抱持著驕傲，並接受它們。

約翰拍了拍她的肩膀，「我們進去聊吧。」

「好的，大叔。」

莉莉卡咧嘴笑了笑。

「嘿，去死吧！」

「啊啊啊！」

迪亞蕾用撿來的棍棒打上敵人的膝蓋，男人發出慘叫，倒在地上翻滾。

「喂，不是說不殺人嗎？」

杰斯一說，迪亞蕾一邊綁起頭髮一邊回答：「在實戰中，都必須抱著殺死敵人的決心。嘿，去死吧！」

她大喊的「去死吧」以吆喝聲來說太輕巧了，感覺就像鈴鼓一般，但她的力量和速度完全不同。

每次迪亞蕾這樣大喊，杰斯都看著那些被她打碎關節的人咂嘴。

這是黑狗幫的一個據點，一間兩層樓高的酒館。老舊的木造建築內充斥著酒精和菸草的味道。襲擊柯林一行人的傢伙分明確實走進了這裡，卻沒有打算出來的跡象。

阿提爾大喊：「把動了我們孩子的人交出來！」

「別開玩笑了！」

「只不過是四個小孩而已！上！」

開槍的火光一閃，一串鍊條射出，打掉所有飛來的魔彈。

菲約爾德收回鍊條。

和杰斯戰鬥過後，他發現鍊條和自己很合得來。不僅攜帶方便，他在各方面都在練習，這次難得遇到實戰，所以很積極地活用。

「不可能！」

「他剛剛打掉了魔擊槍的魔彈嗎？」

杰斯咂嘴一聲，「如果你們以為我們只是四個孩子，那就錯了。」

「啊，可以殺了開槍的人嗎？」

迪亞蕾這樣說著，一跳就跳到了二樓的欄杆。

「什、什麼！」

「嘿，去死吧！」

四處傳來打鬥聲。迪亞蕾的笑聲持續在空中迴盪。

「情況不太對勁。」

聽到菲約爾德的話，杰斯點點頭。

「人太少了？」

「迪亞蕾，回來。」

阿提爾大喊完，遠處傳來「我不要～！」的聲音。

「不是，她是怎樣？」

阿提爾傻眼時，迪亞蕾卻又回來了。阿提爾硬是將「妳不是不回來嗎？怎麼回來了？」的話忍了下來。

她說：「那個，他們都在逃跑耶。」

菲約爾德說：「我們也先走吧，這果然是陷阱——」

話還沒說完，房子裡發生了爆炸。

「！」

吸飽油的木造建築瞬間被火焰包圍，燃燒起來。

貧民區的房子通常都緊緊相鄰。突如其來的爆炸聲讓所有人尖叫著跑出來。

「失、失火了！」

「這是怎麼回事？」

「砰」一聲，再度發生爆炸，建築的屋頂被炸開，火舌竄了出來。

「天啊！黑狗幫的人在裡面嗎？」

「噓，你看，他們在那裡。」

「天啊，得趕緊滅火。這是怎麼一回事啊！快拿水來！」

「失火了！失火了！」

「他們在裡面堆滿了油桶嗎？瘋了，真是瘋了。」

人們咒罵著，慌張地去取水。

「所有人都進去了吧？」

「是的，我看到那個老師和杰斯進去了。」

「該死，我還以為約翰・威爾也會來。」

黑狗幫的幹部們聚在一起，不滿地抱怨著。

「是那些傢伙闖進來放火的。懂了嗎？」

「對，是那些擦鞋的突然來這裡放火的！」

幹部們開始向周圍的人大吼時，曾為阿提爾一行人帶路的擦鞋男孩大喊：

「那怎麼可能！有誰待在屋子裡時會放火！」

「什麼？」

「你剛才說什麼？」

「喂！大家快看！放火的人在這裡！」

他們一邊大喊，一邊惡狠狠地圍住少年，連忙拿來水桶的人們卻開始發出呆愣的疑惑聲。

「哦？」

「喔喔，火是不是變小了？」

「我的眼睛有問題嗎？」

「不，不對，火勢確實變小了……？」

聽到人群竊竊私語，幹部們轉頭看去。原本熊熊燃燒的火勢逐漸減弱，就像有人從裡面將火吸走了一樣。

被燒得焦黑的建築裡，火勢完全熄滅了，只有濃煙往外冒。

所有人都呆愣地看著這不可思議的景象。這時，有人從裡面走出來大喊：

「啊，沾滿了煤灰，討厭，真的好討厭，討厭啦～～有煤油味啦，煤油味。哎呦，好黏。」

「……」

「還活著就好了吧，妳不能管好妳的那張嘴嗎？」

「才不要，嗚嗚。」

「天啊，我還以為真的要死了。」

四人慢慢走出來，所有人都張大嘴巴看著這一幕。

阿提爾撥了撥自己的頭髮，說：「所以說，是誰放火的？」

菲約爾德緊抿著嘴，忍著不悅，他想趕快回去洗澡，感覺頭髮裡有灰塵，衣服也髒了，既不舒服又非常煩躁。

「快點解決掉他們吧。」菲約爾德冷冷說道。

阿提爾發現黑狗幫的幹部們張大了嘴巴，他露出笑容。

「好，本來想放過你們的，但今天就來做個了結吧。」

他背後的建築物轟然倒塌。

約翰和莉莉卡用廉價的木杯喝著茶聊天。

「這裡也真複雜。」

「確實很複雜。這裡有好幾個幫派，而且幾年前還出現了叫七星幫的新組織，規模迅速發展。」

「那黑狗幫呢？」

「之前被七星幫超越，所以規模縮小了，以前可是個大組織。所以他們看我們很不順眼，會來找碴。」

約翰咂嘴一聲。

莉莉卡低吟著，思索一陣子後說：

「那不太可能演變成全面戰爭吧，畢竟雙方規模相當。」

約翰咧嘴一笑，「確實如此。」

約翰手下的組織和七星幫的規模差不多，黑狗幫會挑釁約翰，是因為約翰的組織成員大多是不使用暴力、認真生活的人。

「他們暫時不會對孩子們出手了，但最好還是和皇室扯上一點關係。提前演出建國節的戲劇怎麼樣？」

「提前嗎？」

「並不是建國節當天才會演出吧？可以先在街上表演幾天，然後我去請媽媽安排他們到皇室表演。」

莉莉卡露出一個極為優雅且精緻的微笑，很有皇族風範。

「這樣的話，孩子們就會得到皇室的庇護，很難再對他們出手吧。」

約翰．威爾驚嘆道：「妳現在很會運用權力呢。」

「別看我這樣，我可是塔卡爾。」

莉莉卡抱持著和說「我是貧民區的孩子」一樣的驕傲感說道，約翰面露遺憾。

「如果當初收妳為養女，我現在就可以無憂無慮地退休了。不過，看到妳過得好，我也覺得很慶幸。」

莉莉卡笑了，「當時您向我提出那個提議時，我很高興。有人這樣看待我，給了我很大的力量。」

「不只是我，任何有眼光的人都會這麼想的。」

約翰這麼說完，莉莉卡羞澀地笑了。

這時，一個男人跑進來大喊：「失火了！失火了！」

約翰猛地站起來。貧民區失火是必須大家攜手合作的大事。

「火？在哪裡？」

「黑狗幫那群人的酒吧失火了！老師和杰斯都在裡面！」

「！」

莉莉卡驚訝地從座位跳起來，臉色蒼白。

「那、那裡面的人……」

「總之，我們先走吧。莉莉卡，我希望妳留在這裡——」

「我要去。」

莉莉卡說完，迅速重新戴上自己的帽子，但戴得不太牢固。

約翰幫她戴好帽子後說：「冷靜點，大家都是不好對付的人，所以會沒事的。」

這時，又有另一個人跑來。

「糟糕了！」

「如果是火災的事，我已經知道了。」

「不是，火已經熄滅了，但老師和大家一起衝進黑狗幫的據點了！」

約翰皺起眉：「什麼？」

男人慌張地揮著手說：

「大家非常生氣，就衝進去了。老大，怎麼辦？我們也要去支援吧？」

「你說火熄滅了是什麼意思？」

「不是，就是火突然熄滅了。原本熊熊燃燒的火勢漸漸變小，然後咻一聲熄滅了。」

看著興奮到語無倫次的男人，約翰摸摸下顎。

「所以你是說，黑狗幫設了陷阱，結果陷阱失效了，大家就去他們的據點談判了，是嗎？」

男人聞言，點點頭，「我們也應該去吧？我馬上召集孩子來支援……」

「等等，現在重要的不是那件事，先召集孩子們、帶去火災現場，安撫人心，我也會過去。」

莉莉卡鬆了一口氣，幸好大家都沒事。

「聽懂了嗎？晚一拍行動是關鍵。先去看火災現場，再去黑狗幫。反正沒辦法殺光他們，也不能殺，畢竟大家都住在同一個地方，吸收他們是最好的選擇。」

約翰說著，最後看了莉莉卡一眼。

「還有關於火災熄滅的事，我想悄悄借用一下皇女殿下的名聲。」

「哦？」

「我想創造一個目擊到魔法少女莉莉卡皇女殿下的故事。」

「……」

莉莉卡看著天花板，長嘆了口氣。

「我知道了。」

不論是阿提爾還是菲約爾德，肯定有人使用了權能。如果有人對這件事感到懷疑（不，肯定會有），也許、也許阿提爾會被發現真實身分……

『我不想讓那種事發生。』

阿提爾開心的臉龐浮現在腦海中。莉莉卡也知道他為準備戲劇所付出的努力。即使只是為了吸引注意力、爭取時間，她也願意接受「偶然路過的莉莉卡皇女殿下熄滅了火勢」的報導。

「謝謝。」

約翰感謝道，莉莉卡搖了搖頭。這時，外面有人輕咳一聲。

「老大，有客人來……」

「有客人？啊。」

門打開來，一名高大魁梧的男人走了進來，莉莉卡帶著尷尬但開心的表情跟他打招呼。

「嗨，拉烏布。」

拉烏布慢慢單膝跪下，「主公。」

「抱歉，我沒想到會耗費這麼多時間，不過看到你來找我，我就放心了。」

「您感到放心了嗎？」

布琳從後方出現。身著便服的布琳總是給人一種新鮮感。

「布琳！」

布琳皺了皺眉，勾起微笑，「是的，小姐。」

看到一如往常完美的親信侍女微笑，莉莉卡開口道歉，「對不起。」

聞言，布琳笑了，拉烏布也抬起頭來。

莉莉卡悄悄走近兩人，說：「果然還是需要你們兩個，來得正是時候。」

「我們過來時路上很混亂，發生了什麼事嗎？」

聽到布琳的話，莉莉卡嘿嘿笑著說：

「發生了一點事，我晚點再跟你們解釋，先……」

她瞄了約翰一眼，約翰就清了清嗓子，說：「那我們去創造那個目擊傳說吧。」

莉莉卡小聲地問：「為什麼要戴面紗？」

「稍微遮住臉比較好。」布琳也低聲回答。

莉莉卡換上了她原本出門時的衣服。

布琳指揮威爾的部下，讓他們去買來大件的白色圍裙和昂貴的面紗。

她先用雪白的圍裙包住整套衣服，然後用自己的髮夾當作別針，將面紗固定好。往下垂墜的長面紗稍微遮住了莉莉卡的衣服背部。

她是穿著外出服去見孩子們的，所以這是為了藏起衣服的臨時措施。由於面紗會造成強烈的視覺衝擊，人們就不太會注意到她的衣服。

之後布琳讓莉莉卡拿出她的擺錘，將它綁在大約一隻手指頭長的棍子上，並在上頭綁了一個蝴蝶結。

「這樣太顯眼了！」

「這是好事。因為必須分散注意力，不讓人們注意您的長相。您不想被人認出來吧？」

「嗯。」

不知何時，有些男人迅速搭起了帳篷。

莉莉卡戴著面紗走出來，在火災現場用魔法迅速清理倒塌的建築。

她高舉手中的棍子，故意畫出大大的魔法陣施展魔法，使眾人發出驚嘆聲。

之後她詢問是否有人受傷，為受傷的人進行治療。

當然，莉莉卡一句話都沒說。

約翰．威爾勤快地採取行動，引導傷患排隊，適時趕走圍觀者，並四處散播莉莉卡熄滅火焰的消息。

「天啊，難怪火就這樣消失了。」
「那是皇女殿下熄滅火勢的嗎？」
「是啊，據說她在追捕犯人時看到其他人也在追犯人，就回來看看有沒有人受傷。」
「天啊，這麼高貴的人士居然來關心我們。」
「她以前就住在這裡啊。」
竊竊私語聲很快就變成了歡呼聲。當人們聚在一起亂傳目擊情報時，約翰揮了揮手。
「好了，大家離開吧！」
「皇女殿下不是來給你們圍觀的。」
「我們得去看看黑狗幫的情況，追查這件事了。」
「皇女殿下現在要離開了。」
就這樣平凡地離開沒有戲劇效果，因此拉烏布一把抱起莉莉卡，一躍而起，直接跳上屋頂消失了，讓眾人發出驚呼。
「狼騎士！」
「萬歲！皇女殿下萬歲！」
「魔法少女！」
眾人歡呼著，脫下帽子揮舞，不久後，拉烏布迅速跳到僻靜的小巷裡。
莉莉卡滿臉通紅發燙。
「真的、真的好丟臉。」
她使勁抬頭看向拉烏布，拉烏布則露出一如既往的冷靜表情。
不知為何，莉莉卡從他的臉上看出了一絲得意。

在一旁等著的布琳似乎也注意到了，傻眼地說：「你在高興什麼?來，皇女殿下，請來這邊。」

她幫莉莉卡取下面紗，脫掉圍裙，露出原本穿著的衣服，莉莉卡也迅速從棒子上拿下擺錘。

只拿著擺錘，這才讓她感到心安。她把擺錘綁到口袋裡的繩子上。

「我們回去吧。」

令人驚訝的是，阿提爾已經回來了。他一臉疲憊地坐著，一看到莉莉卡走進來，燦爛地笑了。

「這是誰啊?不是我們的魔法少女嗎——哎呀。」

看到她身後的拉烏布和布琳，他倒抽了一口氣。拉烏布和布琳要行禮問候時，他舉手阻止了他們。

「在這裡就不用了。」

菲約爾德從座位上站起來。

「莉莉。」

「菲約爾德，你還好嗎?看起來非常累的樣子。」

「不，我不是累，是精神上……我想快點洗個澡，換身衣服。」

莉莉卡點了點頭，「真的辛苦你了，謝謝你來幫忙。」

「皇女殿下找我，無論在何處，我都會趕來。」

他伸出手，莉莉卡正面握住後，菲約爾德深深鞠躬，在莉莉卡的手背上輕吻。他微笑著說：

「很遺憾無法見到您戴面紗的樣子。」

「剛才真的很難為情。」

莉莉卡用手背摀住發熱的臉，回答道。菲約爾德挺直腰桿，回頭看向阿提爾。

「那麼，下次再跟您拿文件。」

「好。」

阿提爾揮了揮手。

這是萌生了戰友之情？

看來兩人之間的敵意緩和下來了，莉莉卡很好奇發生了什麼事，但還是忍住了。現在不該問這件事。

菲約爾德帶著遺憾放開手，先離開了。

接著，迪亞蕾使勁張開雙臂。

「皇女殿下，請看看我。」

「迪亞蕾，妳的臉怎麼了？」

「全是煤灰吧？都是因為那些傢伙放了火，放火！」

「對，聽說是突然失火了，真的辛苦妳了。對不起，我沒想到事情會鬧得這麼大。」

「這沒什麼啦，不算什麼大事。只是……」迪亞蕾慢慢靠上莉莉卡，「我可能只是想要一點慰勞。」

聽到這句話，莉莉卡笑著摸摸迪亞蕾的頭。

「謝謝妳，迪亞蕾。」

「呵呵。」迪亞蕾愉快地笑了，「有談心朋友就是有這點好處啊，我是您唯一的談心朋友，有事請隨時找我。

哪怕是火裡，我也會衝進去。」

說完，迪亞蕾瞥了一眼拉烏布。

「聽說您剛才跟拉烏布在一起？」

「嗯。」

「啊，真討厭，好可惜，狼騎士應該是我才對啊，上次我們不是也一起出現在插畫裡嗎？」迪亞蕾鼓起臉頰。

『啊，拉烏布看起來很高興的原因是因為這樣嗎？』

嘴裡說是「真正的狼騎士」，結果他在意的是迪亞蕾被畫進插畫的事啊……

莉莉卡說：「下次我們再一起出動就好了。」安撫她。

迪亞蕾聽到後，開心地笑著問：「真的嗎？」接著揮揮手答應這個約定，說要先告辭就快步離開了。據說是因為騎士團的訓練時間快到了。

目送兩人離開後，布琳說：「皇女殿下，我們也該回去了，還有事情要準備。」

這句話其實不是對莉莉卡說的，比較像在提醒阿提爾。

阿提爾揮了揮手，示意他們退後。

很熟悉這類手勢的布琳和拉烏布立刻後退，但杰斯晚了一拍才反應過來。

莉莉卡走近阿提爾，阿提爾則低聲說：「我要去看看科林的情況，並確認一下孩子們。」

「你一個人去沒問題嗎？」

「和妳一起去的話問題更大。我會帶杰斯去，所以沒問題。」

「我明白了，但是……」

「我知道。我不會再干涉了。對了，我聽說那個提議了。」

「什麼？」

「就是戲劇啊，妳不是提議邀請他們到皇宮表演嗎？」

「啊，是的。」

阿提爾嘴角一揚，「做得好。」

他摸了摸莉莉卡的頭。

莉莉卡點了點頭，「這都是向媽媽學的。」

「大家都知道皇后殿下為了扶貧，對貧民區有所關注。所以這麼做，對約翰會有更大的幫助。」

貧民區的孩子們被正式邀請到皇宮，這是多麼了不起的一件事，大概也會獲贈一筆豐厚的獎金。

希望這也會為其他孩子帶來「只要努力就可以做到」的希望。

莉莉卡靜靜地看著阿提爾，輕聲說：

「阿提爾，你可以繼續參與下去吧？這裡認識你的人也不多……」

「不行，我私下和這裡扯上太多關係了，不能帶著感情做出重要的決定。」

「沒有感情，就沒有重要的事吧。」

莉莉卡的反駁讓阿提爾瞇起眼，笑著道：

「妳的口才越來越好了呢。我想想，要是莉莉卡當皇帝，我就可以自由地來這裡了吧。」

「！」

莉莉卡像隻兔子一樣，瞪大雙眼，僵在原地。聽到這番話的其他人拚命裝作沒聽到，忙著低頭看地面。

不，阿提爾曾示意他們退後，所以當然要裝作沒聽到，但就算是玩笑，也不能開這種玩笑啊。

莉莉卡做出非常奇怪的表情說：

「如果不是阿提爾，我現在可能已經跪在地上，大聲喊著『絕對不會那樣，我能力不足，阿提爾才是最棒的』這樣求你了。」

「什麼？這又是誰教妳的，小不點？」

「是蒂拉教的。」

「那妳怎麼不求呢？」

他帶著戲謔的笑容說完，莉莉卡嘆了口氣，用力咳了一聲後說：

「如果不是阿提爾，誰能當皇帝呢？對我來說絕對是不可能的事，我希望阿提爾務必接下這個重任。阿提爾最棒，阿提爾能幹，阿提爾萬歲。」

莉莉卡最後舉起握著拳的雙手，輕輕搖晃著，阿提爾則說著「很好」並抬起頭。

「雖然還不夠，但就這樣饒了妳吧。因為妳是我妹妹。」

「不行說『聖恩浩蕩』吧？」

這似乎是只能對皇帝使用的慣用句。

「啊，而且現在的這番對話如果被叔叔知道了，我可能會被殺掉喔。」

煽動皇太子繼承皇位的發言，足以被解讀為對皇帝的反叛意志。

莉莉卡一臉嚴肅。

「我明白為什麼貴族都這麼大膽了。」

因為他們生活在說錯話就會喪命的世界吧。

兩人相視而笑。阿提爾慢慢站起來，抱住莉莉卡。

「今天在各方面都很謝謝妳，小橡實。」

「意思是我的身分從小不點升級了嗎？」

「怎麼，小橡實不可愛嗎？」

阿提爾這麼說著，放開了她。

「回去吧，我也會馬上回去。不能再折磨布蘭了，真的得準備建國節的遊行才行了。」

「還有，請別忘了和我的早餐之約。」

「好好好。」阿提爾點了點頭。

就在莉莉卡準備離開時，杰斯快步走來，並遞過來一個東西，只見他遞出一枚變得漆黑的金幣。

莉莉卡十分驚訝：「變黑了耶！」

「它保護了我一次。在油桶爆炸後變成了這樣，但多虧了這個，我才能活下來。」

「真是太好了。」

「既然您救了我一命，我日後必定會償還。」

「嗯，不用——」

莉莉卡搖搖頭時，有種似曾相識的感覺。

『奇怪？』

是不是曾在某個地方發生過一樣的事？

她看著變黑的金幣，又看向杰斯。杰斯微歪過頭。

莉莉卡瞇起眼。

「杰斯，你曾給過我錢嗎？」

杰斯將金幣放到她手裡，並道：「如果再弄掉就糟了喔。」

杰斯用正常的語氣，帶著一抹笑意說道，莉莉卡驚訝地看著他。

她曾雙手緊抓著寶貴的銀幣跌倒，銀幣因此掉在地上。莉莉卡看著撿起銀幣的少年，渾身發抖。

她以為少年會帶著銀幣逃跑。然而，少年只默默地將銀幣還給她，並告誡道：「如果再弄掉就糟了喔。」

莉莉卡回到家後，將銀幣藏了起來，因此完全忘了這件事。

得到銀幣的興奮太過龐大，完全忘了自己在路上跌倒的事。

莉莉卡說：「你應該跟我說啊，你怎麼還記得那件事？」

「我說了啊。」

杰斯再次咧嘴一笑。

阿提爾介入兩人之間問：「什麼？怎麼了？」

莉莉卡指著杰斯說：「他就是以前我弄掉銀幣時，幫我撿起來的人。」

「那又怎樣？」

阿提爾瞇起眼睛問道，莉莉卡就收回手指，聳聳肩：「沒什麼，我只是覺得碰到熟人很神奇。」

阿提爾目光狐疑地看著杰斯，杰斯只聳了聳肩。

阿提爾對莉莉卡說：「妳快走吧，快去。」

「什麼？喔，好。」

在阿提爾的催促下，莉莉卡走出屋子，阿提爾隨即「砰」地關上了門。

莉莉卡一臉困惑地回頭看向布琳和拉烏布。

「你們剛剛看到了嗎？」

布琳笑道：「您被趕出來了呢。」

「真不敢相信。」

莉莉卡瞇起眼，用指尖搓了搓被燻黑的金幣，想看看黑色的部分是否能搓掉，但沒辦法，看來這個黑色已經牢牢地附著在金幣上了。

莉莉卡看了看手中的金幣，又看向身邊的兩人。

「我們回去吧。」

第二天，報紙上刊登了一大幅插畫。

莉莉卡大叫：「我、我明明不是拿這樣的長棍！」

「是啊，明明是拿著短棍啊。」布琳一邊剪下報紙上的插畫，一邊咂嘴道：「我做得還不夠好。」

插圖中描繪了長長的面紗飛揚，莉莉卡像祭司長般舉著長棍的場景。

當然，棍子的最頂端放了莉莉卡的標誌……一個非常大的魔法少女擺錘。

『魔法少女，貧民區的救火英雄！』

阿提爾看到報紙標題，開心地笑著逗她，而莉莉卡被父母叫去，不得不一臉難看地解釋情況。

父親和媽媽都沒有收起懷疑的眼神——但還是擺出不會深究的態度。

「這都是阿提爾惹的禍，你現在還笑得出來？」

「嗯。」

阿提爾笑咪咪地看著莉莉卡，她則把報紙揉成一團丟向他，阿提爾大方地接住後，又放聲大笑。

但很快，他的表情變得嚴肅。

「馬上就是巡視遊行了。」

「我知道。」

「叔叔和嬸嬸會留在首都，但我們不會。而且我們會分開行動，妳要小心。」

「好的。」

莉莉卡決定不再說「不會有事的」這種話。

『感覺一說出這種話，必定會發生什麼事。』

她只說會小心。畢竟是由騎士團率領移動的隊伍，應該不會有問題。

「我是很希望坦恩待在妳身邊。」

阿提爾嘆息似的說完，莉莉卡搖了搖頭。

「不，坦恩當然要跟著阿提爾。」

「其實按照常理，騎士團長應該留在首都才對吧？啊，真煩，這一路上，他會不會一直嘮叨？我怎麼沒選擇沃爾夫家的人當談心朋友呢？」

阿提爾抱怨著，但由護衛皇帝的坦恩護衛皇位繼承人阿提爾有其重要的意義。

莉莉卡戳了他一下。

「那表演怎麼樣？孩子們都還好吧？」

「大家都很好，今天開始在街上表演了。」

「哇，我好想去看。」

莉莉卡說完噘起嘴，阿提爾苦笑著說「是啊。」後站起身：

「但現在起不能逃跑了，我還沒有試穿建國節的服裝呢。」

莉莉卡張大了嘴。她從一個月前就已經開始試穿了。

「你還沒試穿過嗎？不對，衣服能那麼快就準備好嗎？」

「天曉得。」

「但是，裁縫室的人們熬夜工作很可憐耶。」

「所以我現在不會再逃跑了啊。」

莉莉卡直看著這麼說的阿提爾一會兒，阿提爾感受到她的目光，拍了一下額頭說：「那我走了。」隨後離開了房間。

莉莉卡從座位上起身，目送他離開後回到位置上。

布琳望著莉莉卡的表情。

「您怎麼了嗎？」

「沒什麼，只是覺得阿提爾應該很辛苦。」

當他成年，就會繼承王位。莉莉卡能隱約感受到這對阿提爾來說是一個巨大的負擔。

「這次巡視遊行對他來說應該會有很大的幫助。」

「是嗎？」

「當然。到時候會去巡視領地，統領貴族。應該會集結皇帝派的勢力，也會與貴族派進行交流。總之，他們都是帝國的臣子。」

「這樣啊。那我也只要去各領地，請貴族幫助阿提爾就好了？」

「是的，不一定要表現得那麼正式，只要友善地對待對方就足夠了。」

「嗯。」

「不是所有貴族都能進入太陽宮，也並非所有人都有幸能接待皇族，他們肯定都在引頸盼望著兩位，猜想這次會不會到自己的領地。」

「那路線是怎麼決定的？」

「有七條傳統路線，會從中抽籤選擇。這些路線被稱為『皇帝之路』。」

「原來如此。」

莉莉卡想起地理課內容，點了點頭。

對拉烏布來說，這件事不太值得高興。對護衛來說，所有路線都是開放的，是一件令人不愉快的事。

「您也會被邀請參加音樂會和舞會，請做好心理準備。」

布琳這麼說完，莉莉卡點點頭。她做好了準備。

但另一方面，她也很期待這次橫跨部分帝國的長途旅行。

CHAPTER. 16

花與蛇之路

到了建國節的當天。

莉莉卡看著媽媽成熟的模樣，倒抽了一口氣。媽媽頭戴精緻的頭冠，裙襬長而華麗，鑲有鑽石鈕釦的小羊皮手套非常適合她。金色的頭髮華麗地盤起，強調纖細腰身的禮服美得令人窒息。

莉莉卡感嘆著自己的禮服沒有長到拖地，也不能將頭髮盤起來，只能發出驚嘆。

「媽媽，您太美了，真的非常美。」

露迪婭笑了。

「謝謝妳，莉莉。妳也是世上最美的女孩。」

莉莉卡聽了感到害羞。

露迪婭的話不假，莉莉卡果然也很可愛，身穿著層層堆疊的可愛裙子，頭上繫著絲帶。光滑的黑色絲襪配上鑲有翡翠的鞋子，鞋跟又高，讓莉莉卡很滿意。給人非常成熟的感覺。

阿提爾因為怕被發現，沒來參加——實際上莉莉卡也因為距離太遠了，連長相都看不清楚——莉莉卡早上去欣賞了貧民區孩子們的建國節戲劇，舉行儀式後，接下來只剩遊行了。

換上遊行穿的最華麗服裝，隊伍繞行首都一圈。之後莉莉卡和阿提爾要將手伸進箱子抽籤，據說按照慣例在離開首都前不能看內容。

離開首都後，才會知道將以哪條路線移動。

此時，外面傳來了號角聲。會客室的門打開，阿爾泰爾斯走了進來。

莉莉卡倒抽了口氣。

婚禮那天，她忙著做花童，心想著「媽媽要結婚？與陛下結婚？」，所以無法仔細端詳。

『因為他平時都穿得很隨意。』

她知道父親很帥氣，但像這樣精心打扮的模樣又是另一番風采。

他身穿雪白的禮服，在長相的相襯之下，連肩上裝飾著彩色寶石、過分華麗的斗篷也黯然失色。

光滑的額下有雙深邃的藍眼睛、具有男子氣概的鼻梁。莉莉卡現在才心生感嘆，認為他和媽媽非常相配。

阿爾泰爾斯伸出戴著手套的手，露迪婭則笑著將自己的手放到他手中。莉莉卡呆愣地看著兩人走向門口時，阿提爾彈了一聲響指。

「莉莉卡，喂，小橡實，快醒醒。」

「啊、啊，阿提爾，你也很帥氣呢。」

莉莉卡這才看向阿提爾。

阿提爾咧嘴笑著，對莉莉卡彎腰鞠躬並伸出手來。

莉莉卡一臉冷靜地將手放到他手上。因為高跟鞋，她感覺自己變得非常高，心情很愉悅。

一走出天空宮，來到門口，就聽到貴族們的歡呼聲。

媽媽和父親已經坐上了無蓬馬車。由六匹馬拉著的六駕馬車上有許多羽毛裝飾。

在那後面，準備了一輛由四匹馬拉的四駕馬車。由於是無蓬馬車，乘客會完全暴露在外，因此騎士們都提高警覺。

坦恩環顧四周後舉起手，馬車出發了。

馬車從天空宮出發，來到宮外時，早就等候在此的人群瞬間歡聲沸騰。

那陣歡呼聲響亮到莉莉卡當場震了一下。

阿提爾低語道：「沒事的，揮揮手吧。」

阿提爾微笑著揮手。莉莉卡也按照所學，優雅而緩慢地揮手。她盡量與更多人目光相交，慢慢地環視四周。

人群扔出的紙花和鮮花落在地上，隨風吹拂。

「皇帝陛下萬歲！」

「龍啊，永垂不朽！」

「皇后殿下萬歲！」

大家都大聲呼喊，脫下帽子揮舞。

「皇太子殿下萬歲！」

「皇女殿下！魔法少女！」

呼喚莉莉卡的聲音也非常響亮，當然，他們是在喊「魔法少女」就是了。

莉莉卡似乎在人群中看見了約翰，她用力揮動手臂。

被群眾的熱情感染，莉莉卡也打從心底亢奮起來，十分興奮。她想回頭看阿提爾，但又怕這樣會錯過那些想與她對視一眼的人，所以做不到。

不快不慢的遊行結束了。阿提爾告訴她，到了晚上，他們會施放十分壯觀的魔晶彈，進行煙火表演。

然而，這是留在首都的人要做的事，莉莉卡和阿提爾連衣服都來不及換下就要各自出發了。

一些貴族代表站著觀看儀式。

將籤盒混在一起，確認沒有不正行為後，莉莉卡和阿提爾分別伸手進去，拿出一個方盒。

這個盒子裡面寫著道路的名字。

阿提爾緊緊抓住莉莉卡的肩膀，說：「如果出事就立刻逃跑，知道了嗎？要逃跑。」

「如果逃跑是最好的選擇，我會逃的。」

阿提爾皺起眉，然後嘆了口氣。

莉莉卡反倒更擔心阿提爾。不是，與自己這個養女相比，真正有血緣關係的皇位繼承人更危險吧？

「阿提爾，你才要小心。如果你答應我你會逃跑，那我也會答應你。」

「……如果逃跑是最好的選擇。」

阿提爾的話讓莉莉卡皺起眉，然後點了點頭。

「我明白了。但請你別忘了，我會非常非常擔心你。」

「嗯。」

阿提爾擔心地撫過莉莉卡的臉頰。他想讓他的談心朋友跟著她，但沒有任何人願意答應。

『她怎麼偏偏今年十三歲呢？』

他想到應該把莉莉卡的生日推遲一年的荒唐想法，嘆了一口氣。

「殿下，我們該走了。」

派伊走到身邊說，他們不能待太久，照規矩原本阿提爾也不能像這樣與莉莉卡說話。

「之後見。」

「好，之後見。」

莉莉卡道別後，拉烏布在她背後說：「我們也該走了。」

「嗯。」

莉莉卡點了點頭，跟著布琳和拉烏布走。她一一脫下華麗的服裝，換上方便旅行的衣服。侍女們忙碌地動作著。

長手套換成旅行用的短手套，高跟鞋換成了堅固的旅行靴，旅行箱都裝進了馬車裡。

由於她與阿提爾是走不同方向，所以不會相遇。

迪亞蕾在牢固的旅行馬車前等著。看到熟悉的面孔，莉莉卡放心地笑了。

「迪亞蕾，謝謝妳陪我一起去。」

「我當然要和您一起去。」

迪亞蕾咧嘴一笑。她們搭上馬車，向宮外駛去，等待的人們再次發出歡呼。莉莉卡在車窗內端莊地揮了揮手，歡呼聲響亮到足以讓玻璃窗震動。

當他們經過廣場，離開首都後，周圍安靜得驚人。

因為遊行完全結束後會分發麵包，人們應該正在廣場上等著。

「我們現在打開盒子吧。」

布琳滿臉好奇，坐在莉莉卡旁邊的迪亞蕾也伸長了脖子。

莉莉卡打開盒子，拿出一張紙。

『**花與蛇之路**』

「哇……」

迪亞蕾具有一種才能，能發出無力的吶喊。

莉莉卡將紙張拿給布琳看。

這條路會從巴拉特開始，前往桑達爾領地。布琳皺起眉，打開窗戶。

為了護送莉莉卡，率領騎士團的是一位名叫卡翁·巴爾加利的中年男士。莉莉卡從未見過他，據說他不是來自沃爾夫騎士團，而是山地守衛隊。

他的灰髮中混雜著白髮，像隨便剪過一般捲曲起來，表情嚴肅，那把巨大的弓和箭筒會最先映入眼簾。

卡翁走過來。

布琳說：「是花與蛇之路。」

卡翁皺起眉說：「我明白了，那我們得先去巴拉特領一趟。」

他走遠後，傳來他指示人們方向的聲音。

莉莉卡問道：

「那我們第一個目的地是巴拉特領嗎?我看地圖,它就在皇領旁邊。」
「沒錯,大概一週後,我們就會抵達巴拉特城。」
布琳點了點頭。
從那裡開始,會經過七個領地,最後下行到桑達爾領。
莉莉卡望向窗外。
「巴拉特領會有誰在?巴拉特公爵會親自迎接我們嗎?」
「有這個可能。如果知道皇族會經過她的領地,她會全速趕回來的。」
這時,拉烏布走過來敲了敲馬車的窗戶。
布琳打開窗戶,拉烏布說:「阿提爾殿下據說是『狼與雪之路』。」
莉莉卡瞪大了雙眼。
「完全相反嘛!」
迪亞蕾露出遺憾的表情:「要是抽到相反的就好了,那就會順路經過我們家族的領地。」
「沃爾夫領啊,下次再去就行了。」
「那感覺和這次不一樣,啊,真的好可惜。」迪亞蕾搖了搖頭,望向窗外的卡翁,「不過由卡翁大人擔任護衛,應該會學到很多東西。」
莉莉卡問道:「對了,卡翁是山地守衛隊的吧?我從來沒見過他。」
「嗯,因為他無法離開雪石山脈一帶,我們也只會偶爾見到輪班或下山採購的山地守衛隊。」
「那是與樹海相接的邊界吧?」
「是的,我們領地的黑森林也有一部分與樹海接壤,所以在對抗魔獸方面,我們是戰友。」
莉莉卡在口中再次呢喃「巴爾加利」這個姓氏,然後小聲問:

「那巴爾加利家的徽紋是什麼？」

迪亞蕾笑著只豎起兩個食指，放在頭上當成角。

「是一隻角彎曲得很帥氣的山羊。」

從首都到巴拉特宅邸的路程不遠。

道路維護得很好，沒有大洞或者崎嶇不平的路段，因此一路上非常順利。

巴拉特宅邸華麗無比。

如果說塔卡爾的花園強調自然的風貌，那巴拉特的花園就是毫無分毫誤差，由園丁精心修飾，沒有一片葉子凌亂突出，都被修剪過。

龐大的大門打開，莉莉卡乘坐馬車，隔著長長的花園，眺望巴拉特宅邸。

聽說這原本是一座城堡，改建成了宅邸，因此可以看到一邊保留著城堡的塔樓。

色彩斑斕的大理石砌成美麗的圖案，宅邸華麗非凡。

她走下馬車，便看到穿著制服、列隊站著的巴拉特騎士，以及他們後方的侍從們。

巴拉特公爵站在最前方，菲約爾德和雷澤爾特站在她身後。

『所有人都來了。』

莉莉卡牽著拉烏布的手走下馬車後，巴拉特公爵微微蹲下又站直。

「歡迎您來到巴拉特宅邸。」

「能像這樣來到巴拉特領真令人高興，這兩天應該會很愉快。」

「我們已經為今晚準備了晚宴和舞會。菲約爾德。」

菲約爾德向前邁了一步。

「帶皇女殿下去房間。」

「是的，閣下。皇女殿下，這邊請。」

迪亞蕾對巴拉特公爵不親自帶路感到不悅，但她並未表露出來，跟上皇女殿下的步伐，拉烏布也緊跟上來。

他們被帶到的房間也很華麗。從窗戶往下看是花園，窗框上都鍍了金。

沉重的酒紅色天鵝絨窗簾增添了分量感。

當他們經過書房，參觀過臥室，走到起居室時，已有幾名侍女在等候。

菲約爾德說：「這些是這兩天會服侍皇女殿下的侍女們。」

六名侍女恭敬地行禮問候。她們的制服感覺比塔卡爾還要禁欲，即使在炎熱的日子裡，服裝也十分貼身，向上延伸到脖子，沒有任何縫隙。

『看起來好熱。』

這樣的想法閃過心頭，莉莉卡揮了揮手，示意可以抬頭了。

她一邊走向書房，一邊脫下手套，布琳則留在起居室裡指揮整理行李。

迪亞蕾、菲約爾德和莉莉卡走進書房。拱形的門大大敞開，拉烏布站在門前當守衛。

莉莉卡將脫下的手套放到書桌上，看著菲約爾德笑著說：

「好久不見，巴拉特小公爵。」

菲約爾德吻了一下莉莉卡的手背，然後挺直身子：「好久不見，莉莉卡皇女殿下。」

他感到不可思議，莉莉卡竟然站在自己家裡，也不太習慣「巴拉特小公爵」這個稱呼。

他從未想像自己能看到莉莉卡站在客房裡，卻看到了這個場景。

他們從未在外頭見過面，因此儘管知道莉莉卡的態度正式很正常，但他的心底一隅仍陣陣刺痛。

當初聽到莉莉卡將走「花與蛇之路」時，那股震驚……讓他呆愣地看著那封信一陣子。

不管盛大的建國節，巴拉特家族立刻準備回到公爵家。

「公爵大人，您不必親自下去……」幾位貴族一臉不滿地這麼說。

這時，巴拉特公爵留下一句意味深長的話「我覺得那邊會更有趣」，就這樣來到巴拉特領。

雷澤爾特莫名僵著身體，使菲約爾德苦惱著應該向她透露到什麼程度。

他和她是一起在屠宰場等著輪到自己的牲口，只不過他知道這裡是屠宰場，而雷澤爾特不知道。

即使告訴雷澤爾特，他也無法預料她的行動會有什麼變化。

『我無法像皇女殿下那樣。』

如果是莉莉卡皇女，她應該會向雷澤爾特伸出援手，但他做不到。

他嘆了口氣，望向眼前的莉莉卡。即使穿著旅行服裝，她也十分耀眼。

「聽說晚宴已經準備好了？」莉莉卡問道。

菲約爾德聞言，點了點頭。

「是的，晚宴和舞會都已經準備就緒。如果您不嫌棄，歡迎您蒞臨。」

「我怎麼能拒絕這份好意呢。」莉莉卡一臉挑釁地看著菲約爾德，「非常期待在舞會上見到那位出名的巴拉特小公爵。」

菲約爾德勉強保持著假笑。

他第一次發現，他和莉莉卡的關係非常危險。

如果有一天，莉莉卡稱他為「巴拉特小公爵」並關上門，那一切就到此結束了。

那間小屋、那座花園，不管他等多久，她應該都不會來。不，她的親信們可能會把他趕走。

她會在轉眼間被城牆包圍，成為他無法見到的人。
這段關係是因為她伸出了手才得以維持。
一想到這裡，他就感到腳下不穩。
莉莉卡伸來的手十分堅定有力，並承諾過她不會放手，但因為這一句話，思緒令人訝異地往負面方向發展。
莉莉卡的眉頭微微皺起。也許她感覺到了他的不對勁。
菲約爾德迅速說道：「我有幸帶您到晚宴廳嗎？」
聞言，莉莉卡眨了眨眼，露出歉疚的表情。
「恕我拒絕，今晚會由拉烏布護送我過去。」
「啊，原來如此。我明白了。」
菲約爾德受到的打擊比預期的還大，臉色一瞬間產生了動搖。
他迅速收拾情緒，低下頭說：「那我先告辭了。」
「謝謝你帶路。」
菲約爾德行了一禮，退出房間。
莉莉卡看著他離開，嘆了口氣，看向迪亞蕾。
迪亞蕾回答道：「您做得很好。」
「看起來很尷尬嗎？」
「是的，非常尷尬，但是您對他說話需要那麼客氣嗎？」
「因為那樣感覺更疏遠？」
「這是沒錯，但是——」
迪亞蕾意識到這一點後點了點頭，想像了一下莉莉卡像這樣對待自己。

「……」

不寒而慄。

感覺會出現在惡夢中。

如果她親切但有禮地拉開距離，像單純路過的人一樣打招呼後離開……

莉莉卡深深地嘆了一口氣，低聲說道：

「不過，我還是覺得對菲約爾德有些抱歉。對吧？」

「是的，但這也沒辦法。」

巴拉特家的規矩，可能不允許客人帶護送騎士同席。由騎士護送進會場內，確保取得陪同門票是很重要的。

在其他地方可能不需要這麼戒備，但這裡是巴拉特領，不能疏忽大意。

這也是布琳仔細監督侍女整理行李的原因。

莉莉卡緊握著拳頭說：「但既然難得來到巴拉特，我要好好享受。」

「對對對，我也不希望您那麼拘謹。」

迪亞蕾點了點頭。

在遠處聽著的拉烏布聽到「難得」、「巴拉特」、「享受」這幾個詞出現在同一句話裡，很是困惑，但既然是主公說的，那應該沒錯。他低下頭。

莉莉卡走進起居室，對正在整理行李的一名侍女說：「我想換衣服。」

「我來幫您。」

「皇女殿下，我來──」

「不用了，布琳，妳看著她們整理行李，只要幫我選件衣服就好。」

布琳猶豫了一下後，點了點頭。

侍女接過一件舒適的鄉村風洋裝後，將洋裝抱在胸前，跟了上去。

迪亞蕾說：「那我也回房換衣服了。」

「嗯。」

迪亞蕾離開後，拉烏布尷尬地站在房間的一角。即使如此，他也不能讓侍女和皇女殿下單獨待在房間裡。

裙子的布料發出沙沙聲，衣服摩擦的聲音響起。不久後，莉莉卡從屏風後走出來。

她看著鏡子時，拉烏布說：

「皇女殿下，您背後的蝴蝶結歪了。」

莉莉卡伸手摸著後頸，回問：「哦？是嗎？」

莉莉卡看向侍女，侍女立即低下頭，「對不起，對不起，皇女殿下。」

莉莉卡一瞬露出不悅的表情。

看到這個表情，拉烏布戒備著走近莉莉卡。

正在整理行李的布琳也停下手邊的工作，走了進來。

她一直豎耳聽著房內的動靜，對任何小騷動都非常敏感。

「發生什麼事了嗎？」

「嗯，蝴蝶結被繫歪了。妳看看？」

莉莉卡轉過身，布琳說著「天啊」勾起微笑。

「我幫您重綁。這個侍女要怎麼處置呢？」

看著低著頭的侍女，莉莉卡望向在起居室外排成一列的侍女們，露出微笑。

「沒關係，蝴蝶結不要緊，先去拿馬鞭來。」

拉烏布驚訝地看著莉莉卡，而布琳十分平靜地拿著一根短短的馬鞭走回來。

侍女的臉色蒼白。
「對、對不起，皇女殿下。請原諒我，對不起。」
她跪在地上，開始求饒。莉莉卡無視她，在空中揮動馬鞭。
咻——！
有彈性的馬鞭發出尖銳的聲音。
侍女不斷顫抖著，慢慢伸出手背。
莉莉卡輕輕地打了一下她的手背。
侍女的肩膀猛然一縮，之後睜大眼睛，看著莉莉卡。
莉莉卡微笑著，將馬鞭交給布琳，對侍女說：「現在重新繫好蝴蝶結。」
「是、是的。」
侍女顫抖著站起來，重新繫好莉莉卡的蝴蝶結。
布琳說：「行李也大概整理好了，要吩咐人準備茶嗎？」
「嗯。」
莉莉卡揮揮手，讓侍女們退下，然後嘆了口氣。
拉烏布關上通往起居室的其中一扇門，另一扇門則半開著。
留在房內的布琳對莉莉卡說：「您做得很好。」
「嗯，為什麼要這麼做呢？」莉莉卡疑惑地說。
拉烏布不明白，望向她們兩人。
莉莉卡笑著對他說：「那個蝴蝶結是我故意綁歪的，侍女怎麼可能會沒發現呢？那麼明顯。」
「原來如此。」

拉烏布點了點頭。布琳接著說：

「如果您就那樣放過她，可能會傳出您是連被人捉弄了都不曉得的笨蛋。您做得很好。」

莉莉卡平時對待侍女們很寬容，所以她們才能開這種玩笑。

莉莉卡笑了笑：「現在會傳出傳聞，說我是會用馬鞭打侍女的壞女人吧？」

布琳一臉疑惑地問：「用馬鞭打侍女手背就算壞女人嗎？」

「不是嗎？」

看到莉莉卡驚訝的表情，布琳點了點頭。

莉莉卡無力地倒上椅背：「貴族們真是的。」

這時，一名侍女小心翼翼地站在門口，通知有客人來訪。

「客人？」

「是的，雷澤爾特小姐來了。」

莉莉卡看了看布琳和拉烏布，然後走出起居室，說道：「請她進來吧。」

莉莉卡坐到沙發上時，雷澤爾特走了進來。她優雅地行了屈膝禮，微笑道：

「您好，皇女殿下，很高興能見到您。」

「我也很高興見到妳，雷澤爾特小姐。」

這段時間裡，雷澤爾特似乎學會了不少貴族千金的禮儀。

經過簡短形式上的寒暄之後，雷澤爾特提議：「皇女殿下，您願意和我一起去散步嗎？」

莉莉卡愉快地跟著雷澤爾特出去。

『既然能正當地參觀巴拉特宅邸，那我要去看看。』

巴拉特的花園非常壯觀。

莉莉卡撐著小陽傘，盡情欣賞花園的每一個角落。

雷澤爾特非常擅長解說，看著放養的兔子奔跑，莉莉卡對各方面都十分驚訝。她只要附和雷澤爾特的解說就好，所以對話十分輕鬆，這也許就是純粹陳述事實的社交對話。

莉莉卡看著雷澤爾特的側臉，想起她偷走菲約爾德容貌的事。

「雷澤爾特小姐。」

「是的，皇女殿下。」

「妳還喜歡玩偶嗎？」

「是的，非常喜歡。」

雷澤爾特說著，從口袋裡拿出一個小玩偶。

莉莉卡微微張開嘴巴，輕聲道：「啊。」

雷澤爾特把玩偶放回口袋，說：「雖然不能隨身帶著大玩偶，但這個小玩偶總是陪著我。」

「這樣啊，這個玩偶真小，妳是在哪裡得到的？」

雷澤爾特第一次稍作猶豫後說：「這是我自己做的。」

「那很厲害呢。」

這個玩偶看起來相當精緻，沒想到是她親手製作的。

「妳為什麼這麼喜歡玩偶呢？」

聽到莉莉卡這麼問，雷澤爾特思考了很久。微風輕拂，十分舒適。

「……因為我可以隨意操控它們。」

最後，雷澤爾特這樣回答。

莉莉卡點了點頭說：「原來如此。」

被玩偶包圍的世界，或許確實是這樣。那是一個不會傷害別人，也不會受到傷害，一切都能按照自己意願進行的世界。但是，這是一件非常孤單的事情吧。

「如果您喜歡玩偶，要不要來我的房間看看？我有非常多玩偶。」

「好啊。」

差不多走累了，莉莉卡因此接受了這個提議。

雷澤爾特的房間朝北，雖然陽光不充足，但十分涼爽。

那個昏暗的房間裡擺滿了無數個玩偶，莉莉卡對玩偶的數量感到驚訝。

種類繁多，但其中以布料縫製的玩偶最多，各種大小和材質的玩偶擺滿了櫃子。

「妳真的很喜歡玩偶呢。」

「很漂亮吧？」

「嗯。」

莉莉卡點了點頭。那隻跟她一樣大的大熊玩偶非常引人注目。

雷澤爾特不知何時抱起一個玩偶。

穿過縫製的布偶區，接下來是光滑的陶瓷玩偶。

莉莉卡看到房裡放著一看就感覺非常昂貴的陶瓷玩偶，發出感嘆聲。

那些玩偶和三歲孩子差不多大，外觀也很漂亮。它們的頭髮似乎不是用毛線製成，而是真的人類頭髮。

這些玩偶漂亮得令人驚嘆，但是這麼多放在一起，也讓人感到一絲寒意。

「這個玩偶很漂亮呢。」

「是的，但是我不太喜歡。」

「是嗎？」

莉莉卡轉頭看去，心想「果然是因為有點可怕吧？」，回答卻出乎意料。
「因為它們很脆弱。」
莉莉卡疑惑地心想，這是指陶瓷玩偶很脆弱嗎？
這時，雷澤爾特說：「這個玩偶送給您。」
她遞出一個小玩偶，是一個手掌大的布偶，做成女孩子的模樣。
這個布偶用毛線當成頭髮，閃亮的鈕釦當作眼睛，還穿著感覺相當高級的衣服。
這是一個難以拒絕的禮物，因此莉莉卡點了點頭。
「謝謝。」
布琳不知道該當作髒東西還是重要的東西收下，小心翼翼地打開手帕，伸出手來。
雷澤爾特把布偶放在手帕上，並說：「它的名字叫薩薩拉，是個幸福的孩子。」
布琳用手帕把玩偶包起來，交給身邊的另一位侍女。
雷澤爾特笑著說：「您應該累了，謝謝您答應我的請求。」
「不會，我也很開心，畢竟我們只能待兩天。但為了晚宴，我還是休息一下比較好。」
「是的，皇女殿下。」
雷澤爾特行了屈膝禮，而莉莉卡點了點頭，回到自己的房間。
莉莉卡將外出洋裝換成家居服，整個人癱在沙發上。
迪亞蕾也正好回來了。她坐下來後，莉莉卡揮揮手，示意侍女們退下。
侍女們迅速離開了起居室。
迪亞蕾說，她剛才參觀了宅邸和練武場。
「因為有侍從跟著，所以沒辦法找到什麼祕密通道，真是可惜。皇女殿下，您呢？」

迪亞蕾的話讓莉莉卡笑了出來。

「我也沒找到，不過我得了一個布偶。」

「布偶嗎？應該提供食物啊。」

似乎正等著迪亞蕾的話，布琳端來司康和茶。

迪亞蕾發出一聲驚嘆。莉莉卡正好也餓了，因此很高興。

「真好吃。」

「好幸福……」

甜而綿密的點心在口中融化，這時，她們才意識到自己真是又累又餓。

一走下馬車，莉莉卡就有很多事情要擔心。

「好累，心理上真的好累。」

「畢竟您剛結束馬車旅行來到這裡，又去庭院散步，還不是騎馬，而是步行。」

布琳表示不滿。

莉莉卡點了點頭，「對了，剛才那個布偶給我看看。」

「送布偶當禮物也很不吉利。」

布琳說著，拿來那個布偶。

拉烏布走過來看著布偶，而莉莉卡到處摸了摸布偶。

布琳問道：「不要緊嗎？」

「嗯，應該不是什麼奇怪的東西。拉烏布，你覺得呢？」

莉莉卡把布偶遞給拉烏布，他到處看了看又嗅了嗅氣味，然後皺起眉頭。

「怎麼了？有毒嗎？」

「不是，是香料味很濃。」
「是嗎？我沒聞到味道啊。」
莉莉卡拿回布偶，嗅了嗅，但只聞到布料上的灰塵味。
布琳也一樣，迪亞蕾則非常懷疑地看著那個布偶。
「我覺得我最好不要聞。真奇怪，如果味道那麼濃，按理說就算離得這麼遠也會聞到……」
布琳看著布偶說：「那代表這是只有拉烏布能聞到的味道。你還好嗎？」
「不太好。」拉烏布嘆了口氣，「我覺得我的嗅覺暫時廢了。」
這句話雖然很嚴重，但莉莉卡忍住莫名湧上的笑意。
布琳皺著眉，輕敲嘴脣。
「那就是專門對付拉烏布的香料了，為了不讓他使用嗅覺。巴拉特真的很厲害，是群草藥天才。」
她的語氣讓人分不清是在稱讚還是諷刺。
「為什麼要用這種香料呢？」
莉莉卡看著那個布偶。雖然很小，但能感受到製作者的真心。
整個布偶縫得非常精細，毛線做的頭髮也很細膩。
雙頰微紅，不知道是怎麼染成這樣的，很奇妙。雖然沒有畫嘴巴，但作工精良，非常可愛。
「能在晚宴前恢復嗎？」
聽到布琳的話，拉烏布回答：「應該沒問題。」
迪亞蕾說：「還有我在啊。」
「但我們不知道正餐時會怎麼安排座位……」
布琳嘆了口氣。能讓她稍感安慰的是舞伴拉烏布會與莉莉卡並肩而坐。

「竟然一吃完晚餐就馬上舉行舞會，巴拉特真的是……」

既是一種款待，也是一種折磨。

「不管怎樣，我們看情況行動吧，但千萬別放鬆警惕。」

聽到布琳的話，大家都點了點頭。

莉莉卡心情忐忑地看著穿上晚禮服的自己。

「這是我第一次出席正餐宴會。」

「因為您還沒成年嘛。」布琳輕笑著回答。

按理說，她這個年紀不會被邀請參加這種深夜開始的晚宴，但現在情況特殊。

莉莉卡對這件遮蓋到膝蓋的禮服長度感到滿意。

她把頭髮像媽媽一樣燙捲並高高挽起，戴上了各種飾品，長至手腕的手套感覺就像成年人的象徵。

「拉烏布，你也很帥氣呢。」

拉烏布今天穿的不是騎士服，而是設計非常簡約的正裝，反正他是騎士，不能佩戴昂貴的飾品。

飾品也根據身分受到嚴格限制。不過，他的禮服用料一看就很高級，是特別請裁縫師訂製的，十分適合他。

「侍從差不多該來了。」

布琳看了看時鐘說道，拉烏布便伸出手臂，莉莉卡微笑著將手放到他的手臂上。

迪亞蕾嘆了一口氣說：「如果能由我護送您就更好了。」

「那也沒辦法。」

聽到莉莉卡的話，迪亞蕾再次露出遺憾的表情：「是啊。」

這時，侍從來通知宴會即將開始。三人在布琳的目送下，跟隨侍從前往晚宴會場。

晚宴會場一看就非常豪華。

莉莉卡努力不讓自己面露驚訝。她一進入晚宴會場，所有人都站起來向她行禮。

『座位安排就象徵著地位。』

只是一位騎士的迪亞蕾坐在尾端。即使如此，或許因為她是莉莉卡的隨從，所以不是坐在最末位。

拉烏布是莉莉卡的舞伴，與她坐在一起。

最上座是莉莉卡的座位，她的右邊是巴拉特公爵，菲約爾德和雷澤爾特坐在公爵的左邊。

晚宴會場裝飾得美麗耀眼，莉莉卡純粹感到驚嘆。媽媽舉辦的晚宴會場一定也很漂亮，但她從未見過。

「大家坐吧。」

莉莉卡坐下後說道，巴拉特公爵點了點頭坐下，其他人這才隨之落座。

一道道菜肴依序端上桌，但氣氛不太好。

『天啊，感覺會消化不良。』

晚宴是交流的場合，但此刻極少人對話。

她心想，如果這是晚宴，應該稱之為「沉默的晚宴」。

客人們自己低聲交談，不給莉莉卡機會參與對話，情況既奇妙又失禮。

不過，看到迪亞蕾毫不在意地坐在另一端，被禮貌性地問到「要不要再來一點？」時，也大膽地回答「請再給我一些」，莉莉卡的心情就輕鬆許多。

即使莉莉卡與其他人交談，也只得到簡短的回答，而且她開口後都會有一段短暫的沉默，在不失禮的範圍內。

接著，所有人都會看著莉莉卡，陷入沉默。

『媽媽在這種情況下也能應對自如吧，真了不起。』

莉莉卡再度意識到，自己一直受到保護。

在這種情況下，拉烏布冷靜得驚人。

『拉烏布真了不起。』

莉莉卡看向拉烏布，他回以微笑。看到他的微笑，莉莉卡也對他勾起笑容。對他來說，任何形式的沉默都很自在。

「迪亞蕾，味道如何？」莉莉卡問道。

迪亞蕾笑著回答：「非常美味，皇女殿下也請多吃點。您今天旅行結束後馬上又去散步，一定又餓又累了。如果布琳沒有拿司康來，我們應該早就餓死了。」

她的語氣依舊直率，即使相隔遙遠，也能清楚聽到迪亞蕾的聲音。

「這道菜也很好吃，請您嘗嘗看，就像是蒸馬鈴薯。」

「嗯，謝謝妳。」

莉莉卡打起了精神。

在這個所有人都敵視她的餐桌上，迪亞蕾和拉烏布對她露出的笑容給了她莫大的鼓勵。

『我也要好好享受這些美食。』

莉莉卡這麼想著，細細品味這華麗晚宴的裝飾和一道道美食。

『這裡頭不可能下毒吧。哇，這道菜真的很好吃。』

菲約爾德看到莉莉卡的表情明亮起來後，微微一笑。

雖然他預料到了這種陰險的冷落，但親眼看到莉莉卡受到這樣的對待，讓他心情很沉重。

「巴拉特公爵，這些菜非常美味。」

莉莉卡稱讚道，巴拉特公爵露出了完美的微笑。

「很高興您喜歡。」

她們一交談，會場上的所有聲音都停了下來，大家都注視著莉莉卡。

『真的好討厭。』

雖然如此心想，莉莉卡仍保持著笑容。這也是一場戰鬥。

沒有刀槍的戰鬥才是最激烈的戰鬥。

『啊，但還是有點害怕。真讓人生氣，好想逃跑。』

每當這種時候，兩隻狼都會給她力量。

莉莉卡吸了一口氣。她畢竟是皇女，雖然社交界的明星是媽媽——但莉莉卡也有崇高的地位，豈能失態。

莉莉卡保持著風度，參加完了晚宴。

一般來說，這時會喝點葡萄酒，去會客室閒聊，但今晚準備了舞會。

大家站起來，男士們前往會客室，女士們則去休息室整理儀容。

在這裡她們可以一起同行，莉莉卡總算稍微放鬆下來。

一看到來幫她整理衣服的布琳，莉莉卡努力忍住眼淚。

「布琳。」

「晚宴怎麼樣？」

「氣氛冷冰冰的，但味道不錯。幸好迪亞蕾和拉烏布有一起來。」

「您辛苦了。」

「嗯，不過還有舞會，我會加油的。」

布琳幫莉莉卡整理好衣服，點了點頭。

「什麼事情都體驗看看也不錯，何況大家都和您在一起。」

聽布琳低聲說道，莉莉卡微微笑了一下。

布琳抬起頭來，冷冷地看著拉烏布。

「要是你踩到皇女殿下的腳，我不會放過你。」

拉烏布吞下口水，「當然不會。」

一進入舞會廳，大家都彎腰行禮並往兩邊讓開。

莉莉卡微笑著。如果她不跳舞，這裡的人都無法起舞。雖然她想使壞，但這樣會浪費時間。

『反正不會有人來邀請我跳舞，就坐在沙發上和大家聊天吧。』

莉莉卡抬頭看向拉烏布，瞪大了眼睛。

「拉烏布？你怎麼這麼緊張？」

「主公。」

「嗯。」

「我其實是第一次跳舞。」

「什麼？」

莉莉卡真的很驚訝。

拉烏布急忙補充道：「不，我知道該怎麼跳，這是基本素養，但是我從來沒有……」

真的跳過……他的聲音越來越小。

『哎呀，真是的。』

這對拉烏布這種不合格者來說很正常吧。他不常參加舞會，即使參加了，也沒機會跳舞才對。

因為沒有人跟他跳舞。

怪不得布琳剛才那麼說，莉莉卡開始覺得那就像個伏筆，同時也讓她感到心痛。

莉莉卡露出自信滿滿的微笑。

「沒關係，跟著我的步伐走。人生中第一次在舞會上跳舞就是和皇女殿下一起跳，拉烏布，這很了不起喔。」

拉烏布認真地點了點頭。

「這是我的榮幸。」

「那我們開始吧？」

兩人走向舞池，樂隊迅速開始演奏舞曲。

開場曲一直都是華爾滋。

拉烏布深吸一口氣，在腦海中回憶著舞步，走進舞池。

一、二、三。

一、二、三。

身體不自覺地動了起來。他們開始跳舞後，其他人也開始進入舞池。

拉烏布越來越緊張，環顧四周，擔心自己會不小心撞到別人。

這時，他的舞步亂了。

一不小心踩到了皇女殿下的腳。他臉色蒼白地看向莉莉卡時，她笑了。

「沒關係。」

「皇女殿下。」

「拉烏布，不要看腳，看我。來。」

拉烏布抬起視線，莉莉卡做了一個滑稽的表情。

「噗——！」

這一秒，拉烏布差點笑出聲來，但他勉強忍住，肩膀顫抖著。

莉莉卡笑著說：

「享受吧，拉烏布。踩到腳幾下又怎麼樣？我們什麼時候還能在巴拉特宅邸舉辦的舞會上跳舞呢？就隨著音樂擺動身體吧。」

拉烏布輕輕笑了，莉莉卡眨了眨眼睛。

『啊，他笑了。』

不過他很快就變回嚴肅的表情，但嘴角還是帶著笑。

「謝謝您，主公。我冷靜下來了。」

「哎呀，大家都說跳舞就是要放鬆下來，瘋狂地跳啊。」

拉烏布再次笑了。

他的舞步變得柔和許多。經過幾十次、幾百次練習學會的動作，終於變流暢了。一曲華爾滋結束時，甚至感到意猶未盡。

演奏結束後，兩人相互鞠躬致意，接著再次笑了。

他們完全不在意這裡是巴拉特宅邸，又或者大家看著他們竊竊私語，以輕鬆的腳步走出舞池。

莉莉卡坐在沙發上，周圍的人們都退開。

迪亞蕾「哇」了一聲，笑著說：「和皇女殿下走在一起，根本不用擔心沒位置呢。」

「對吧？」

莉莉卡眨了眨眼睛。

她交疊雙腿，身子不合禮節地晃了晃，靠到沙發上。

拉烏布拿著檸檬水回來。

裝在細長水晶杯中的檸檬水冰涼到牙齒發顫，並且加入了砂糖，酸甜適中，非常好喝。

「這個好好喝。」

聽到莉莉卡的稱讚，迪亞蕾也馬上起身去拿了檸檬水回來。

「巴拉特家的料理真是不錯。」

迪亞蕾的評價讓莉莉卡忍不住笑了。兩人並肩坐在沙發上，拉烏布和布琳則站著，欣賞舞會。

反正如果她們不主動搭話，以周圍人的身分無法上前跟她們說話。

然而，沒有人試圖和她們對上目光或靠近，因此莉莉卡和迪亞蕾悠閒地坐在沙發上，評論著舞會廳內的人們。

莉莉卡很輕易就發現了菲約爾德，不僅是因為他比旁邊的男人們高……

「我知道為什麼每天報紙上都會有菲約爾德的熱戀緋聞了。」

聽到莉莉卡的話，迪亞蕾點頭同意。

「我親眼看到後也明白了，真厲害，名媛們就像蜜蜂一樣，往蜂蜜那邊湧上去呢。」

只見他被穿著華麗禮服的女性們團團圍住，像一支小軍隊一樣行動。所有人都雙眼閃亮，臉頰泛紅，吱吱喳喳地與菲約爾德聊天。

菲約爾德以優雅的微笑一一親切地回應，和她們跳舞。

莉莉卡的心情非常微妙。雖然她早就知道菲約爾德很受歡迎，但這還是第一次親眼見到。

迪亞蕾搖了搖頭。

「總之大家真厲害，感覺像是一場戰鬥。」

莉莉卡看向迪亞蕾，迪亞蕾就緊捏著自己的鼻子，笑著說：

「我可以稍微感受到強烈的情感，但這裡有種戰鬥的氣息。那些小姐們真不簡單啊。」

「不是陷入戀愛了嗎？」

「是嗎？但我覺得更像戰鬥。」

迪亞蕾這麼說完，莉莉卡心想也對，點了點頭。

在婚姻市場上，不論是對男人還是女人，找到好對象都是一件大事。現在菲約爾德就在這裡，女性們會積極爭取是理所當然。如果是媽媽在場，男性們也會展開一場戰鬥……

『不，父親大人的一個眼神就能讓他們全滅吧。』

無論怎麼想，都想不到能與父親抗衡的男人，即使是一號候選人的坦恩也會喪命。

『在契約結束前，無論如何都無法吸引到媽媽的目光吧。』

莉莉卡如此心想，闔起扇子。

迪亞蕾悄聲對她說：「不過那邊那位，不覺得看起來很像大黃蜂嗎？」

「嗯？」

莉莉卡轉頭一看，有一位身材圓潤的紳士穿著黃色背心，這時尚品味非常破格。

布琳在身旁低聲說：「那是德奈爵士。」

「很像大黃蜂爵士耶？」

迪亞蕾的話讓莉莉卡忍不住笑了出來。

所有人的目光因此集中在她們身上，但她們毫不在意。布琳逐一指著在場的人，介紹他們的身分和職業，她似乎把貴族名鑑都背下來了。

「難得來參加巴拉特家的派對，先認識這些人的長相比較好。」

總之，全是貴族派的人。

莉莉卡聽到後，認真記住了在場人們的面孔和名字。

貴族派的人看著這樣的莉莉卡皇女，感到很奇怪。他們實在無法忽視她的存在，聚在這裡的人中，也有無法進入天空宮的人。

即便他們嘲笑她是養女，不是真正的塔卡爾家族成員，她依然是個名人，也是塔卡爾家的一員。

更何況，她還擁有名叫「魔法少女」的神器吧？

一直追查負面資訊的人們本來就是最了解對方的人。

但現在莉莉卡皇女真的來到這裡了，他們卻什麼也做不到，讓他們感到焦躁。而且，孤立她的計畫似乎沒什麼效用。

坦白說，試圖在社交界孤立皇族是最愚蠢的行為。畢竟如果皇女沒主動說話，沒有人能在她面前開口。

看起來不像他們孤立了皇女，而是皇女孤立了他們。

尤其莉莉卡純真的笑聲傳來時，這種感覺更加明顯。

皇女一行人似乎很開心，聊天說笑。

皇女身邊的迪亞蕾・沃爾夫也是名人，眾人不可能不認識她。

她是神器尖牙的主人。

人們觀察著巴拉特公爵的臉色。

巴拉特公爵跳完第一支舞後，像莉莉卡一樣坐在沙發上聊天。

有些人偷偷問：「就這樣放著皇女不管好嗎？」

巴拉特公爵舉起香檳杯，微笑著說：「隨她們高興吧。」

人們面面相覷，不知道這意思是可以上前攀談還是不可以。尤其他們看不出公爵眼罩下的表情，更是不確定。

但年輕和好奇心總是會獲勝，一位年輕男子勇敢地走上前。

兩人目光相接，但莉莉卡沒有跟他說話，只微微笑著。

最終，男子對她身旁的迪亞蕾說：「迪亞蕾閣下，可以請您跳一支舞嗎？」

迪亞蕾看向男子，又看向莉莉卡。

莉莉卡舉起一隻手，聳了聳肩，迪亞蕾便站起來。

「可以。」

氣勢十足的聲音像接受了決鬥邀請。正好換舞伴的卡德里爾舞曲開始演奏，兩人走進舞池。

這時，所有目光都看向莉莉卡。

想和她說話。

好好奇。

想接近她。

當然也有些人不這麼想。

竟然有人和她說話？

不是說好要孤立她嗎？

等等公爵大人會怎麼處罰呢？

布琳一臉深感有趣地彎腰湊近莉莉卡。

「皇女殿下，您真受歡迎。」

「怎麼辦？要去跳舞嗎？」

「呵呵，難得參加舞會，請您盡情享受。」

聽到布琳的話，莉莉卡悄悄對最感興趣的男人投去目光。

媽媽曾經這樣說過吧？

『男人？只要盯著看，他們就會自己靠過來吧？』

媽媽的話果然是對的。

他與莉莉卡目光相接後一驚，接著發現莉莉卡正注視著他，因此著魔似的走上前來。

「皮耶爾閣下。」莉莉卡微笑著說。

皮耶爾聽到她知道自己的名字，驚訝不已。

但也只驚訝了一秒，他迅速露出微笑並說：

「皇女殿下，我有幸與您共舞一曲嗎？」

「當然可以。」

莉莉卡握住他的手站起來，所有人的目光都轉向他們。

皮耶爾挺起胸膛，帶著莉莉卡走進舞池。

菲約爾德怒火中燒。

雖然面帶笑容，但煩躁感不斷湧上。

每次繞著舞池轉圈，他都能看到莉莉卡笑著跳舞的模樣。菲約爾德很輕易就察覺到男人們都著魔似的盯著她。

因為他自己也是這樣，只盯著莉莉卡。

雖然莉莉卡總說自己與媽媽相比很平凡，但她怎麼可能平凡。她那雙美麗的藍綠色眼睛在水晶吊燈下如深邃的湖水般閃耀，跳舞時泛紅的雙頰更凸顯出她白皙的肌膚。

閃閃發光的眼睛，柔和移動的纖細四肢，順滑舞動的棕色頭髮。

還有那個表情。不是緊抿著嘴的微笑，而是有點不合禮節的燦爛笑容，讓人無法移開視線，讓人想與她交談，彷彿自己也能因此開心地笑著。

她感覺能將人帶入溫柔的圈子裡。

菲約爾德深知這種感覺，因此很在意其他人。

「你很在意嗎？」

也許是他不自覺地直盯著莉莉卡，身旁的女人問道。

菲約爾德微笑道：「似乎是這樣。」

「請別太擔心，她兩天後就會永遠離開這裡。像她那種出身，有機會看到這種盛宴就不錯了。還一派輕鬆地笑著……」

她打開扇子，哼了一聲。菲約爾德感到厭煩，邀請她跳舞。

跳舞的時候無需與任何人交談，除了跳華爾滋的時候。

舞曲之間有很長的休息時間，菲約爾德數著剩下的舞曲，估計還有三曲，舞會就要結束了。

他深吸一口氣，光是看到穿著華麗禮服旋轉的莉莉卡就讓他感到不悅。

他橫穿過舞會廳，朝莉莉卡坐著的沙發走去。

跳完舞的莉莉卡看向他，表情很是意外，但隨即露出笑容。

「巴拉特小公爵，這真是一場愉快的舞會。」

「感謝您的稱讚。皇女殿下，不介意的話，能否與我共舞一曲？」

菲約爾德恭敬地邀請後，莉莉卡的目光一瞬間發亮，隨即她交疊起雙腿並回答：

「抱歉，我的舞伴卡已經滿了。」

所謂的舞伴卡是用來記下要跳舞的對象，現在幾乎不使用了，但這句慣用語還在。

簡而言之就是──「我不想和你跳舞」。

周圍的人紛紛低聲議論起來。

菲約爾德不為所動地收起表情。

「真是遺憾，希望下次有機會。」

「我也希望如此。」

莉莉卡說完，站了起來。現在已經過了午夜十二點，她看著時鐘說：

「我該回去了，這是場愉快的舞會。謝謝您的款待，巴拉特小公爵。」

「我送您到門口。」

「不用了，要是連小公爵都離開，舞會就少了興致。」

莉莉卡這麼說完，輕鬆地離開了舞會現場。

莉莉卡躺到床上，立刻陷入熟睡。

燈火全部熄滅，只有寂靜迴盪在宅邸內。

在臥室門前護衛的拉烏布感覺到一道視線。

「？」

他疑惑地轉頭，和從未見過的孩子對上眼。

他顫了一下，隨即發現那是藏起半邊身體，站在沙發腳後方的陶瓷人偶。

『人偶？』

雖然感到疑惑，但這可能是對方想讓他離開的計謀，所以拉烏布堅守在原地。

其他騎士應該正在門前守著，因此能將這個陶瓷人偶放進這裡的，只有侍女。然而，如果侍女有什麼動作，他應該早就察覺了。

拉烏布皺著眉頭，看了看門口，又看向陶瓷人偶。

人偶變近了。

原本站在沙發後方的陶瓷人偶完全顯露出身體，站在沙發前的茶几旁。

那雙用玻璃珠做成的眼睛直盯著他。

拉烏布與它對視了一會兒，再度轉移視線，又迅速看向人偶。

「！」

人偶移動的速度比剛才更快。

現在他們之間的距離只剩下五步之遙。

拉烏布慢慢用大拇指推開刀鞘。

——啪嚓！

隨著一聲輕響，刀稍微拔出來一些，方便隨時拔出。

對視時，人偶的嘴角開始漸漸往上揚，從微笑變成了咧嘴大笑——

——匡啷！

一瞬間，人偶四碎。

同時，拉烏布如閃電般拔出刀，將刀指向站在身後的人。

「……」

「……」

沉默流淌在拉烏布和菲約爾德之間。

菲約爾德慢慢舉起雙手說：

「你最好一口氣打碎雷澤爾特的人偶。如果不澈底破壞掉會很麻煩。」

拉烏布沒有回答，慢慢放下了刀。

他對菲約爾德說：「如果不是主公有吩咐，我會立刻砍了你。」

聽到這句話，菲約爾德的臉色沒有沉下來，反而變得明亮。

「皇女殿下有什麼吩咐嗎？」

「她說如果你來了，就叫醒她。」

聽拉烏布這麼說，菲約爾德緊咬著嘴唇，否則他會恣意揚起笑，露出奇怪的表情。

拉烏布走進臥室，過了一會兒後出來，冷冷地說：「請進。」

「謝謝，拉烏布閣下。」

菲約爾德此刻很幸福，所以對這一切都心懷感激。

當他進入臥室時，莉莉卡站在窗邊。或許是因為無法開燈，只見她拉開了窗簾。

月光從窗戶灑落。

莉莉卡站在窗邊仰望月亮，之後轉過頭來笑著說：「嗨，菲約。」

這一秒，菲約爾德·巴拉特希望這短暫的瞬間能夠一直延續下去。

她站在他家的窗邊迎接他，笑著向他說「嗨」的這一刻。

只要這樣就好，僅僅是這樣，他就覺得自己可以承受一切。

『而且，我……』

菲約爾德露出苦笑。

『我能做的，只有如此期盼。』

除了期盼，他無能為力。

他察覺到了——

她就像月亮一樣身在高處，而他只能眺望著她，無法走到她身邊。

「菲約？」

莉莉卡疑惑地向他走來。

她穿著可愛的睡袍慢慢走近，輕輕用小手捧起他的臉。

他努力控制自己，不讓自己像個因為渴望溫暖，在月光下也在尋求溫暖的人。

菲約爾德歪著頭，感受著她手心的溫度，接著衝動地握住她的手，親吻她的手掌。

他慢慢地低下眼看向莉莉卡，看到她的眼睛睜得大大的。

『糟糕。』

他努力裝作若無其事，試圖用微笑掩飾過去，彷彿自己不是衝動而為。

莉莉卡的臉頰通紅。

她像看著討厭的人一般看著他，抽回了手。

「真是的，菲約，難怪你會有那麼多緋聞。你知道嗎？」

「我一直都是真心的。」

「問題就在這裡啊。」

莉莉卡用雙手摀著臉，瞪著他。

但看到他的笑容，她立刻就不想對他生氣了。

「我本來以為或許會有些問題，但看來沒有呢。」

「問題嗎？」

「嗯，舞會時，你的表情很不對勁，所以我以為你是在擔心我。我最後還拒絕了你的跳舞邀請吧？即使知道那是演戲，也有可能會受傷，所以我想也許你會來找我。」

莉莉卡說完，輕輕笑了。

「我們兩個竟然深夜在巴拉特宅邸裡的臥室見面，要是被發現會怎麼樣？」

「天曉得。」

菲約爾德歪著頭，沉思起來。

被發現？這個嘛，他覺得乾脆被抓到反而更好，但他無論如何都無法說出口。

「巴拉特公爵會非常生氣吧？」

聽到莉莉卡的話，菲約爾德搖了搖頭。

「她在想什麼，我也不清楚。」

莉莉卡沉吟著抱起雙臂，問道：「那麼，你來找我有什麼事嗎？」

「我擔心您今天會不高興。」

說完後，菲約爾德意識到他的想法和莉莉卡一樣。

莉莉卡也這麼想。她揚起笑。

「我沒事，我只覺得這就是巴拉特領啊，值得菲約爾德感到驕傲。」

聞言，菲約爾德笑了。

莉莉卡直看著他的笑容，說道：「菲約。」

「是，莉莉。」

「你願意告訴我嗎？是什麼事讓你這麼難過？」

表面上，兩人都對這個問題裝作毫不知情。

莉莉卡知道菲約爾德在為某些事情苦惱，也知道他因此很辛苦。

菲約爾德咬著嘴唇。

「……皇女殿下忍受了很多事，這——」

我明白——話還沒說完，莉莉卡緊緊握住他的手。

她堅定地說：

「不，菲約，我從來沒有忍耐過，也不曾隱忍過你。我會這麼問，不是因為我難受，而是因為你看起來很難受。」

那些嚥下肚並隱藏起來的話語積累在心裡，最後或許會變成毒藥。

「如果你既難受又痛苦，卻在我面前強顏歡笑，那我會非常難過。我知道你一直在戰鬥，我也知道這和巴拉特公爵有關，但我也知道，這不單純是保守派和激進派的鬥爭。」

菲約爾德牽起莉莉卡的手。

他彎下腰，額頭輕輕靠在她的肩膀上。

莉莉卡微笑著，伸手環住他的背。

「你不一定非得現在說，等到將來你想說的時候再告訴我也可以。」

「為什麼皇女殿下……」

「只會說讓我高興的話，是嗎？」

莉莉卡開玩笑地接續道，他嘆了一口氣。

『啊，該死。』

一句不像他作風的粗話湧上心裡。

她還在自己背後的雙臂惹人憐愛。他的臉頰發燙，不想讓她看到，又有一股歡喜從內心深處湧上。

僅僅這句話……

僅僅是這樣……

僅僅……只是……非常簡單——卻表達出一切的一句話。

菲約爾德一直把額頭靠在莉莉卡的肩膀上，直到自己平靜下來，享受著她輕拍背部的動作。

到了這時，他的臉皮也厚了起來。

等到心情平復，他抬起頭說：

「請您不要忘記，若將來您身邊有了其他男人，我一定會第一個站在您身旁盯著他。」

「什麼？」

莉莉卡傻眼地瞪大了眼睛，之後笑了出來。

「如果連你都這樣，我會很傷腦筋。有一個阿提爾就夠了，而且男人……嗯……」

莉莉卡歪著頭時，菲約爾德說出想說的話：

「但是，參加舞會的那些男人不錯吧？他們可是皇后殿下挑選的人。」

「嗯，不過……」

「他們是候選人吧？」

「什麼候選人？」

「當然是丈夫的候選人啊。」

「唔咦？」

莉莉卡發出奇怪的聲音看著菲約爾德，他笑得一臉燦爛。

「那怎麼可能。」

莉莉卡搖了搖頭，突然想起父親大人曾經和一些男孩單獨談過。

她的臉色頓時變得蒼白。

『迪亞蕾說的是真的嗎？他帶走那些男孩，真的威脅了他們？不，不可能吧？父親大人會做這種事嗎？』

「莉莉，請不要想得太嚴重，我想皇后殿下也是希望您試著相處看看而已。」

「嗯、嗯嗯……」

莉莉卡回答著，陷入了沉思。

『可是我是契約皇女，將來會卸下皇女的身分，不可能結婚啊。』

不過，菲約爾德非常有理由誤會。

如果他這麼想，其他人會不會也這麼認為呢？

『布琳和拉烏布應該不會，所以他們才什麼都沒說。』

莉莉卡迅速拋開困惑，輕輕拍了拍菲約爾德的肩膀。

「你放心，因為我不會結婚。」

菲約爾德的表情變得很奇怪。莉莉卡思考著自己說的話有哪裡不對勁後「啊」了一聲，慌忙解釋：

「不對，菲約不可能會因為我不結婚就感到放心吧，我不是這個意思——」

「不，我的確感到安心。」

菲約爾德笑著回答，莉莉卡又漲紅了臉。

她覺得自己總是被菲約爾德牽著鼻子走，但她不討厭這種感覺。

莉莉卡輕咳一聲，拉回話題。

「總之，等你想說的時候再說，懂嗎？」
「好的，我現在就想告訴您，但在那之前，我需要和另一個人談談。」
「……雷澤爾特？」
「是的。」
菲約爾德點點頭。
這不只是他的事情，也與雷澤爾特有關。無論如何，他都要先告訴雷澤爾特，之後再告訴莉莉卡才合乎順序。
莉莉卡點了點頭。
菲約爾德望著莉莉卡說道：「剛才無法送您離開，沒辦法問您這個問題，請問我可以給您一個晚安吻嗎？」
莉莉卡踮起腳尖，轉過臉頰。
「當然可以。」
菲約爾德很懷疑莉莉卡是否有正確理解他的意思，但他還是順從地親了她的臉頰。
「那麼，晚安。」
「嗯。」
菲約爾德愛憐地望著莉莉卡泛紅的臉頰，就這樣離開了。
莉莉卡緊握著雙手，放在胸口片刻。
心臟跳得好快。
「呼……」
她長吐出一口氣，拉上窗簾時中途停下動作。
『月光真美，還是留一點縫隙吧。』
她沒有完全拉上窗簾，回到床上。

她將臉埋進柔軟的枕頭裡，頓時回想起剛才的對話。

『丈夫嗎？』

她努力回想那些男孩的臉，得出「但還是菲約爾德最帥」的結論後沉沉睡去。

菲約爾德猶豫了一會兒，走向雷澤爾特的房間。

她應該還沒睡。

『畢竟我剛才還看到那個人偶移動。』

走進會客室時，雷澤爾特坐在沙發上。

她直視著菲約爾德，然後笑著站起來行了屈膝禮。

「晚安，哥哥，晚安。」

菲約爾德禮貌地回禮，並道歉：「半夜把妳叫醒，真是抱歉。」

「沒關係，我剛才也還沒睡。所以，有什麼事嗎？」

菲約爾德感覺到許多目光。

一堆玩偶直盯著他看。

「我有話要跟妳說。我覺得妳有權知道我發現的事實，因為我們是巴拉特。」

雷澤爾特像聽到了一個意外的消息，眨了眨眼，但很快就點了點頭，請他坐下。

菲約爾德坐下後，她也在他旁邊落座。她剛才似乎在縫玩偶，桌上有打開的針線盒。

「妳先聽我慢慢說完再問問題。」

「好。」

雷澤爾特點點頭。

菲約爾德思考了一下該從何說起，決定先說結論。

「公爵不打算讓我們兩個活命。」

雷澤爾特笑著說：「這不是我們早就知道的事嗎？」

「不，不是只留一個，而是要把我們兩個都吞噬掉。」

「……」

雷澤爾特疑惑地歪著頭。菲約爾德開始慢慢解釋。

他一直在追查巴拉特家的文件和實驗的細節，慢慢找出了殘留下來的線索。

巴拉特為了達到完美而進行人體實驗這件事早已眾所周知，最重要的是他們為了擁有像塔卡爾那樣的權能，十分努力。

因為巴拉特認為自己只有這一點比不上塔卡爾。

為了獲得魔獸的力量，他們做了許多可怕的事情，但進展緩慢。

「直到他們發現『心之女王』。」

「那個已經被我弄壞了。」

「那是粗劣的仿製品，不是真品。」

菲約爾德的話讓雷澤爾特直盯著他，他續道：

「他們用『心之女王』反覆進行實驗，得知了一件事。如果直接抽取出魔獸的力量，注入人類的體內，大部分的人都會死。但如果這力量先經過一個人類，再注入其他人體內，情況就會不同。」

利用無論是混合魔獸的血肉、餵食藥物，還是將「心之女王」抽取出來的力量放入體內後，倖存下來的人，把這些人適應過的力量用「心之女王」抽取出來，注入另一個人類的體內「比較」容易成功。

菲約爾德微微一笑。

「被抽出能力的人活不久。不，實驗體的壽命似乎本來就很短，巴拉特家的成員從一開始就不長壽。」

他和雷澤爾特都是如此，剩餘的壽命應該短到不足以享受人生。

但是——

「但公爵不是活了很久嗎？」

這時，菲約爾德遇到了阻礙。

看到他那年輕美麗的媽媽，很容易忘記她的年齡。但仔細算起來，會發現她的實際年齡比外表大上許多。

他在那之後翻閱過巴拉特家的年譜，試圖找到線索，但發現還是有限制。

「即使是巴拉特，能力也各不相同。我認為，公爵大人的能力應該是扎根並吸取一切。」

這樣的話，他無法知道她積累了多少力量。

「據說有血緣關係的人要搶奪、深植能力會輕鬆許多。」

菲約爾德盡力解釋所有事情，努力排除自己的情感。

「她顯然吞噬了父母和兄弟姊妹。所以等我們完成了，她也會吞噬我們，為了成為完美的巴拉特。」

他們是為此被扶養長大的。

像牲畜一樣，為了被吞噬。

曾經試圖找到一些親情的他太愚蠢了。

他曾想過即使如此，她也許至少會有一些憐憫。

他自己也十分訝異。他曾以為自己早就拋棄了這種想法，早就拋棄了對媽媽的愛，但還是大感震驚。

即使受到那麼殘忍的對待，他的心裡一隅依舊為媽媽保留了一個位置。

雷澤爾特問道：「所以呢？」

聞言，菲約爾德平靜地回答：「所以她所做的一切，都只是一場遊戲罷了。」

菲約爾德無從得知她至今積累了多少力量，長年來，巴拉特世世代代為了戰勝塔卡爾所做的所有掙扎，全都被她吞噬了。他知道自己是她最完美的傑作，但從未想到自己是為了這個目的而造就的傑作。

感覺自己就像一頭在品評會上登場的豬。

菲約爾德還有很多疑問，根據資料推測，他只能得出這樣的結論，也有些部分只有心證。

那無數的實驗都失敗了嗎？

如果有成功的實驗，那除了他和雷澤爾特，其他成功的人們去了哪裡？

他能輕易想像到巴拉特公爵用刀叉切下新鮮血肉，她現在肯定也深感興趣地看著他和雷澤爾特的鬥爭。

這麼一想，就感到無力。

得知這一切的那天，他不得不去找莉莉卡。

現在閉上眼，他能想起那美麗的珊瑚島和光芒閃耀的大海。

如果他死了，公爵會非常慌張，因為他是個相當優秀的食物。

要以死逃離這裡很簡單，非常簡單，但他承諾過不會這麼做了，所以只能掙扎。

與這個完全無法理解的對手並肩坐著，參加這場你死我活的遊戲。

「呵呵。」

雷澤爾特咧嘴一笑，迅雷不及掩耳地伸手拿起針線盒裡的剪刀。她抓起剪布的裁縫用大剪刀，朝菲約爾德刺來。

菲約爾德反射性地抓住她的手腕，將她推開，剪刀深深刺入沙發。

雷澤爾特咧嘴笑著。

「所以呢？所以呢？然後呢？」

在雷澤爾特用另一隻手伸向針線盒之前，菲約爾德用腳踢翻了桌子。

伴隨著巨響，桌子被踢翻。

「太過分了。」

雷澤爾特大喊道，試圖用力拔出剪刀。

——沙沙沙——！

剪刀一動，沙發的布料就被劃破。菲約爾德使勁壓制住她，不讓她動彈。

雷澤爾特瞪著他，「所以，你打算逃跑嗎？」

與他一模一樣的雙眼開始燃起怒火。

「你想逃跑？打算一個人離開這個擂臺嗎？太荒謬了，不可能。我們為了爬到這裡，不知道吞噬了多少死亡，你說得好像是媽媽一個人吞噬的，但其實你和我也是啊。」

「……！」

菲約爾德的力量頓時鬆開。

雷澤爾特拔出剪刀的那一刻，菲約爾德用力拉過她的手，雷澤爾特驚呼一聲，上半身被拉了過去。

菲約爾德後退一步並把她的頭壓到沙發上，接著毫不留情地用膝蓋壓在她背上，固定住她。

雷澤爾特咬緊牙關。

「我不會逃跑的！你也不能逃！我要殺了你！殺了你！然後成為媽媽的乖孩子。」

她大聲喊叫的聲音變得十分柔和，讓菲約爾德毛骨悚然。

無法溝通。

雷澤爾特拚命掙扎，試圖從他的手中逃脫。

「就算逃跑又能怎樣？我們有其他路嗎？不，我們只知道這條路，只有這條路。你以為你能過上正常的生活嗎？」

她的話猶如利刃，刺上菲約爾德的心，因為他也曾這麼想過。
「怎麼？你以為跟那個塔卡爾的女人在一起，就會有什麼改變嗎？真可笑，你是巴拉特的恥辱！普戈、薩達！」
雷澤爾特大聲一喊，兩隻巨大的熊布偶衝了過來。
菲約爾德的眼神望去，布偶被撕成兩半，棉花團四散。他沒有停下來，開始用眼神摧毀這些玩偶。
「啊啊啊啊！」雷澤爾特尖叫起來，「我要殺了你！我要殺了你，菲約爾德．巴拉特！」
——噠！
這時，拐杖敲擊地面的聲音響起，菲約爾德和雷澤爾特都驚訝地抬起頭。
巴拉特公爵悄然無息地來到這裡，站在一旁。她手持拐杖，筆直地站著說：
「吵死了。家裡有客人在，居然還這麼沒禮貌。」
雷澤爾特的臉色瞬間陷入恐懼。
「不、不是這樣的。對不起，媽媽，對不起。」
「是我激怒了雷澤爾特，對不起。」菲約爾德一邊放開雷澤爾特一邊說道。
巴拉特公爵注視著他。
兩人站起來，整理好衣服。
巴拉特公爵緩緩開口：「菲約爾德，你有一個誤會。」
「……」
她聽到了多少的疑問頓時消失。
她全都聽到了。
「什麼誤會？」
菲約爾德抬起頭，巴拉特公爵依然泰然自若地回答：「我也站在這個擂臺上，不只有你們兩個。」

雷澤爾特稍微倒抽了一口氣，菲約爾德則不自覺地看向沙發上的剪刀。

聽到巴拉特公爵輕輕笑了笑，菲約爾德心想「糟了」，抬頭看向公爵，她微笑著。

「你剛才在想『能不能殺了我』吧？很好，菲約爾德．巴拉特，不愧是我的傑作。如果你變強了，要吞噬我也沒關係，因為不論是誰，只有強者才能繼承巴拉特。不過看來你們兩個都沒有希望，我這個媽媽的努力真是白費了。」

最後一句話不知道是不是在開玩笑。

菲約爾德忍住了想開口諷刺的衝動，現在不是該惹怒她的時候。

「真是公平呢。」

但是他壓抑不住的話語脫口而出。

巴拉特公爵微笑著。

「人生並不公平，對任何人都沒有公平過。」

巴拉特公爵看著菲約爾德和雷澤爾特，嘴角揚起殘忍的微笑，用愉快的聲音命令道：

「你們就互相殘殺吧。」

莉莉卡很晚醒來。

前一晚，布琳說：「您應該累了，明天早上的行程我會全部取消。」並幫莉莉卡蓋上被子。

多虧於此，她在太陽高掛時才一臉迷糊地醒來。

莉莉卡洗了臉並換好衣服，可能是因為睡太久了，反倒不覺得餓。她喝下紅茶喚醒早晨，比年幼時喝的淡紅茶更濃郁一些，並慢悠悠地吃著塗了奶油的麵包。

這時，迪亞蕾也慢慢地走了出來。

「迪亞蕾，妳醒了？」

「是的，唔……這裡真的太扯了，不曉得為什麼，打架打了一整晚。」

「打架？」

「對啊，又大喊又大鬧。拉烏布閣下沒事吧？」

莉莉卡聽到這番話，轉頭看向拉烏布，這才發現他看起來也很疲憊。

「拉烏布，你也聽到打架的聲音了？」

「是的，聽到了。似乎是巴拉特公子和小姐在打架。」

「喔……」

莉莉卡回想起昨晚的事。菲約爾德明明說要和雷澤爾特談談，難道是因此吵了起來？

「很嚴重嗎？」

「這個嘛，雖然不清楚情況，但感覺有很多玩偶被撕破。」

迪亞蕾一屁股坐下，打了個哈欠，撐著下巴笑了笑。

「平時得早起練劍，但今天能睡懶覺真好。」

布琳也放了一杯茶在她面前，迪亞蕾露出幸福的表情。

「能這樣輕鬆地吃飯，迪亞蕾覺得好幸福。」

「妳幸福我也高興。不過妳說是玩偶被撕裂的聲音，真的是玩偶嗎？」

莉莉卡試著想像菲約爾德撕裂玩偶的樣子，但不合適他。

「……那些玩偶會動。」

拉烏布的話讓所有人都驚訝地看向他。
他說：「昨夜凌晨，我看到一個陶瓷人偶在動。」
三人沉默了一會兒，布琳率先厭惡地說：「你說人偶會動？自己動嗎？」
「是的，只要我別開視線，它就更加靠近。」
「真像鬼故事。」迪亞蕾說。
布琳頓了一下，匆匆離開又走回來。
「不見了。」
「嗯？」
「昨天收到的玩偶不見了。」
「什麼？」
「我確實把它放進盒子裡了，可是剛才去看，盒子是空的。」
「……」
莉莉卡在腦海中描繪出一個會自行行動的玩偶。
『嗯，它看起來很無害啊。』
由於玩偶非常小，應該不會構成什麼威脅。不過，最好還是保持警覺。
「它要出現時應該就會出現了，到時就麻煩你們兩個了。」
聽到莉莉卡的話，兩隻狼點了點頭。
「我也會通知卡翁大人。」
拉烏布說完，莉莉卡點頭同意：「嗯，那樣最好。但是真奇怪，我真的什麼也沒感覺到。」
作為一名魔法師，莉莉卡的自尊心有點受傷。她檢查時什麼也沒感覺到，但那個玩偶居然會自己動起來。

「或許巴拉特有巴拉特的做法吧。」布琳安慰莉莉卡。

莉莉卡小聲地嘆了口氣，點了點頭。

吃完較晚的早餐，換衣服出門時，發現巴拉特公爵的傳令官在等她。

「公爵大人認為昨晚的盛情款待可能讓您感到疲憊，希望您今天好好休息。您可以隨意在宅邸內走動，也可以騎馬，請盡情在巴拉特邸放鬆。如果需要什麼，請隨時吩咐我們。」

「我知道了。如果需要什麼，我會跟你們說的。」

莉莉卡回答後，傳令官行禮並後退離開。莉莉卡想了想，對侍女說：

「昨天是由雷澤爾特小姐帶我參觀花園，今天我想請巴拉特小公爵帶我去參觀。」

「是，皇女殿下。」

侍女低下頭。

不久後，有人來了。莉莉卡原以為是帶來回覆的侍從，結果卻是菲約爾德本人。

「巴拉特小公爵。」

莉莉卡從座位上站起來，仔細打量他，能隱約看到他衣領下纏著繃帶。

他優雅地行禮問候。

「早安，皇女殿下。」

「嗯。」

「要不要一起去騎馬呢？」

「好啊。」

「那我待會兒派人來通知您。」

莉莉卡只點了點頭，心想他是親自來告知這句話的嗎？

她換上騎馬服後走下樓。
菲約爾德穿著騎馬服站在入口，看到莉莉卡便行了禮。
為了避免在馬車旅行中感到無聊，她帶了晨星過來，因此得以騎上熟悉的馬。
迪亞蕾、拉烏布和幾名護衛騎士跟在後面，莉莉卡和菲約爾德並肩騎行，騎士們則保持著距離，在前後隨行。
兩人沉默地策馬前行，馬蹄聲輕快，沿途的田園風光極其美麗。
雖然沒有去村落，但城堡附近的村落風光一定也很令人喜歡。
在菲約爾德的帶領下，他們開始騎上陡坡。
野花美麗地盛開於兩側路邊，偶爾還能看到一兩隻山羊或綿羊在吃草。
『幸好我們有騎馬來。』
莉莉卡這麼心想，當他們到達山頂時，視野豁然開朗。
「哇。」
莉莉卡輕聲發出讚嘆，俯視著山下遙遠的巴拉特宅邸。
菲約爾德下馬後輔助莉莉卡下馬，兩人並肩站在山頂，俯瞰著下面的風景。
莉莉卡說：「真的好漂亮，巴拉特公爵的宅邸就像人偶的房子。」
像這樣俯瞰過去，左右對稱的花園美景更加清楚。
菲約爾德直看著莉莉卡時，莉莉卡取下小指上的戒指，放在自己掌心。
周圍一片寂靜。
「我莫名覺得你接下來要說的事情很重要。」
聽莉莉卡說道，菲約爾德露出苦笑。
他注視著莉莉卡，慢慢將昨晚與雷澤爾特發生的事告訴她。

見到莉莉卡瞪圓了眼，菲約爾德說：

「然後她說『你們就互相殘殺吧』。您知道可笑的是什麼嗎？那一瞬間，不僅是雷澤爾特，就連我也做出了反應。雖然我自己心想只要防禦就好，但事實並非如此。我們像鬥犬一樣打鬥，直到巴拉特公爵說『我是開玩笑的』。」

他咬緊牙關，發出無力的笑聲。

「我那麼努力想掙脫，卻對她的一句話，像一隻被馴服的狗一樣做出了反應。」

菲約爾德傾吐出最悲慘的故事。

莉莉卡清澈的眼眸因痛苦而搖曳。

「菲約。」莉莉卡皺起眉頭，「我很生氣，非常生氣。這根本不是你的錯，菲約，這不是你的錯。」

莉莉卡咬住嘴唇。

「現在我非常想緊緊抱住你，但周圍有人在看，無法這麼做。不過，我很想抱你——嘿！」

莉莉卡忍不住抱住了他，菲約爾德的身體猛然一震。

莉莉卡驚呼一聲，抬起頭。

「對了，你有傷口。我這麼突然抱住你，你沒事吧？」

「……我沒事，傷口沒有很深。」

他這麼說著抬起頭。

在周遭站著護衛的騎士們瞪大了眼，眼珠都快掉出來了。

他們一直以為這兩人像狗和貓一樣不合，應該對這樣的情況感到非常驚訝。

菲約爾德感受著周圍的視線，故意緩緩將雙臂環上莉莉卡的腰，十指緊扣。

莉莉卡嚴肅地說：

「我了解你。如果你想殺雷澤爾特，她不可能贏得了你。我知道你盡力了，我知道你不惜像這樣受傷，依舊努力不傷害雷澤爾特。」
聽到莉莉卡的話，菲約爾德回問：「是這樣嗎？」
莉莉卡用力地點了點頭。
「想像一下，如果是我和菲約爾德在那裡，公爵說了那種話，情況會不一樣吧？」
「……是啊。」
那一刻，他大概會衝向公爵，試圖殺了她。
「還有……」她猛地抬起頭，「這是我的想法，菲約。這件事不能按照你的想法解決。」
她深深吸了一口氣，堅定地說：
「跟我一起逃走吧！」
菲約爾德眨了眨眼，他想確認自己是否聽錯了。
「您可以再說一次嗎？」
「我們逃走吧，不，說逃走很奇怪。總之，你需要離開公爵。」
莉莉卡輕輕放開了菲約爾德，菲約爾德雖然感到遺憾，慢了一拍還是放開她。
『我一直想聽到這句話。』
他原以為這是會出現在三流戀愛小說裡的臺詞，但從莉莉卡的嘴裡說出來，竟然如此甜蜜。
說實話，即使是三流戀愛小說也夠了。
無論經歷什麼磨難和挫折，最後都有個快樂的結局，還有什麼比這更美好炫目呢？能簡單將這種故事說成便宜貨的人，肯定是人生中沒有經歷過什麼困境和挫折吧。
莉莉卡靠在附近的樹上，抱起雙臂。
「跟那種人一起生活怎麼可能會沒事？你會不停受到傷害，所以我覺得你最好盡量遠離，調整心態。即使那個人跟我沒什麼關係，但一直聽你說那種事，我也很心痛。」

莉莉卡回想起小時候的事。

她知道媽媽現在非常愛她。媽媽的懷抱既溫暖又舒適，耳邊的低語總是很甜蜜。

即使如此，她也有現在回想起來仍會感到痛苦的回憶、傷人的話語。

『如果長期聽到別人說那種話，無論是誰都會無法正常思考。』

莉莉卡繼續對菲約爾德說：

「而且，你整理好思緒後，或許會看到有點不同的方向吧？雖然你可能不喜歡逃跑，但有時候這肯定是最好的選擇。」莉莉卡低吟著繼續說：「還有，菲約，雖然我不太清楚，但我覺得不能只單純地想『要贏過巴拉特公爵』、『擊敗她』。」

「……不行嗎？」

「嗯，應該是要更……比起這個，嗯，希望你的目標是能讓你幸福的方向。」

「幸福……」

菲約爾德像聽到了從未想過的話一樣，重複說道。

莉莉卡難為情地聳了聳肩，說：「當然，你比我想得更多、經歷得更多，也有我不知道的部分，但是這是我的心意，我希望你能這麼做。」

「我會考慮的。」

聽到菲約爾德這麼說，莉莉卡露出燦爛的笑容。

「這樣就好，這樣就夠了。那麼接下來你要帶我去哪裡？今天我要和你一起度過愉快的時光。」

她把戒指重新戴回小指，露出微笑。

卡翁・巴爾加利在山上工作多年，因此對生存和搏鬥十分熟悉。然而，這是他第一次負責護衛，還是護衛皇族。他沒想到會被交付這個任務，但他認為這也是一種經驗。

『嗯……』

他看著需要撰寫的護衛日誌，他必須記錄當天發生的事情並向上呈報，尤其是皇后特別要求過，要記錄下所有接近皇女的人。

「嗯……」

他再次發出低吟，白天看到的光景揮之不去。

『皇女殿下取出神器後，我們聽不到兩人的聲音，之後她突然抱住了巴拉特小公爵。』

寫到這裡，他再次檢查了句子。

『事實就是事實嘛。』

『巴拉特小公爵也回抱了皇女殿下。』

皇女殿下應該沒有察覺，但巴拉特小公爵在那一刻抬頭看了周圍的騎士們。

『他竟然露出那種表情。』

既不像驚訝，也不像慌張，只拋來一個意味深長的微笑。

『嗯……』

卡翁很喜歡嬌小的皇女殿下。

他知道她是養女，來自貧民區，還擁有被稱作「魔法少女」的強大神器，但實際見到的皇女殿下和他預想的完全不同，卡翁十分喜歡她。

不知為何，他覺得皇女殿下就像自己孫女一樣。

『可是，她怎麼會跟那只有臉蛋長得好看的小子在一起呢？』

他頓時感到氣憤，但很快就恢復了冷靜。畢竟皇女殿下還年輕，正是會被英俊男人吸引的年紀。

『不過也是，皇女殿下和他的關係其實更像是友情，但那個巴拉特小公爵的視線……』

他看不慣。

但是不能把這些私人情感都寫進報告裡，所以卡翁只記錄了事實。

『兩位一起騎著馬，到處閒逛了一整天。中途也打開帶去的食物籃用餐。』

『這點個人想法應該沒問題吧。』

『看起來非常愉快。』

卡翁寫完這句話，打上句號。接下來是回到宅邸的情況，可以簡略記錄。

卡翁把剩下的內容寫完後，折好並放入信封。

巴拉特領離首都很近，因此只要交給傳令兵，應該很快就能送到。

離開巴拉特領後，旅途十分順利，除了越往南走天氣越熱這一點。

莉莉卡的穿著越來越單薄，換上輕薄的衣服。

在天氣特別熱的日子，她會騎上晨星奔馳，受到涼爽的風吹拂就會覺得好一些。

她所到之處都會舉行歡迎會和晚宴，同齡的孩子們都用崇拜的神情，雙眼閃閃發亮地看著莉莉卡。尤其是如果有同齡的男孩在場，無一例外都會想方設法與莉莉卡交談，努力建立起能寫信交流的友誼。

她到訪的地方不僅是權貴的領地，還包括一些非常小的男爵領地。

一聽說要舉辦皇族來訪的派對，無領地的貴族們都竭盡全力，想一睹莉莉卡的風采。

當然，若沒有主辦家族的邀請函就毫無意義，所以居住在花與蛇之路上的貴族們盡情享受著狐假虎威的權力。

今天也是這樣，低等貴族們頂著「我這輩子竟然能見到皇女殿下」的燦爛神情，只是目光交會，他們的表情就透露出「請跟我說話吧」的殷切。

莉莉卡盡可能平等地向所有人問候。

每次舞會結束後，她總是很疲憊。莉莉卡脫下高跟鞋，沉坐在沙發上。

「您不累嗎？為何不馬上就寢呢？」布琳問道。

「嗯，是該睡覺了。」

最近莉莉卡總是夢到一些奇怪的夢。

夢裡會出現沙漠，不像以前一樣會出現龍，也看不到人影，她只是站在美麗的夜晚沙漠中。

『有可能一直作同樣的夢嗎？』

如果夢中的情節有所進展，她或許能知道些什麼，但竟然只有沙漠。

「該睡了。」

莉莉卡從沙發上站起來。雖然會作奇怪的夢，但她並不害怕。

那美麗而平靜的景象反倒讓她無法自拔。風吹過，沙丘崩塌又重建的景象看再多次也不會厭倦；雪白的沙子在月光下閃閃發光，提醒著這是夢境。

不冷不熱的白色沙漠之夜。

『今晚也會夢到這個夢嗎？』

莉莉卡躺在床上，閉上了眼睛。

『啊，果然。』
又是這個夢。
知道這是夢也很令人驚訝，但這麼真實的夢境讓莉莉卡再次感到驚奇。
『依然這麼美……』
她呆愣地望著沙漠。
抬頭看向夜空，滿是星點，彷彿就要傾瀉而下，巨大的新月炫耀著它的美麗。
就在她仰望夜空的時候，有人對她說話。
「很美吧？」
莉莉卡嚇了一跳，轉過頭來，有一個戴著兜帽的高挑男人站在身後。
雖然驚訝，但她不害怕，反而有一種熟悉的感覺。
「你是誰？」
男人只勾起笑。
「幸好離開首都後，我又能在夢中見到您了。龍太敏銳了，真令人害怕。」
他這麼說著，摘下兜帽，深藍色長髮和端正的五官顯露出來。
「非常高興能見到您。最後的魔法師，也是最後一位關閉門的人。」
他把手放在胸口。
「我是第一位魔法師，也是第一位開啟門的人。」
莉莉卡微微張開嘴，而初代魔法師勾起微笑。

「容我再說一次，很高興能見到您。」

「！」

莉莉卡猛然睜開眼，看到陌生的天花板。她茫然地盯著天花板，用力擠壓自己的雙頰。

『這是夢……但又不是夢吧？這是什麼夢？』

這麼說來，以前好像也作過這樣的夢。

那時夢裡出現了兩個人，他們也看著她說「最後的魔法師」。

『就像在上魔法課一樣。』

她想，那男人可能是那兩人之一吧。

『他怎麼能出現在夢裡？如果他是初代魔法師，應該已經死了吧？話說回來，最後的魔法師是什麼意思？他是說在我之後，不會再有魔法師了嗎……』

「嗯……」

再怎麼苦思，莉莉卡也找不到答案。

從他說離開首都——離開父親大人的視線後來看，似乎是因為害怕父親大人，所以不再出現在夢裡。

『這樣一想就有點無趣。啊，父親大人要我別作夢也跟這件事有關嗎？』

但她很好奇。

那個人說她是最後的魔法師究竟是什麼意思？這是什麼夢？他為什麼會出現在她的夢裡？又是怎麼出現的？

『這是我的夢，我應該更有優勢吧？畢竟我也長大了。』

莉莉卡這麼想著閉上眼睛，但再次入睡後，沒有夢到沙漠。

『都夢到這裡了，他竟然不再出現了……！』

莉莉卡深深嘆了口氣。

迪亞蕾看著這樣的莉莉卡，提議道：「皇女殿下，如果您覺得很悶，我們下去走走吧？走一下，心情應該會好很多。」

「嗯，就這麼做吧。」

聽莉莉卡這麼說，馬車暫時停了下來。

莉莉卡、迪亞蕾和布琳一起走下馬車，跟著馬車走動。

「我已經厭倦坐馬車旅行了。」

「當然會厭倦，畢竟坐久了屁股會痛，腰也會痛。」

「迪亞蕾，妳明明可以騎馬移動，卻因為我一直坐馬車，抱歉。」

「沒那回事，反正長時間騎馬也會痛。」

迪亞蕾揮揮手。

「比起這個，您怎麼了？最近看起來心情不太好。」

「沒什麼，嗯，是在夢裡發生的事。」

「是。」

「但夢境在中途就結束了。」

「什麼？」

迪亞蕾歪著頭，莉莉卡覺得必須從頭到尾解釋一遍，因此開口：

「我前幾天作了一個夢……」

「皇女殿下！」

迪亞蕾一把拉過她。

——嘰！

——咚！

馬車的後輪同時脫落，車身往一邊傾倒。巨大的車輪搖晃不穩地滾動後倒在地上。

騎士們迅速聚集到莉莉卡周遭，圍成圓圈站著。

「您沒事吧？」

迪亞蕾慌張地問道，莉莉卡點了點頭。

「嗯，我沒事。」

這時，地面發出細微聲響。

所有騎士都手持盾牌並拔劍出鞘，而莉莉卡連忙握住她的擺錘。

卡翁以銳利的眼神環顧周遭。聲響漸漸變大，但看不到敵人的身影。

地面的石塊不停震顫，發出咚咚聲響。

一瞬間，所有事物都安靜下來。

奇怪的寂靜籠罩著周遭，莉莉卡不自覺低頭看著地面。

卡翁大聲喊道：「在下面！」

——轟轟轟！

那一刻，巨大的物體從地底衝上來。
她的身體轉眼間被彈起，又落到地面。
「！」
不曉得發生了什麼事，世界不斷旋轉，當她回過神來時已經被拉烏布抱在懷裡，安全落地。
『那是什麼？』
從地下竄出來的是一隻巨大魔獸，外型像混合了鼴鼠和穿山甲。體型比她乘坐的馬車稍大一點，身上有堅固的鱗片覆蓋著，刀劍似乎很難砍傷牠。
「您沒受傷吧？」
「沒有。」
莉莉卡回答後，拉烏布立即放下她。
他從以前的經驗學到抱著她很難進行護衛。
「咕——！」
魔獸蜷縮起身體，鱗片像刺一樣豎起，迅速射來。
「啊！」
「唔啊！」
附近的幾名騎士無法閃躲，發出慘叫聲。而迪亞蕾打落鱗片，拉烏布則擋住了攻擊。
「不要大意！第二波攻擊來了！」卡翁大喊道。
發射後，本以為已經飛離的刺像球一般膨脹，彷彿都擁有自己的意志，分別開始行動。被打中的騎士們就像被鋼球擊中一樣，紛紛倒下。
『啊，看不清楚。』

速度快到肉眼跟不上。

別說施放攻擊魔法了，就算想對對方施放魔法也得看清對方，但莉莉卡看不到魔獸。

「坎塔那（鋼鐵護盾）！」

莉莉卡先在自己周圍展開了護盾。這樣一來，騎士們就能更輕鬆地行動。

『布琳呢？』

莉莉卡看到倒下的布琳，尖叫出聲。

「布琳！」

她忍不住跑過去，但攻擊襲來。

——咚！

——咚！

攻擊被護盾擋下，發出巨大聲響，能感覺到地面震動。

莉莉卡倒抽一口氣。

她可以繼續奔跑，但如果靠近布琳，那些東西可能會傷害到她。

拉烏布越過停下腳步的莉莉卡，趕過去查看布琳的狀況。

尖刺似乎刺穿了她的側腹部，出血看起來很嚴重。

「你在這裡做什麼?你得待在皇女殿下身邊。」

布琳輕喘著氣，抬起上半身。

這時，忽然飛來的球被拉烏布正面以拳頭擊碎。

——砰！

伴隨著硬皮破裂的奇異聲響，球爆開來。裡頭似乎只有空氣，像破裂的皮球一樣掉在地上。

莉莉卡跑向布琳。
「布琳、布琳。」
「我沒事，只是看起來很嚴重。」
「……」
拉烏布拍了一下布琳的傷口。
「！」
「拉烏布！」
「因為她說這不嚴重。」
布琳瞪著拉烏布，一臉想殺了他。
這時，迪亞蕾的大喊聲傳來：「這個混蛋——————！！」
迪亞蕾抓著打算返回地洞的魔獸尾巴，但是她輕盈的身體被拉著走。
雖然她的腳直踩著地面撐著，但看起來很難受。
「拉烏布，去幫她。」
「可是——」
「我有護盾啊，沒事的。比起這個，早點打倒那頭魔獸才是保護我的方法。」
莉莉卡說完，拉烏布猶豫了一下後站起來。
這時，卡翁射出的箭正中魔獸的眼睛，魔獸再次發出嘶吼聲，並用厚實扁平的前爪挖起土砂，往四周撒去。
——咚咚咚！
當牠半深入地底時，魔獸再次大聲嘶吼。
「吼————！」

同時，尖刺從地面射出，布琳伸出手，但晚了一步。

尖刺貫穿莉莉卡。

她痛到連尖叫都喊不出聲，只聽見氣息從肺部洩漏時發出的細微聲響。

右肩被刺穿了。

因為坐著，她的防護盾是半圓形，她沒想過會有東西從地底冒出來。

當尖刺在她毫無防備時射來，莉莉卡只能束手無策地遭到刺穿。

「皇女殿下！」

有人發出尖叫。

由於無法維持專注，魔法也像融化一般消失了。

魔獸收回從地底射出的尖刺，因此尖刺在莉莉卡身上造成傷口後，只在地面留下一個洞就消失了。

「咳！」

莉莉卡咬牙忍著，不讓自己當場倒下。

——滴、滴答。

血滴落地面，有人抱住了她即將倒下的身體。

「皇女殿下。」

莉莉卡眨了眨眼睛。她理所當然地以為是布琳，卻看到了菲約爾德的臉。

他的臉色十分蒼白，宛如幽靈。

「對不起，我來晚了。」

莉莉卡茫然地看著他。好不真實，她只覺得好痛，彷彿傷口正被火灼燒一樣。

一瞬間，他停下動作。

莉莉卡轉動眼睛，想看看他在看什麼。她感到全身麻痺，既痛又麻，傷口好癢，視線也變得模糊。

她看到菲約爾德抓住布琳的手腕，而布琳手中拿著匕首。

「離開皇女殿下身邊！」布琳大聲喊道。

莉莉卡想說她沒事，但舌頭動不了。

菲約爾德把她交給布琳後，莉莉卡看到他站起身。

「皇女殿下，請醒醒，皇女殿下！」

布琳的呼喊聲漸漸遠去，開始變成耳鳴聲。

莉莉卡最後失去了意識。

『又是沙漠！』

莉莉卡很是無言。她用手扶著額頭，驚訝地看向自己的肩膀。

『因為是在夢中嗎？完全沒事呢。』

明明肩膀被刺穿了，現在看起來卻毫無傷痕。

「問題不在於穿刺傷，而是毒。但您好像事先做好了優質的解毒劑？」

聽到傳來的聲音，莉莉卡這次並不驚訝，轉過頭就看到之前只打了招呼就消失的初代魔法師。

她望著他，把手放在自己的胸口說：「我是莉莉卡·納拉·塔卡爾。」

然後指向他。

他笑了笑，低頭鞠躬，「我是艾爾希。」

「真的嗎？」

「是的，這是個不錯的名字吧？」

「的確是。」

莉莉卡順從地點點頭，艾爾希笑了起來。

他的藍色長髮不曉得有多長，光是露出兜帽的部分就已經長及腰部了。

莉莉卡摸了摸自己的身體，看著他。

「我為什麼會作這種夢呢？艾爾希……我是說，你已經死了對吧？」

她已經習慣不再對別人使用敬稱了。

聽到莉莉卡的話，艾爾希點點頭。

「我當然已經死了。肉體已經歸為塵土，也沒留下一絲痕跡。我的靈魂也肯定消失到某處了吧？」

「那麼你是什麼？」

「您的魔法。」

「……」

莉莉卡一時之間無法理解，皺起眉頭。

「要稍微走走嗎？」

莉莉卡點頭同意他的提議。

抬頭望向天空，今晚半月照亮了沙漠的天空，接著她看向沙漠——

「哇啊——」

曾經雪白的銀色沙洲如今變成了金黃色。不是黃褐色，是彷彿混雜著金子，閃爍著耀眼的光芒。

莉莉卡一把抓起腳下的沙子，攤開手一看，極其漂亮的沙粒混著金光流淌而下，這是只有在夢境中才能見到的美麗景象。

「太美了。」

「因為皇女殿下的心靈很美啊。」

聽到這句話，莉莉卡轉頭看著他，表情有點奇妙。

「怎麼了嗎？」

艾爾希問完，莉莉卡回答：「我覺得你說的話和我認識的人很像……」

她無法告訴他，她想到了菲約爾德。

「那是我的榮幸。」艾爾希笑了笑。

莉莉卡看著他，猛地挺直身子。

「這些都很好，但如果有事，你可以快點說嗎？我想快點醒來，大家會擔心的。話說回來，你為什麼不在我睡覺時來找我，而是在這時候過來？」

「嗯，我也想在您睡覺時去找您，但皇女殿下沒有進入深層睡眠……應該說是我很難進入深層意識。總之，我也覺得在這時候來找您不好，但我也想在回皇宮前和您談完，因為回去後，可能就沒辦法和您見面了。」

他將五指指尖闔攏又張開。

「因為有會噴火的人在。」

「你說陛下嗎？」

「對。」

「那麼我們果然不該浪費時間，快點說出你的要事。」

「嗯，感覺有點可惜，這種時候應該從很久以前開始說起……但時間不夠了，我們就直接說重點吧。

請您解除龍的詛咒，最後的魔法師。」

「龍的詛咒，啊！是印露說過的那個故事吧。」

是龍被詛咒了吧？他當時講過這個故事，應該是？

「但是我不知道龍在哪裡，又該怎麼解除這個詛咒呢？」

「這個詛咒現在是在龍、這個國家還有印露身上。印露把這個詛咒綁在一起，只要解開一個，剩下的應該也會解開。」

「你說國家也受到詛咒了？」

「這個國家遭到封閉，哪裡都沒辦法去吧？因為樹海、海霧和沙漠。」

「那麼如果解開詛咒，我們就可以到外面了嗎？」

「是的，雖然我也不知道外面有什麼。」

艾爾希揚起一抹笑。

莉莉卡聽到話題的規模越來越大，睜大了眼睛。

「那要怎麼解開詛咒呢？」

「只要解開龍的詛咒，其他詛咒也會解開。」

「那我要去哪裡找龍呢？」

聽到莉莉卡的問題，艾爾希疑惑地回答：「阿爾泰爾斯就是龍啊。」

「！」

莉莉卡猛地睜開眼睛，因為太過吃驚而心臟跳得飛快。

『這裡是……帳篷？』

「皇女殿下，您醒來了嗎？」布琳輕聲問道。

轉頭一看，布琳正坐在她身邊。莉莉卡茫然地看著布琳好一陣子。

『阿爾泰爾斯就是龍？陛下？是龍？真的嗎？咦？父親大人是龍？媽媽也知道嗎？龍？什麼啊？』

一堆詞彙在腦海裡不斷打轉，腦袋也不斷運轉。布琳一口氣湊近過來。

「皇女殿下，您還好嗎？聽得到我的聲音嗎？」

她的語氣十分擔心，莉莉卡決定先不去想「父親是龍」的事情。

她深吸了一口氣，點了點頭。

「嗯，我醒了。我睡了多久？這裡是哪裡？」

莉莉卡慢慢坐起身，布琳立刻輔助她坐起來。

稍微看向右肩，上頭纏著繃帶。雖然不會痛，但感覺有點緊繃，應該是毫不手軟地塗了大量藥膏，傷口已經癒合了。

「皇女殿下，您昏了過去，我們認為最好讓您好好休息，所以搭起了帳篷。您的傷勢怎麼樣？」

「不會痛，只是感覺有點緊繃。」

「太好了。」

「布琳，妳呢？傷口沒事吧？」

「是的。」

「不要像拉烏布剛才那樣用力壓。」

聽到莉莉卡的話，布琳露出尷尬的表情。

莉莉卡長吐出一口氣，「把我的擺錘給我。」

「您才剛醒來。」

「所以我要治好自己，然後治好布琳。」

「我知道了。」

布琳拿來擺錘後，莉莉卡施展了治癒魔法。

她感到身體變輕盈，接著也對布琳施展了魔法。

「其他騎士呢？先讓卡翁進來吧。」

「您先換身衣服吧。」

莉莉卡點了點頭，為了纏上繃帶，她目前只穿著睡袍。

換上舒適的衣服後，莉莉卡聽取了報告。

對於她的傷勢，卡翁請求她下達處罰，但莉莉卡駁回了，並耐心聽他陳述情況。

「在巴拉特小公爵的幫助下，我們成功捉到了魔獸。」

「那不是夢嗎？」

莉莉卡十分驚訝。

「是的，我們暫時將他隔離了。據他所說……」卡翁輕咳一聲，移開視線並說，「他離家出走了。」

「哦？」

「離家出走了。」

「嗯。」

「他是這麼說的。」

莉莉卡瞪大了眼睛。卡翁咳了一聲，再度開口：

「我們沒有特別綁著他。如果您要見他，請與拉烏布大人一起去。」

「啊，嗯。」

莉莉卡雖然茫然，但還是點了點頭。接著，臉色蒼白的拉烏布和迪亞蕾走進來。

迪亞蕾的雙臂纏著一圈又一圈的繃帶，腳也纏著夾板。看到她沒撐拐杖走進來，莉莉卡十分震驚。

「迪亞蕾！」

「皇女殿下，幸好您醒來了。您的身體還好嗎？」

「這應該是我要問妳的話吧！」

莉莉卡大喊道，迪亞蕾尷尬地笑了笑。

「儘管我有尖牙，還是變成了這副模樣，看來我還得多加訓練才行。」

她切身感受到自己習慣對付人類，但對於體型不同的魔獸仍經驗不足，而且衣服也不適合。

徒手抓住鱗片豎起的魔獸尾巴，她的雙臂不可能完好無損。

「我應該準備一套魔獸盔甲的。」

迪亞蕾嘆了口氣。

莉莉卡急忙拿出擺錘治療迪亞蕾的傷口，隨後立刻也對拉烏布施了魔法。

這些人絕對不會說自己身體不適，所以她必須先行動。

拉烏布問：「您的身體還好嗎？」

「嗯，我很好。對不起，讓你擔心了。」

「不，我不該離開您身邊的……」

「不對，這真的是我的錯。叫拉烏布去的也是我啊，我以為只要防禦周圍就夠了，沒想到連地面也要防。」

這是她缺乏實戰經驗的錯。

不是，在相隔遙遠的狀況下，怎麼可能知道會從地底下發動攻擊呢？

「不，如果我在您身旁，應該就能避開了。」

「我也未能在您身旁保護您，是我的疏忽。」

布琳也深深低頭道歉。

莉莉卡一臉為難地說：「那就讓兩位下個月減薪吧。」

「遵命。」

拉烏布低下頭。

布琳覺得皇女殿下太過寬容了，但她的臉皮不夠厚，沒辦法再說些什麼，只能一起低下頭。

「那我們去看看其他人吧。」

「是，皇女殿下。」

迪亞蕾笑著跟上，拉烏布也悄悄站到她身邊。而布琳說要去準備晚餐，打開了帳篷的門。

時間已經不早了，他們燃起篝火，傳來準備晚餐的香味。

騎士們都繃緊了神經，似乎正在澈底警戒周圍，甚至進行巡邏。

莉莉卡四處奔波，治療傷患。所幸沒有人死亡，但有兩匹拉馬車的馬死了，讓她感到心痛。

莉莉卡治癒了腳骨折的馬匹。本以為馬匹肯定只能安樂死的騎士看到馬匹康復，比自己的傷勢痊癒還高興，不停對莉莉卡鞠躬。

在逃跑的馬中，有幾匹沒有回來，這也沒辦法。幸運的是晨星逃跑後又回來了，莉莉卡不停摸著晨星的脖子。

她在營地裡繞完一圈，最後才去見菲約爾德。

帳篷前有兩名騎士站著守衛。

她一走進帳篷，菲約爾德就站起身想立刻衝過來，但被拉烏布制止了。

「皇女殿下，您的傷沒事吧？」

「嗯，我有魔法啊。」

莉莉卡笑著揮揮手臂，表示不用擔心。

「話說回來，菲約爾德，你是怎麼了？聽說你離家出走……」

「我想通了，您說的沒錯。」

「嗯？」

菲約爾德壓低聲音，「您曾經說過，要一起逃跑對吧？」

「啊？啊，哦？對！是啊。」

一時陷入混亂，莉莉卡點了點頭，然後看向因為「和我一起逃跑吧」那句話而離家出走的菲約爾德。

『嗯……該怎麼辦呢？先和我一起旅行，再讓他住在皇宮裡就好了吧？就像上次那樣借用客房……』

——啪！

菲約爾德拍了一下手。

「皇女殿下。」

「哦？」沉浸在思緒中的莉莉卡驚訝地抬起頭。

菲約爾德笑了。

「我不打算請您負責。雖然是您對我這麼說的，但做出選擇的是我，責任也由我來承擔。我自己的事情，我能夠自己解決，所以您不用擔心。」

「但是……」

「真的不要緊。怎麼說呢，我反而感到很輕鬆。」

「是嗎？」

「是的，雖然我不願意對塔卡爾獻上忠誠，但一想到皇女殿下也是塔卡爾，那麼獻上愛意也不算什麼。」

「哦？不是，菲約，那個……」

我就快不是塔卡爾了——這句話差點脫口而出。

看到莉莉卡十分慌張，菲約爾德微笑著將手放在胸前。

「我現在明白，只靠不切實際的自尊是行不通的，所以我立刻離開了。我簡單地打包了行李，盡力加快腳步追上您，但……最終還是無法阻止您受傷，這都要怪我能力不足。」

「這怎麼會是菲約爾德的錯呢？」

「若我說，馬車會在那裡出事是因為雷澤爾特呢？」

「哦？」

菲約爾德將手伸進褲子後方的口袋，見到拉烏布似乎要拔刀，他舉起手。

「我只是想給您看看我剛才撿到的東西。我會慢慢拿出來。這是玩偶的殘骸。」

菲約爾德從口袋中拿出一個破碎的玩偶。莉莉卡一看到那個玩偶就泛起雞皮疙瘩。

那是雷澤爾特送她的玩偶。雖然不見了，但她還以為離開巴拉特宅邸就沒事了。

菲約爾德解釋：「這可能是混在行李裡跟來的，並在合適的地點黏上馬車車輪，破壞輪軸。我在查看殘骸時它突然跳了出來，所以只好將它撕碎了。」

菲約爾德稍微抽出一點填充棉花。

「裝在這裡面的棉花有特殊的氣味。」

「啊！」

莉莉卡不禁轉頭看向拉烏布。是那種曾麻痺拉烏布嗅覺的氣味嗎？

「狼能聞到這種氣味嗎？真奇妙。這是讓受過訓練的魔獸識別的氣味，雖然現在玩偶被撕破，氣味應該都散掉了。」

簡單來說，就是沒有留下任何證據的意思。莉莉卡很是無言。

「攻擊我不要緊。」

「一點也不好。」

「您在說什麼呢？」

兩個男人同時開口，讓莉莉卡十分慌張。

「不，我的意思是，除了我，我不希望其他人受傷……」

「要攻擊皇女殿下，當然得先打倒那些護衛騎士。況且攻擊皇女殿下不要緊的這句話，是在褻瀆賭上性命保護皇女殿下的人，因為負責保護您的他們也都做好了覺悟。」

菲約爾德罕見地皺起眉頭，語速飛快地說。

莉莉卡猶豫了一下後道歉：「我說錯話了，對不起。」

她不自覺地以恭敬的語氣說道。

「沒關係。我知道您是出於善意才這麼說的，但請不要貶低為您盡心盡力的人的心意。」

「我會銘記在心的。」

莉莉卡緊握著拳頭。

沒錯，對這些為了保護她而賭上一切，以此為傲的騎士們說出「寧可是我受到傷害」這句話，無異於忽視他們的努力。

「那麼現在……」菲約爾德笑著說：「皇女殿下，您打算如何處置我？」

莉莉卡凝視著菲約爾德。

莉莉卡莫名覺得即使她下令「斬首」，菲約爾德也會笑著回答「我明白了」。

『而且為什麼他這麼高興？』

莉莉卡能感覺到菲約爾德情緒亢奮，與平常不同的他有點不同。

『是因為離家出走而感到興奮嗎？但現在不是該高興的時候啊。』

她有時無法理解這種貴族的膽量。

『看來應該在「覆盆子同盟」的誓言中加上「珍惜生命」這一條。』

她差點嘆氣，但現在不是嘆息的時候，因此莉莉卡改深吸一口氣。

「巴拉特小公爵。」

莉莉卡以帶著威嚴的聲音開口，菲約爾德當場單膝跪下。

「巴拉特公爵家確實意圖對我不利，但身為小公爵的你挺身而出揭發陰謀，並拯救了我的騎士，因此就此當作功過相抵吧。」

雷澤爾意圖傷害她，而菲約爾德試圖拯救她，因此就此抵消吧。

「謝謝您。」

菲約爾德低下頭。

莉莉卡稍作停頓後繼續說：「期待你未來的表現。」

莉莉卡帶著希望菲約爾德未來也能按照自己心意而活的心思，這麼說道。

聽到這句話，菲約爾德抬起頭來，看著莉莉卡勾起微笑。

「我會努力不辜負您的期待。」

「那先起來吧。嗯，你要跟我們一起走嗎？再往前走是桑達爾領，我們會從那裡回首都。比起一個人行動，跟我們一起比較安全吧。」

「好的，還有，皇女殿下。」

「嗯？」

「為了操控玩偶，必須身在周遭才行。」

殺氣瞬間從拉烏布和迪亞蕾身上擴散開來。

莉莉卡嚇得泛起雞皮疙瘩時，迪亞蕾「啊」了一聲，搓了搓莉莉卡的手臂。

「對不起，我不自覺動怒了。什麼啊，如果人就在附近，你應該告訴我們吧？你知道她會怎麼出現嗎？」

「我剛才跟卡翁大人說過了，但比起分散兵力，我們認為集中護衛更為妥當。」

迪亞蕾噘起嘴，拉烏布則稍微低下視線。

莉莉卡想著森嚴的警戒措施，點了點頭。

在不知道還有什麼魔獸潛伏的情況下，分散人手搜索周遭是愚蠢的行為。

「但確實很麻煩。」

迪亞蕾哼了一聲，抱起雙臂。

「那肯定是他們的目的。」

聽到菲約爾德的話，莉莉卡點頭表示同意：「也許是這樣。」

迪亞蕾沉思了一會兒後說：「那我一個人去搜查不行嗎？」

「不行，太危險了。」莉莉卡果斷回答。

「我有自信能夠逃跑的，如果有人發現我，我會立刻發射信號彈，然後迅速逃走。」

「不行。」

迪亞蕾噘起嘴，但沒有再說什麼。

莉莉卡對菲約爾德說：「我會先告訴大家菲約是我的客人。」

「我會老實待著的。」

菲約爾德笑著回答後，莉莉卡點了點頭。
莉莉卡走出帳篷，叫來卡翁。
「卡翁，菲約爾德告訴我，操縱玩偶的人可能就在附近。」
「是的，但我們不確定這個資訊是否值得信任，所以還沒有進行搜索。」
莉莉卡再次領悟到皇帝派的人多麼不信任巴拉特。
「嗯，我相信菲約爾德的話，但不進行搜索是明智的。我們也可能會遭到個別擊破。」
「確實如此。」
「但因為小型玩偶可能會混進來，所以先告知所有人，警戒時要注意這一點。」
「好的，皇女殿下。」卡翁輕聲詢問：「那我們該如何處置巴拉特小公爵呢？」
「他是我的客人。」
「是。」
卡翁沒有多說什麼就離開了。
莉莉卡這才發現自己早已飢腸轆轆。回到帳篷時，布琳煮了滿滿一鍋的燉肉等著她。
「啊，真的好香。布琳最棒了。」
「我煮了很多，請您盡情享用。」
在旅途中是怎麼快速做出這種料理的呢？莉莉卡對布琳感到十分驚訝。
這是一鍋加了大塊馬鈴薯和肉塊的番茄燉菜。
「我還以為旅行途中會吃硬乾的肉乾和麵包。」
「長途旅行或許是那樣，但我們途中都會經過村莊，每到一個村莊都能獲得新鮮食材。」
布琳呵呵笑道。

莉莉卡問道：「其他人呢？」

「我教了他們做法，應該正在做類似的料理。來，別擔心，請把碗給我。」

莉莉卡遞出木碗，布琳就為她盛滿了燉菜。

接過滿滿一碗，莉莉卡露出幸福的表情後突然「啊」了一聲，看向布琳：

「布琳，我決定把菲約爾德當作我的客人接待了。」

「我明白了。」機靈的布琳回答後補道：「我也會送一份餐點給巴拉特小公爵。」

「嗯，謝謝妳。」

「不會，他是皇女殿下的客人，這是理所當然的事。」

布琳又盛了一碗燉菜，離開後又回來時，一臉疑惑地問：「您怎麼不吃呢？」

莉莉卡指向拉烏布和迪亞蕾。布琳又一臉不解地問：「兩位為什麼不吃呢？」

「感覺必須得到允許……」

迪亞蕾用快流口水的語氣說完，布琳說著：「唉，真是的」心情愉悅地也為他們兩人盛了一碗。

莉莉卡立刻說：「你們兩個也放心吃吧。反正我們在旅行，別在意這些小事了。」

「謝謝您。」

「好的。」

兩隻飢餓的狼大口吃著燉菜時，莉莉卡細細品味。

「真的好好吃。布琳，妳是天才。」

「您過獎了。」

布琳笑著，最後為自己盛了一碗燉菜。

他們四人都坐在低矮的椅子上，拿著碗盤享用這頓簡便的餐點。雖然是因為遭受襲擊才會變成這樣，但感覺就像在露營，還不錯。

『擦鞋大叔曾說過，大虧也有小得。』

莉莉卡津津有味地吃著燉菜，心想：幸好沒有任何人喪命。

『希望菲約爾德也吃得很開心。』

隔天早上，迪亞蕾對莉莉卡說：「皇女殿下，我昨晚一直在想。」

「嗯。」

「我還是覺得放任敵人在身邊太麻煩了。」

「是這樣沒錯……」

「您能用魔法解決嗎？」

「用魔法？」

「是的，以前皇帝陛下不是曾用魔法找出敵人嗎？當然，我知道能用魔法少女神器施展的魔法有限……」

迪亞蕾深深嘆了口氣。

「事實上，昨晚我好幾次都想自己衝出去，但咬牙忍了下來。您有沒有辦法呢？」

「嗯，我會想想看。」

聽到莉莉卡的回答，迪亞蕾的表情明亮起來。

「好的！」

菲約爾德是客人，因此和莉莉卡一起乘坐馬車。

莉莉卡抱起雙臂苦惱：

「追蹤啊，追蹤。嗯，這樣太籠統了。迪亞蕾，妳認為搜索範圍應該要多大？」

「越廣越好。」

「但如果距離太遠也沒辦法追到他們吧？而且一旦確定他們遠離了，我們也不需要刻意去追。」

「啊，確實如此。那現在……嗯，先設定為五公里內吧。」

這是能迅速趕到並打倒目標的距離。菲約爾德正在一旁拿著紙筆寫東西，他聽到後抬起頭來。

「您打算使用追蹤魔法嗎？」

「對，用魔法少女神器……」

莉莉卡的辯解越來越沒有自信。

她一邊這樣想，一邊拿出自己的擺錘。

這個神器能讓她盡情享受成為魔法師的感覺。

『真的得感謝父親大人。』

如果她不用魔法，該如何活下去？

「我一直在想，魔法少女真的好了不起。竟然擁有具有這種力量的神器，真令人吃驚。」

迪亞蕾望著閃閃發光的擺錘，心生讚嘆。

「是啊，我也很吃驚。」

莉莉卡也用力點頭，她越了解魔法就越吃驚。

迪亞蕾笑了，「但塔卡爾的權能也很驚人吧。」

「是、是啊。」

莉莉卡突然想起「妳父親是龍」這個夢，晚了一拍才回應。

『這麼一想，我沒有繼續作這個夢呢。』

如果父親是龍，那他是受到詛咒而變成了人類吧？

變成人類的詛咒。

那麼如果詛咒解除，他會變回龍的原貌，然後離開至遠方嗎？

『我不希望他離開，但是受到詛咒應該很痛苦吧。算了，先不想這件事，我沒辦法解決。』

莉莉卡為了甩掉這些思緒，搖了搖頭，重新專注於魔法。

菲約爾德放下手中的紙張，即使是在奔馳搖晃的馬車裡，他的筆跡依然毫無偏差，優雅無比。

莉莉卡瞥了一眼，問道：「你在寫什麼？」

「我在寫信，寄給一到首都就要連繫的人。如果只是幫忙寄信，桑達爾侯爵家應該願意幫忙吧。」

「應該吧。」

莉莉卡點了點頭。菲約爾德露出笑容，接著說：

「如果能讓追蹤對象的身上出現某種標記，只有追蹤者能看見就好了。皇女殿下您已經認識雷澤爾特了，所以只要將她當成追蹤對象，用這種方法找到她就好了，是針對雷澤爾特和追蹤者兩者的魔法，然後逐步擴大搜索範圍確認也不錯，比如五公里、十公里、十五公里這樣。」

莉莉卡頓時愣住，之後立刻理解到這是在說追蹤魔法的事，驚嘆出聲。

「說得也是，嗯，我明白了。那麼……」

布琳在身旁遞來一塊石板。每次都要將畫有魔法陣的紙張燒毀廢棄也很麻煩，所以畫完後可以清除的石板方便許多。

莉莉卡反覆繪製、修改魔法陣，一旁的迪亞蕾一臉迫不及待地直盯著石板。

經過幾次修改重畫後，莉莉卡在石板上完成了魔法陣。

「好了，這樣應該沒問題，我們先試試看吧？」
「皇女殿下、皇女殿下！」迪亞蕾央求似的說：「如果抓到她，可以殺了她嗎？」
「咦，當然不可以。」
莉莉卡說完後，突然想到一件事。仔細想想，即使抓到雷澤爾特，她也還沒決定該怎麼處置她。
「把她送回巴拉特公爵家可能是最好的辦法。」
布琳這麼說後，莉莉卡望向魔法陣並說：「那果然是最保險的方法吧？」
『畢竟沒有確切的證據。』
昨天面對穿山甲魔獸時，她因為太驚慌而無法使用魔法，但實際上，之前聽菲約爾德說「要找到自己的方法」的建議後，莉莉卡創造了一個魔法。
阿爾泰爾斯聽到這個魔法後，曾評論道：「這是應該被禁止的可怕魔法。」
『其實沒錯，那是一個可怕的魔法……』
這個魔法不能用在雷澤爾特身上。
『無論多生氣都不行，沒錯。』
莉莉卡低頭看著魔法陣，拿起擺錘。菲約爾德將紙翻到背面，目光深感興趣地看著擺錘。
迪亞蕾的眼睛也更加閃閃發光。莉莉卡輕咳一聲，對迪亞蕾說：
「那我先把迪亞蕾設為追蹤者，再施加魔法。」
「好！」
「阿雷奧萊爾（迷霧中的金光追蹤者）。」
那本來是一句非常長的咒語，但她成功將它變成了精簡的縮語。
她將魔力擴散的印象設定為霧氣，魔力在轉瞬間像霧一樣擴散開來。

「普魯雷澤爾特（目標）・巴拉特，伊洛迪亞蕾（追蹤者）・沃爾夫。」

「啊！」

迪亞蕾輕喊了一聲。

她的視線裡出現了一隻金色的小狗。這隻小狗毛茸茸的，體型很小，甚至能在手掌心翻滾。

牠開始對著空中作出嗅探氣味的動作。

「汪！」

金色小狗突然吠叫，彷彿想抓住自己的尾巴一般旋轉後，看著迪亞蕾吠叫。

「混帳，我找到妳了！」

迪亞蕾興奮地踹開奔馳中的馬車車門，裡面傳出沸騰的吵雜聲。

當然，車外也有驚訝的騎士跑過來。但迪亞蕾不顧一切，滑行般地衝了出去。

「迪亞蕾！」

莉莉卡連忙在馬車上吹響號角，但迪亞蕾的身影瞬間消失了。

「皇女殿下，發生什麼事了？」

卡翁一臉驚訝地跑過來。莉莉卡扶著額頭說：

「對不起，不，不對，不能讓迪亞蕾一個人去。」

看到拉烏布走近，莉莉卡對他說：「拉烏布，去追迪亞蕾。我剛對她使用了追蹤雷澤爾特的魔法，但迪亞蕾一發現就衝出去了。」

拉烏布很是猶豫，不想讓莉莉卡一人。莉莉卡察覺到這點，小聲地說：

「拜託你，現在只有拉烏布能追上迪亞蕾了。」

只有同為沃爾夫且強大的拉烏布，才能追上尖牙的主人迪亞蕾奔跑的速度。

如果迪亞蕾一個人去，陷入無法脫身的情況怎麼辦？

騎士的基本原則是一定要兩人一組行動。聽了莉莉卡的請求，拉烏布嘆了口氣。

「拉烏布閣下，皇女殿下交給我來保護。」

這時，卡翁從背後推了一下拉烏布。

拉烏布聞言，輕輕點頭後策馬追趕迪亞蕾。

莉莉卡感到很難為情。因為迪亞蕾，整個隊伍都停下來了啊。

「對不起，卡翁。」

她忍不住道歉後，卡翁露出燦爛的笑容說：

「不要緊的，有人跟著我們行動更讓人不舒服。您竟然會使用追蹤魔法，真是厲害。」他先讚美莉莉卡，接著嚴肅地說：「比起這個，皇女殿下，您不能輕易道歉。因為一旦道歉，必定會被要求賠償。」

卡翁的話讓莉莉卡恍然大悟，看向他。

她曾多次被哈亞告誡「不能隨便說抱歉」，但她仍習慣性先道歉了，而且皇室的道歉也可能成為對方「沉重的負擔」。

「那麼我不感到抱歉，但我為你造成了不便。既然事情都變成這樣了，我們稍作休息再出發吧。」

莉莉卡迅速改口後，卡翁笑著點了點頭。

「那就這麼辦吧。我去吩咐大家警戒周遭，下馬伸展一下腿。」

休息時，有幾個人騎馬到稍遠處加強警戒，其他人則在馬身旁活動雙腳。

莉莉卡一行人也從馬車上下來，一邊散步一邊伸展身體。

莉莉卡與菲約爾德並肩走著，問出一直想問的問題：「菲約，你不要緊嗎？」

「什麼？」

「我是說雷澤爾特。」

畢竟是他的妹妹，如果她受傷或被逮捕，他會不會心痛？

「我不要緊。現在我沒有能力擔心妹妹，她也不想被我擔心。目前要等我變得更強，才能考慮下一步吧。」

「菲約。」

「是。」

「你看起來心情很好。」

菲約爾德聞言，眨了眨眼，轉頭看向莉莉卡。

他總是帶著些許憂鬱的眼神，現在看起來既明亮又興奮。

「因為我非常開心。」菲約爾德笑了，「我還以為逃跑就是敗北，但知更鳥皇女殿下，我發現您給了我答案。逃出來之後，才可能擁有將來。」

「是嗎？我只是問你要不要一起逃跑而已啊。」

「是的，但您對我說要一起走，我從中看到了一些希望。」

「真的嗎？」

「是的。」

莉莉卡不太明白，試著想了想，但還是不明白。不過，她了解到「一起」這個詞能給予他人勇氣。

『應該就是這個道理吧。』

「那麼菲約，你到首都後打算做什麼？」

「是，到首都後，我打算先開出很多支票。」

「支票？」

「嗯，是會寫明要在何時何地償還金錢的憑證。」

「菲約，你有錢嗎？啊，對了，你畢竟是巴拉特小公爵……」
「呵呵，不，我沒有帶錢，我只帶了一些輕便的行李出來。」
「那你還能開出支票嗎？」
「可以的，只要說巴拉特家會償還，我肯定可以開出很多。」
「嗯……應該是吧。」
莉莉卡至今都認為不欠債的踏實人生最理想，因此愣了一下，但還是點了點頭。
「畢竟是巴拉特家，能利用的還是得利用。開出許多支票後，我會去樹海。」
「樹海？」
「對，我會在那裡招募、僱用開拓者。如果巴拉特小公爵撒錢，應該會有不少人來，我要開墾樹海。」
「但我聽說樹海很難開發，進去的人都會迷路。」
「是的，所以我們不進去，就在外面開墾。」
莉莉卡十分混亂，但菲約爾德繼續說：「不過，應該會花費許多時間和金錢。開墾完樹海後，我會將這塊地獻給皇帝陛下。」
「什麼？」
話題往無法理解的方向發展。
「你獻上那塊地之後要怎麼辦？要怎麼償還那些支票？」
看到莉莉卡慌張失措，菲約爾德輕輕笑了笑。
他笑出聲來，讓莉莉卡忽然回過神來。
『啊，他果然變開朗了。』
「請放心，莉莉。」菲約爾德溫柔地握住她的手，低聲說道：「我一定會成功的。」

看著說出豪言壯語的菲約爾德，莉莉卡點了點頭。
她擔心他將開墾地送給皇帝後會虧損，或是該如何償還支票，但又心想：
『我也存了一些錢！而且菲約爾德變得這麼開朗。』
如果有緊急情況，應該也能應對。
她決定無息借出一筆錢，並握緊住菲約爾德的手。
「嗯，菲約，你想做什麼就去做吧。」
我有很多錢。
聽莉莉卡這麼說，菲約爾德再次輕鬆地笑了笑。
這時，騎士團有點慌亂，莉莉卡也順著聲源看去，看到一道信號彈射上天空。
卡翁接著跑過來：「皇女殿下，請您坐上馬車，展開防護罩。」
「嗯，明白了。」
莉莉卡、布琳和菲約爾德坐上馬車並關上門，莉莉卡拿出擺錘。
「坎塔那（鋼鐵護盾）。」
莉莉卡這次打造了一個完美的圓形防護罩。
她從大窗戶望向外面，喃喃自語似的問道：「迪亞蕾和拉烏布抓到她了嗎？」
「也有可能是他們遭到追趕。」布琳從容地靠在馬車座椅上回答。
莉莉卡轉頭看了她一眼，又緊貼著窗戶。
「布琳也真是的。啊，好像回來了。」
可以看到遠處塵土飛揚。
「喔……？喔……？」

莉莉卡的聲音莫名開始越來越大，布琳瞥了一眼窗外。

能看到迪亞蕾和拉烏布正在拚命奔跑。他們當然不是直接朝這邊跑來，而是以S型跑。

他們背後似乎有隻看似巨大蜥蜴的物體跑來，還有像成群蜜蜂的物體從空中飛來。

卡翁拿起望遠鏡遠望，接著咂嘴一聲。

莉莉卡也拿起布琳遞來的觀劇用小型望遠鏡。

「是玩偶？」

那是一個跟馬車差不多大的蜥蜴玩偶，不知道是用什麼材料做的。

「她是怎麼做出這麼大的玩偶的？真的很大耶。」

而且周遭那些追上來、看似蜂群的東西果然也都是玩偶。

有隻玩偶飛過來，向兩人發動攻擊。

確認完情況後，卡翁一瞬間不知所措，但很快就下令準備點上火的箭。

弓箭手們準備射出火箭。

「集合！」

卡翁大聲一喊，騎士們開始有條不紊地排出陣型，圍繞著馬車形成兩層半圓形。

莉莉卡現在只能看到馬匹的臀部和騎士們的背影，因此不斷擺頭調整角度，努力想了解前方的情況。

「一組去支援拉烏布大人和迪亞蕾大人，對付那些東西；二組留在原地待命。一組的指揮交給溫達閣下。」

「遵命！」

溫達帶領一部分騎士衝了出去。

「不好意思。」菲約爾德打開馬車的窗戶，「卡翁大人，可以跟您談一下嗎？」

卡翁騎在馬上，展示出驚人的倒退騎術，接近馬車。

「有什麼事嗎？」

「火和劍都對那些玩偶起不了作用。」

「！」

莉莉卡瞪大了眼睛。

「可以的話，抓住操控者、讓它們陷入無法戰鬥的情況是最有效的。」

這時，一名剛才出發的騎士迅速跑回來。

「卡翁大人！」

「怎麼了？」

他壓低聲音，悄聲耳語：「據迪亞蕾大人所說，雷澤爾特小姐就在那個蜥蜴玩偶怪獸的體內。」

「什麼？她本人被吞進去了嗎？」

「是的，好像是她自己走進怪物嘴裡的。」

卡翁瞇起雙眼。

這時，莉莉卡說：「那我們讓雷澤爾特陷入無法戰鬥的狀態就好了吧？我可以做到。」

莉莉卡緊咬著嘴唇。

「雖然父親大人禁止我用這種魔法，但只有這個方法了。」

聽到莉莉卡的話，所有人都以嚴肅的表情看著她。

「真的沒問題嗎？」

「嗯，沒問題。但必須引誘她站到魔法陣上，有辦法做到嗎？」

「可以的。您沒有勉強自己吧？」

「沒有，我真的沒問題。」莉莉卡搖了搖頭，「她攻擊了我，我不能就這樣放她走，必須把她押送回去。我覺得她會在身分暴露前趁機逃跑……」

「有可能。」卡翁點了點頭。

莉莉卡嚴肅地說：「不過，有幾個人知道走進去的是雷澤爾特？」

「只有傳令官和我們。」

「那麻煩你們保密。」

「這要怎麼保密呢？」

一抓到人就會發現了吧？

莉莉卡說：「這正是這個魔法的核心。」

「我明白了。那麼，我們來制定逮捕計畫。」

雷澤爾特焦急地咬著嘴唇。

『沒想到他們會來找我！』

她從未想過會在這麼廣闊的地方被找到。

『媽媽命令我來找她麻煩，所以我原本打算攻擊幾次就撤退的。』

雷澤爾特看到迪亞蕾大喊著跑來，嚇得躲進了蜥蜴玩偶裡。

『不能讓身分曝光。』

只要她沒被抓到，那就只有懷疑，沒有實證。但是，只有兩個人追來。

——那就解決掉他們吧。

雷澤爾特咂嘴一聲。如果只有兩個人，她有十足的把握能打倒他們。

她如此心想，衝了出去，但不同於她的預想，那名男人跑來抓住女孩的衣領就開始逃跑。

雷澤爾特興奮起來，彷彿腦袋裡的神經一口氣燃燒起來一樣。

就像追捕老鼠的貓。

她開始追趕兩人，得快點追上去並殺了他們才行。

她動員了剩下的所有玩偶，但討厭的是，這兩個人靈活地到處閃躲。

雷澤爾特一時興奮起來，追趕了非常久。

『但距離還是有點遠。』

遠處可以隱約看到馬車，但那兩人似乎不想讓雷澤爾特接近馬車，開始往另一個方向逃跑。

『我要在你們眼前把她吞下肚！』

雷澤爾特不停用舌頭舔著嘴唇，操控蜥蜴玩偶。

騎士團員們趕來射出弓箭，但箭對玩偶不管用。

『再靠近一點，只差一點了。』

蜥蜴不停朝他們的背後吐出舌頭，差一點就抓到人了，但每次攻擊都被他們以分毫之差迅速躲過。

她發燙的腦袋瞬間冷靜下來。

『不行，再這樣下去，我可能會先耗盡力氣。先回去重整態勢吧。』

雷澤爾特慢慢減緩速度，其他玩偶也是。

就在這時，那兩人突然轉身，緊緊抓住了蜥蜴玩偶的腿。

『哦？』

雷澤爾特感到驚訝，馬上想發動刺針攻擊。

這時——

「比亞雷比亞拉盧基亞！」

一道高亢的聲音傳來，周遭開始閃耀發光，視野一瞬間刺眼到看不清。

——咚！

身體掉進了某處。剛感受到壓力，就立刻失去了力氣。

她忍住想尖叫的衝動，因為她是巴拉特的一份子。

她試圖掙扎，手腳卻做出了異常的行動。

她搞不清楚發生了什麼事。

突然間，一聲用刀割開布料的聲音響起，一張人臉突然出現。

「喵嗚，喵嗚，喵喵喵喵嗚！」

拉烏布從巨大的蜥蜴玩偶中取出一隻暹羅貓。

小貓似乎被自己的聲音嚇到，閉上了嘴。一雙眼睛瞪得圓圓的，全身僵硬。

莉莉卡露出悲傷的表情。

「結果還是用了這個魔法……」

布琳一臉疑惑：「那麼，那就是雷澤爾特・巴拉特吧？」

「嗯，不管是誰，這就是剛才在那個玩偶裡的人。」

「她真的變成一隻貓了嗎？還是說，她擁有人類的意識？」

「她還有人類的意識，但現在是貓，所以雖然有人類的意識，可是作為人類擁有的能力都被奪走了。」

這是在嘲笑人權。

拉烏布抓著小貓的後頸走過來。跟他手掌差不多大的小貓仍未從震驚中回過神來。

「這樣一來，要押送牠也很容易呢。」

卡翁也看著小貓說了一句。

但是，他也明白皇女殿下為何要隱藏這種魔法了。

「我們就告知其他騎士，從一開始就是一隻貓吧？」

聽卡翁這麼說，莉莉卡點了點頭，「就這麼做吧。」

把人變成貓是會令人發笑的事，但要解決或綁架政敵時，還有比這更簡單的方法嗎？

一旦細想這種魔法，就令人不寒而慄。

布琳問道：「我們得把牠放到某個地方，防止牠逃跑，現在先用繩子綁著吧。皇女殿下，牠現在真的什麼能力也沒有對吧？」

莉莉卡點了點頭，「嗯，牠真的只是一隻小貓而已。」

「好的。」布琳從拉烏布手中接過小貓，「我會先用繩子綁起來，將牠放在籃子裡。」

「嗯。」

莉莉卡又點了點頭。

布琳帶著極其愉悅的表情抱走了小貓。即使知道這是雷澤爾特，被她捧在手心裡的小貓也十分可愛。

卡翁搖了搖頭。

「我明白陛下為什麼禁止您使用這種魔法了，真是個恐怖的魔法。」

「對吧？」

「牠可以恢復原狀嗎？」

「嗯，可以的。」

「那真是太好了。」卡翁露出安心的表情。

布琳回來後說：「不過，皇女殿下能使用這種魔法的事情最好還是保密。」

她凝視著卡翁時，卡翁點了點頭。

「我明白了。我會對知道真相的騎士們下達封口令，對其他人則說，只是一隻可憐的小貓被當成神器的祭品利用了。」

「拜託了。」

莉莉卡說完後，卡翁低頭致意並離開。

封住騎士們的嘴後，一行人因無人追趕，輕鬆地開始準備移動。

迪亞蕾露出十分痛快的表情。

「真的太好了，皇女殿下，您真的好厲害。」

「沒那回事。但比起這個，迪亞蕾。」莉莉卡瞪大了眼睛，「妳怎麼能突然這樣跑出去？妳應該向卡翁、拉烏布和其他騎士們道歉。」

迪亞蕾深深低下頭。

即使是遇到其他情況都不會屈服的迪亞蕾受到皇女殿下責備，態度也隨之一變。

「對不起。」

「還好順利解決了，不然可能會釀成大禍。」

「是，對不起。」

迪亞蕾乖乖認錯，立刻向站在旁邊的拉烏布道歉，接著也去向卡翁和其他騎士們一一道歉。

莉莉卡抱著雙臂注視著這一幕。這時，菲約爾德悄悄走了過來。

「我聽說雷澤爾特變成了小貓。」

「啊，嗯。」

莉莉卡露出尷尬的表情。

菲約爾德露出一絲微笑，「您很優秀呢。」

「你這麼認為嗎？」

「是的，這讓我非常好奇公爵將來會怎麼做。」

如果兩人都消失了，她會有什麼想法呢？

『如果是公爵，可能會以為雷澤爾特死了。因為換作是我也會這麼想。』

她可能會覺得雷澤爾特死後被葬在某個地方了。

『但竟然變成了一隻貓……』

他再次笑了出來。

這不僅讓雷澤爾特失去戰鬥能力，也一瞬間使敵友雙方喪失了戰意。那些不曉得這隻小貓就是雷澤爾特的士兵們都對小貓很是好奇，更感嘆著這隻貓的命運。

『我確實說過勝利有許多種方式……』

但沒想到會是這樣，皇女殿下肯定也是費盡了心思，才想出這個方法。

菲約爾德認為，這個方法非常有皇女殿下的作風。

「總之在回到首都之前，我打算讓她保持貓的形態。」

聽莉莉卡小聲說道，菲約爾德點了點頭。

「那是最好不過。」

看她那副模樣，就算逃跑也無所謂，因為小貓沒什麼體力，逃不了多遠。

卡翁向他們走來。

「我們可以出發了。」

「好。耽誤了一點時間不要緊吧？行程沒問題吧？」

「不要緊，我們的行程在各方面都排得很寬裕，不會有問題的。」

莉莉卡點了點頭。

他們再度坐上馬車，布琳偷偷打開籃子的一邊蓋子，讓莉莉卡看看裡面。

小貓在毯子裡酣睡著。

仔細一看，那條細繩不是綁在脖子上，而是穿過胸部和前腳之間，綁成了背帶。

即使知道這是雷澤爾特，看起來依舊可愛。

「看牠的體型，大概有五六週了。既然是貓，就像對待貓一樣對待牠就好了。」

聽布琳這麼說，莉莉卡點點頭。

菲約爾德靜靜注視著那隻嘴巴和腳是黑色的暹羅貓。

他第一次覺得自己的妹妹很可愛。

接下來的旅途十分順利，最後抵達了桑達爾。

到了這個時候，天氣真的熱到難以忍受。莉莉卡像桑達爾族一樣穿上寬鬆輕薄的衣服，敞開馬車窗戶。

「哇，這陽光真的不是開玩笑的。」

與在首都迎來的夏天完全不同，越往南走，太陽和熱氣越強烈。

莉莉卡被酷暑熱得渾身無力。

「我偏偏抽到了在夏天往南部走的路線，是我錯了。」

阿提爾是往北走，肯定會覺得越來越舒適吧。

「但是到風雪城想必也很辛苦。」

「啊，也是。」

莉莉卡心中祈禱阿提爾一切安好。

她瞥了布琳一眼，雷澤爾特正在布琳的腿上酣睡。

這幾天來，牠曾試圖反抗逃跑好幾次，但最終似乎完全放棄了。雖然布琳依舊沒有解開繩子，但牠不再只被困在籃子裡了。

布琳仔細地觀察著小貓。

「怎麼了？」

布琳擔憂地說：「牠的肚子不太對勁，摸起來很硬，看起來不太舒服。」

「嗯？」

「您看。」

小貓的肚子鼓鼓的。莉莉卡按了按，確實很硬。

「牠最近也不吃飯。」

聽到這句話，菲約爾德接過無力的雷澤爾特，仔細檢查了一番。

迪亞蕾在一旁說：「牠是不是便祕了？」

這句直白的話讓所有人驚訝地看著迪亞蕾，而迪亞蕾歪著頭說：「這幾天我都沒看到牠去上廁所啊？」

「我有把牠放到草叢中啊……」布琳低聲說道。

菲約爾德小心地將雷澤爾特還給布琳。

迪亞蕾說：「我之前聽說，養小貓必須引導牠排便。」

「引導排便？」

莉莉卡歪過頭時，布琳解釋：「但那只需要對非常小的貓咪這麼做，這隻貓已經不需要這麼做了。」

「嗯，但既然有問題，就試試看怎麼樣？」

聞言，被抱在手中的雷澤爾特開始激烈掙扎，抗議的叫聲變得更大聲了。但就算牠這麼做，在大家眼裡牠仍只是一隻小貓。

牠作為人的尊嚴早已消失了。

「好的，那我們停下馬車時試試看吧。」

不久後馬車為了休息而停下來，布琳準備了手帕和溫水。

「我知道怎麼做，但沒試過……」

布琳歪著頭時，迪亞蕾帶來了另一位騎士。

「聽說這位曾經養過小貓。」

「是的，在馬廄裡養過幾隻……」

「啊，那可以麻煩您幫個忙嗎？」

「怎麼了？發生什麼事了？」

「小貓好像便祕了。」

「哎呀，天啊。」

曾經養過貓的騎士們紛紛給出建議，也有人同情可憐的暹羅貓。

當莉莉卡與菲約爾德稍微離開眾人，私下交談時，布琳、迪亞蕾和騎士們圍在一起商討對策。

「啊，小傢伙，別動！」

「讓我看看，像這樣摩擦牠的臀部……」

「啊，出來了，出來了！」

「哎喲，這麼小的身體裡竟然積了這麼多便便。」

騎士們的議論聲傳來。

菲約爾德覺得這魔法真的好恐怖。

『真的是會使人權消失的魔法啊。』

還有什麼動物會像人類一樣，那麼容易被外表迷惑呢？

菲約爾德搖了搖頭。

「莉莉。」

「嗯？」

「我明白陛下為什麼禁止您使用那種魔法了。」

「對吧？」

莉莉卡輕輕嘆了口氣。

『畢竟父親大人自己也受到詛咒，變成了人類。看到我的魔法，他或許會更不開心。等一下。』

莉莉卡靈光一閃。

『那麼，將雷澤爾特變回人類，和將父親大人變回龍的方法很相似嗎？』

這是她創造的魔法，所以她能逆向施展。

雖然父親大人的詛咒不是她創造出來的，但如果方法相似，那她或許可以逆推回去？

『但父親大人似乎不想被別人知道他受到了詛咒，所以他要我別作夢……啊！』

莉莉卡這才明白阿爾泰爾斯為何會說「大人的問題讓大人來解決」。

阿爾泰爾斯可能早就知道她會作這樣的夢了。

『嗯……』

煩惱到最後，莉莉卡決定和媽媽討論看看。

『因為媽媽很了解父親大人。』

難怪媽媽似乎早就知道他是龍了。

看到莉莉卡絞盡腦汁地思考，菲約爾德說：「但這個魔法是最好的解決方法。比起死去，雷澤爾特應該也覺得活著比較好。」

「嗯，沒錯，活著才是最重要的。」

聽到菲約爾德的話，莉莉卡從思緒中回過神，附和他。

「對了，皇女殿下。」

「嗯。」

「等我們抵達桑達爾的時候。」

「嗯。」

「桑達爾那邊可能會私下問您要不要偷偷處理掉菲約爾德·巴拉特。」

「什麼？」

莉莉卡驚訝得不禁拉高聲音，但菲約爾德看起來很平靜。

「因為他們應該不會沒詢問過您的意思，就把我埋在沙漠裡。」

「應該？」

「桑達爾沒有這麼魯莽，不會未經許可就埋葬人。」

「埋葬？」

莉莉卡只能傻眼地反問。

菲約爾德輕聲笑了笑：

「是的，他們會問您『要埋葬他嗎？』，到時候請您不要太驚訝，告訴他們我是客人就好。」

莉莉卡張大了嘴，看著菲約爾德。

他微微一笑。

「巴拉特小公爵不是正式隨行，而是離家出走後同行的，這不是偷偷解決掉他的好機會嗎？」

只有莉莉卡和騎士團知道他的行蹤，全是皇帝派的人。就算處理掉巴拉特小公爵，他們肯定都願意幫忙保密，那巴拉特小公爵就會變成離家出走後失去音訊的人。

莉莉卡感到一陣寒意。

「我居然沒多想就邀請你一起離開……」

現在想來，這就像莉莉卡與巴拉特公爵一行人到貴族派領地一樣。

「菲約。」莉莉卡緊握住他的手，「謝謝你相信我。」

「我不信任皇女殿下的話，還能相信誰呢？」

菲約爾德回握著她的手，勾起了笑。

CHAPTER. 17
龍的詛咒

越往南走，天氣不僅越來越熱，也經常突然下起大雨。這時土路會變得泥濘難行，馬車車輪也會陷進泥地。

由於這些突如其來的變故頻繁發生，露宿的次數變多了，半夜也會被驚人的雷聲嚇醒。當時雷澤爾特被嚇得尾巴和毛都豎了起來，渾身僵硬，因此莉莉卡小心翼翼地用手輕拍雷澤爾特安撫牠。

暴雨過後，天氣又會放晴，就像什麼都沒發生過一樣，變得非常炎熱。

每次看到默默淋著雨前行的騎士們，莉莉卡都感到很心疼，幸好快到桑達爾宅邸時，大多都是晴天。

抵達桑達爾宅邸時，莉莉卡驚呼出聲。

那是一座潔白的房子。

雖然曾在哈亞上課時看過插圖，但實物看起來與插圖既相似又完全不同。

房子不是以大理石建成，耀眼的白色像是塗了純白的石膏一樣，在陽光下反射著光芒。有許多像塔一樣聳立的部分，其屋頂就像洋蔥的形狀。

宅邸有兩層樓，沒有很高，院子中央有一個長方形的噴泉，只是看到就感覺非常涼爽。

馬車停下來後，拉烏布打開馬車車門。

「桑達爾侯爵。」

莉莉卡握著拉烏布的手走下馬車，露出微笑。

桑達爾侯爵以南部特有的拱手禮問候莉莉卡，彎下腰說：

「參見皇女殿下，真心歡迎您來到我們桑達爾宅邸。」

迪亞蕾下車後，菲約爾德接著走下馬車。桑達爾侯爵的眼中閃過驚訝。

莉莉卡立刻說：「菲約爾德少爺是我的客人，和我同行。抱歉，突然多了一位客人。」

「您不用道歉。來，請往這邊走。」

最後，布琳提著裝貓的籃子走下馬車。

桑達爾侯爵親自帶領他們穿過宅邸並關心一行人。令人驚訝的是，宅邸內非常涼爽。每扇窗戶都鑲著雕刻美麗的木框，與大玻璃窗的傳統宅邸感覺不同。

內部也非常華麗。如果說塔卡爾是以華麗的畫作裝飾宅邸，那桑達爾則是以精美的花紋作為裝飾。

「不過，您真是幸運啊。」

侯爵的話讓莉莉卡露出疑惑的表情：「這是什麼意思？」

「這個時節通常會經常下雨，但幸運的是這陣子沒什麼雨，我也很久沒見過這樣的晴天了。」

「是嗎？」

「是的，不過這樣的晴天不曉得能持續多久就是了。」

侯爵帶莉莉卡來到的房間既寬大又華麗，四面牆上都是用雪花石膏製成的精緻雕刻。窗戶不大，不能完全打開，而且這座宅邸的結構非常有趣，許多「口」字形建築建在一起，組成一座宅邸，內部也比外部更華麗，中庭則寬廣漂亮。

莉莉卡停留在這裡的這段期間，菲莉自告奮勇要成為莉莉卡的侍女，留在她身邊。

「這些石膏裝飾是為了防堵熱氣。因為陽光非常大，牆壁很快就會變熱。」

「原來是這樣。」

確實，把手放在石膏牆和浮雕上就感覺到一陣涼意。想到外面的烈日，也能明白為什麼窗戶不大了。

「天氣還真是奇妙，這麼多變。我曾在書本上學過，但和親身體驗完全不同，我現在明白為什麼派伊一到冬天就那麼激動了。」

莉莉卡帶著笑意說完，菲莉也笑了起來。

「我也只要想到首都的冬天就覺得冷，但我對雪很好奇。」

「那下個冬天來首都看看吧。」

旅程。

「嗯，應該值得一看吧。」

菲莉露出不確定的神情這麼說，像在想雪是否有那種價值。莉莉卡輕輕笑了笑。

到達桑達爾領後，莉莉卡放鬆下來。事實上，一想到回去的路途就覺得遙遠，但她感覺就像已經完成了一趟旅程。

「請您今天好好休息，從明天起我會帶您參觀領地。您應該很熱吧？我讓侍女送冰水果來。天啊，這個籃子裡有什麼？」

聽到菲莉的話，莉莉卡回答：「啊，我們在來的路上撿到了一隻小貓。」

「小貓！我可以看看嗎？」

「當然可以。」

布琳小心翼翼地打開籃子的蓋子，一隻小貓跳了出來。

「呀啊！」菲莉捧著雙頰發出尖叫，「天啊，太可愛了！這是什麼？真的太漂亮了！哇、哇啊。」

菲莉不知所措地不停蹬腳。

「牠叫什麼名字？請問，我可以帶牠離開一下嗎？我想帶去給侍女們看看。」

莉莉卡看向布琳後，布琳點點頭並說：「可以的，但是請您千萬不要弄丟牠。牠的名字是雷澤。」

「那當然！雷澤啊，雷澤。天啊，真是好可愛，真是太可愛了！」

剛才還說要當侍女的菲莉現在澈底被小貓迷倒，抱著雷澤爾特跑了出去。

她離開後，莉莉卡擔心地問道：「真的沒問題嗎？」

「沒問題的，大家都會好好照顧牠的。」

自從便祕事件後，雷澤爾特似乎完全放棄了抵抗，乖乖地讓人撫摸。

牠現在會正常上廁所也吃很多，被撫摸時會發出呼嚕聲，偶爾也會不停揮動前腳，玩弄布琳垂下的緞帶，無論怎麼看都像完全適應了小貓的生活。

雷澤爾特茫然地環顧四周。

『我竟然變成這副模樣……』

從震驚中回過神來後，她感到一陣無力。

之前牠因為無法排泄而苦，但自從在大家面前上廁所以後，牠就澈底放棄反抗了。

隨後，牠開始注意到其他事情，感到十分奇妙。

「妳們看！是小貓咪！」

菲莉將雷澤爾特抱到侍女們面前，侍女們都發出「呀啊！」的尖叫聲。

「天啊，真的是隻小貓耶！」

「這是怎樣？太可愛了！」

「牠是從哪裡來的？」

「聽說是皇女殿下在路上撿到的。」

「天啊，哇！真的太可愛了。」

最近，雷澤爾特聽到了許多一生中從未聽過的話。

每個人看到牠都會笑著說：「啊，天啊，好可愛。」

每個人都雙眼發亮，充滿善意地對待牠。這份溫柔一點一點地滲入雷澤爾特堅固的心牆。

過去如果想要打破這堵牆，她會把它修補得更堅固，但慢慢受到渲染、滲入的心牆無法修補，甜蜜的愛意不停從堅固的牆縫間滴落。

這與變身成菲約爾德的時候完全不同，不用像那時一樣費力假扮成菲約爾德。

「喵——！」

即使莫名發怒，伸出爪子，揮舞前腳。

「啊，牠生氣了！怎麼辦？牠生氣了。」

「誰叫妳突然把臉湊過來。啊，真的好可愛。」

也只會得到「可愛」這兩字。

這讓牠感到非常奇怪，心裡雜亂不安，腦海裡常常冒出奇怪的想法，讓她十分痛苦。

『別胡思亂想。』

雷澤爾特搖了搖頭，結果往一旁倒去。

「啊，真的好可愛。等一下，妳喜歡毛線團之類的嗎？」

「我去拿！」

雷澤爾特看著侍女們愉悅的表情。

『連我是誰都不曉得。』

雖然是一群討厭又愚蠢的人類。

『就稍微陪她們玩玩吧。』

反正這裡沒有人知道牠是誰。

雷澤爾特朝侍女滾來的毛線團猛衝過去。

桑達爾家非常隆重地接待莉莉卡。

莉莉卡雖然不太清楚，但狩獵節過後，皇帝和桑達爾領地之間似乎有許多往來。

『還好當時我沒有收下任何東西。』

幸好當時有將大人的事交由大人處理。

桑達爾家提供的茶真的很出色，莉莉卡日夜都喝著冷茶，還有機會和侯爵單獨談談。

「要不要送巴拉特小公爵去沙漠旅行呢？」

他在談話時隨口一問，莉莉卡差點就下意識地回答了。

幸虧她正在喝茶，所以慢了一拍回答。

「不，他是我的客人，我想親自帶他到首都。」

莉莉卡這麼回答後，桑達爾侯爵低下頭回答：「我明白了。」

之後，桑達爾侯爵恭敬地將要呈給皇帝和皇太子的信交給莉莉卡。

接著和南部勢力一起度過的晚宴和舞會都安然結束。每個人都十分友善，尤其是對阿提爾的讚美不絕於耳，莉莉卡也不停如此稱讚阿提爾：

「沒錯，兄長大人真的是個很棒的人。」

自稱侍女的菲莉曾試著緊跟在莉莉卡身旁，卻被迪亞蕾無情地推開。每次菲莉都會氣呼呼地用細長的瞳孔瞪著迪亞蕾，絕不氣餒這一點很有自尊心強的貴族小姐風範。

在桑達爾的所有活動結束後，莉莉卡接回了雷澤爾特。菲莉非常不捨地央求道：

「可以讓牠留在這裡嗎？」

但莉莉卡堅決拒絕了。

由菲莉飼養的這幾天，小貓似乎吃得好也玩得很愉快，變得圓滾滾的，皮毛也柔順光滑。

菲約爾德看到後似乎感到不安，在耳邊悄聲問莉莉卡：

「她不會真的變成小貓了吧？」

「嗯，不會的……應該不會吧。」

「……」

「這魔法雖然是我創造的，但這是我第一次對人使用這個魔法。不過我做得很好，保留了她的心靈和靈魂。」

「我明白了。」菲約爾德露出苦笑，「她現在成為小貓，看起來比當人時還幸福，這不知道該說是幸還是不幸……」

莉莉卡因他的話感到悲傷，因此握住他的手表示安慰。

菲約爾德淡淡地笑了，引用莉莉卡說過的話：

「但是只要活著，一切都會變好，所以不會有問題的吧？」

「嗯，不會有問題的。」莉莉卡堅定地回答。

從桑達爾到首都的路程說短不短，說長不長。現在莉莉卡也厭倦了馬車旅行，非常希望早點到家。

『家。』

莉莉卡思索著這個想法。

『家。』

如今她已經將皇宮視為自己的家了。

『但三年後就要離開了……』

莉莉卡開始害怕那一天真的到來。如果大家都罵她是「騙子」該怎麼辦？

莉莉卡輕聲低吟。

但現在是菲約爾德的重要時期，不是談這些事的時候。

『以後會有機會的。』

即使她離開皇宮，也打算努力寫信給大家。既然不能造訪皇宮，那就得努力寫信寄來。如果有人恨她，她也該道歉。

『因為身分不同，所以再也見不到面了！』

莉莉卡心中從未有過這種想法，因為她與人來往時不會在乎身分。

不過，她很清楚規則，只有在高位者有意願的情況下才能見面。

如果菲約爾德和阿提爾拒絕她，莉莉卡也束手無策，但她還是會繼續寫信。

「那個，迪亞蕾，還有菲約爾德。」

「是。」

「什麼事？」

「如果將來你們很生我的氣，我會一直一直寫信給你們，你們要讀喔！」

迪亞蕾和菲約爾德都困惑地看著莉莉卡，她則認真地說：

「將來有可能發生讓你們對我非常生氣的事嘛，你們可能會說『莉莉卡真過分，我不看她的信』這樣。」

迪亞蕾笑了，「怎麼可能會有那種事情。」

「不，這世上沒有不可能發生的事。」

菲約爾德也一臉疑惑地打量莉莉卡，只有布琳明白莉莉卡的意思。

布琳撫摸著在自己腿上露出肚子睡覺的雷澤爾特，並說：「是的，世事難料。」

連最親近的侍女也這麼說，使菲約爾德的目光銳利起來。

然而他沒有追問，而是承諾道：「我明白了。到時候無論多生氣，我都會認真看完您的信。」

「嗯，謝謝你。迪亞蕾呢？」

「我也是。」

迪亞蕾仍然一臉茫然，但也做出了承諾。莉莉卡這才放下心來。

迪亞蕾問道：

「那麼，皇女殿下，如果我讓您非常生氣，您說不想再見到迪亞蕾的話呢？」

「嗯，首先我會問迪亞蕾為什麼要做那種事。如果我還是無法接受，到時候迪亞蕾妳也寫信給我吧。」

迪亞蕾點了點頭，「我明白了。」

「我也會當作參考的。」菲約爾德也回答道。

莉莉卡微微一笑。

或許是放鬆下來了，睡意開始襲來。布琳立刻注意到莉莉卡正忍著睡意，便說：

「皇女殿下，您如果睏了就休息吧。」

「嗯，可以嗎？」

「那當然。來，請靠著休息。」

布琳不停調整著靠墊，之後開始盯著菲約爾德。

『您要看著皇女殿下睡覺嗎？不會吧。』

她的眼神帶著這種意味。

菲約爾德輕咳一聲，說：「我去馬車外面跑一跑。」

「哦？好。」

他輕拍馬車車廂讓馬車停下，之後走下車，接著迪亞蕾也表示要下車。

他們兩人下車後，莉莉卡得以用更舒適的姿勢休息。

布琳拉下馬車窗簾，隨著車內變暗，莉莉卡很快就沉入夢中。

『我就知道會這樣。』

莉莉卡站在綠洲旁，莫名大感憤怒，環顧四周。

「不是，你也太任性了吧？」

「這不是我任性，皇女殿下，是因為您的心防太堅固，很難讓您作夢啊。我才想請您打開心房呢。」

艾爾希嘆了口氣，悄悄現身。

莉莉卡驚訝地一愣，「是嗎？」

「那當然。活著的皇女殿下遠比我強大，我只不過是殘留在血脈中的一點意識罷了。」

艾爾希微笑著這麼說完，莉莉卡暫時陷入了沉思。

今天的綠洲並非夜晚，而是黃昏時分。沙漠的黃昏色彩濃郁得令人害怕，彷彿會被吸進去，連綠洲被染成了紅色。

由於莉莉卡不曾真的見過沙漠，不知道夢中的景象是否真實，但這是一道美得令人心驚的光景。

「那我先問你，你說『我是最後的魔法師』是什麼意思？」

「就是字面上的意思。以您為終點，魔法師的時代即將結束，不會出現新的魔法師，魔力本身也將逐漸消失，神器應該也會遭到廢棄。」

「為什麼呢？」

對於莉莉卡的問題，艾爾希低吟一聲，露出微妙的笑容。

「您想聽長的解釋還是短的呢？」

「短的。」

「您知道最初來到這片土地的人都是魔法師嗎？」

「知道。」

「您也知道原本的世界被魔法摧毀了嗎？」

「這我不知道。」

「純血魔法師的個性大多都很和善溫柔，因為他們擁有力量，能將起源變成魔法，如果個性很糟，後果會不堪設想。」

「嗯，是這樣沒錯。」

「但隨著時間推移，『不是只有和善的人們誕生』。或者應該說，問題就在於他們太溫柔了吧？」

艾爾希這麼說著，伸出手，綠洲中的水隆起，形成一個人形。

艾爾希一彈手指，一個閃亮的圓圈浮現在人形之上。

「最強的魔法師、所有魔法師的代表，也就是王有一個非常愛的人。」

水又形成了另一個人形。

「還有一個愛著魔法師之王的人。」

出現了第三個人形。

「因此，單戀的人看著這對溫柔的戀人心想『如果沒有那個人就好了』。」

莉莉卡驚訝地看著艾爾希，而艾爾希露出苦笑。

「這就像幻想的痴情悲戀吧？所以最強的魔法師失去了他的愛人。」

兩個水人形嘩啦啦地崩毀了。

「因此魔法師之王陷入了絕望，並開始祈禱。」

『怎麼會這樣。除了妳，我什麼都不需要，我不想要沒有妳的世界。沒有妳，這一切為何還能正常運作？沒有我愛人的世界，就讓它毀滅吧。』

莉莉卡睜大了眼睛，而艾爾希一揮手，剩下的王也崩毀消失了。

「就這樣，魔法師的島嶼成了碎片。這時，塔卡爾出現了。」

莉莉卡吞了口唾沫。

這時，水形成了龍和人類的模樣。

「塔卡爾請龍帶著剩餘的人們逃跑，但龍拒絕了，牠說『你們變得太危險了，毀滅是正確的選擇』。」

莉莉卡非常理解龍的想法。竟然只靠一個念頭就能毀滅世界，這種力量太危險了。

「因此塔卡爾發誓放棄魔法師的身分，也就是放棄魔法。她和逃脫的所有人都立下了同樣的誓言。」

「啊。」

莉莉卡輕喊一聲。

艾爾希拍了拍手，水形成的人形都消失了。

「於是，龍帶著一部分倖存者逃離了。沒有任何魔法師擁有能使強大的魔法師之王的願望失效的力量，但他們能扭曲願望，將他所說的『世界』限定為『魔法師島』，之後成功逃離了。」

聽完這番話，莉莉卡露出疑惑的表情。

「那就不該再有魔法師誕生了吧？」

「是的，沒錯，應該是這樣。」

艾爾希搖了搖頭。

「但發生了一個問題。那個島上發生了可怕的事情，塔卡爾對阿爾泰爾斯——對龍施加了變成人類的詛咒。」

莉莉卡張大了嘴巴，「那、那麼父親真的是龍嗎？」

「是的。」

艾爾希若無其事地拋出這不得了的事實，讓人十分討厭。

莉莉卡雖然感到驚訝，但同時也心想「啊，果然如此」。

『父親竟然是龍，怪不得很合適，但他竟然不是龍的後代，而是真正的龍，真帥氣。』

即使腦中一片混亂，思緒仍穩步確實地朝正面的方向思考。

艾爾希繼續解釋：「如果不再有魔法師誕生，就無法解開詛咒。因此，印露對血脈施加了詛咒。」

印露在這時出現了。

想到哈亞，莉莉卡嚥下了一口口水。

「之前也有提過吧？印露將詛咒綁在一起。大致來說，印露是這樣施予魔法的——只要魔法存在，魔法師就會誕生。」

「那就是之前提到的……」

「對，龍的詛咒，不能離開這裡的詛咒，還有印露的詛咒。最後印露家族被詛咒的原因，是施加禁制後可以發揮強大的力量，但我們先不談這個。」

艾爾希揮了揮手，彷彿這不重要似的說：

「因此，我一直在等待一位足以解開這魔法的強大魔法師誕生。最後一位魔法師誕生，就能結束魔法時代。結局一直拖延下去也很令人同情啊。」

「……那父親大人……」

知道我是能解開詛咒的人嗎？
艾爾西聽出了她說不出口的話。
「他應該知道所有一切。」
「那為什麼……」
他不要求我解開詛咒呢？
「他可能不想讓年輕的您背負重擔吧。我則是覺得不會再有機會了，所以才來找您。」
艾爾希微微一笑後嘆了口氣。
「其實我還有很多故事想說，但說更多故事，不一定能給出更多答案，我也很苦惱。」
莉莉卡看著他說：「那我可以先和父母商量一下嗎？」
艾爾希呆愣地看著她，然後大笑起來。
「是，當然可以。啊，沒錯，未成年人無論何時都應該先與監護人討論再做決定。」
他說完又笑了起來。
一切變得一片漆黑，就如燈火熄滅了一般。
「那您與父母討論完後，請再來找我。」

莉莉卡張開眼睛。
感受到馬車在晃動，她不自覺地打了個哈欠，因此布琳說：「您再多睡一會兒吧。」
「不用了，如果現在一直睡覺，晚上可能會睡不著。我也想下去走走。」

「好的。」

布琳拉開馬車窗簾，幫莉莉卡換上鞋子。

莉莉卡問道：「我的臉色還好嗎？」

「是的，看起來很好。」

這時，原本蜷縮在布琳裙襬上的雷澤爾特喵了一聲。

「雷澤也要一起出去嗎？」

莉莉卡詢問後，雷澤爾特點了點頭。莉莉卡抱起牠後站起身，走下馬車。

她深吸了一口清新的空氣，又慢慢呼出，再次回想起剛才的夢境。

『我想在忘記之前把夢境記錄下來，但這好像不是值得記錄下來的事。』

「皇女殿下，您醒了嗎？」迪亞蕾跑來問道。

莉莉卡點了點頭，「嗯，我醒了。」

「這趟旅途能一直和皇女殿下在一起，真的很開心。但現在旅行快結束了，好可惜。」

「回去後，我們還是能一直在一起不是嗎？」

聽莉莉卡這麼說，迪亞蕾滿臉笑容地回答：「對吧？也是呢！」

露迪婭表情悠然地喝著茶，一隻手拿著報告書。

雖然表面上一臉悠哉，但內心並非如此。

『菲約爾德·巴拉特要同行？他抱了莉莉？這麼突然，這又是怎麼一回事？』

她知道莉莉卡和菲約爾德表面上保持距離，但私下仍有來往，可是露迪婭沒想到他們會在大庭廣眾之下表現出來。

『難道說！』

那個容貌端正的傢伙引誘了我女兒？

莉莉卡對菲約爾德有好感是事實，她也曾說過他很漂亮。小孩子對漂亮的東西抱有好感是很正常的事，隨著時間推移，她就會明白有其他重要的事情。

露迪婭如此心想，不想強行將他們分開……

『難道……我女兒……難道……』

她的思緒亂成一團。

她再次像盯著獵物般凝視著卡翁提交的報告，試圖仔細地剖析每一句話。

『也許該找更多丈夫候選人了。不對，我之前選的人都長得不錯，不管怎麼想，菲約爾德．巴拉特對莉莉卡來說就是非比尋常啊。』

露迪婭放下茶杯，心想等莉莉卡回來後，必須和她深入談談這件事。

『還有……』

她也看了阿提爾那邊送來的報告，阿提爾的旅途似乎十分順利。

據坦恩所說，阿提爾在熙攘的沃爾夫大家族裡受了不少苦，後來移動到風雪城，現在大概也結束了旅途，正要回到首都。

因為距離遙遠，消息往來需要很長一段時間，所以傳訊的間隔時間非常長。

「皇后殿下。」

管家走了過來，露迪婭轉頭看去。

「聽說皇女殿下再兩天就回來了。」

「這麼快？天啊。」

露迪婭露出燦爛的笑容，從座位上跳起來。

「阿提爾呢？沒有消息嗎？」

「阿提爾殿下還沒有傳來任何消息。」

「這樣啊，看來那邊要花更多時間。我知道了，馬上準備歡迎會。不對，我要親自去接她。去把這個消息告知皇帝陛下。」

管家把露迪婭將親自搭馬車去迎接的消息告知阿爾泰爾斯後，阿爾泰爾斯也表示要一同前往。

即使只有一天的路程，隨行人員也在轉眼間增加，如果阿爾泰爾斯沒有在這期間火大地要求：「馬上把人數減半，不，減到三分之一。」

這支隊伍肯定會非常長。

露迪婭隨意樸素地綁起頭髮，一手拿著細長的陽傘，嘆了口氣。

「您為什麼非得跟著來，給自己添麻煩呢？」

「妳不高興嗎？」

「這……」

露迪婭看著阿爾泰爾斯，然後別開視線。

「我沒有不高興。」

「那就沒問題了。」他咧嘴一笑，聲音低沉地說：「我非常很喜歡妳誠實的時候。」

想起昨晚的事，露迪婭的臉頰瞬間發燙。

「那是因為您……！」

「我怎麼了？我說了什麼嗎？」

笑著的他太可恨了，露迪婭咬住嘴唇，用陽傘輕敲了一下阿爾泰爾斯。他揚聲大笑，抱起妻子坐進馬車。

現在正中午的天氣也很涼爽，正適合搭著無篷馬車兜風。

露迪婭用戴著蕾絲手套的手遮陽，仰望天空。純白的雲朵宛如用油畫顏料畫成的，十分美麗。

「阿爾泰爾斯。」

「嗯？」

「您還喜歡我嗎？」

這個問題來得突然，但阿爾泰爾斯平靜地改了一個單字。

「我愛妳啊。」

「但是……」她將視線轉向他，「您看起來很從容。」

「怎麼，這讓妳不高興嗎？」

「不是，只是，嗯……我們的契約也快結束了啊……？」

阿爾泰爾斯交疊起雙腿，露出感到有趣的表情。

「如果妳是因為我不焦急又不把妳囚禁起來而感到擔心，我告訴妳，不用擔心，我比一般人類更有耐心。」

露迪婭眨了眨那雙藍眼。

阿爾泰爾斯覺得這很有趣。

她肯定比他更了解人類，經歷過的事也比同齡人多兩倍，但和他的年齡相比，那不算什麼。

人類有多了解與他們不同的存在呢？

因此，當認為他是龍的露迪婭問出如果他是人類就不會問的天真問題，阿爾泰爾斯就覺得她十分可愛。

「但如果妳要選擇另一個男人，情況就不同了。」他的聲音變得深情而溫和，「到時候我會依照妳的期望，考處囚禁、綁架妳，或是用其他各種手段。」
「我從來不期望您這麼做。」
露迪婭皺起眉頭。
「妳女兒很可怕，所以我不會這麼做。」
阿爾泰爾斯結束了這個話題，露迪婭則不確定這是玩笑話還是認真的。
阿爾泰爾斯輕輕一笑。
事實上，就算她選擇了其他男人，他應該也不會那麼做。因為根據露迪婭的個性，選擇這麼做不僅無法使她放棄，想必會讓她更下定決心。
只是如果她選擇了某個男人，那個男人可能會患上心臟病，或是出現急性過敏反應，又或者慢性病加重吧。
真可憐。
阿爾泰爾斯這麼想著，對露迪婭投以微笑，露迪婭則露出無言的表情。
他突然感到好奇。
「那麼反過來說，妳不焦急嗎？」
「焦急什麼？」
「我是個帥氣的男人，妳不擔心妳稍微離開一陣子，就會有其他女人試圖搶走妳的位置之類的？」
「那是喜歡上您才會產生的焦慮吧？」
「妳喜歡我吧？」
「喔，是嗎？」
「是啊，妳昨晚明明很喜歡。」
露迪婭像舉著劍一樣拿起陽傘。

「您再多說一句，我就刺殺您喔。」
「在皇帝面前說這種話還能好好活著的人，只有妳了。」
「喔，那是因為您喜歡我啊。」
「妳知道這件事真是太好了。」
露迪婭哼了一聲，又用陽傘輕打了他的腿。
「哎呀。」
阿爾泰爾斯一邊揉著腿一邊開玩笑。
不久後，他抬頭望著天空喃喃自語：「真是個讓人想翱翔的好天氣。」
露迪婭聽到後眨了眨眼，莫名感受到一絲意想不到的刺痛感。
她閉上眼，依然能清晰地想起他變成龍的模樣。
在綠洲看到的那副模樣，她從來不曾忘記。
『如果他變回龍，如果詛咒被解除……』
他可能就不會再愛她了。
心情變得十分複雜，露迪婭也看向天空。
真的是一片讓人不由自主地想飛翔的美麗天空。

露迪婭預測出莉莉卡會走的路，一行人在路口紮營等著，不久後就見到了莉莉卡一行人。
「媽媽？父親？」

莉莉卡驚訝地跑下馬車，兩人也從等候已久的馬車中下來。

莉莉卡燦爛地笑著衝過來。

「媽媽！父親！」

莉莉卡先撲進露迪婭的裙襬裡，接著被阿爾泰爾斯一把抱起。

露迪婭說：「妳好像曬黑了？」

「因為我去了南方，這也沒辦法。」

莉莉卡充滿活力地說完，露迪婭點了點頭。

「還有……」

她的目光自然地越過眾人，望向菲約爾德。

看到兩人出現時，所有人都跪下並低著頭，所以理應不曉得露迪婭的目光去向，但菲約爾德做出了反應，看到他更低下頭就知道了。

「沒想到菲約爾德小公爵會與皇女同行呢。」

感覺到媽媽的語氣稍微帶刺，莉莉卡顫了一下。阿爾泰爾斯輕拍了拍她的背，她僵硬的身體這才放鬆下來。

「感謝皇女殿下的好意，允許我同行。」

「好吧。」露迪婭從菲約爾德身上移開視線，微笑著說：「大家跟著莉莉卡皇女旅行辛苦了，都起來吧。」

「謝皇后殿下。」

所有人行禮後站起身，露迪婭轉頭望向父女倆，勾起微笑。

「那我們回去吧。」

話音一落，眾人有條不紊地行動起來，針對馬車的座位安排和隨行人員的配置迅速達成了協議。

莉莉卡和父母一起坐上無篷馬車，菲約爾德則坐在馬車內，剩下的人都騎著馬。

菲約爾德發現這件事後，在馬車內嘆了口氣。除了他以外，馬車裡還有另一隻乘客。

「感覺就像被押送到首都一樣。」

菲約爾德自嘲地開著玩笑，雷澤爾特則不關己事地打了個漫長的哈欠。

「真過分。」

他露出苦笑。突然間，菲約爾德察覺到此刻他難得和雷澤爾特兩人獨處。

「既然如此，我跟妳說，妳看起來很快樂。」

「……」

那隻貓緊閉著雙眼，身體蜷成一團。

「妳當貓比當人類時還要快樂是件很奇怪的事，而且這奇怪的情況是母親造成的。」

雷澤爾特睜開一隻眼睛，看著菲約爾德。

「雖然我說過要逃跑，但我現在知道逃跑並不是真正的逃跑了。等我安頓好，我就會來接妳，雖然我不曉得妳願不願意，但無論如何，我都不會丟下妳逃走。」

雷澤爾特閉上眼睛，將一對前腳併攏，然後把臉深深埋進兩隻前腳中。

菲約爾德知道牠這是堅決不聽的意思，但這個動作十分可愛，因此笑了起來。

莉莉卡比手畫腳，激動地講述她偉大的冒險故事。

阿爾泰爾斯和露迪婭不停點頭，發出驚嘆聲並聽著她說故事。接著聽到雷澤爾特變成一隻貓的部分，兩人都瞪大了眼睛。

莉莉卡沮喪地低下頭：「對不起，父親，您明明說過不能用那個魔法……」

「不是，妳真的把她變成貓了？那她現在只會喵喵叫嗎？」

聽到露迪婭這麼問，莉莉卡點了點頭。

阿爾泰爾斯接著說：「我看過那個魔法陣，它不會干涉到精神，就像是……」

我之前被施予的魔法一樣——他差點脫口說出這句話，因此越說越含糊。

他搖了搖頭。

「總之，即使她是貓，作為人的靈魂和精神應該都還在。她變回人類時，應該也會記得當貓時經歷過的一切。」

「原來如此。」

露迪婭苦惱到最後，瞥了莉莉卡一眼。

「莉莉。」

「是。」

「我們就讓她維持這個模樣吧？」

「嗯，有必要這麼做嗎？雷澤爾特攻擊了我這位皇女，我覺得她應該接受正式的審判，受到懲罰。」

露迪婭沉思片刻後，看向阿爾泰爾斯。

「您認為呢？」

「我認為巴拉特公爵是把雷澤爾特當成棄牌來用。」

「啊，我也這麼覺得，但真的有必要這麼做嗎？」

這麼做究竟有什麼意圖？

這樣不是搬石頭砸自己的腳嗎？

由於她攻擊了皇室成員，也可以以叛國罪追究巴拉特公爵家。

「不管怎樣，我們得和公爵談談。」

阿爾泰爾斯咧嘴一笑，莉莉卡稍微聳了聳肩後挺起胸膛說：「啊，父親，我還有個請求。」

「什麼事？」

「如果菲約爾德提出謁見的請求，您能不能見他一面？」

露迪婭和阿爾泰爾斯兩人的表情瞬間嚴肅起來。

莉莉卡察覺到這一點，慌張地揮了揮手。

「不是，這不是菲約請我幫忙的。在這趟旅途中，我意識到自己想得太天真了。」

和菲約爾德一起在皇帝派的領地旅行，使她切身感受到了這一點。

「雖然菲約爾德是巴拉特，而我是塔卡爾，但我就是我，菲約就是菲約——我本來是這麼想的，但是看在外人眼裡完全不是這樣吧。我重新察覺到了這一點。」

「所以我想，就算菲約提出謁見的請求，您可能也不會接受……因此很擔心。」莉莉卡緊握著雙手，面帶不安地說：「其實是我向菲約爾德提議離家出走的。」

聽到桑達爾侯爵提議讓他去沙漠旅行的那一刻，莉莉卡更深刻地體會到了這件事。

「離家出走？」阿爾泰爾斯反問道。

露迪婭瞬間感到眼前一黑。

還以為肯定是那傢伙蠱惑了我單純的女兒，結果罪魁禍首卻是我女兒？

「妳跟他說了什麼？」

與感到暈眩的露迪婭相比，阿爾泰爾斯興致勃勃地問道。

「事情是這樣的。」

莉莉卡認真講述了至今為止發生的一切。

公爵似乎在虐待菲約爾德，這太過分了，所以我告訴他逃跑也沒關係，但菲約爾德說他不會逃走——

『我可以說出那件事嗎？』

巴拉特公爵試圖殺害他的事情應該由他自己來說。

因此她隨意帶過這部分，以「媽媽的虐待變本加厲」、「她提議一起逃跑」作結。

「嗯，所以他跟了過來？」

「是的。」

「然後雷澤爾特也追了上來？」

「對。」

「然後變成了貓？」

「是的。」

「那巴拉特公爵家的繼承人現在都在我們這裡啊。」

阿爾泰爾斯開心地笑著看向露迪婭。

「巴拉特公爵家也有討厭的親戚吧？」

「什麼？」

「他們是我們討厭的親戚。」阿爾泰爾斯咧嘴一笑，「而他們討厭的親戚就是我們。」

莉莉卡不解地歪過頭，露迪婭則睜大了眼睛。

阿爾泰爾斯說：「如果他申請謁見，我會准許。我很好奇他想說些什麼。」

「謝謝您。」

莉莉卡的雙眼閃閃發亮，而阿爾泰爾斯搖了搖頭。

「好了，可愛女兒提出的這點小要求，我當然得答應啊。」

莉莉卡害羞地忸忸怩怩。

過了兩三天後，阿提爾回來了。這一次，包括莉莉卡在內，所有家人都來迎接他。

原本不抱期待的阿提爾因此難為情地咬著嘴唇，最後笑了出來。

他厭倦了旅行。

「天啊，沃爾夫家真的……哇，真的有超多人。他們家有百分之九十的人都是仰賴我們維生的吧？」

大部分的人都是騎士，肯定是靠我們養活他們的。

他嘟囔著搖了搖頭，而派伊用雙手摀著臉說：

「地獄，那裡是純白的地獄。皇女殿下，那裡真的是地獄……地獄……」

他的身體還抖了抖。

確定必須旅行到印露家後，派伊說「啊，我突然有急事，我先走了」準備跳下馬車時，被杰斯緊緊抓住。

「天啊，真是太驚人了，竟然有那種景色，世界真是廣闊。不是，只是在空中灑水，水就結冰了。」

杰斯一臉驚訝地說著，看起來非常開心。而派伊每次聽到這些事，就像遭受到精神拷問一樣渾身發抖。

莉莉卡告訴阿提爾自己的旅行經歷後，阿提爾皺起眉。

他放下茶杯後說：「不管怎麼想都很奇怪。」

「什麼奇怪？」

「為什麼他們不是盯上我，而是妳？」

「那是因為我比阿提爾……」

還好對付——阿提爾在莉莉卡說完前就猜到了她會這樣回答，打斷她說：

「不，就算是那樣也太執著於妳了。若要做到這個程度，他們還不如盯上我，卻偏偏去攻擊妳。」阿提爾抱起雙臂，「妳能感覺到那股執著的惡意嗎？不過他們也沒有動用所有力量……那雷澤爾特・巴拉特被押送到首都了吧？」

「對。」

「哈，她肯定會受到審判……巴拉特公爵卻依舊毫無動作？」

「對，他們聲稱這是雷澤爾特自己策劃的行動。讓人覺得很可疑……」

竟然乖乖屈服了。

「那問題就不在這裡了，肯定有更重要的事情。」杰斯說。

大家都轉頭看來，杰斯尷尬地搔了搔臉頰。

「不是嗎？他們不在乎這件事，只是有別的不想讓人知道的事情，所以才會屈服吧？」

「那到底是什麼事呢？」

阿提爾喃喃自語的同時閉上眼睛。

莉莉卡也感到很好奇，回想起戴著眼罩的巴拉特公爵。

『她說過不喜歡別人望進她的眼睛——心靈之窗。』

在那不願對任何人袒露的內心、那片漆黑的水面下，巴拉特公爵隱藏著什麼呢？

派伊偷偷抬起頭問：「還有，您說菲約爾德小公爵跟您一起來到首都了吧？」

「嗯。」

「那小公爵現在在做什麼呢？」

「他去見了金沙商隊。」

「商隊？」
「對。」
莉莉卡無法對大家透露菲約爾德的計畫。
菲約爾德看起來非常有自信，但要是事情發展得不順利，那該怎麼辦？
『一切說不定都會失敗。唉，希望事情能依照菲約爾德的計畫順利進行。』
莉莉卡在心中祈禱。

雷澤爾特依舊是貓的模樣。牠在柔軟的床上滾了滾，接著跳到地毯上。
牠被關在為高等貴族建造的監獄，不是在地下，而是位於最上層。內部裝潢具有低等貴族居住的水準，和牠在宅邸裡的房間一樣，差異在於這裡的窗戶內有鐵窗，門被上了鎖。
『好想就這樣一直當貓。』
不自覺浮現的念頭讓牠全身一僵，菲約爾德說過的話浮現在腦海。
『我當貓的時候，更幸福嗎？』
作為貓活著更幸福，所以不想變回人類嗎？
『不行，雷澤爾特，振作點。想想妳經歷過的所有事情。』
不能這樣逃避，不能這樣逃跑。
『菲約爾德逃跑了，但我不會。』
我不會逃跑。

雷澤爾特想起母親，頓時感到氣餒。

我能平安回去嗎？不，我肯定無法安然無恙地回去。

『加害皇族的人會怎麼樣？我會死嗎？』

雷澤爾特緊閉上雙眼，回想起在馬車旅行中發生的事。

所有人都對牠這隻小貓很親切，就算是知道貓是雷澤爾特的人，也不會態度惡劣地對待牠。

『還有那個女孩。』

莉莉卡明明不是塔卡爾，卻厚顏無恥地自稱為塔卡爾，借助神器的力量，還自信滿滿地當成自己的。雷澤爾特一想到她就更難受。

她和隨從們相處的氛圍很溫和，他們之間充滿了雷澤爾特不曾體會過的融洽氛氛。寬容到令人吃驚。

雷澤爾特也做好了心理準備，準備承受落入敵人手中後應該會遭受到的待遇，但這些事情從未發生。

牠還以為因為牠變成了貓，會被人用繩子綁住脖子，掛在馬後面拖行虐待，或者被用火焚燒牠的毛、抓住牠的尾巴不停搖晃……牠還以為莉莉卡把牠變成貓，就是要把牠當成玩具，而牠完全無法反抗，只能任人擺布。

牠做好了心理準備，卻沒有人對牠做那些事，甚至當牠與他們在一起時，菲約爾德對牠露出了從未見過的表情和笑容。

彷彿浸泡在溫水中的感覺既奇怪又令人不悅，讓牠感到混亂。

『當然，我也曾經歷過許多丟臉的事……』

回想起在眾人面前經歷過的恥辱，牠又不想變回人類了。受過這種恥辱，牠無法再作為一位淑女活下去。

牠的心情複雜，蜷起身體。

真希望能繼續當一隻貓。

不行，這樣就等於認同菲約爾德的話了啊。

這時，緊緊關著的門傳來喀嚓喀嚓的開門聲。

看到一張熟悉的臉孔。拉烏布走進來，接著莉莉卡也進來了。

「我工作太忙了，所以現在才來。是時候解除妳的魔法了。」

雷澤爾特僵著身體，想就這樣逃跑。

牠閉上了眼睛。

『啊，到頭來，我是不是想一直當貓呢？』

莉莉卡拿出擺錘，詠唱咒語。魔法陣發出亮光，雷澤爾特變回了人類的模樣。

「妳將在兩天後接受審判。」

聞言，雷澤爾特張開口，發出的是清晰的人聲，而不是貓叫。

「……公爵大人呢？」

「她說那是妳自己採取的行動。」

聽到莉莉卡的話，雷澤爾特低下頭，長髮遮住了她的表情。

莉莉卡看了雷澤爾特一眼，之後離開監獄。

「您還好嗎？」

聽拉烏布小心翼翼地問道，莉莉卡對他勾起微笑。

「嗯，我沒事。她看起來沒有副作用，完全沒事，太好了。」

「是的。」

「那我們去報告吧。」

莉莉卡回到辦公室，告訴阿爾泰爾斯她已將雷澤爾特恢復原狀。

「情況如何？」
「嗯，她立刻詢問了關於巴拉特公爵的事，但我直截了當地回答了她。她的精神看起來沒問題，雖然還沒有做過詳細的檢查。」
「那還是交給醫生吧。」
阿爾泰爾斯點了點頭，莉莉卡則凝視著父親。
『龍。』
「怎麼了？」
看到藍色眼睛瞥了自己一眼，莉莉卡說：「我有件事想談談。」
「什麼事？」
「不要這裡說，而且媽媽也要在場。」
「嗯？」
阿爾泰爾斯看著一臉嚴肅的女兒，點了點頭，突然想到露迪婭最近非常擔心的事。
——如果莉莉卡喜歡菲約爾德該怎麼辦？
阿爾泰爾斯說「孩子們可能是互相喜歡啊」，結果與露迪婭大吵一架。
『如果是要談這件事，露迪婭肯定又會氣得暈倒。還是先告訴她一聲吧。』
「那我們以後再找個合適的時機吧。」
「好的，謝謝您。」
莉莉卡屈膝行禮後向坦恩和拉特揮揮手，離開了辦公室。
坦恩笑了。
「皇女殿下變得越來越可愛了。」

「是啊。聽說皇后殿下在為皇女殿下挑選丈夫候選人，不知道會不會也把桑達爾納入人選中。」

「想接近我女兒，至少要有勇氣能直視我才行。」

阿爾泰爾斯的話讓坦恩和拉特瞇起眼睛。

『哪有這樣的年輕人？』

『這樣的大人也很少見啊。』

這些話都湧上喉頭了，但他們咬牙忍住。

在這時多說無益，可能不會有好下場。

「話說，比起皇女殿下的戀情，我認為皇太子殿下的婚事應該先定下來。」

坦恩悄悄轉移話題後，拉特接著說：「阿提爾殿下有心儀的貴族千金嗎？」

「天曉得。」阿爾泰爾斯歪過頭，「看來之後得和他去釣魚了。」

坦恩聽到這句話，輕輕一笑。

「最近阿提爾殿下也越來越和善了，和他一起去釣魚也不錯。」

許久沒聽到這麼輕鬆的語氣了。阿爾泰爾斯笑了笑。

很少有人會直呼他的名字，更別說對他用這麼輕鬆的語氣說話了，阿爾泰爾斯也鮮少容許別人這樣對他。阿爾泰爾斯在作為皇帝弟弟入宮前就認識了坦恩，才會允許他這麼做。

當時見到走進宮裡的阿爾泰爾斯，坦恩驚訝到下巴就快脫臼的表情十分精彩。

『所以我知道沃爾夫這傢伙作為人類還算不錯。』

他偶爾也會想將坦恩趕出皇宮，盡量遠離露迪婭。

但同時，他又感到不捨。

「怎麼了？」

被阿爾泰爾斯凝視著，坦恩有些尷尬地問道。

阿爾泰爾斯斜眼看了他一眼後說：「坦恩·沃爾夫。」

「是。」坦恩恭敬地回答。

「好好表現。」

雖然這句話來得沒頭沒尾，但坦恩還是點了點頭。

「我會努力的。」

「好。」

阿爾泰爾斯滿意地點頭，拉特則露出「呃，好討厭」的表情看著阿爾泰爾斯。

「我自有分寸，不勞您費心了。」

聽出拉特的話中對意圖不明的壓力感到不滿，阿爾泰爾斯挑起眉毛，咧嘴一笑。

菲約爾德小公爵要去開墾樹海的消息迅速在首都社交界傳開了。當然，開了巨額支票的消息也隨之而來。

查查向莉莉卡悄悄透露：「如果菲約爾德少爺失敗了，金沙商隊也會破產的。」

莉莉卡好奇地問了支票的金額後感到頭昏眼花。她每年當皇女賺到的錢在這個數字面前根本微不足道。

「能、能籌措到這麼大一筆現金嗎？」

「嗯，就是因為籌措不到，少爺才會開支票吧？」

查查說完後笑了。

莉莉卡直泛起雞皮疙瘩，那金額太大，甚至讓她沒什麼實感。

「您放心，他是以巴拉特公爵家的所有土地作為抵押，把巴拉特的所有領地都賣掉就能還清了。」
查查的話讓莉莉卡口乾舌燥，只能喝茶解渴。
莉莉卡以每天腳踏實地地存錢為座右銘活到現在，這件事對她來說太過遙遠，聽起來就像另一個世界的故事。
因此，當菲約爾德來告別時，她不由自主地擔心起來。
她將滿滿一袋護身符交給他，說：「你要保重身體，還有，菲約，錢得省著點用。」
菲約爾德聽到莉莉卡的話，笑了笑。
「是，我也不打算隨便花錢。」
「嗯……」
看到莉莉卡滿臉擔憂，菲約爾德握起她的手，在她的手背上落下一記輕吻。
「皇女殿下。」
「嗯？」
「我真的很喜歡您。」
啊！莉莉卡的臉瞬間發燙。
「菲、菲約，你、你真的……」
無法好好把話說出口。
看到她的表情，菲約爾德微微一笑，莉莉卡就不停用拳頭捶打他。
她想說這種玩笑不好笑，但就算說出口，肯定也只會得到「這是事實啊」或「我是認真的」這種回答。
菲約爾德出發去樹海後，社交界的焦點立刻轉向雷澤爾特・巴拉特的審判。
雙方展開激烈的攻防戰。
加害皇族也可被視為叛國罪，是無法挽回的罪行，因此需要正確有力的證據。

雷澤爾特直接攻擊皇女的證據只有口頭證詞，也不曉得是否有直接攻擊。

——她只是在那個玩偶裡，有證據顯示她有操控玩偶的能力嗎？

——她不是攻擊者，也只是被玩偶吞噬的受害者吧？

——說什麼傻話，雷澤爾特．巴拉特有收藏玩偶的興趣眾所皆知。

——那她為何會在玩偶裡？

——當然是為了操控玩偶而進去的吧。

雷澤爾特否認所有指控，保持沉默，讓巴拉特公爵家派來的代表替她辯護。

迪亞蕾氣得跳腳。

「我就知道不該只把她變成貓！不，應該把她變成貓，就這樣放著不管！」

漫長的攻防戰進行到最後，做出將雷澤爾特囚禁在附近神殿一年的結論。

無論她是否積極參與，她都確實曾在那個玩偶中，而那個玩偶也確實攻擊了皇女一行人。沒有證據證明她直接攻擊皇女，但也沒有證據證明她沒有攻擊。

「因此，判處在神殿反省一年，不得外出。」

下達了這個判決。

這是讓雙方都感到不滿且模稜兩可的判決。雖然人們對判決議論紛紛，但這個話題很快就失去了關注。

因為傳來了菲約爾德．巴拉特成功大規模開墾了樹海的消息。

樹海本是探險之地，不是開墾之地。儘管東邊樹海地區的周邊有一些開墾者，但他們都缺乏積極的意志。

菲約爾德投入大量金錢，召集這些人，一舉開發了樹海地區。

據說不是用斧頭砍伐樹木，而是利用權能將整棵樹拔起。樹海地區的樹木幾乎都是粗大的古樹，因此將這些連根拔起的樹木進行加工後，得到了數量非常驚人的木材。

傳聞是以這種粗暴蠻橫的方式開墾了樹海地區。

莉莉卡張大了嘴。

『不是說樹海地區被施了魔法嗎？』

總而言之，菲約爾德不分日夜地工作，現在已經開墾了一大片土地。

他將帶著這些成果回到首都的消息傳來，報紙上連篇都在報導這件事。

『樹海地區首次開墾成功！』

『樹海地區的要塞崩塌！』

『巴拉特公爵的領土將擴張？』

莉莉卡看著這些報紙，嘆了口氣，將報紙折起來。

布琳問：「您怎麼了？」

「沒什麼，我是在想以後會變得怎麼樣。」

菲約爾德借了一大筆錢，以此開墾樹海。到這裡還可以理解他的意圖。

『但如果他把這片土地獻給皇室，那不就什麼也沒有了嗎？』

那是他辛苦得來的土地啊。

看到滿臉憂慮的莉莉卡，布琳歪過頭：

「您在擔心小公爵嗎?他不是成功完成了開墾樹海地區的壯舉嗎？」

「嗯，是沒錯。」

儘管如此，莉莉卡看起來還是不太滿意。

布琳瞥了一眼拉烏布，用眼神詢問：『你知道些什麼嗎？』

但拉烏布只能搖搖頭，布琳因此瞇起眼。

『真沒用。』

她只用表情就完整表達了這句話，接著又說：「您是因為雷澤爾特小姐的事而擔憂嗎？」

「嗯？不是。沒有好好收集證據是我的錯，那也沒辦法。」

莉莉卡搖了搖頭，這時，一名傳令官走過來。

「銀龍室召見您。」

「媽媽找我嗎？」

「是的。」

「跟媽媽說我馬上過去。」

莉莉卡只整理了一下頭髮，接著向銀龍室走去。

媽媽一臉嚴肅地坐著，莉莉卡擔心地打完招呼後走近媽媽。

「媽媽，發生什麼事了嗎？」

「啊，莉莉，妳來了。」

露迪婭露出微笑。她剛好也看了報紙，而且她知道這件事是真的。

菲約爾德．巴拉特成功開墾了樹海地區。若是沒有領地的貴族，這會是件令人瘋狂的事，但這暫且不提。

她想起阿爾泰爾斯不久前隨口說過的話。

——莉莉卡似乎有事想和我們認真談談，會不會是關於菲約爾德的事？

這句話令人十分震驚，但又可以理解。

但在目前這種情況下……

「莉莉卡。」

「是，媽媽。」

「媽媽有件事想問妳，希望妳誠實回答。」

莉莉卡不解地點了點頭。

露迪婭揮揮手，讓會客室裡的所有人都離開後，緊緊握住莉莉卡的手問道：

「妳喜歡菲約爾德嗎？」

莉莉卡有些呆愣地看著露迪婭，「是的，我應該喜歡他吧？」

聽到這句天真的話，露迪婭搖了搖頭。

「不是，我不是那個意思。我是說作為戀人或是丈夫。」

「！」

這直白的問題讓莉莉卡像被一箭射穿了一樣。被魚叉刺中的魚就是這種感覺嗎？

這一擊來得出乎意料。

「什麼？不，我、我從來沒有，啊？這樣的想法……」

她結結巴巴地說著，幾個詞浮現於混亂的腦袋裡。

『我？喜歡菲約？我？喜歡菲約？啊？』

看到莉莉卡的反應，露迪婭點了點頭，臉上自然勾起滿意的笑容。

同時，她也對女兒感到抱歉。

「妳不喜歡他啊，媽媽差點就誤會了，太好了。對不起，問了不該問的問題。」

聽到媽媽放心下來，莉莉卡不自覺地脫口說出疑問。

「我不能喜歡菲約嗎？」

這句話讓露迪婭的表情嚴肅起來。她對莉莉卡說：

「莉莉，媽媽希望妳幸福，遇到好男人在人生中也是非常重要的事。菲約爾德．巴拉特？他是長得很漂亮，是沒錯，但那是暫時的。」

露迪婭嘆了口氣。

「莉莉，愛情是暫時的，過去就結束了。看似只有這一次，但不是的，分開後又會有其他人出現……」

說著說著，露迪婭的心情越來越複雜。

她已經不曉得這些話是對莉莉卡說的，還是對自己說的了。

「菲約爾德的條件沒有很好。莉莉，可以的話，我希望妳和一個在幸福正常的家庭長大的人結婚。」

「……」

莉莉卡微張開嘴，看著媽媽。

媽媽的表情看起來十分悲傷。

「永恆或愛情這些……都只是一時的。就像一場驟雨，只會匆匆過去……」

話音漸弱，露迪婭咬了咬嘴脣。

這一秒，露迪婭抬起頭來，露出笑容。

「對不起，嚇到妳了吧？媽媽太嚴肅了。妳明明沒有那個意思，是媽媽太著急了。」

莉莉卡猶豫地回握住媽媽的手。

「那個，媽媽。」

「嗯？」

「您和陛下相處得還好嗎？」

露迪婭像被戳中了痛處，稍微一愣後點了點頭。

「當然好啊。哪能相處不好，畢竟契約就是契約。」

看到露迪婭笑著這麼說，莉莉卡反覆思索著這句話。

契約就是契約。沒錯。

但是，連莉莉卡自己都覺得她無法像切菜一樣，一口氣斬斷一切。

如果生氣了怎麼辦？

自己不也在想這件事嗎？

即使是契約，因此建立起來的關係也是一種契約嗎？

每當看到和父親在一起的媽媽，還有和媽媽在一起的父親。

『契約啊，嗯……』

莉莉卡堅決有力地揚聲說：「我覺得您們兩位非常相配。」

露迪婭驚訝地看著莉莉卡。

「是、是嗎？」

聽到女兒突然這麼說，露迪婭的回答中帶著動搖。

莉莉卡點了點頭。

「是的，還有，媽媽，我覺得……」莉莉卡將手放在嘴邊，低聲說：「陛下是真的愛著您，媽媽呢？」

這次換露迪婭雙頰發燙。

『啊！』

莉莉卡立刻就看出來了，因為她最喜歡媽媽，一直注視著媽媽，所以很了解媽媽的反應是什麼意思。

『原來媽媽也喜歡陛下！』

「妳這個孩子！這只是一份契約而已，而且媽媽剛剛才說過吧。」

愛情都是短暫的。

「但我覺得……」莉莉卡認真地說：「那肯定是取決於彼此。」

愛是暫時的，還是會永遠持續下去。

「是嗎？」

聽到媽媽的聲音有點喪氣，莉莉卡鼓勵似的說：

「當然。嗯，呃，我認為愛情就像空氣一樣。有時候風會輕輕地吹拂，有時候也會像颱風一樣猛烈。」莉莉卡的手指不停繞圈，「像猛烈的颱風吹過之後，一切風平浪靜時，可能會想『什麼？空氣到底存不存在？』，但等意識到現在溫和地圍繞在周圍、呼吸到的也是空氣時，不會覺得很可愛嗎？」

莉莉卡害羞地笑了。

「雖然我沒有談過那樣的愛情，所以不太清楚。」

露迪婭看著莉莉卡的臉，笑了。

「是啊，媽媽和莉莉也是這樣。」

「是的，沒錯。」莉莉卡笑著點了點頭。

露迪婭沉思片刻後，認真地看著女兒的眼睛：「莉莉，我們換個話題。」

「是，媽媽。」

「妳曾對媽媽感到生氣或傷心嗎？」

「什麼？不，那個……」

這突如其來的話題讓她更加困惑。

「媽媽不久前跟阿爾泰爾斯聊天時才意識到，我以前對莉莉卡發過很大的脾氣吧？」

「……是的。」

「那時應該傷害到了妳，所以我想為此再次道歉。」

「沒事的，我現在非常幸福，而且媽媽那時也很辛苦，所以……」

「嗯，對。那時媽媽失去了理智，十分難受，但那不代表我可以傷害莉莉卡。」
莉莉卡猶豫了一下。談起這件事，會讓媽媽非常受傷吧？
那時候是因為媽媽很辛苦，她可以理解，而且媽媽一直都對莉莉卡很好。
但是——
她仍然想起了一些話。
「媽、媽媽，您曾說過……」
「嗯。」
「如果沒有我的話……」
「是媽媽說錯話了。對不起，莉莉卡，妳明明是我最珍貴的女兒。」
「還有，您說我賺不到錢，在冬天讓我忍著寒冷……」
她一一吐露出至今依然清晰記得的話——曾經傷人的那些話。露迪婭一一道歉，說著對不起，那時媽媽沒有能力好好保護妳。
莉莉卡即使說著「不要緊」，眼淚仍流出眼眶。
不要緊，沒事的。
即使這麼說，過去受到的傷還是太痛了。
令人驚訝的是，這樣和媽媽聊過、聽媽媽解釋後，那些每次回想起來都很痛苦的回憶都不再痛苦了。
露迪婭抱著長大的女兒，語帶哽咽地說：「對不起，莉莉。妳聽我說過外婆的事嗎？」
「沒有。」
「莉莉的外婆，也就是我的媽媽是個非常嚴格的人，她認為孩子必須嚴加管教，特別是漂亮的女孩很容易墮落。」

這是莉莉卡第一次聽到媽媽說起這個故事。她瞪大眼睛聽著。
那是一個冰冷又可怕的故事。
莉莉卡不自覺地緊緊抱住媽媽，而露迪婭笑著回抱住女兒說：
「所以媽媽覺得莉莉卡的溫柔和誠實很了不起。我怎麼會生出這麼好的女兒呢？莉莉卡是媽媽的驕傲。」
這句話讓莉莉卡的雙頰發燙。
「媽、媽媽也是，您也是我的驕傲。無論何時，即使是在貧民區，我也一直以媽媽為榮。」
露迪婭稍微倒抽一口氣。
啊啊！
一切彷彿都被這一句話融化了，露迪婭緊緊抱住女兒。
現在女兒已經長大到即使用力抱住也不會被壓扁了，不曉得這孩子未來還有多長一段路要走。
露迪婭希望自己能夠繼續當個莉莉卡引以為傲的媽媽。
母女倆滿臉淚水地看著彼此微笑，從白天就在床上放縱地度過了一天，她們聊了許多過去和無關緊要的小事，當天的所有計畫都取消了。
兩人直到深晚才分開。送莉莉卡離開後，露迪婭慢悠悠地泡了個澡。
回到臥室時，阿爾泰爾斯正躺在床上，以手撐著頭。
「聽說妳一直和莉莉卡待在一起。」
露迪婭坐到床上，用毛巾用力按了按溼髮。
「是啊。您還記得我們之前談過的事嗎？我跟您說過我還記得以前狠心對待她的那些事。」
「啊，對。」
「所以我想如果莉莉卡還記得那些事，就向她道歉。」

「看來順利解決了。」

「是的。」

露迪婭說完，凝視著阿爾泰爾斯，他也正面回望著她。

露迪婭開口：「我們還聊到愛情是會過去的，或是暫時的等等。」

阿爾泰爾斯靜靜地聽著，然後問道：

「妳是在說我嗎？還是妳自己的經歷？」

露迪婭緊緊握住包著頭髮的毛巾。

「您能說愛情不是暫時的嗎？只是遇到一個讓人感到新奇的人，只是一時受到吸引，只是肉體做出了行動而已。」

她的聲音逐漸帶著熱度並拉高。是因為剛才和莉莉卡聊到了情感方面的話題嗎？

感覺自己面前的最後一面薄弱護盾也消失了。

那雙比矢車菊還藍的眼睛像射穿了他，又懇求似的望著他。

「過了就結束了，那留下的人只會感到悲慘。您是龍，也是皇帝，能得到所有想要的東西，能享受到所有想享受的事物。只是覺得不容易到手的玩具很新奇，玩了幾次後就會厭倦，最後拋棄。」

露迪婭咬了咬嘴唇。

說著說著，她的情緒單方面激動起來，努力抑制著湧上眼眶的淚水。

這是她第一次毫不遮掩地對他人展現出自己的弱點和痛苦，因為人們總在攻擊彼此。她絕不會展露出這一面，也不曾談過這種事。

她拚命地拉起最後一道防線，至少她不想在他面前談這種事談到落淚。

看起來多愚蠢啊。

露迪婭抬起頭，她沒有哭，盡力以低沉冷靜的聲音說：

「您能保證這不是一場遊戲嗎？我已經厭倦了那些，我……」

露迪婭含糊其辭地咬住嘴唇。

『我說太多廢話了，明明不需要說這麼多。』

他會因為這些話看輕自己嗎？或者看不起自己？一直被男人傷害的露迪婭想盡辦法藏起那些傷痕。

「露迪婭。」

阿爾泰爾斯喚著她。不是憤怒，而是溫柔的聲音。

阿爾泰爾斯從床上坐起身，伸手輕輕碰上她的臉頰。

「我一直以為感到不安的人是我。」

出乎意料的話語讓她瞪大了眼。

『不安？阿爾泰爾斯嗎？』

看到露迪婭的表情，阿爾泰爾斯輕笑了一聲。

「人類不是更喜歡與自己相同的人類嗎？雖然我不是不會死去，但不會老去。除非被人殺害，否則我不會以這副模樣死去，而一般來說，人類都渴望與伴侶一起老去。」他歪著頭說，「在我的計畫中，我也打算從皇帝退位，到時候肯定會離開首都生活。妳非常喜歡派對和社交場合對吧？如果選擇我，妳也會逐漸遠離這些事物。」

他輕輕捧住她的臉頰，臉湊近而來，雙脣輕碰一下後分開。

他似乎覺得很有趣，笑了起來。

「不管怎麼想，條件不利的都是我，因為妳完全可以選擇一個平凡優秀的人類。」

「……我已經厭倦平凡的人類了。」

露迪婭的話讓阿爾泰爾斯噴笑出聲，露迪婭則直視著這樣的他。

即使她卸下了最後一道防備，阿爾泰爾斯也不會傷害她。他的話語過於甜蜜又溫柔，他樂於敞開自己的心扉，展現出他的不安和弱點。

龍是不會說謊的。

那一刻，他所說的話感覺都很新奇，每個音節都渲染至她的心中。露迪婭無法抵抗。

她感到困惑，奇怪的情感使她心煩意亂。

阿爾泰爾斯看著露迪婭的表情，止住了笑，問道：「怎麼了？」

「沒什麼……」

她頂著感到新奇，十分驚訝的表情說：「您真的喜歡我嗎？」

「……妳現在才知道嗎？」

「但、但是……到底為什麼？」

「妳問為什麼……現在才這麼想嗎？」

再次回問後，阿爾泰爾斯也感到困惑，接著感到憤怒。

「妳之前說我不信任人類，看來不信任人類的應該是妳吧。」

「等一下，我是有些誤解……」

「至今我的言行都很可笑嗎？還是妳以為這一切都在開玩笑？好笑嗎？受到龍追求，在欲擒故縱嗎？」

「不，我——」

露迪婭一反常態，說不出話來。不知為何就快掉淚了。

阿爾泰爾斯突然粗暴地吻上來，使露迪婭倒抽了一口氣。

『啊。』

感覺就像墜入了某個深淵。

阿爾泰爾斯低聲說：「我現在也不再開玩笑了。」

CHAPTER. 18
這是一個愛情故事 I

辦公室裡颳著刺骨的寒風。

坦恩和拉特觀察著阿爾泰爾斯的臉色，最後坦恩說「我還有團長的工作……」往後退出辦公室，逃跑了。

『那、那隻沒義氣的臭狼。』

拉特瞪大眼睛，但無濟於事。

這幾年來，難得見到阿爾泰爾斯用不悅的表情看著文件。

『他之前曾露出這種表情，又出於無聊而出去打人啊。』

拉特想起阿爾泰爾斯剛即位時，那段血風腥雨的日子。

『不是，他為什麼又突然變成這樣？有什麼問題嗎？』

他又回想起害怕莫名惹毛對方，可能會變成蛇皮腰帶或錢包而戰戰兢兢的日子。

散發出這股寒風的阿爾泰爾斯看著文件，但其實那些字根本沒有看進眼底。

『結果都是白費力氣。』

他盡量做到最好了。明明氣氛不錯，她也敞開了心扉，還以為兩人關係有所進展了。

他還以為就這樣下去不會有什麼問題。

『但原來我還在起點？』

哈！

他傻眼到火冒三丈，怒氣不停湧上。

他不想對其他人亂發脾氣，正用盡全力壓抑著，但必須忍著怒火也讓他感到火大。

『巴拉特？去揍巴拉特一頓吧？』

當他面無表情地這麼心想時，辦公室的門打開來，一張熟悉的臉孔探了進來。

拉特猛然站起身，「皇女殿下，歡迎您來。」

這歡迎比平時熱烈許多。

莉莉卡手裡提著一個點心籃。

她先向阿爾泰爾斯問好，接著也向拉特打招呼。

「父親大人好。」

「我帶了點心來，請吃點點心。」

莉莉卡打開點心籃，美味的香氣四溢。

「哇，看起來好好吃！今天的點心是什麼呢？」

「聽說是叫『熔岩巧克力蛋糕』的點心。請享用。」

她小心翼翼地拿出還熱騰騰的盤子，放在辦公桌上，也擺好餐具。

茶壺也還是熱的，拉特立刻拿來杯子，同時觀察著阿爾泰爾斯的臉色。

莉莉卡走過去，輕輕拉了拉阿爾泰爾斯的衣袖。

「父親也一起吃吧，好嗎？」

阿爾泰爾斯依然面無表情，像受到牽引般站起來，並走過去坐下。此時，大家都等著他拿起叉子，因此他不得不拿起餐具。

他可能會對拉特和坦恩扔叉子使壞，但不能這樣對莉莉卡，畢竟對一個小孩那麼做真的很卑鄙吧？

他用叉子切開蛋糕，裡面的巧克力緩緩流了出來。

「這也是皇后殿下的新食譜嗎？」

聽拉特這麼問道，莉莉卡點點頭。

「聽說是媽媽特別做的。」

「哎呀，原來是皇后殿下『特別』送來辦公室的啊。」

拉特點了點頭。

「是啊，畢竟這是她認為很重要的地方。」

莉莉卡說著，偷偷瞥了阿爾泰爾斯一眼。

阿爾泰爾斯裝作沒聽見兩人明顯的對話，吃著巧克力蛋糕，甜味讓他的心情放鬆下來。

這麼說來，他從昨晚就心煩意亂，到現在什麼都沒吃。

看著默默享用茶和蛋糕的阿爾泰爾斯，莉莉卡微微一笑。

「這裡還有很多蛋糕，請盡情享用。」

「皇女殿下，應該由您先吃。」

「嗯，那我也吃吧。」

莉莉卡吃了一口蛋糕後，拉特也跟著嘗了一口，甜蜜的蛋糕和熱茶讓氣氛緩和下來。

吃了大約三塊蛋糕後，阿爾泰爾斯對莉莉卡說：

「我們去走走吧？」

莉莉卡還沒回答時，拉特的一句「求求您了」湧上喉頭，但又把話吞下肚。

「好啊。」莉莉卡笑著回答。

拉特說：「這些我來收拾，兩位儘管去吧。」

「那就麻煩你了。」

莉莉卡站起來時，阿爾泰爾斯將她抱起來。

莉莉卡睜大雙眼，「我、我已經長大到不適合被抱了。」

莉莉卡抗議後，阿爾泰爾斯以不解的表情看著她。

莉莉卡感到十分難為情，她已經長大了，竟然還被人這樣輕鬆地一把抱起。

現在已經沒有人會把她抱起來了。

「我說我已經長大了。」

阿爾泰爾斯哼笑一聲，「妳就算長大也還是個孩子啊。」

他這麼說完，打開窗戶。

莉莉卡露出疑惑的表情，拉特則在後面大喊：「等一下，陛下！請您走門——」

阿爾泰爾斯踏上窗臺後往下跳，莉莉卡在心裡尖叫。

——喀。

他隨著輕巧的落地聲站上地面，出奇地輕盈，發出的聲音不是「轟」也不是「咚」，而是「喀」。

莉莉卡渾身發抖。

拉特從樓上探出窗戶大喊：「皇女殿下！您還好嗎！」

莉莉卡向他揮了揮手，表示自己沒事。

拉特則從樓上對阿爾泰爾斯揮出一記拳頭，並說：「我說過多少次，不要從窗戶進出了……您還帶著皇女殿下……太危險了……！」

阿爾泰爾斯挖了挖耳朵，立刻走遠，拉特的大喊聲斷斷續續地傳來。

莉莉卡壓下差點忍不住的笑意。

阿爾泰爾斯的懷抱既舒適又令人安心。無論是小時候還是長大後都沒有什麼不同。

她看著阿爾泰爾斯的臉色並伸出手，阿爾泰爾斯就抓住她的手腕，環上自己的脖子。

經過的侍從和人們都嚇得慌忙退讓，並低頭行禮。

兩人穿過人群後，能感受到從背後望來的目光。不出十分鐘，不對，不出一分鐘，「陛下抱著皇女殿下四處走動」的消息就會傳開來。

莉莉卡明白為何要建造皇室成員專用的花園了。

一走進花園，緊繃的身體就放鬆下來。時間已踏入初秋，這天氣正適合散步。

「父親。」

阿爾泰爾斯沉默地看過來，莉莉卡有些猶豫地開口：「媽媽不知道為什麼，無精打采的。」

「然後呢？」

「但父親看起來也很沒精神。」

「我嗎？」

「是的。」

莉莉卡點了點頭後，阿爾泰爾斯沉思了一會兒。

『是嗎？我看起來很沒精神嗎？』

阿爾泰爾斯原以為自己既生氣又煩躁，但聽了莉莉卡的話，他覺得自己可能是「失望」了。

『心情跌到谷底。』

沒錯，他感覺就像發現自己的心掉到地上，滾了幾圈又沾滿了泥。

他認為這是最準確的形容。

「我們吵架了。」

聽阿爾泰爾斯這麼說，莉莉卡點了點頭。

阿爾泰爾斯瞥了她一眼，「所以，露迪婭也很無精打采是嗎？」

不是只有自己心情不好？

莉莉卡用力點頭。

「是的，我早上去問候她，她看起來非常憂鬱。」

「嗯，嗯。是這樣啊。」

阿爾泰爾斯點了點頭。看來自己對露迪婭並非毫無影響，讓他心情稍微好轉了。

阿爾泰爾斯話鋒一轉，「昨晚妳和媽媽聊了什麼？」

「啊，那個……」

莉莉卡的臉瞬間漲紅，阿爾泰爾斯「啊」了一聲後問：「菲約爾德？」

「您、您怎麼知道！」

莉莉卡的聲音不自覺地提高，用雙手摀住了自己的嘴巴。

阿爾泰爾斯笑了。

「沒什麼，因為妳臉紅了。」

「那、那個……」

被點出來後，她的臉變得更燙了。

莉莉卡用雙臂緊緊抱住阿爾泰爾斯的脖子，低下頭。她自己也能感覺到雙頰的熱度。

昨晚聽媽媽說完那番話後，莉莉卡重新審視了自己的心。

我？

把菲約爾德？

當成異性看待？

莉莉卡躺到床上，之後踢掉了被子。

『不可能！』

我喜歡菲約爾德？

不，我是喜歡他，但有這麼喜歡他嗎？

她的心跳開始加速。一想到菲約爾德，身體裡就響起打鼓似的聲音。想起他的笑容或輕聲呢喃「知更鳥皇女殿下」的聲音，鼓聲就更加響亮。

『我、我該怎麼辦？』

哇哇哇！

我喜歡菲約爾德。

當她意識到這一點，感覺眼前的一切都煥然一新，連床頭的裝飾都不知為何，看起來比平時還美麗。

莉莉卡感到頭暈目眩，閉上了眼睛，腦海中想起酸甜的檸檬蛋白派。

她把手放在怦通直跳的心臟上，努力入睡。

隔天，她想向媽媽坦白這份心情而去銀龍室，卻見到媽媽十分難過，她實在開不了口。

媽媽沒有對莉莉卡說什麼，只笑了笑，但肯定發生了什麼事。

來到走廊上，莉莉卡遇到了坦恩，坦恩告訴她辦公室裡正颳著猛烈的寒風。莉莉卡說媽媽也心情不好後，坦恩先瞪大雙眼，接著露出苦笑。

「原來是這樣。」

這句話聽起來就像了解了這一切，讓莉莉卡感到困惑。

「那您帶一點食物去辦公室如何？而我呢……」坦恩看了一眼銀龍室，笑了笑，「最好兩邊都不要去，而且我有很多團長的工作要做。」

說完，他便離開了。

於是莉莉卡帶著點心去了辦公室。

莉莉卡等發燙的雙頰稍微冷卻下來後，再度抬起頭。

阿爾泰爾斯正一臉深感有趣地看著她。女兒長得很可愛，臉頰紅得像李子一樣，藍綠色的眼睛閃閃發亮。

當人想著喜愛的人事物時，看起來也會很可愛。

「是嗎？是關於菲約爾德的事吧？」

聽到他笑著問道，莉莉卡立刻開口：「您不可以欺負菲約。」

「嗯？」

「因、因為是我單方面喜歡他……」

「哦？」

「其實昨天……」

莉莉卡小聲地說起昨天媽媽問她是否喜歡菲約爾德，以及她回去後察覺到的事。

阿爾泰爾斯在心裡咂嘴一聲。

『不該跟她提起這件事的。』

如果沒被問到那個問題，莉莉卡應該永遠不會意識到，或者要很久之後才會察覺到自己的心意。

『但是，嗯，她以為是自己暗戀對方啊，呵呵。』

「我不敢保證不會欺負他。」

「父親。」

莉莉卡故作嚴肅地瞇起眼睛看著阿爾泰爾斯。

想到她這樣似乎是在威脅自己，阿爾泰爾斯就笑了出來。

「畢竟菲約爾德．巴拉特很受歡迎。」

「是啊……」

「不要表現得太明顯比較好。」

「是、是這樣嗎？」

「當然。皇女如果這樣做，會讓他非常有壓力吧？」

阿爾泰爾斯的話讓莉莉卡心想「是、是嗎？」，陷入沉思。

阿爾泰爾斯接著說：

「妳想想看。如果妳當成朋友的……嗯，啊！對了，假設派伊・桑達爾突然說喜歡妳，妳不會感到壓力很大嗎？」

派伊嗎？

莉莉卡試想了一下，倒抽一口氣。

「好、好像是這樣！」

「對吧？」

阿爾泰爾斯點了點頭。

突然無辜被扯進來的派伊・桑達爾，與「壓力」這個詞一起被莉莉卡推得遠遠的，雖然他本人絕對不曉得。

莉莉卡心想著「那我該怎麼做？」，開始低吟煩惱。

『我之前有稍微鋪陳過了，目前應該不會有事吧。』

阿爾泰爾斯則心想「也得告訴露迪婭這件事」，在心裡咂嘴一聲。

但一想到露迪婭，鬱悶的心情又湧上心頭，因此他又補了一句：

「妳盡量像平常一樣對待他，如果做不到，就避開他吧。」

「避開他嗎？」

「對。」

聽阿爾泰爾斯說得那麼有自信，莉莉卡心想著「是嗎？」，又陷入沉思。

事實上，阿爾泰爾斯也沒談過戀愛，在戀愛這方面是個初學者。然而，莉莉卡完全不知道這件事。

『畢竟父親是龍，活了很久，經驗也很豐富。』

那聽從他的建議是對的嗎？

直接避開對方這個做法是很隨便，但是很簡單。

莉莉卡突然想到應該談談她的夢。

『但是媽媽和父親的關係變得這樣……』

等氣氛更好一些再說吧。

『反正這不是什麼急事，大概……？』

等到兩人和好，等個一兩天應該沒問題。

莉莉卡對阿爾泰爾斯說：「父親，請放我下來一下。」

阿爾泰爾斯把她放下後，莉莉卡立刻抓住他的手。

「我更喜歡這樣手牽手，一起走路。」

聽莉莉卡這麼說，阿爾泰爾斯勾起了笑。莉莉卡看著這樣的他，心想：媽媽肯定喜歡父親！那父親呢？即使沒有契約，他也喜歡媽媽嗎？

她直率地問道：「父親。」

「怎麼了？」

如今，她也習慣了這句冷淡的「怎麼了？」，特別是阿提爾的口頭禪也是這句話，讓莉莉卡很喜歡。

感覺就像是真正的父子。

「您喜歡媽媽嗎？」

莉莉卡說完後用力睜著雙眼，不想錯過任何一絲表情變化。

阿爾泰爾斯頓了一下，皺起眉頭。

『哦？什麼？』

阿爾泰爾斯深深嘆了口氣。

「啊，對，就是這麼一回事。」

「父親……？」

莉莉卡小心翼翼地喚了一聲，阿爾泰爾斯捏住她的雙頰。

「呃啊？」

因為雙頰被捏住，她因為發音不準確而發出奇怪的聲音。

阿爾泰爾斯一放開手，莉莉卡就用雙手揉了揉自己的臉頰。

看著一臉茫然的女兒，阿爾泰爾斯問道：「我表現得不明顯嗎？」

「什麼？」

聽更加困惑的莉莉卡反問道，阿爾泰爾斯很是無奈。

不是，他還以為自己已經表現得很明顯了，為什麼還得回答這種問題？

這時莉莉卡才聽懂阿爾泰爾斯的意思，露出明亮的笑容。

那麼，那麼……父親果然也喜歡媽媽吧？

「那個，父親──」

她正想說「媽媽也喜歡父親！」時，頓了一下。

如果有人對菲約爾德說「其實皇女殿下喜歡你」，莉莉卡會不太高興。

「什麼？」

「沒、沒什麼。嗯嗯，我希望您和媽媽和好。」

「……」

阿爾泰爾斯目光不悅地看著她，用中指輕彈了一下她的額頭。

「啊啊！」

莉莉卡刻意皺著眉揉了揉額頭，然後露出燦爛的笑容。

如今她一點也不害怕「皇帝」了。

菲約爾德一到首都，第一件事就是申請謁見。

他不是選擇經常出入太陽宮，期望偶遇皇帝，而是提出請求，到天空宮正式謁見。他想報告樹海開墾的成果，久違地得以正式謁見。

地上鋪著長長的紅地毯，為了歡迎達成開墾樹海壯舉的巴拉特小公爵，人們聚在一起。

高一階的高處擺著王座，阿爾泰爾斯斜坐在上頭。貴族們心想，他們從未見過阿爾泰爾斯端正坐在王座上。當初登基典禮結束後，他剛坐上王座也立刻拿下沉重的皇冠，一臉厭煩地坐在王座上交疊起雙腳，身體斜靠在扶手上，就像現在這樣。

菲約爾德走到大廳中央稍前的位置站定，跪了下來。

「聽說你開墾了樹海地區？」

他的聲音低沉，仍清晰地傳遍了整個大廳，就連站在最遠處的貴族都能聽見阿爾泰爾斯的聲音。

「是的，陛下。」

「你完成了一件了不起的事。」

「您過獎了。巴拉特公爵家長久以來受陛下恩惠，卻未有一番作為，因此我想將這次難得得來的土地獻給陛下。」

菲約爾德的話剛說完，人群就開始竊竊私語。

「是嗎？」

阿爾泰爾斯咧嘴一笑。

菲約爾德恭敬地續道：「這是當然。臣子得到的土地自然是君主的。」

一陣奇妙的沉默壟罩著大廳。阿爾泰爾斯勾起微笑，彈了一聲響指。

「再走近十步。」

菲約爾德站起身，準確無誤地向前走十步後再次跪下。

阿爾泰爾斯勾起了笑。

「對臣子的忠誠施以恩惠，乃是君主的美德。現在稱呼你為巴拉特小公爵有點不合適。」

阿爾泰爾斯思考片刻後站起身，走下臺階來到菲約爾德的面前。

——喀鏘！

他拔出腰間配劍的聲響清晰可聞。

「太麻煩了，我們就簡單進行吧。」

他用劍背輕敲菲約爾德的肩膀。

「從今以後，就叫你伊格納蘭邊境伯爵吧。」

「謝皇帝陛下。」

阿爾泰爾斯似乎連回答都嫌麻煩，揮了揮手，應聲將劍收回劍鞘。

他走上王座所在的高處，看著一臉蒼白的拉特，勾起嘴角。

「為了慶祝新的邊境伯爵誕生，我們舉辦一場慶祝的宴會吧？」

當騷動引起一陣陣波瀾，傳遍各處時，辦公室內一片寧靜。

坐在辦公室裡的拉特顫抖著說：「邊境伯爵這個頭銜在大約一百年前就消失了啊。」

「所以呢？」

「您要讓新家族成為邊境伯爵嗎？」

「很適合吧？開墾了樹海的人成了邊境伯爵。」

「您知道他是巴拉特小公爵吧？」

「這樣才好啊。」

拉特就快昏過去了。

「拜託您，我求求您了，陛下。內政上的事，請您和我討論一下，不對，我不希望您跟我討論，請您告知我一聲，即使只有一點提示也好……」

邊境伯爵的地位可說是比普通侯爵家還要高，因為他們有義務保護邊境，如果邊境伯爵與敵人串通會令人非常頭痛。而且與其他爵位不同，他們為了保護邊境，在養兵方面自由許多。

簡而言之，這個職位要交給極其忠心的人，身分地位也相對得高。

「因為是樹海地區，當然不用擔心他會與敵人串通——不對，天啊。」

拉特用雙手抹了一把臉。

阿爾泰爾斯對這樣的拉特說：「你擔心的那些事不會發生，所以不用擔心。」

「唉，您連理由都不告訴我，還好心地跟我這麼說，真令人感激不已啊。」

「拉特・桑達爾。」

「是。」

「你認為我會輸嗎？」

拉特看著自大地這麼說的阿爾泰爾斯，屏住了氣息。

即使邊境伯爵背叛，迎來最壞的情況，巴拉特和伊格納蘭聯手從內外夾擊——

「……應該不會輸吧。」他說完後嘆了口氣，「但封賜給邊境伯爵的土地太小了。」

「那他會看著辦的。」

拉特再度嘆了口氣，看了看文件又說：

「他到底是怎麼成功開墾樹海的？還有巴拉特的權能，我沒想到他會明目張膽地使用原本隱藏起來的能力。」

「比起隱藏起來，這樣反而更好。」

阿爾泰爾斯回想起去開墾前見過的菲約爾德。菲約爾德申請單獨會面，因此兩人單獨見了一面，他聽到了一些有趣的事。

『而且，我女兒喜歡那傢伙。』

令人不悅。

雖然不悅，但作為皇帝，還是得做該做的事。

拉特托著下巴，又嘆了口氣。他必須先去找有關邊境伯爵的資料，由於那些資料是百年前的史料，所以找到後得根據現在的情況修改，撰寫草案，還得盡快完成。

『今晚肯定要加班了。我果然該辭掉宰相的職位吧，啊，真是的。』

他雖然不停抱怨，依舊眼疾手快地處理著文件。

突然間，拉特問阿爾泰爾斯：「陛下，您不參加慶祝派對嗎？」

「我去的話，氣氛不是會變得很掃興嗎？而且主角是邊境伯爵。」

「啊，還有那個家族名，我覺得品味很低劣。」

「我覺得很合適啊。」

「所以才說品味很低劣。」

伊格納蘭(Ignaran)，在古語中意為火紅。

一如字面，是熊熊燃燒的巨大火焰的紅色。據說是取自一場燒毀都市的巨大火災。

竟然將這樣的名字賜予巴拉特……將花朵作為徽紋的家族繼承人。

以家族名來說，品味果然很低劣。

拉特只能這麼評價。

莉莉卡站在鏡子前轉了一圈，審視著自己的服裝。

布琳說：「您看起來非常可愛。」

「嗯……」

莉莉卡回答得有點猶豫，讓布琳歪著頭地問：

「有什麼地方讓您不滿意嗎？要不要換一件新禮服？」

「不，不是那個問題。」莉莉卡一邊說，一邊提起裙襬：「因為露出了小腿，感覺怎麼看都像個小孩。」

布琳呵呵笑著說：「您想穿長裙還要過很長一段時間吧。」

「就是啊。」

莉莉卡鼓起臉頰看著鏡子，一直想起媽媽。

阿提爾和菲約爾德都長得很高，看起來很成熟。雖然成年後，一歲的差距並不大，但在年幼時期，一歲的差距會感覺非常巨大。

「菲約爾德都已經是成年人了。」

與穿著長裙的女性站在一起，看起來非常相配。但自己站在他身旁，感覺就像個小孩。

「您很在意邊境伯爵嗎？」

布琳的問題讓莉莉卡雙頰發燙。對了，她還沒有跟布琳說過那件事。

「布、布琳，其實我……」

莉莉卡將那天與媽媽的對話都告訴了布琳。

其實那天晚上她哭著回來，只跟布琳說了「我和媽媽和好了」這件事。應該是因為比起菲約爾德的事，之後的對話更令她印象深刻，所以忘了前面發生的事情，直到她在床上發現自己喜歡菲約爾德為止。

看著莉莉卡紅著臉，結結巴巴地說自己喜歡菲約爾德，布琳心情很是複雜。

『但果然，戀愛中的皇女殿下真的很可愛。』

莉莉卡緊握著雙手說：

「大家都那麼出色，只有我看起來像個小孩。要是能穿上更成熟的衣服就好了。」

「哎呀，皇女殿下。不能模仿別人，要以自己最棒的優點一決勝負才行。」布琳笑咪咪地抓住莉莉卡的肩膀說：「您不用擔心，皇女殿下是世界上最可愛的人。可愛就是最強的。」

聞言，莉莉卡先是一愣，然後笑了出來。

「那是什麼啊？謝謝妳，布琳。」

雖然只是一句鼓勵，但那真的成了慰藉。

「我是認真的，布琳・索爾不會說場面話。來，您看看。」

布琳將莉莉卡轉向鏡子。
「看到您比任何人都晶亮的藍綠色大眼、長長的睫毛、光澤亮麗的棕色頭髮和可愛泛紅的雙頰，不會有人覺得您不可愛的。」
聽著布琳的話，莉莉卡覺得真的就是如此。
「……真的嗎？」
「當然是真的！」
布琳語氣堅定地說完，莉莉卡嘿嘿笑著。
布琳緊握起拳頭。
不管怎麼想都很可惜。
莉莉卡皇女殿下太可惜了。
除非天上掉下一位完美的男人，否則我家皇女殿下太可惜了。
「其、其實我一直很擔心……不曉得該怎麼面對菲約爾德。」
「為什麼呢？」
「嗯？只是想到他，我的心就會這樣怦怦亂跳耶！見到他的時候，說不定就會被他發現我喜歡他。」
「嗯～」
見布琳歪過頭，莉莉卡立刻接著說：
「但父親說如果今天怕被發現，避開他就好了，所以我在想，可以這麼做嗎……」
「可以的，當然可以！」布琳滿臉笑容地回答。
「真的嗎？」
「是的，當然。呵呵，陛下果然英明，不然，乾脆跟他說您有喜歡的人怎麼樣？」

「什麼？」

「就稍微試探他一下。」

「嗯？但是……」

這樣做也有點卑鄙。

布琳笑了笑，「但我只是跟您說還有這種方法，不是希望您完全照做。好了，再耽誤下去會錯過宴會的，您今晚必須早點回來喔。」

「嗯。」

莉莉卡點了點頭。

今晚是慶祝菲約爾德成為邊境伯爵的宴會，不是一般的舞會，莉莉卡也能參加。

爵位授予儀式是十分光榮的儀式，而為此舉辦的慶祝宴會，身為皇族的她當然能夠參加，祝賀對方。

真的時隔許久沒有舉辦邊境伯爵這種高等爵位的授予儀式了，而且不知道是怎麼空出時間的，菲約爾德還寄了邀請函過來。

他本人明明應該很忙碌，但在那一張正式而周到的邀請函中，完全看不出忙碌的痕跡。

當然，最忙碌的是皇宮的侍從們。這場爵位授予慶祝宴會是突然決定的，真的沒有做好任何準備。

拉特的臉色也很蒼白，但侍從們的臉色比他還要慘白許多。現在他們肯定正在瘋狂地工作。

莉莉卡再次看向鏡子，緊握起拳頭。

「好。」

她拍了拍臉頰。

要盡量保持鎮定，以朋友的身分，熱烈祝賀他！

阿提爾抱著雙臂站著，站在他身旁的莉莉卡對他低聲說：

「阿提爾，你不舒服嗎？」

阿提爾聽到後捏起莉莉卡的臉頰。

「妳自從和迪亞蕾一起玩之後，說話越來越像她了啊。」

「哪有啊，還不是因為你還沒走進宴會會場就擺出那種表情。」

莉莉卡揉著臉頰回答。

無論是父親還是阿提爾，真希望他們知道自己的臉頰很脆弱。

「這傢伙成為邊境伯爵的宴會有什麼好參加的？妳又為什麼會來這裡？」

「當然是因為我受到邀請啦。」莉莉卡抬起頭，「阿提爾呢？」

「……」

「原來阿提爾也收到了邀請函。但話說回來，邊境伯爵是很久以前的爵位吧？」

現在想想也很不可思議。

菲約爾德早就知道會變成這樣了嗎？所以他才說要把土地獻給皇帝嗎？

現在他不再是巴拉特小公爵，應該要稱呼為伊格納蘭邊境伯爵。

『菲約爾德・伊格納蘭。』

莉莉卡默念這個全名。感覺就像完全不同的人。

阿提爾拉起莉莉卡的手。

「我們進去吧。」

「好的。」

來到入口時，迎賓侍因為出乎意料的兩人出現而大吃一驚，深深彎下腰打開門。

阿提爾走進門後叮嚀道：「妳今晚別跳舞。」

「為什麼？」

「那還用問，這裡不是只有和妳同齡的人，所以別跳舞，知道了嗎？」

莉莉卡噘起嘴，但還是點了點頭。

「皇太子殿下與皇女殿下蒞臨！」

侍從用宏亮的聲音告知兩人的到來，所有人的目光都聚集而來。

今天的主角菲約爾德穿過人群走過來，莉莉卡正想跟他說話，卻被阿提爾用身體不著痕跡地攔住。

「恭喜你，伊格納蘭邊境伯爵。」

阿提爾一開口，菲約爾德就勾起微笑。

「這都是陛下的恩典，謝謝您來參加，皇太子殿下。」

「恭……」

莉莉卡剛張口就被阿提爾推了一下，因此往旁邊倒去，止住了話。

莉莉卡十分無奈地看著阿提爾。

阿提爾面帶微笑地說：「今天的主角是伊格納蘭邊境伯爵，所以希望大家都別太在意我們。」

他準備帶著莉莉卡離開，但菲約爾德立刻擋在他們前面，差點與阿提爾撞上。

「怎麼能不在意兩位呢？我能在這裡，都是皇室的恩惠啊。」

「啊，是嗎？」阿提爾微微勾起單邊嘴角，「那麼……」

這次換莉莉卡打了阿提爾一下。

不對，就算打阿提爾也無法讓他失去平衡，因此莉莉卡果斷地用肩膀撞了他一下。雖然這麼做也無法讓阿提爾移動一步，但成功打斷了他的話。

「妳──」

「菲約爾德，恭喜你。」

莉莉卡迅速說完，菲約爾德露出燦爛的笑容。

「謝謝您，皇女殿下。」

今天的菲約爾德看起來非常帥氣。衣服肯定是匆忙準備的，看起來卻像為了今天事先準備好的，不像他在巴拉特家所穿的服裝一樣圖樣華麗，但簡潔的線條搭配華麗的裝飾使他看起來更加出色。

『哇。』

莉莉卡的臉頰更加漲紅，忘了接下來要說的話。

「皇女殿下。」

「嗯？」

「我有榮幸與您共舞嗎？」

他彬彬有禮地鞠躬並伸出手。

莉莉卡頓時猶豫了。如果是以前，她應該馬上就伸出手了，但如果現在和他一起跳舞……

『要是我的心臟承受不了怎麼辦？』

那一刻，莉莉卡露出為難的表情，看著菲約爾德。

──啪！

這時，阿提爾輕輕拍掉他的手後說：

「今天我妹妹已經答應過我不和任何人跳舞了。我們走吧。」

阿提爾拉著她離開。

莉莉卡既鬆了一口氣，又感到遺憾和愧疚，她情緒複雜地回頭望向菲約爾德。

『啊。』

莉莉卡凝視著菲約爾德的眼睛，突然停下腳步。

——避開他也是個好方法。

『對，那確實是一種方法，但是……』

莉莉卡開口：「可以把你的名字寫在舞伴卡的第二格嗎？」

她不希望為此傷害到自己喜歡的人。

菲約爾德露出燦爛的笑容。

「當然可以。」

「什麼？喂，等一下。」

「阿提爾。」

莉莉卡緊緊抓住他的手。

阿提爾一臉難看地低頭看著她，莉莉卡則緊握著他的手，抬頭直望著他。

堅定地。

堅定地。

非常堅定。

「唉。」

最後阿提爾雖然嘆了口氣，但還是拉著她走到舞池。

「知道吧？這是因為我是第一個才退讓的。」

「好的，好的。」

莉莉卡呵呵笑著。阿提爾看著這樣的妹妹心想：

『她真的完全不曉得我在擔心什麼，唉。』

沒辦法。

她從一開始就打算這樣做了吧？

『只能由我保護她了。』

阿提爾咂嘴一聲。

「跳舞時不要咂嘴。」

聽到莉莉卡的指責，阿提爾搖搖頭說：「妳一點都不懂我的心情。」

有個可愛的妹妹也很辛苦啊。

菲約爾德有耐心地等著莉莉卡和阿提爾跳完一支舞。舞曲一停，兩人還沒離開舞池，菲約爾德就走上前來。

阿提爾傻眼地說：「現在是休息時間耶。」

「因為我實在等不及了。」

菲約爾德笑著向莉莉卡伸出手，莉莉卡就輕笑著握住他的手。

微微泛紅的臉頰與閃閃發光的雙眼非常美麗。

「好，我們來跳舞吧，菲約爾德。」

「這是我莫大的榮幸。」

聽到菲約爾德的話，莉莉卡又笑了起來。

兩人走進舞池時，樂隊十分慌張，因為他們才剛開始演奏為休息時間準備的歌曲，所有人都在看指揮的臉色。

最後，樂隊再度開始演奏華爾滋舞曲。

菲約爾德隨著音樂，帶領莉莉卡起舞。

他一直很希望能像這樣與莉莉卡共舞。

自從當時在巴拉特公爵家被拒絕後，他一直、一直夢想著這一刻。

他想取得正式的身分地位後在正式的場合上，不會遭受任何白眼，不受干擾地與她共舞。

他一心只想著這件事。

想像自己握著她的手，在舞池中旋轉。

在樹海使用力量後，他總會受到高燒折磨，在彷彿全身遭火焚燒般的劇痛中，他一直想像著這個畫面。

等事情告一段落，他應該會獲得爵位。

任何爵位都好，只要不是巴拉特小公爵就好。

他要在舞會上邀請莉莉卡跳舞。

他隨意修改過想像中的場景無數次。

莉莉卡會穿什麼樣的衣服？音樂肯定是華爾滋。舞池內就像星星掉落下來一般耀眼，音樂如月光一般流淌。

他會挺起胸膛握住她的手，凝視著她的眼睛。

不停作著有點甜蜜的夢。

他感覺到自己引導她的手指在顫抖。

他莫名用力握著手，使莉莉卡歪過頭，又勾起了笑。

她的臉頰比平時還紅。

「阿提爾他……」莉莉卡開口。

那時，菲約爾德才回過神來似的看著她。

「他一定很生氣。」

「我晚點會去向他道歉。」

「那他會更生氣吧？」

莉莉卡輕聲笑著。

聽到她的笑聲，菲約爾德著迷似的看著她，開口說：「皇女殿下，您今天……」

「嗯？」

「今天特別可愛呢。」

「！」

莉莉卡立刻漲紅了臉並低下頭。眼前只能看到自己的腳。

『怎、怎麼辦？』

她的心臟怦怦直跳。

「皇女殿下？」

菲約爾德疑惑地壓低了聲音。

莉莉卡只想逃跑。

『啊，不過。』

莉莉卡的心臟怦通亂跳，喘不過氣，但不是因為痛苦。

她抬起頭，毫不保留地說出此刻的感受：

「真的嗎？我非常高興！」

雖然她只能像沒心機的孩子說出直率的話，但這也沒辦法。而且，她的表情總會表達出比言語更豐富的情感。

這一刻，菲約爾德說不出話，只能呆呆地看著她。

莉莉卡則是開懷大笑。

『我也可以選擇逃跑，但逃跑果然不符合我的個性。』

她喜歡菲約爾德。

喜歡一個人雖然會帶來痛苦，但也有許多像這樣感到快樂的時候。

當菲約爾德邀請她跳舞時，她非常高興，比以往任何時候都高興。

雖然得時時擔心自己的心意會被發現，不過沒被發現就好。

當然，如果菲約爾德發現了她的心意，將來不曉得會怎麼樣，但莉莉卡不是傻瓜，她知道自己對菲約爾德來說是特別的人。

現在她能盡情享受這個立場，向菲約撒嬌嗎？

如果被發現心意就算了。

『現在不享受就太吃虧了。』

就像金色香檳受到搖晃後會噴濺出來一樣，每次跳舞搖擺，她就感到心癢難耐。

著迷地看著莉莉卡愉悅的表情，菲約爾德感覺到自己的臉開始發燙。

今天的皇女殿下太迷人、太耀眼了，即使閉上眼睛也閃耀至極。他擔心自己的心意會被發現，但他無法抑制雙頰發燙，連指尖都感覺到怦通亂跳的心跳。

兩人之間沉默片刻，默默地在舞池中旋轉。

莉莉卡清了清喉嚨，目光定在菲約爾德的衣釦上。

「總之，恭喜你，我真的很擔心事情會變得如何，心想如果你將土地獻給皇室，要是破產該怎麼辦……但現在應該不要緊了吧？」

「現在才剛扣上了第一顆釦子。」

菲約爾德回答問題，勉強恢復了鎮定。

「是這樣嗎？」

「是的。」

菲約爾德笑著回答。莉莉卡看著他的笑容，輕輕吐出一口氣。

「但還是太好了，我是知道菲約爾德很厲害，但你果然很了不起，竟然做到了之前說的所有話。」

莉莉卡露出調皮的表情。

「幸好你逃跑了。」

「是的，如果沒有逃跑，我可能連獨立都做不到。這都是多虧了皇女殿下提議一起逃跑。」

受到壓制的時候，我沒有意識到。

逃跑後，開始獨立、離開那裡，我才總算能正面面對巴拉特。

有時拉開距離才能看清一些事。我原以為不能逃跑，必須奮戰下去，但有些事要逃跑後才能戰勝。

舞曲很快就結束了。似乎是樂隊認為接連演奏舞曲不太好，所以縮短了樂曲。

莉莉卡拉著菲約爾德走向陽臺。

菲約爾德一時恍神，但愉悅地被她拉著走並說：「殿下會生氣的。」

「嗯，但就算阿提爾不開心，也不能隨心所欲地擺布我。」

莉莉卡明白阿提爾的擔憂，但她無法完全按照他的意思行動。

「而且，和菲約爾德一起去陽臺不是什麼大問題吧？」

莉莉卡抓著陽臺的欄杆，深深吸了一口冰冷的夜晚空氣。帶著涼意的風吹上發熱的肌膚，感覺很舒服。

莉莉卡閉上了眼睛。

「那個，菲約。」

「是。」

「如果我不是皇女，你會怎麼想？」

她睜開眼睛、轉過身來問這個問題後，菲約爾德毫不猶豫地回答：

「那我會綁架您。」

「什麼？」

莉莉卡驚訝地回頭看著他，菲約爾德笑著說：

「不，我是說我應該會牽著妳的手，一起逃到很遠的地方。」

「但綁架和逃跑不一樣啊。」

菲約爾德只笑了笑。

如果她不是皇女，如果她什麼都不是，他應該會毫不猶豫地帶走她，逃離所有人……去一個能兩人獨處的遙遠之地。

不對，他一直很想那麼做。

菲約爾德伸出手，捧住莉莉卡的雙頰，大拇指輕輕撫過她的顴骨。

「那您願意和我一起逃跑嗎？」

莉莉卡靜靜地看著他，「我不懂為什麼要逃跑。」

聽到她直率的話，菲約爾德笑了。

莉莉卡歪過頭，倒向他撫著自己臉頰的那隻手。

「那個……菲約碰我時，被碰的地方都會感覺麻麻的。」

菲約爾德一瞬間僵住。

莉莉卡直率地說出自己的感受，慢慢抬起長睫毛，凝視著菲約爾德。

他著魔似的看著那雙藍綠色眼睛，連忙將手收回來並問道：

「這讓您感到不悅嗎？」

「嗯？沒那回事！要說的話，我反而……」

莉莉卡猶豫了一下。

「覺得很開心。」

菲約爾德緊握住欄杆。因為如果不立刻抓住什麼，他就會抱住她。

即使是在陽臺上，窗簾被澈底拉開，仍能清楚看到他們在做什麼。

只是輕撫她的臉頰已是冒險，畢竟他們都還不是成年人，這樣的觸碰還可以接受。

莉莉卡雙手抓住欄杆，用力伸展手臂和肩膀，代替伸懶腰。

這舉動很孩子氣，但有什麼關係呢？

『啊，坦白說出來了，感覺好輕鬆。』

莉莉卡轉頭看向菲約爾德說：「那我們進去吧？再待下去，阿提爾真的會生氣。」

「是，好的。您先進去吧，我想再待一會兒。」

「嗯。晚點見，菲約。」

莉莉卡揮了揮手，離開陽臺。

菲約爾德看著她的背影離開後全身失去力氣，就這樣無力地靠在欄杆上。

他不想讓任何人看到這種表情。莉莉卡在眼前時，他光要控制表情就費盡了力氣。臉部肌肉會不自覺地勾起笑，令他頭痛不已。

他把手臂放在欄杆上，將臉埋進雙臂之間。

「唉……」

自然地呼出一口氣。閉上眼睛，感覺眼底閃爍著光。

剛才觸碰她的指尖發麻。

他總是抱持著期待。即使知道只能「做到這一步」，仍會不禁感到期待。

『打起精神來，菲約爾德·伊格納蘭。』

他以新的名字稱呼自己。

菲約爾德·巴拉特。

菲約爾德·伊格納蘭。

這兩個都是「他」，但只是有了選擇，感覺就像變成了另一個人。

他明明連一滴酒都沒有喝，卻感覺到醉酒似的熱度。深深吸了一口冰冷的空氣，他站直身子。

今天的主角是他，不能繼續在這裡浪費時間。

壓抑住感情後，菲約爾德離開了陽臺。

慶祝宴會持續了一整晚。

「您在派對玩得開心嗎？」

莉莉卡剛洗好澡，布琳為她的髮絲塗抹香油梳理，同時問道。

「嗯，非常開心。」

莉莉卡趁時間還早，悄悄離開了派對。

「聽說您和菲約爾德跳了舞？」

「對，但阿提爾因此生氣了。」

布琳輕輕一笑，「那您打算躲他的策略呢？」

「我決定放棄那個計畫了。」

布琳透過鏡子看著莉莉卡。

兩人的目光交會。

「那您打算告白嗎？」布琳小心翼翼地問。

莉莉卡搖了搖頭，「不，我不會告白，但我也不會躲他或逃跑。」

「我能明白，不過，可以請您還是向我解釋一下嗎？」

思春期少女的想法複雜難懂，為了避免誤會，布琳認為最好還是問清楚。

「在今天見到菲約之前，我都只想著自己的感受。起初，我是想拒絕他的邀請的。」

「嗯。」

「但菲約的表情很受打擊。我本就不想傷害我喜歡的人，而且菲約現在的處境很特別。」

「嗯，確實是如此。」

「對吧？」

莉莉卡望向自己的梳妝臺，上頭放滿了五顏六色的可愛水晶和陶瓷器。

「菲約爾德沒有盟友，而我承諾過會一直待在他身旁。但是我覺得，如果我向菲約告白說『我喜歡你』，他可能會很困擾。」

布琳停下手中的梳子說：「您認為，他會因為擔心失去皇女殿下，所以接受您的告白嗎？」

「就是這樣。我和菲約都不喜歡那種情況，所以我不會告白。」

「但您不會避開他。」

「對，我決定坦率地行動。如果菲約也喜歡我，他看到我的行動後應該會告白吧？」

感覺到莉莉卡害臊地垂眼看向雙腿，布琳勾起微笑。

「如果他不喜歡您，就會假裝不知道是嗎？」

「嗯。」

莉莉卡用力點點頭。

布琳非常喜歡直率的皇女殿下，但也意識到她的計畫有個漏洞，那就是不確定菲約爾德想不想告白。

『皇女殿下也真是的，那個人很明顯喜歡您啊。』

本人完全沒發現這一點真可愛。

但這在某方面來說，是菲約爾德自作自受吧？因為他將皇女殿下會坦率接受他說的話當作盾牌，一直站在朋友的立場說些可愛、迷人、喜歡妳之類的話。

『如果他反過來受到這種攻擊，會有什麼反應呢？』

布琳放下梳子，自豪地看著幾年來自己精心照顧的棕色頭髮，每一根髮絲都閃耀著光澤，看起來甚至有點透明。

「我永遠站在皇女殿下身邊。」

聽到布琳的話，莉莉卡露出燦爛的笑。

「謝謝妳，布琳。有妳在，我也感覺非常安心。」

這時，門外變得吵鬧起來。

布琳迅速進入戒備狀態，臥室門被猛然打開。

莉莉卡看到進來的人，驚訝地從座位上站了起來。

「媽媽？」

露迪婭抱著枕頭，「今天我要在這裡睡。」

莉莉卡眨了眨眼，露出笑容，「好啊！」

露迪婭看到女兒的笑容，忍住湧上眼眶的淚水。

莉莉卡輕輕舉起手，機靈的布琳便後退離開，關上臥室的門。

莉莉卡一路小跑過來，拉著媽媽的手一起坐到床邊。

「好像很久沒有在我的房間一起睡覺了。」

「莉莉。」

「是。」

「對不起。」

一聲嘆息自然地洩漏而出。

「我讓妳擔心了。」

「沒關係的。」

莉莉卡堅強地說完後，小心翼翼地問媽媽：「妳和父親吵架了嗎？」

「對，那、那條該死的龍……！」

「！」

莉莉卡瞪圓雙眼，心想著「果然如此」，放下心來。

原來媽媽知道父親是龍。

露迪婭氣憤地扔掉枕頭，緊緊抱住莉莉卡。

「媽媽只要有莉莉就夠了，只需要莉莉。」

莉莉卡回抱住媽媽，「我也愛您，媽媽。」

「莉莉！」

露迪婭激動地使勁抱住她，莉莉卡即使就快喘不過氣，仍笑了出來。

「但是媽媽。」

「嗯。」

「您喜歡父親，對吧？」

「！」

露迪婭突然退後，看著女兒燦爛的笑臉，說不出話來。

「我不太清楚，但還是坦承最好吧？其實——」

當她想提起有關菲約爾德的事時，臥室門再度被猛然打開。

「我還在想妳去哪裡了——」

阿爾泰爾斯站在門口。

露迪婭再次緊抱住莉莉卡說：「您走開，今天我要和莉莉一起睡。」

「先把事情談完吧。」

「有什麼事要談？我認為事情都已經談完了。」

「像這樣單方面結束後離開？」

「是您單方面這麼想吧。明明是您單方面無理取鬧。」

「那是因為妳先……不是，妳為什麼這麼情緒化？」

「什麼！」

露迪婭猛地站起來。

阿爾泰爾斯抱著雙臂說：「我們撇開情感，理智地想想吧。」

「這就是情感問題，怎麼能撇開情感呢！」

露迪婭拿起剛扔掉的枕頭，朝阿爾泰爾斯扔去。
阿爾泰爾斯接住猛然飛來的枕頭，挑起眉尾。
「妳居然扔東西？」
「那枕頭對您的生命構成了重大威脅嗎？」
「問題不在這裡，對人扔東西——」
「那麼無禮地擅闖別人的臥室呢？請您離開！」
「這裡是妳的臥室嗎？未經主人允許就進來也一樣吧。」
他的聲音裡開始帶著嘲諷時，莉莉卡在後面搖了搖頭，並比出一個「╳」。
見狀，阿爾泰爾斯皺起眉頭，頓了一下後冷冷地說：「啊，是嗎？那就隨便妳吧。」
阿爾泰爾斯扔掉枕頭，大力關上臥室門。
露迪婭的臉上瞬間閃過驚訝，但她緊咬著嘴唇，再度一屁股坐到床邊。
莉莉卡趕忙收起手，眼珠骨溜溜地轉動時，露迪婭再次道歉。
「對不起，莉莉。讓妳看到這樣的我。」
「我可以問問發生了什麼事嗎？」
「媽媽之前說錯了話，想要道歉……他卻說那叫道歉嗎？還一一嘲諷回來……」
「嗯……」莉莉卡歪著頭說：「總之，今晚我們一起睡吧，好嗎？」
「好，就這麼辦。難得一起睡覺，我們久違地來聊聊天吧？」
「好啊。」
莉莉卡立刻倒到床上，露迪婭也迅速抹去剛才爭吵的神色，躺在女兒身邊。

同一時間，阿提爾因阿爾泰爾斯突然來訪而瞪大了眼。

「叔叔？」

「去釣魚。」

「什麼？」

「我們去釣魚。」

「現在嗎？」

在這大半夜？

他疑惑地望向阿爾泰爾斯的身後。布蘭搖了搖頭，表示不知道發生了什麼事。

「就是現在、立刻。」

看著抱著雙臂，說得理直氣壯的叔叔，阿提爾點了點頭。

「我明白了。」

阿提爾就這樣糊里糊塗地被帶去夜釣了。

冷戰持續了好幾天。

阿提爾一臉疲憊地抹了一把臉，莉莉卡以憐憫的表情看著他。

「阿提爾，你沒事嗎？」

「我看起來像沒事嗎？每晚被帶去釣魚，根本沒睡覺，我都快死了。」

布蘭在一旁又為他添了杯濃紅茶，並說：「即使塔卡爾擁有鋼鐵般的體力，也沒辦法一直過著這樣的生活。」

「叔叔到底怎麼能整夜不睡，白天又處理公務？」

「他偶爾會在辦公室小睡一會兒。」

「什麼？該死的。」

阿提爾忍不住罵了一句粗話。莉莉卡一臉嚴肅。

「我是喜歡媽媽，也喜歡和她一起睡，但是每天都這樣，該怎麼說呢？」

她不喜歡看到媽媽憂鬱的表情。

「該怎麼辦呢？」

阿提爾表情凝重。

「再這樣下去，我們可能會累死。不，其實只要我們死了就無所謂了。」

「你說得好可怕。」

「因為所有大臣看起來也都快死了。妳有看到拉特的臉嗎？」

「我看到他像鬼魂一樣走來走去。」

「再這樣下去，太陽宮可能會多一個過勞死宰相的鬼故事。」

「別說這麼可怕的話……但也對，坦恩的眼睛下面也很黑。」

「連那隻強壯的狼都這樣了，桑達爾撐得住嗎？」

「但我們能怎麼做……」

「得讓他們和好啊！」

「那該怎麼做……」

「我就是為了討論這件事才叫妳來的。還有其他人。」

「其他人？啊，坦恩、拉特。」

莉莉卡站起來迎接兩人。拉特和坦恩向兩人問候致意後也坐下來。

四人圍坐在黑龍室的會客室中，望著彼此。

坦恩乾笑一聲，「這到底是怎麼回事啊？」

「我想辭掉宰相的職務了。」

「所以我們現在才會聚集在這裡啊。」阿提爾輕輕用拳頭敲了一下桌子，「我們必須想辦法讓他們兩位和好，而且我認為妳是最大的關鍵。」

阿提爾指向莉莉卡，她瞪大了眼睛。

「我嗎？」

「對，他們兩人都非～常尊重妳說的話啊。」

「沒有吧？」

「他們就是如此尊重您。」

「在我們之中，您最有影響力。」拉特認真地說道，「皇女殿下，帝國的未來就靠您了。」

「不是，就算你們這麼說……」莉莉卡歪著頭，「他們不是放著不管就會自己和好嗎？」

「哇，妳現在是說妳覺得無所謂嗎？」

「皇女殿下，您想看我過勞死嗎？」

「不是……」

莉莉卡眨了眨眼。

坦恩微笑著說：「不只是因為這個，有時候因為彼此小小的自尊心，受的傷會隨著時間擴大，所以我們想在情況變得無法挽回前，製造一個轉機。」

莉莉卡看著坦恩。

他慢慢地望進她的眼睛，再度溫柔地微笑。

『啊！』

莉莉卡察覺到了什麼，低下頭。像那樣注視我的人……

彷彿不經意得知坦恩不想被人得知的祕密，莉莉卡感到有點抱歉，感覺就像無意間聽到了別人的祕密。

「那有什麼計畫嗎？」

拉特點了點頭，「『死亡之環』作戰。」

「死亡之環？」

莉莉卡露出疑惑的表情時，拉特輕聲「呵呵」地笑了。

「就是一個除非其中一人死亡，否則無法脫身的環。」

「！」

莉莉卡皺起眉時，阿提爾說：

「現在他們兩位都因為自尊心或其他原因而不肯開口吧，但在妳看來呢？他們不是想和好嗎？」

莉莉卡「嗯……」地點了點頭。

「沒錯。」

「叔叔也是一樣，我覺得只要創造一個契機就好了，所以我們要約他們到祕密花園。」

「原來如此。」

「之後讓他們進入小屋。」

「然後呢？」

「從外面鎖上門啊。」

「……這有用嗎？」

只要陛下踹一腳，門就會壞掉吧。

拉特點頭說：「重要的不是能不能逃脫，而是一個契機，所以希望您務必把皇后殿下引到小屋來。當然，在那之前，我們必須在小屋裡營造出適合和好的氛圍。」

阿提爾伸出手，壓低聲音說：「為了帝國的和平。」

四人相互看了看，把手疊放到阿提爾的手上。

「為了帝國的和平。」

「天啊，真的是一個可愛的花園呢。這竟然是莉莉做的，真了不起。」

露迪婭踏入祕密花園，不斷發出驚嘆。

這裡與一般的皇宮花園截然不同，一邊有覆盆子叢，葡萄藤取代常見的藤蔓，形成拱門。草本植物零星地生長，幾朵秋天的花朵綻放著。

「這就是那朵有問題的花嗎？」

「對，花苞都長大了，但不知為何就是不開花，我猜我們可能被烏巴騙了。」

「天啊。」

露迪婭輕聲笑了笑。

莉莉卡清了清喉嚨，說：「那我們進小屋看看吧？小屋裡面也很可愛。」

「好啊。」

露迪婭走進小屋，再次發出驚嘆聲。

「哇，天啊。」

內部裝飾著美麗的花朵。壁爐中的火焰熊熊燃燒著，屋子裡十分溫暖。

這間簡樸的小屋裡應有盡有。露迪婭壞心地笑了笑。

「怎麼還有酒和酒杯？我家女兒也會喝酒嗎？」

「不、不是的，不是那樣的。」

驚慌的莉莉卡搖搖頭，露迪婭則笑了。

「是為了媽媽準備的對吧？我知道。」

「那、那個，媽媽。」

「嗯？」

「妳能進去臥室，數到三十秒再出來嗎？」

露迪婭聽到女兒緊握著她的雙手這麼說，笑了笑。

「妳還準備了什麼嗎？好吧。」

露迪婭走進臥室，開始數數：「一、二……三十。」

都數完後，她打開房門出來。

阿爾泰爾斯斜靠著牆，站在屋內。露迪婭頓時倒抽一口氣，望著他，立刻走到門邊。

——喀嚓喀嚓。

『鎖住了。』

她立刻轉頭看去。

阿爾泰爾斯說：「這不是我做的。我也被困在這裡了。」

「什麼？」

「對不起，媽媽！」
屋外傳來莉莉卡的大喊聲。
「嬸嬸、叔叔，我們非常希望兩位和好，所以安排了這個場合。要教訓我的話，請之後再教訓我。」阿提爾的聲音傳來：「拉特讓我轉告兩位，工作的事不用擔心。」
露迪婭傻眼地呆望著門時，聽到孩子們匆匆跑遠的聲音，她咬著嘴唇，轉過身去。
阿爾泰爾斯看著她這副模樣，覺得她就像一隻被逼入絕境的貓。
他揉了揉疲憊的眼睛，輕鬆地用手拉開葡萄酒瓶的軟木塞，倒滿酒杯。
「坐下吧？」
「不要命令我。」
「那就隨便妳吧。」
阿爾泰爾斯這麼說完，自己坐到椅子上。
「……」
看到他一個人輕鬆坐著，露迪婭想，自己為何需要一直站著？
於是她也走過去，坐到對面。
阿爾泰爾斯直看著她，讓露迪婭問道：「怎麼了嗎？」
「感覺好久沒看到妳的臉了。」
「！」
露迪婭低下目光，看著酒杯，把他倒好的葡萄酒拉到自己面前。
兩人默不作聲地慢慢喝光了酒杯中的酒。
阿爾泰爾斯倒了第二杯。

露迪婭凝視著搖曳的紅葡萄酒，晃著單薄的水晶酒杯說：

「您非得這麼做才開心嗎？」

露迪婭直視他，而阿爾泰爾斯迎上她的目光。

「非得這樣先傷害別人的自尊心，卻要我捨棄所有尊嚴，顫抖著向你求饒才滿意嗎？」

「我——」

阿爾泰爾斯欲言又止，之後再度開口：「我想妳了。」

露迪婭頓時愣住。

阿爾泰爾斯看著她，慢慢地說：「應該捨棄自尊道歉的是我。對不起，我很想妳。」

露迪婭呆愣地看著他，瞳孔顫了顫。

「……」

她沒想到會收到道歉。

露迪婭的眼中慢慢盈滿了淚水。

「我、我也很抱歉。我從來沒有想貶低您的意思——」

「我知道。」

阿爾泰爾斯站起身，撐著窄小的桌子傾身向前，輕吻上露迪婭的臉頰。

「不要哭，妳一哭，我就不知道該怎麼辦了。」

在夜晚的河畔，他反覆思考後終於想通了。

因為她總是直視著他，因為她從不畏懼，讓他忘了兩人之間不是平等的。

他習以為常的事對露迪婭來說並非如此，不是她不信任或看輕他，而是他們之間就是有那麼大的差距。

「露迪，嗯？」

他用舌頭舔過她的眼角，嘗到了鹹味。

露迪婭閉上眼睛後睜開，直看著他，那雙眼睛銳利而堅定。

「我——」她吸了一口氣後說：「我並沒有很喜歡參加派對。」

一瞬間，他不懂她在說什麼，但很快就意識到這是在延續之前與他的對話。

「我也沒有很喜歡社交界。君臨社交界是很有趣，但那畢竟是工作，所以我才會那麼做。」

她望著他，像在詢問他是否懂了。

阿爾泰爾斯像著了魔一般點點頭。

「而且，外表不重要，對吧？即使變成老太婆，如果能掌控一個二十歲的男人，那也很了不起吧。」

「可不是二十歲……」

「等您到了那個年紀，就會這麼想的。」

阿爾泰爾斯苦笑了一下。

但是與他對視的露迪婭眼中沒有一絲笑意，讓他意識到她是認真思考過他之前說的話許久才這麼說的。

「不過……」露迪婭微微抬起下巴，「這段婚姻是一份契約，我想好好完成它。」

「完成？」

「我不會草率地敷衍過去。契約結束後，我們會離婚。」

阿爾泰爾斯的目光變得深邃，帶著類似野性動物的表情。

露迪婭感覺自己像成了他的獵物，慢慢說道：「這段婚姻，是誰先提出的？」

「……」

那一刻，阿爾泰爾斯露出呆愣的表情。

莫名覺得他那呆愣的表情也很可愛，露迪婭說：

「所以契約結束後，一切就結束了。」

這就是露迪婭得到的結論。

「是嗎？」阿爾泰爾斯也坦承地回答：「我……」

他吻上她的眼角。

「我也可以向妳承諾永遠。」

兩人的雙唇輕輕相碰。

「我也可以和妳一起死去。」

這個吻就像有所索求。

「只要妳不覺得太沉重的話。」

這瘋狂的情感。

她害怕又厭惡的，愛這個字。

她還來不及回答，他又吻了上來，輕咬住她的嘴唇，誘惑著她品嘗下一口。

只要妳稍微張開嘴——

目光一度交會。

桌子一晃，酒杯摔落在地，粉碎四散，但兩人都不在意。

紅葡萄酒濡溼桌巾，不停滴落。

露迪婭喘著氣說：「幸福越沉重越好。」

阿爾泰爾斯摟過她的腰，而露迪婭抓住他的手臂輕聲說：

「要是孩子們來了……」

「不會來的。」

他果斷地說完，帶她走向附近的房間，也不忘繼續吻她，讓她失去理智。他轉動門把，一次就找到了臥室，讓他對自己的直覺感到佩服。

『床應該夠結實吧。』

他摸索著她背後的釦子，最後粗魯地扯開布料。

露迪婭抱怨道：「那是我很喜歡的衣服耶。」

「我再幫妳訂做一件，好嗎？」

這不是在安撫她，而是乞求的語氣。

露迪婭一把拉開他的襯衫衣領，她的力量只能讓一顆釦子彈飛出去。即使如此，她依舊得意地說：

「我也會幫您訂做一件。」

阿爾泰爾斯緊抓著就快斷線的理智，將她推倒。

露迪婭睜開眼睛。

由於身在一個陌生的地方，她眨眨眼睛時聽到了聲音。

「要喝茶嗎？」

她呆愣地望向聲源，看見阿爾泰爾斯坐在一旁，手裡拿著紅茶杯。

「……」

「露迪？」

「不，現在……啊，天啊。」

露迪婭嘆了口氣，坐起身，拉起滑落的被單遮住身體，上半身靠到枕頭上。
她伸出手，阿爾泰爾斯就遞來茶杯。
她喝了一口，差點笑出聲來，這絕不是侍女泡的味道。
「真是讓人精神一振的味道。」
「這是我第一次親自泡茶。不怎麼好喝嗎？」
「不，或許很適合早晨。」
她又喝了一口，接著嘆了口氣。
阿爾泰爾斯問著「為什麼嘆氣？」，悄悄坐到她身旁。
「這裡不是我女兒的小木屋嗎？是我女兒的房間啊。」
怪不得她感到非常難為情。
「都換上新的就好啦。」
「……」
她認為這厚臉皮的感覺，確實很像龍的特質。
『這杯茶也是。』
當她凝視著深紅色的茶水時，隱約感覺到有隻手在輕撫她的腰。
「……！」
她猛地瞪向他，而他只咧嘴一笑。
「我的茶現在很燙喔。」
「不可能，我沒有泡那麼燙。」
「總之，現在不行。」

「為什麼？」

「因為我不希望今天沒辦法離開這裡。」

「我們非得離開這裡嗎？」

阿爾泰爾斯的表情中帶著困惑。

露迪婭不解地問：「發生了什麼事嗎？」

「難得拉特說這幾天不用管工作，如果我們就這樣出去，就得去工作了吧？」

露迪婭傻眼地望著他。

「啊，要燒焦了。」

他走出去，傳來喀嗟喀嗟的聲響。

『難不成？』

不久後，他拿著一個盤子來，上面放著烤吐司，放在她面前。

「皇帝竟然親自烤吐司，真是榮幸。」

吐司也烤過頭了。

『龍不是會操控火的生物嗎？』

她這麼心想，吃了一口抹上奶油和果醬的吐司。飢餓感晚了一步才湧上，酥脆的吐司也不錯。

她清空盤子後，感受到阿爾泰爾斯的目光。

「這麼說來，您不吃嗎？」

「我幾天不吃東西也不要緊。」

「不是……」

「我更喜歡看妳吃東西。看著妳的嘴唇、舌頭，還有吞嚥東西的喉嚨，讓我非常愉快——」

「您在說什麼變態的話啊！」露迪婭用手掌推開他的臉，大喊道。

阿爾泰爾斯揚起笑，收拾好盤子後緊靠著她坐下。

「總之我把工作交給拉特了，所以不打算離開。」

「……」

「我也不打算讓皇后一個人出去亂晃。」

他連同被子，將她緊緊抱住。

「阿爾泰爾斯！」

「再睡一下吧，妳應該很累。」

「是誰讓我那麼累的呢？」

「嗯，所以妳再睡一會兒吧。在這期間，我會想想看不錯的求婚臺詞。」

「……！」

這個人……這條龍真的是……

無奈地投降後，露迪婭躺了下來。

父母親在小木屋裡待了幾天，幸好最後帶著和好的表情走了出來。

父親和媽媽輪流輕聲說了「謝謝妳」，但莉莉卡搖了搖頭。

「不是我，是阿提爾和其他人想到的。」她坦率地說。

兩人面露驚訝，之後笑了笑。那笑容莫名地相似，讓莉莉卡十分開心。

父親說「抱歉，住了好幾天」，接著把小木屋裡頭全部整修翻新了。

『不用這麼做也沒關係啊。』

但新的家具搬進來後，小木屋的氛圍變了，這也讓她很開心。從沙發、餐桌、椅子到放在花園裡的桌椅組，幾乎所有家具都變新的了。

起初她驚訝地說：「您不用把所有東西都換掉的！」

但父親搖了搖頭，莉莉卡轉而跟媽媽說，媽媽則有點驚慌地別開視線，建議道：「妳就收下吧。」

她無可奈何地換掉了所有家具。特別是床，換成了非常大又非常軟的床。

這對這間樸素的小木屋來說太過奢華，但一躺上去，她的眼睛為之一亮。

『看來床還是得買貴的。』

連爐子都換成新的了。

「烤吐司很不方便。換個更好控制火侯的吧。」

因為阿爾泰爾斯的一句話，閃閃發亮的新火爐被搬了進來。

『比起這個，父親親自烤了吐司嗎……？』

感覺不適合，又好像適合，讓莉莉卡輕笑出聲。

「妳在笑什麼？」

頭上傳來阿提爾的問題，莉莉卡轉頭看向他。

「嗯，沒什麼，我是在想新整修的小木屋。」

這幾天睡得很好的阿提爾，臉上很快就變得光滑無比。

他們並肩走在走廊上，輕鬆地交談著。

「我最近睡得好，胃口也變好了。」

「那真是太好了。」

「來，這個給妳。」

阿提爾從口袋裡拿出一顆紅蘋果，遞給莉莉卡。

「哇～」

莉莉卡立刻接下蘋果。那閃閃發亮的紅蘋果就像一顆寶石。

「幸好媽媽和父親和好了。」

「就是啊。」

阿提爾嘟囔說著，停下腳步靠到柱子上。

莉莉卡也停了下來。

「我想了想。」

「嗯。」

「我好像還有很多需要學習的地方。」

莉莉卡心想「他怎麼突然這麼說？」，但還是點了點頭。

「一成年就成為皇帝的事也是，該怎麼說呢……雖然來不及了，但我突然覺得很麻煩。」

莉莉卡驚訝地跳了起來，四處張望。

阿提爾輕笑了一下。

「放心吧，這裡沒人。」

「就算看起來沒人，也不代表真的沒人，你不是這麼說過嗎？」

莉莉卡一下靠近他，壓低聲音說。

阿提爾聳了聳肩，「我也只是想想而已啊。還有，關於那位邊境伯爵伊格納蘭。」

提到菲約爾德，莉莉卡就閉上嘴注視著他。

阿提爾別開視線說：「他和我同歲，成就卻與我完全不同吧。各方面都讓人佩服。」

「阿提爾……」

「啊，但這不代表我認可他喔。他依然是個討人厭的傢伙。」

『但剛才那句話不就是認可了嗎？』

考慮到會讓阿提爾心情不好，莉莉卡沒有將這句話說出口。

阿提爾撩起頭髮。

「那個不知天高地厚又自尊心強的傢伙突然捨棄自尊心，低下了頭吧？這是為什麼——」

阿提爾望著莉莉卡。

妳知道嗎？

阿提爾嚥下後面那句話，搖了搖頭。

「——雖然不曉得，但總之，我也不能就這樣什麼都不做。」

「阿提爾不是也在用自己的方式做事嗎？」

「我嗎？」

「是啊，就是那個時候。」

莉莉卡踮起腳尖，將手遮在嘴邊小聲地說：「包括貧民區的事。」

「這兩件事的規模不一樣啊。」

「是嗎？但我喜歡像阿提爾這樣的皇帝。」

比起那些想擴張領土的皇帝，更喜歡會關心百姓的人。

莉莉卡說「這或許是孩子膚淺的想法就是了」，笑了笑。

阿提爾聞言，緊咬著嘴唇。
「總之呢，妳可真會說話。」
「竟然能被阿提爾認可口才，我也有點皇族的風範了呢。」
見莉莉卡挺起胸膛，阿提爾摩娑著下巴說：「不是，說實在的，妳還差得遠吧？」
「能得到阿提爾的肯定就是做得很好了吧。」
「對，對，妳以我為標準，真讓我感到榮幸。」
莉莉卡本來想回嘴，但最後笑了笑，恭敬地行了屈膝禮後說：「畢竟是未來的陛下贈予的讚美之言啊。」
「真的別這樣，會讓我起雞皮疙瘩。」
「竟然起雞皮疙瘩，真是太過分了。」
莉莉卡提出抗議，阿提爾就搓了搓手臂。
「要是我真的起雞皮疙瘩要怎麼辦？別對我這麼有禮貌。還有說真的，我要被稱為陛下可能還早得很。」
如果阿提爾請父親再當一下皇帝……
『不過陛下是龍，他會答應這個請求嗎？那契約呢，會延長嗎？』
「阿提爾。」
「怎麼了？」
「嗯，有件事我會先跟爸媽說，但或許有件重要的事也應該讓阿提爾知道。」
阿提爾露出嚴肅的表情。
「什麼事？」
「等我先跟爸媽說完再告訴你。」
看到莉莉卡下定決心的表情，阿提爾伸出手，輕輕摸了摸她的頭。

「不要太勉強自己。」

「好的。」

莉莉卡堅定有力地回答後，阿提爾說了聲「很好」便離開柱子，再度邁開步伐。

「聽說邊境伯爵有新的計畫？」

「我也有聽說，但不太了解。」

「嗯，因為再那樣下去，他會破產啊。」

「什麼？」

莉莉卡驚訝地看著他，阿提爾則一臉疑惑地回頭看向她。

「當然會破產啊。那傢伙現在只有土地吧？稅金不會從天上掉下來，那些土地現在可是一片荒蕪，連一枚硬幣都生不出來。」

「哦？啊……啊！」

她完全沒有想到，只想到「他得到了爵位，一切總算圓滿結束了」。

「現在想起來……」

菲約爾德也說過，他才剛扣上了第一顆釦子。

看來要走的路還很長。

他正自由地做著自己想做的事，應該不會有事吧。

『應該沒問題吧？』

但為什麼還是會感到懷疑呢？

「喂，我剛才不是說過那傢伙很令人佩服嗎？所以不用擔心。」

莉莉卡點點頭時，阿提爾輕打了一下莉莉卡的後腦勺。

「！」

「清醒一點。」

「我是個淑女，就忍住不踢你了。」

莉莉卡按著後腦勺說完，阿提爾笑了。

莉莉卡深吸一口氣後，走進房內。

這是她第一次來皇帝的會客室。一進門，宮廷管家就來迎接她。

『哇！』

這裡的氛圍與其他房間完全不同。不是華麗，而是沉重，黑色的家具都十分巨大，即使莉莉卡用盡全力推，似乎也一動都不動。

在這令人震懾的會客室中，看到父親和媽媽坐在一起，她放下心來。

『啊，他們之間的氣氛果然好多了。』

兩人靠得很近，似乎正在聊什麼，不過看到莉莉卡進來，露迪婭就笑著招招手。

「快過來。」

「好的。」

莉莉卡跑過去後行了屈膝禮，管家帶她坐上座位。

茶杯已經擺好了。

「所以，妳有話要對我們說是嗎？」

「有什麼事？」

他們輪流詢問，感覺就像真的一家人一樣。

『不對，我們真的是家人吧……？』

莉莉卡莫名覺得很幸福，露出了笑容，隨即又意識到自己要說的話可能會打壞這份幸福。

但是，還是得說出口。

莉莉卡揮揮手讓管家退下，然後摘下小指的戒指，放在桌上後說：

「我知道父親大人是龍。」她堅定地說，「而且我也聽說我能解開這個詛咒。」

兩人像結凍一般看著莉莉卡。過了一會兒，阿爾泰爾斯問道：

「到底是誰告訴妳這些的？」

「這個嘛……」

莉莉卡講述了她的夢境、見到艾爾希後得知的事情，以及她決定和父母商量的事。

兩人認真地聽著莉莉卡說話。

說完後，莉莉卡補充說：「我覺得也應該告訴阿提爾這件事。阿提爾和我都不知道時，是不要緊……」

但如果繼續將他一個人蒙在鼓裡，他以後一定會生氣的。

阿爾泰爾斯摩娑著下巴，「我明白了，我會跟他說的。」

莉莉卡放心地輕吐出一口氣。

阿爾泰爾斯又說：「我明明跟妳說過不要作夢了。」

「那又不是我能控制的……」莉莉卡小聲地抗議道。

阿爾泰爾斯依舊一臉不悅時，露迪婭用手指輕按著太陽穴，說：

「所以，我說，那個所謂的初代魔法師是怎麼隨意出現在莉莉卡夢裡的？」

「畢竟所有魔法都源自他，使用魔法的人體內都流著他的血脈。」

露迪婭皺起眉。

「莉莉卡的魔力比其他人強，所以他應該更能輕鬆出現，那就等同於他濃烈的血脈在她體內流竄，所以我才叫妳別作夢啊。」

聽到阿爾泰爾斯的話，莉莉卡鼓起臉頰。

「就說了，那又不是我……」

「不是妳能控制的對吧？我知道了。」

阿爾泰爾斯搖了搖頭，而莉莉卡靜靜地放鬆臉頰。

『但我現在明白那時候他說的話是什麼意思了。』

當艾爾希回答「我是妳的魔法」時，她還不明白那是什麼意思。

莉莉卡再次看著自己的手掌。

原來他的意思是說，我體內的魔法根源是「他」。

露迪婭接著問：「那麼，把所有魔法綁在一起究竟是什麼意思？」

「意思就是如果不解開我的詛咒，其他魔法也無法解除。」

「那麼……」

露迪婭凝視著他。

兩人望著對方許久。

成為龍後，會失去感情。

他將不再愛她。

『但是……我可以只因為這樣，就阻止他變回龍嗎？』

變回那個美麗的生命體——他應有的模樣。

能自由地翱翔的模樣。

『偏偏是現在……偏偏到了現在才得知這件事。』

但同時，她也很慶幸是在這時得知，因為他們談好要結束契約了。契約結束後，她和他都是自由之身，能做出任何選擇。

因為口頭承諾偶爾會被現實打破。

『所以振作起來，露迪婭。』

露迪婭緊握著裙襬後放手，說：

「他說莉莉卡是最後的魔法師，這意味著在莉莉卡之後，不會再有魔法師了嗎？」

「他應該是指她是強大到能關上最後一扇門的魔法師吧。」

阿爾泰爾斯的回答並不完整。

如果莉莉卡真的是最後的魔法師……不，之後或許還會因為詛咒，又出現幾個魔法師，但如果要找到擁有力量，能解開詛咒的最後魔法師……

『如果錯過這個機會……』

他將不得不永遠作為人類活下去，樹海和沙漠都無法進入，而印露也……

阿爾泰爾斯對莉莉卡說：「我的事情我可以自己處理，妳不用擔心。」

露迪婭頓時無可奈何地看著阿爾泰爾斯，但她吞下差點說出口的話。

她看向莉莉卡：「莉莉，妳想說的話都說完了嗎？還有沒跟我們說的事嗎？」

「沒有，我都說完了。」

「好，謝謝妳。妳一個人煩惱了很久吧。」

「沒那回事。」

莉莉卡搖了搖頭。

「那麼，爸爸和媽媽得先談談，之後我會再告訴莉莉的。至於阿提爾……」露迪婭直看向阿爾泰爾斯，「今天就說吧。」

「嗯，是啊。」

「我知道了。」

莉莉卡站起身，重新戴上戒指。接著她一臉擔憂地說：

「談完後一定要告訴我喔，一定要喔。」

「好，一定會的。」

阿爾泰爾斯揮揮手示意她離開，莉莉卡就行了屈膝禮，走出房間。

她靜靜地在關上的門前站了一會兒，側耳傾聽，但從門縫間聽不到任何聲音。

『一定有辦法的。』

莉莉卡從口袋裡拿出自己的擺錘。

閃閃發亮的新月和紅色的愛心，可愛的皇冠仍然深得她的喜愛。

『光一直在心中。』

艾爾希。

「艾爾」是光，「希」是存在之意。

這裡的「存在」不是指現在，而是從過去就存在著，不僅存在於現在，也存在於將來。

『也許答案就在魔法裡？』

但不知道父親想要什麼答案。

莉莉卡把擺錘放回口袋，來到走廊上。在門外等候的布琳和拉烏布望向莉莉卡。

「事情順利談完了嗎？」

「嗯。」

她沒有告訴兩人要談什麼事，現在也很難跟他們說明這些內容。

在這種時刻，她總會想見到某個人。

「嗯，那個。」莉莉卡猛然抬起頭來，「我要去見菲約爾德。」

換上外出服後，莉莉卡坐上馬車。

菲約爾德正住在皇帝賜予臣子的官邸中。規模大的家族在首都都會擁有自己的宅邸，但不是所有家族都有，沒有私人宅邸的家族會非常珍惜皇帝賜予的官邸。

事實上，有資格獲得官邸的家族幾乎都擁有位於首都的宅邸，因此最近完全不會賞賜官邸。

但雖說是官邸，其規模和格局毫不遜色於首都內的其他棟私人宅邸。

馬車停下來後，侍從打開馬車門，菲約爾德已經來到門前迎接了。

「歡迎您蒞臨，皇女殿下。」

菲約爾德優雅地致意。臨時知道莉莉卡要來，他應該準備得很匆忙，卻不見絲毫慌張的樣子。

菲約肯定隨時做好準備了。

莉莉卡看著菲約爾德的臉時，他微微歪過頭。

『有什麼事嗎？』

他以眼神這樣詢問，莉莉卡一下子跑過去，像要撲進他的懷裡一般抱住他。
「嗨，菲約。」
她輕聲打招呼後，感覺到他的手環上自己的後腰。
莉莉卡在他懷裡問：「那個，可以就這樣抱一會兒嗎？」
「當然可以。」
「嗯……」
莉莉卡閉上眼睛，長吐出一口氣。
雖然感受到周圍侍從們的困惑，但她不在意，因為菲約爾德僱用的人們口風肯定都很緊。
怦通亂跳的心臟取回平靜，不安感也逐漸消散。
雖然父親和媽媽沒有責怪她，但莉莉卡很是不安。如果父親變成龍離開，媽媽會怎麼樣？自己又會有多傷心？
然而，她不得不坦承，雖然不曉得原因，但她是最後的魔法師。
如果她說自己很難過，父親和媽媽應該會更難受，所以她說不出口。
但面對菲約爾德，她可以吐露所有心思。
『不知為何，我總會不自覺地對菲約撒嬌。』
即使不說理由，只是像這樣跑來抱住他，他也會默默地回抱住莉莉卡，讓莉莉卡十分依賴他。
莉莉卡深吐出一口氣後稍微往後退。
菲約爾德問：「發生了什麼事嗎？」
「有一點事，但現在已經沒事了。」
莉莉卡勇敢地抬起頭，但這次卻換眉尾垂了下來。
「菲約，我聽別人說，你再這樣下去就會破產是嗎？」

菲約爾德勾起微笑，「是誰跟您這麼說的？」

「阿提爾。」

「啊。」

這一個字裡包含著所有感情。

「我就是為了防止這種情況發生，才會開出支票。」

「還剩下很多嗎？」

「還剩非常多。」

「……」

既然菲約爾德都說「非常多」了，那應該真的還剩下很多。

「你是想做生意嗎？」

「差不多。金沙商隊有提供協助，應該能順利發展。如果一切順利的話……」菲約爾德握住莉莉卡的手，「我希望有一天能邀請皇女殿下到我的領地。」

「我很期待那一天到來。」

「那麼，現在讓我請您喝杯茶吧。」

聽到菲約爾德的話，莉莉卡笑著離開他的懷抱。

他暗自深深感到放心，又遺憾地嘆了一口氣，向侍從揮揮手。

會客室裡已準備好茶點了。

儘管剛收下官邸不久，應該十分慌忙，但家具和茶點都能感受到菲約爾德的品味。

菲約爾德親自泡茶。

兩人一邊品茶一邊閒聊時，莉莉卡突然說：「我今天看到了報紙。」

「哎呀。」菲約爾德哀嘆地說。

「菲約你又有緋聞了。」

「您也知道——」

「嗯，我知道。」莉莉卡凝視著菲約爾德，「但我非常不高興。」

菲約爾德的手忽然頓住。

他從不久前就一直這麼想了，該怎麼形容呢？莉莉卡直視他的眼神似乎和以前不同了，但那是他的錯覺嗎？

以前她會拿這個話題來開菲約爾德的玩笑，但今天說的這句話……

『聽起來像在吃醋。』

「當然，我知道你有自己的想法，但——」

「我不會再見她了。」

「嗯？」

「反正我現在也沒有時間參加舞會了。我會拒絕所有邀請的。」

「真的嗎？」

莉莉卡的眼睛閃閃發光。菲約爾德點了點頭。

「對，真的，因為我現在不會再和貴族派扯上關係了。」

「嗯！」

莉莉卡的心情好轉，拿起點心又突然頓住。

「不過菲約，如果真的有必要的話——」

「沒有事情比皇女殿下更重要。」

菲約爾德果斷地這麼說，讓莉莉卡再度紅了臉頰。

「謝謝你，菲約。」

「這不算什麼。」

莉莉卡心想著「菲約會這麼受歡迎果然都是有原因的」，並將茶點放入口中。

「那麼你什麼時候要南下？」

「我已經做好準備，明天就要下去了。」

「真的？這麼快？」

莉莉卡驚訝地問完，菲約爾德點了點頭。

「畢竟我不能讓還在開墾的領地長時間閒置。我受封了爵位，授予典禮也結束了，也確認我的名字已登上了貴族名鑑，該處理的事都處理好了。」

「是這樣啊。原來如此……」

雖然感到遺憾，但也無可奈何。

莉莉卡說：「菲約，如果發生了什麼事一定要通知我喔，知道嗎？」

菲約爾德心想著是否會有需要連絡她的事，不過還是點了點頭。

「我知道了。」

菲約爾德的回應讓莉莉卡露出不滿的表情。

因為是否需要連絡她肯定會按照菲約爾德的標準來判斷，而莉莉卡完全無法相信他的標準。

『但也沒辦法。』

「其實可以的話，我很想跟你一起過去，去幫幫你。」

「那可不行。」

菲約爾德果斷拒絕了。

「嗯。」莉莉卡無精打采地回答。

菲約爾德安慰她道：「皇女殿下有這份心意就是一份助力了。」

「嗯……啊，對了，菲約爾德，你有去探望雷澤爾特嗎？」

「不，我沒怎麼去看她。」

「啊，這樣啊。」

「怎麼了嗎？」

「我有東西要給她。」

莉莉卡看向布琳，布琳就打開一個盒子。

盒子裡有一隻手工製作的貓玩偶，是一隻可愛的暹羅貓。

「我聽說雷澤爾特不能帶玩偶進去。我對這個玩偶施了魔法，所以不會動。」

布琳關上盒子，站在後方的侍從過來接過盒子。

「如果你有去探望她，我想請你幫我轉交。」

菲約爾德點點頭，「我明白了。」

他看到這個玩偶——暹羅貓玩偶，許多想法湧上心頭。

——妳知道我能把妳變成貓吧？妳好自為之吧。

他只能這樣解讀送出這隻玩偶的用意，但皇女殿下肯定沒有這個意思。

——那時候我們感覺相處得很好，雷澤爾特當暹羅貓時很可愛。

就像這樣，如此善良又真誠……

莫名想笑的菲約爾德努力忍了下來。

就他看來，雷澤爾特當時看起來確實很幸福，這是要她回想起幸福的時光——

『但無論怎麼想都像是在諷刺她。』

「為什麼偏偏是暹羅貓呢？」

最後，他不得不這麼問。

「嗯，我希望她難受時，能回想起那段時光。這樣說可能有點奇怪，但那時候的雷澤爾特感覺十分自由，如果可以，我希望雷澤爾特也逃跑。」

菲約爾德望著莉莉卡，勾起微笑。

「我明白了。明天南下之前，我會去探望她的。」

「嗯，謝謝你。」

莉莉卡致謝後站起身，菲約爾德放下茶杯問：「您要走了嗎？」

「雖然我非常捨不得，想繼續留下來，但你明天就得南下，不能再打擾你了。」

莉莉卡走近菲約爾德，再度抱住他。

「菲約，小心不要受傷，也不要生病喔。」

「好的，皇女殿下。」

雖然不怎麼相信如此老實回答的菲約爾德，但莉莉卡放開了他，即使不捨也沒辦法。留下玩偶，與菲約爾德道別後，莉莉卡在回宮的路上發現了一個人。

「杰斯！」

她高興起來，自然提高了聲音。

走在路上的杰斯驚訝地縮起肩膀，接著向她走來。她坐在無篷馬車上，因此他隔著適當的距離停下腳步。

「您可以在大街上這樣大聲喊我的名字嗎？」

「不然你不會轉過頭來嘛。」

杰斯聞言笑了笑，他問道：「您怎麼搭著這種馬車來到這麼遠的地方？」

馬車上沒有任何徽紋。

而且如果是皇家馬車，前後都會有很長一排護衛騎士隨行。

「我去見了一下邊境伯爵，剛要回去呢。」

「哎呀。」杰斯稍微將帽檐轉向旁邊，咧嘴一笑，「天啊，原來我們小姐也是那些經常出入那間宅邸的千金之一啊。」

莉莉卡瞪大了眼睛。

「那是什麼意思？」

「哎呀，媒婆都要踏破那間宅邸的門檻了，甚至還有千金帶著媒婆一起來呢。」

莉莉卡抿了抿雙唇，然後深嘆了一口氣。

「這樣啊。但現在不會了。」

「是嗎？」杰斯聳了聳肩，「要是被大家看到我們在一起，肯定會非常狐疑。我該走了。」

杰斯迅速後退了幾步，莉莉卡則猛地挺起上半身。

「杰斯！」

他回頭看來。

「我一直沒見到你，所以還沒給你這個。」

莉莉卡從口袋裡拿出一個新的金幣護身符。還好她心想或許有機會見到他，一直隨身帶著。

「請扔過來！」

應杰斯的要求，莉莉卡輕喝一聲將金幣扔過去，杰斯在空中俐落地接住了金幣。

「謝謝您，小姐！」

杰斯這麼說完，脫下帽子誇張地鞠躬，迅速離開。

「啊啊——他走了。」

布琳對莉莉卡說：「以後還可以透過殿下見面的。」

「不，奇怪的是，最近阿提爾一直不讓我和杰斯見面，所以我才沒把金幣交給阿提爾，感覺他不會轉交。」

「哎呀。」

布琳忍住笑意。看來阿提爾的過度保護產生了反效果。

天氣突然變冷，莉莉卡開始有輕微的咳嗽症狀。

從那之後，父母親都沒有多說什麼。

「等哈亞來了再說吧。」

聽媽媽這麼說，莉莉卡點了點頭。這對印露家族來說也是很重要的事情。

阿提爾得知陛下是龍後，似乎受到了打擊。

父親似乎是在帶他去釣魚時坦承的，在那之後，阿提爾就開始追問莉莉卡「妳早就知道了嗎？」、「什麼時候知道的？」。

莉莉卡表示她也是不久前才知道這件事，同時坦承了自己是魔法師的事實。她覺得家人之間不能再有所隱瞞了。

阿提爾聽得非常認真，托著下巴說：「真的該由妳來當皇帝吧？」

「阿提爾，請別把不想做的事推給別人。」

他笑著隨意揉亂她的頭髮。
阿提爾看起來也心事重重。莉莉卡看著他，小聲地說：
「阿提爾，如果我不再是皇女了……」
「什麼？妳為什麼要擔心這些無聊的事？」
莉莉卡搖了搖頭，「但如果真的變成那樣，我們會變成怎麼樣？那個，嗯……媽媽和父親會分開嗎？」
「那就讓他們把妳留下來啊。」阿提爾斬釘截鐵地說。
這是莉莉卡意想不到的答案，因此瞪大了眼睛。
「什麼？」
「就是要求他們把妳留下來，如果要走，就一個人走。」
「不是……」
「如果他們不願意，就該一直在一起。」
「嗯……」
「怎麼，妳要離開了嗎？我不懂妳為什麼問這個問題，如果不是因為不安……」
阿提爾直望著她。塔卡爾特有的冷冽藍眼凝視著她。
「妳想離開嗎？」
阿提爾沒有傻到問出「去哪裡？」這個問題。
她剛要解釋「不是這個意思」，阿提爾更瞇起眼。
「魔法師是寶貴的財產，妳以為皇室會讓妳離開嗎？」
『哦？他是這樣想的？』
「如果妳不是皇女，不管用什麼方式，我都會把妳抓回來。明白了嗎？」

這根本是種威脅，但又搞不清楚是不是真的在威脅她。

「我明白了。」

莉莉卡乖乖地回答，阿提爾才說了句「好」，放鬆緊繃的表情。

莉莉卡又突然問：「那麼我的婚事怎麼辦？」

「婚事！」

阿提爾這次用力抓住她的雙肩，拉高聲音說：

「是什麼樣的傢伙？是誰？誰對妳說了什麼？嗯？是要一起私奔嗎？」

「什麼？不，不是啦。」

「妳該不會在看什麼奇怪的小說吧？像私奔之類的。這些情節在現實中最後都會遭到殺害，以悲劇收場啊，妳知道了嗎？」

「阿提爾，等等，你冷靜一點。」莉莉卡推開他說。

阿提爾驚訝地收回手。

「對不起，我嚇了一跳。妳沒事吧？我弄痛妳了嗎？」

「我沒事，但是被你嚇到了。」

「我才被妳嚇到了。突然說起婚事，妳的年紀還那麼小，在說什麼啊？」

「但、但是，阿提爾剛剛說『魔法師不能離開皇室』啊……」

雖然不曾想過這種事，但以貴族的思維來想是非常有可能的事。

阿提爾伸手捏了捏她的臉頰，說：

「那還是非～常久以後的事，到時候再想也不遲啦。」

「好的。」

阿提爾吞下了「妳想和誰結婚？」這個問題。如果她回答「其實是菲約……」，那他可能需要好一陣子才能恢復。

他盡量找回冷靜，轉移思緒。

『話說回來，叔叔竟然是龍。』

現在回想起來還是很不可思議。

父親是怎麼找到叔叔的呢？

『但無論如何，我們的血脈都是相連的。』

這讓他莫名地放下心來。

「總之，嬸嬸說要等索內希哈亞來再詳談，這件事不只跟我們有關……」

「是啊。」

阿提爾望向窗外。

早晚都變涼了，不穿外套就無法外出。

「就快到了吧。」

「是的，因為感覺就快降下第一場雪了。」

莉莉卡點了點頭。

第一場雪降下不久後，哈亞到達了皇宮。

大約在同一時期，有消息傳來，說雷澤爾特在神殿失蹤了。

「雷澤爾特失蹤了?從神殿裡?」

「是的，到處找都找不到……巴拉特公爵堅決聲稱她完全不知情。」

布琳剛說完，拉烏布接著說：「我會加強警戒，就算是老鼠洞都得堵上。」

「畢竟她會操控玩偶。」

「但她必須在附近才能操控玩偶吧?我都一直待在太陽宮，應該不會有事吧?」

聽莉莉卡這麼說，拉烏布和布琳都搖了搖頭。

每當莉莉卡皇女殿下受傷，巴拉特都牽涉其中。尤其是莉莉卡每次受傷，拉烏布的心都快碎了。

如果失去她，自己會怎麼樣?

只是想到這句話，他的眼前就一片漆黑。

「這陣子請您盡量不要外出。」

「不，不用那麼做。」莉莉卡想起之前用過的追蹤魔法，「我們來找找看吧?」

布琳和拉烏布同時點頭。

「好的。」

「這樣能姑且確定她是否在附近。」

「嗯，那看我的。」

莉莉卡拿出擺錘後垂放下來。

「阿雷奧萊爾（迷霧中的金光追蹤者）。」

將目標設定為雷澤爾特，追蹤者為莉莉卡後開始探查周圍。金色小狗四處嗅來嗅去，最後坐下來打了個哈欠。

「好像不在半徑五公里內，十公里也……嗯。」

即便擴大搜索範圍仍一無所獲。

莉莉卡開始擔心起雷澤爾特的安危，布琳和拉烏布的表情則放鬆了一些。
「也就是說，她不在首都啊。」
「這樣我們就可以放心了。」
「嗯，但是……」
莉莉卡歪過頭時，有人站在窗邊厲聲說道：「立刻住手。」
布琳和拉烏布下意識地擋在莉莉卡面前，形成一道牆。
「父親？」
驚訝的莉莉卡拉高聲音說道，阿爾泰爾斯則一臉厭煩地說：
「不要在我的宮殿中施放魔力。」
「啊？啊！」
莉莉卡連忙解除魔法。
阿爾泰爾斯仍一臉不悅地咂嘴一聲。如果不是莉莉卡，他可能已經將對方大卸八塊了。
「到處摸索爬行的觸感讓我很不舒服。」
「對不起……」
仔細想想，這座宮殿是阿爾泰爾斯的地盤，在這裡施放魔力，確實會讓他感到不悅。
阿爾泰爾斯嘆了口氣，隨即在轉眼間消失了。
「……嚇死我了，還好我的頭還在脖子上。」
布琳小聲說道，拉烏布也點了點頭。
「但是，若是陛下像這樣到處走動……」
如果陛下攻擊皇女殿下，自己抵擋得住嗎？

拉烏布握緊拳頭又放開。

而莉莉卡看著擺錘沉思。

「看來得用其他方法。」

「不過，知道雷澤爾特不在附近就暫時放心了。」布琳勾起微笑：「如果能再擴大範圍搜索就好了。也許她已經死了，這會令人十分痛快，但事情無法那麼輕鬆就解決。」

布琳直率的話讓莉莉卡再次沉思，望向擺錘。

『如果這個方法不行，那得用其他方法。否則在抓到雷澤爾特前，我都得在他們兩個的過度保護下生活。』

如果雷澤爾特被活捉倒還好，但如果她已經死了……

『巴拉特公爵不會把她吃掉吧？』

如今提到雷澤爾特，莉莉卡想到的是那隻小暹羅貓。

『菲約知道這件事嗎？他還好嗎？』

各種擔憂湧上心頭，逐漸凝聚在腳邊，再這樣煩惱下去只會越來越難行動，因此莉莉卡別開視線。

『總之，要一一解決問題。』

莉莉卡握緊起拳頭。

阿爾泰爾斯再次回來時，露迪婭和哈亞看著他。

露迪婭擔心地問：「發生什麼事了嗎？」

「沒事，沒什麼。話說回來，你們做了五花八門的神器呢。」他冷冷地嘲諷道。

哈亞看著自己帶來的神器，嘆了口氣。
這些又不是他做的，為什麼會感到畏縮呢？
這些是屠龍者收藏品。雖然稱為「屠龍者」，但大多數神器都是用來封印或禁錮他的力量。
露迪婭拿起一套看似普通的茶杯組。
「這看起來只是茶杯啊？」
「那是名為『永恆之眠』的神器。」
「難道是喝了裝在這裡頭的茶，就會永遠沉睡嗎？」
「不，不會永遠沉睡，沉睡的時間會取決於那個人的生命力，所以對治療失眠非常有效，但陛下擁有接近永恆的生命力……」
「所以如果他用這個喝茶，就會永遠沉睡吧。」
露迪婭表情難看地放下茶杯。
設計這件物品的人意圖顯而易見，令人不悅。
一起喝茶是關係要好的人才會做的事。如果阿爾泰爾斯來訪，對方可能會熱情接待他，並遞上這個茶杯。
打算欺騙他的意圖十分明顯。
她知道有這種東西存在，但真的看到實物，感覺糟透了。一眼就能看出他們對阿爾泰爾斯的看法和態度，心情更加惡劣。
「這裡是無法帶來這裡的大型神器清單。」
「大型神器？」
「是的，只是封印還不夠，所以也有很多神器設計成能將龍封印，並永久抽取出力量。」
哈亞溫和地解釋，指著清單。

露迪婭不自覺地看向阿爾泰爾斯。

「那些傢伙從一開始就想控制我的意識，隨意操控我。」

阿爾泰爾斯的話讓露迪婭咬緊嘴唇，低頭看著清單。

「啊，這裡也有『心之女王』呢。」

「是的，正如您所見，這是遺失的神器。據說目前在巴拉特公爵手中。」

「嗯，其實……」露迪婭從口袋裡拿出一面鏡子，「我已經收回來了。」

哈亞瞪大眼睛，「您、您是怎麼做到的？」

「來源是祕密。總之，也把這個放進這裡頭吧。」

露迪婭放下心之女王。應該不需要特意說明「這件神器是由菲約爾德・巴拉特帶來的」。

「除此之外，清單中還有其他遺失的神器嗎？」

「有的，而且，我們並不知道所有神器。」

露迪婭看著清單。如果巴拉特有這種神器，為什麼不對阿爾泰爾斯使用？

『巴拉特公爵想要什麼呢？』

露迪婭沉思著，抬起視線。

阿爾泰爾斯說：「神器展示就到此為止，我有話要說。」

「我洗耳恭聽。」

阿爾泰爾斯看向哈亞。

印露家族特有的眼瞳朦朧地映照出四周的一切，反射出斑斕的色彩。

「最後的魔法師誕生了。」

那一刻，哈亞彷彿全身失去了力氣。

『我會倒下嗎？』
他這麼想，但身體依然站著。感覺有人一碰，他就會倒下。
他眨了眨眼，勉強擠出聲音道：「果然是皇女殿下嗎？」
他的語氣不自覺地急切起來。
露迪婭皺了皺眉，阿爾泰爾斯則平靜地回答：「沒錯。」
「那、那麼……那麼……」
哈亞不知道自己是不是高興。太多情緒猛然湧上心頭，讓他無法表達出任何一種感情，感到混亂。
這是家族長久以來的期望。
漫長的等待。
他緊握起雙手，全身顫抖。
「那麼，現在可以解除詛咒了嗎？」
「我們先考慮一下。」
阿爾泰爾斯冷靜的話讓哈亞瞬間失去了理智。
「還要考慮什麼！」
不符合印露家風範的激烈言辭脫口而出。
「請您立刻解除詛咒，變回原來的樣子，因為我們也想擺脫這該死的詛咒！你知道我們印露家無法南下生活的痛苦嗎？什麼祖先的約定，我們已經受夠了！」
那寒冷、純白的寂靜。
那片美麗荒涼的冰原。
那是他又愛又恨的故鄉。

他咬牙切齒地說：「隨著詛咒減弱，每年都有更多虛弱的孩子出生。他們無法承受印露領的寒冷，年紀幼小就凍死，但你卻說要考慮一下。」

哈亞停頓下來，緊緊抓住胸口，踉蹌地站直身體，深吸一口氣後吐出。

放下雙手後，他露出難以捉摸的表情望著阿爾泰爾斯，讓人無法分辨他是否真的恢復了冷靜。

「對不起，我剛才失態了。」

露迪婭心想，這真是奇異的景象。剛才的怒火彷彿被隱藏在冰層之下，消失無蹤。

外表如雪精靈一般美麗的印露，像雪一樣冷冽而柔和地問道：

「那麼恕我失禮，方便詢問理由嗎？」

莉莉卡看著完成的神器，布琳、拉烏布和迪亞蕾也圍坐在一起。

他們坐在溫暖的壁爐前，莉莉卡向三人解釋這個神器。

這個神器是一個大小如雞蛋的圓形玻璃瓶，迪亞蕾覺得這就像個泡泡，差別在於這個瓶子上下都有金色的裝飾物。

『因為沒辦法在玻璃上刻畫魔法陣。』

魔法陣刻在金色裝飾上，而上方的金色裝飾是一個蓋子。

「你們看好了，打開這個蓋子，嗯……我把我的頭髮放進去。」

她拔下一根棕色頭髮、放入玻璃瓶，之後蓋上蓋子。頭髮逐漸融化消失，變成一根棕色的指針。

指針一轉，指向莉莉卡所在的方向。

「看到了嗎？把身體的一部分放進去，它會產生反應，指出主人所在的位置。來，你拿著，拉烏布。」
拉烏布小心翼翼地抓住綁在蓋子上的繩子。
莉莉卡站起來四處走動，指針也跟著轉動。
「哇，這太神奇了！」迪亞蕾大聲驚呼後問：「我可以試試看嗎？」
「嗯，當然可以。重新打開蓋子，之前放進去的東西就會消失，能再放入新的東西。」
迪亞蕾立刻從拉烏布手中接過神器，放入自己的頭髮。
這次出現了一根粉色的指針，接著迪亞蕾把神器交給莉莉卡，跳出窗外。

——下集待續

高寶書版集團
gobooks.com.tw

CP013
契約皇后的女兒 3
엄마가 계약결혼 했다

作　　者　시아 (Siya)
譯　　者　朱紹慈
責任編輯　陳凱筠
設　　計　單宇
排　　版　彭立瑋
企　　劃　黃子晏

發 行 人　朱凱蕾
出　　版　三日月書版股份有限公司
Mikazuki Publishing Co., Ltd.
地　　址　臺北市內湖區洲子街 88 號 3 樓
網　　址　www.gobooks.com.tw
電　　話　(02) 27992788
電　　郵　readers@gobooks.com.tw（讀者服務部）
傳　　真　出版部　(02) 27990909　行銷部 (02) 27993088
郵政劃撥　19394552
戶　　名　英屬維京群島商高寶國際有限公司臺灣分公司
發　　行　英屬維京群島商高寶國際有限公司台灣分公司 / Printed in Taiwan
Global Group Holdings, Ltd.
法律顧問　永然聯合法律事務所
初版日期　2025 年 2 月

國家圖書館出版品預行編目 (CIP) 資料

契約皇后的女兒 / 시아著 ; 朱紹慈譯 . -- 初版 . -- 臺北市 : 三日月書版股份有限公司出版 : 英屬維京群島商高寶國際有限公司台灣分公司發行 , 2025.02
面 ;　公分 . --

譯自 : 엄마가 계약결혼 했다

ISBN 978-626-7391-17-4 (第 3 冊 : 平裝)

862.59　　113006227

朧月書版

朧月書版

GOBOOKS
& SITAK
GROUP©

GOBOOKS & SITAK GROUP ©